춘원 이광수 전집 36

사랑인가 外

최주한(崔珠瀚) | 서강대 인문과학연구소 연구원. 숙명여자대학교 화학과를 졸업하고 서강대학교 국어국문학과에서 이광수 소설 연구로 박사학위를 받았다. 저서로 『제국 권력에의 야망과 반감 사이에서 - 소설을 통해 본 식민지 지식인 이광수의 초상』, 『이광수와 식민지 문학의 윤리』, 『한국 근대 이중어 문학장과 이광수』가 있고, 역서로 『근대 일본사상사』(공역), 『『무정』을 읽는다』, 『일본 유학생 작가 연구』, 『이광수, 일본을 만나다』, 『일본어라는 이향』, 『이광수의 한글창작』 등이 있다. 이 밖에 공편 자료집으로 『이광수 초기 문장집』 I·II·III과 『이광수 후기 문장집』 I·II·III을 간행했다.

하타노 세쓰코(波田野節子) | 니가타 현립대학 명예교수. 아오야마학원대학 문학부 일본문학과를 졸업하고 니가타대학 국제지역학부 교수로 재직했다. 한국어 번역 저서로 『『무정』을 읽는다』, 『일본 유학생 작가 연구』, 『이광수, 일본을 만나다』, 『일본어라는 이향 - 이광수의 이언어 창작』, 『이광수의 한글창작』이 있고, 일본어 역서로 『無情』, 『夜のゲーム』, 『金東仁作品集』, 『樂器たちの圖書館』, 『血の淚』 등이 있다. 공편 자료집 『이광수 초기 문장집』 I·II·III과 『이광수 후기 문장집』 I·II·III, 『이광수 친필 시첩 〈내 노래〉, 〈내 노래 上〉』 등을 간행했다.

춘원 이광수 전집 36

사랑인가 外

초판 1쇄 발행 2025년 4월 10일

지은이 | 이광수
번역 및 감수 | 최주한, 하타노 세쓰코

펴낸곳 | (주)태학사
등록 | 제406-2020-000008호
주소 | 경기도 파주시 광인사길 217
전화 | 031-955-7580
전송 | 031-955-0910
전자우편 | thspub@daum.net
홈페이지 | www.thaehaksa.com

편집 | 조윤형 여미숙 김태훈
마케팅 | 김민선
경영지원 | 김영지
인쇄·제책 | 영신사

ⓒ이정화, 2025. Printed in Korea.

값 22,000원

ISBN 979-11-6810-308-5 03810

이 전집은 춘원 이광수 선생 유족들의 협의를 거쳐 막내딸인 이정화 여사의 주관으로 발간되었습니다.

책임편집 | 조윤형
디자인 | 이윤경

춘 원 이 광 수 전 집 36

사랑인가 外

―

일본어 소설

최주한, 하타노 세쓰코 번역 및 감수

태학사

이광수(李光洙, 1892~1950)

일러두기

1. 이 책은 1909년 12월 『시로가네학보(白金學報)』에 발표된 「사랑인가(愛か)」부터 1944년 10월 『신타이요(新太陽)』에 발표된 「소녀의 고백(少女の告白)」까지 이광수가 일본어로 쓴 소설을 모두 모은 것으로, 해당 작품을 발표한 잡지를 저본으로 삼아 번역·감수했다. 출처는 각 작품 말미에 붙여두었다.
2. 이 책은 한국 어문 규정(2017년 3월 28일 기준)에 따라 현대역을 진행하였으나, 작가의 의도를 고려할 필요가 있거나 사투리, 옛말, 구어체 중에서 의미나 어감이 통하는 표현은 가급적 살리고자 하였다.
3. 한글만 쓰기를 원칙으로 하였다. 단, 낱말의 뜻을 파악하기 어려운 경우나 지금은 사용하지 않는 한자어의 경우, 혹은 경전·시가·한시·노래 등의 원문을 그대로 인용한 경우에는 한글과 한자를 병기하였다.
4. 대화를 표시하는『 』혹은「 」은 모두 " "로, 그 밖에 강조의 뜻을 표시하는 경우에는 ' '로 바꾸었다. 말줄임표는 모두 '……'로 통일하였다.
5. 저술, 영화, 희곡, 소설 작품 등은 각각의 분량을 기준으로「 」와『 』를 사용하여 표시하였다.
6. 읽는 이들의 편의와 문맥의 흐름을 돕기 위해 원문의 의미를 훼손하지 않는 선에서 적절하게 문장부호를 추가, 삭제하거나 단락 구분을 하였다.
7. 숫자는 가급적 한글로 표기하되, 연도 등 문맥을 고려하여 필요하다고 판단되는 경우에는 아라비아숫자로 표기하였다.
8. 외래어나 외국어 원문을 특별히 밝혀야 할 필요가 있는 경우에는 그 뜻을 병기하였다.
9. 외래어 표기법을 따르되, 그 쓰임이 굳어진 것은 관례적인 표현을 따랐다.
10. 명백한 오탈자나 낱말의 순서 바뀜 등의 오류는 바로잡았다. 선정한 저본 안에서 해결할 수 없는 경우에는 다른 판본을 참조하여 수정하였다.
11. 이상의 편집 원칙에 따르되, 감수자가 개별 텍스트의 특성을 고려하여 유연하게, 탄력적으로 이 원칙들을 적용하였다.

발간사

 춘원연구학회가 춘원(春園) 이광수(李光洙) 연구를 중심축으로 하여 순수 학술단체를 지향하면서 발족을 본 것은 2006년 6월의 일이다. 이제 춘원연구학회가 창립된 지도 18년이 되었다. 그동안 우리 학회는 2007년 창립기념 학술발표대회 이후 학술발표대회를 28회까지, 연구논문집 『춘원연구학보(春園研究學報)』를 29집까지, 소식지 『춘원연구학회 뉴스레터』를 13호까지 발간하였다.
 한국 현대문학사에 끼친 춘원의 크고 뚜렷한 발자취에 비추어보면 그동안 우리 학회의 활동은 미약하였다. 그러나 여러 가지 어려운 여건 속에서도 학회를 창립하고 3기까지 회장을 맡아준 김용직 선생님과 4~5기 회장을 맡아준 윤홍로 선생님, 그리고 학계의 원로들과 동호인들의 각고의 노력으로 우리 학회의 내일이 한 시대의 문학과 문화사에 깊고 크게 양각될 것으로 기대된다.
 일제강점기에 춘원은 조선인들에게 민족의식을 일깨워주고 문학적 쾌락을 제공하였다. 춘원이 발표한 글 중에는 일제의 검열로 연재가 중단되거나 발간이 금지된 것도 있다. 춘원이 일제의 탄압에도 끊임없이 소설을 쓴 이유는 「여(余)의 작가적 태도」에 잘 나타나 있다. 이 글은 검열을 의식하면서 쓴 글임에도 비교적 자세히 춘원의 입장을 밝히고 있다. 춘원은 "읽을 것을 가지지 못한" 조선인, 그중에도 "나와 같이 젊은 조선의 아들딸을 염두에" 두고 "조선인에게 읽혀지어 이익을 주려" 하는 것이라 하면서, 자신이 소설을 쓰는 근본 동기가 "민족의식, 민족애의 고조, 민족운동의 기록, 검열관이 허(許)하는 한도의 민족운동의 찬미"라고 밝히고 있다. 춘원의 소설은 많은 젊은이에게 청운의 꿈을 키워주기도 하고 민족적 울분을 삭여주기도 했다.

뿐만 아니라 춘원은 『신한자유종(新韓自由鐘)』의 발간, 2·8독립선언서 작성, 대한민국 임시정부 수립, 임시정부의 『독립신문』 사장, 수양동맹회(修養同盟會)와 수양동우회(修養同友會), 그리고 동우회(同友會) 활동 등 독립운동과 민족운동에 참여한 바 있다.

일제는 1937년 7월, 중일전쟁 직전인 1937년 6월부터 1938년 3월까지 수양동우회와 관련이 있는 지식인 180명을 구속하고 전향을 강요하였으며, 1938년 도산(島山) 안창호(安昌浩)의 사후 춘원은 전향하고 '가야마 미쓰로(香山光郎)'로 창씨개명을 하게 된다.

당시의 정황은 우리가 생각하는 것처럼 단순하지 않다. 조선의 히틀러라 불리는 미나미 지로(南次郎) 총독이 전시체제를 가동하여 지식인들의 살생부를 만들고 그들의 생명을 위협하던 시기였다. 나라를 잃고 민족만 남아 있는 일제강점기에 우리 선조들은 온갖 고난을 감수해야만 했다. 일제에 저항하여 독립운동을 하고 옥사한 사람들도 있지만, 생존을 위해 일제에 협력하고 창씨개명을 한 이들도 적지 않았다.

해방 후 춘원은 자신의 과오를 반성하지 않고, 자신은 민족을 위해 친일을 했고, 민족을 위해 자기희생을 했노라고 했다. 이러한 주장은 많은 사람들로부터 질타를 받았다. 그럼에도 춘원을 배제하고 한국 현대문학과 현대문화를 논할 수 없으며, 그가 남긴 문학적 유산들을 친일이라는 이름으로 폄하하는 것은 온당해 보이지 않는다. 문학 연구에 정치적인 논리나 진영 논리가 개입하면 객관적인 연구가 진척될 수 없다. 공과 과를 분명히 가리고 논의 자체를 논리적이고 이지적으로 전개해야 재론의 여지가 생기지 않는다.

삼중당본 『이광수전집』(1962)과 우신사본 『이광수전집』(1979)은 편집자의 의도에 따라 많은 작품이 누락되어 춘원의 공과 과를 가리기에 어려움이 있다. 또한 현대어와 거리가 먼 언어를 세로쓰기로 조판한 기존의 전집은 현대인들이 읽기에 어려움이 있다.

따라서 춘원이 남긴 모든 저작물들을 포함시킨 새로운 전집을 발간할 필요성이 제기되었다. 춘원연구학회에서는 춘원의 공과 과를 객관적으로 평가하는 장을 마련하기 위해 춘원학회가 아닌 춘원연구학회라 칭하고 창립대회부터 지금까지 공론의 장을 마련해왔으며, 새로운 '춘원 이광수 전집' 발간을 준비해왔다.

전집 발간 준비가 막바지에 달한 2015년 9월 서울 YMCA 다방에 김용직, 윤홍로, 김원모, 신용철, 최종고, 이정화, 배화승, 신문순, 송현호 등이 모여, 모 출판사 사장과 전집을 원문으로 낼 것인가 현내어로 낼 것인가, 그리고 출판 경비는 어느 정도로 할 것인가를 가지고 논의했으나 합의점을 찾지 못했다. 2016년 9월 춘원연구학회 6기 회장단이 출범하면서 전집발간위원회와 선집발간실무위원회를 구성하였다. 전집발간위원회는 송현호(위원장), 김원모, 신용철, 김영민, 이동하, 방민호, 배화승, 김병선, 하타노 등으로, 전집발간실무위원회는 방민호(위원장), 이경재, 김형규, 최주한, 박진숙, 정주아, 김주현, 김종욱, 공임순 등으로 구성하였다.

  전집발간위원들과 전집발간실무위원들은 연석회의를 열어 구체적인 방안들을 논의하고, 또 전집발간실무위원들은 각 작품의 감수자들과 연석회의를 하여 세부적인 사항들을 논의한 끝에, 2017년 6월 인사동 '선천'에서 춘원연구학회장 겸 전집발간위원장 宋賢浩, 태학사 사장 지현구, 유족 대표 배화승, 신문순 등이 만나 '춘원 이광수 전집' 발간 계약을 체결하였다. 춘원이 남긴 작품이 방대한 관계로 장편소설과 중·단편소설을 먼저 발간하고 그 밖의 장르를 순차적으로 발간하기로 하였다. 또한 일본어로 발표된 소설도 포함시키되 이 경우에는 번역문을 함께 수록하기로 하였다.

  전집발간위원회에서 젊은 학자들로 감수자를 선정하여 실명으로 해당 작품을 감수하게 하며, 감수자가 원전(신문 연재본, 초간본, 삼중당본, 우신사본 등)을 확정하여 통보해주면 출판사에서 입력하여 감수자에게 전송해주고, 감수자는 판본 대조, 현대어 전환을 하고 작품 해설까지 책임지기로 하였다.

  '춘원 이광수 전집' 발간은 현대어 입력 작업이나 경비 조달 측면에서 간단한 일이 아니어서 오랜 시일이 소요되었다. 전집 발간에 힘을 보태주신 김용직 명예회장은 영면하셨고, 윤홍로 명예회장은 요양 중이시다. 두 분 명예회장님을 비롯하여 전집발간위원회 위원, 전집발간실무위원회 위원, 감수자, 유족 대표, 그리고 태학사 지현구 사장님께 감사드린다. 아울러 실무를 맡아 협조해준 전집발간실무위원회 김민수 간사와 춘원연구학회의 신문순 간사, 그리고 태학사 관계자에게도 고마운 마음을 전한다.

2025년 3월
춘원이광수전집발간위원회 위원장 송현호

차례

발간사 7

사랑인가 15
만영감의 죽음 24
옥수수 47
마음이 서로 닿아서야말로 55
산사(山寺) 사람들 157
가가와(加川) 교장 173
파리(蠅) 200
군인이 될 수 있다 210
대동아(大東亞) 226
사십 년 248
원술(元述)의 출정 305
소녀의 고백 319

작품 해설
이광수의 일본어 소설 하타노 세쓰코 337

사랑인가

문길(文吉)은 미사오(操)를 만나러 시부야(澁谷)로 찾아갔다. 무한한 기쁨과 즐거움과 희망이 그의 가슴에 넘치는 것이었다. 도중에 한두 친구를 방문한 것은 단지 구실을 만들기 위해서다. 밤은 으슥하고 길은 질퍽했지만, 그런 것에 개의치 않고 문길은 미사오를 찾아갔던 것이다.

그가 대문에 이르렀을 때의 심정이란 실로 무어라 말할 수 없었다. 기쁜 것인지 슬픈 것인지 부끄러운 것인지, 심장은 다급한 종을 울리는 듯하고 숨결은 거칠어졌다. 여하튼 그때의 상태는 잠시도 그의 기억에 머물지 못하는 것이다.

그는 대문을 열고 들어가 격자문 쪽으로 갔지만, 심장 박동은 더욱 빨라지고 몸은 벌벌 떨렸다. 덧문은 닫혀 있고 사방은 쥐 죽은 듯이 조용하다. 벌써 자는 것일까. 아니, 그렇지 않다. 이제 겨우 아홉 시를 조금 지난 시각이다. 게다가 시험 중이니 아직 잠자리에 들지 않았을 것이 뻔하다. 아마 한적한 데라 일찍 문을 닫았을 것이다. 문을 두드릴까. 두드리면 반드시 열어줄 것이 틀림없다. 그러나 그는 문을 두드릴 수가 없었다. 그는 목상(木像) 모양으로 숨을 죽이고 우뚝 서 있다. 무슨 까닭일까? 어째서 그는 멀리서 친구를 찾아와서 문을 두드릴 수 없는 것일까? 문을 두드린다고 해서 책망받을 것도 아니고 누가 두드리려는 손을 제지하는 것도 아니다. 다만 그는 두드릴 용기가 없는 것이다. 아아, 그는 지금 내일 있을 시험 준비에 여념이 없는 것일 게다. 그는, 내가 지금 이곳에 서 있을 것이라고는 꿈에도 상상하지 못하는 것일 게다. 그와 나는 오직 이중의 벽을 사이에 두고 만 리 밖의 생각을 하는 것이다. 아아, 어찌할까. 모처럼의 희망도 기쁨도 봄눈 녹듯 사라져버렸다. 아아, 이대로 이곳을 떠나지 않으면 안 되는 것인가. 그의 가슴에는 실망과 고통이 끓어올랐다. 할 수 없이 그는 발길을 돌려 조용히 그곳에서 물러났다.

우물가로 나오자 땀이 온몸에 줄줄 흘러 두꺼운 무명 학생복 상의는 마치 물에 젖은 것 같다. 그가 휴— 하고 한숨을 쉬자 여름의 밤바람이 빨갛게 달아오른 그의 얼굴을 가볍게 스쳤다. 그는 발걸음을 떼지 못했다. 그는 다시 뒤를 돌아보았지만, 역시 덧문은 닫혀 있고 등불 빛이 희미하게 어둠 속에서 새어나오고 있을 뿐이었다. 이제 끝이다. 그가 할 수 있는 것은 다 했던 것이다. 그는 결심한 듯 한눈팔지 않고 척척 걸어 나갔다. 그는 대문을 나와 언덕을 내려가보았다. 그런데 아까는 아무런 어려움 없이 슬슬 올라왔던 언덕이 이번에는 내려가기가 꽤 어렵다. 그는 두어 번 비틀거렸다. 언덕을 반쯤 내려가다가 그는 무엇을 생각했는지 우뚝 섰다. 이대로 가고 싶지 않기 때문이다. 뭔가 좋은 방법을 생각했기 때문이다. 눈앞 큰길의 전봇대 끝에 외로이 빛나고 있는 붉은 전등은 여름밤의 고요함을 더하고 있는 것이었다.

그는 그곳에 서서 생각하고 있는 것이다. 나는 내일 귀국하지 않는가. 내일 돌아가면 다음 학기가 되어서야 그의 얼굴을 볼 수 있는 것이다. 아아, 어쩌나? 아니! 여기까지 와서 만나지 않고 돌아가는 녀석이 있을까. 나는 약하다. 약하지만 이런 일을 할 수 없어서야 무엇을 할 수 있겠는가? 이제부터 좀 강해지자. 좋아, 이번에는 반드시 문을 두드리자. 물론 들어간댔자 재미있는 이야기를 할 것도 아니고 용건이 있는 것도 아니다. 오직 그의 얼굴을 볼 작정이다. 그래서 그는 다시 발길을 돌렸다. 이번에는 용기가 하늘을 찌를 듯이 발걸음이 가볍고 빠르다. 너무 빨라서 그만 대문을 지나쳤다. 우스꽝스럽다면 우스꽝스럽다고 할 수 있으리라.

서너 걸음 되돌아와 그는 대문을 들어섰다. 이번에는 짐짓 정원의 징검돌을 디뎌 뚜벅뚜벅 구둣발 소리를 냈다. 이것은 수단이다. 자신에게는 수단이지만 다른 사람에게는 알릴 수 없는 수단인 것이다. 그는 이번 수단에 성공을 기대했지만 격자문 앞까지 이르러서도 아무런 기척이 없다. 몇 번 더 구둣발 소리를 내보자고 생각했지만 더 이상 갈 곳이 없는 것이다. 그렇다고 체조 시간처럼 제자리걸음을 할 수는 없다. 아아, 또 실패했다. 이번에야말로 정말 돌아가지 않을 수 없는 것이다. 그는 재차 한숨을 쉬었다.

그러나 궁하면 통하는 것이어서 그는 또 하나의 계책을 생각했다. 그것은 돌아가면서 더욱 크게 구둣발 소리를 내는 것이다. 그러면 혹시 집안 사람이 그 기척을 듣고 문을 열어줄지도 모른다. 실로 궁여지책이다. 그는 실행해보았다. 그러자 과연 안에서 하녀의 잠이 덜 깬 목소리가 들렸다. "미사오 씨." 하고 부르는 모양이다. 그는 얼마간 성공을 기대했지만 소용없었다. 그는 잠시 숨을 죽이고 서 있었다. 만약 순사에게라도 발각되는 날이면 도둑의 누명을 쓸지도 모른다. 그는 마지막 모험을 시도했다 — 그렇다, 모험이다. 이번에는 발소리를 죽이지 않는다. 그가 당당하게 뒤꼍으로 돌았더니 과연 빛이 환했다. 실로 암흑 속의 한 줄기 광명! 목마른 호랑이에게 단 샘!

"누구세요?"

하고 누군가가 툇마루에서 묻는다.

"저예요."

하고 대답하는 그의 목소리는 떨리는 것이었다. 그는 자기가 누구인지

알리기 위해 짐짓 얼굴을 빛 쪽으로 돌려,

"벌써 주무시는가 해서……."

"여! 당신이었습니까. 어두운데, 자, 올라오세요."

주인이 권하는 대로 그는 구두를 벗고 마루에 올라갔다. 주인은 방석을 권했으나 그는 고맙다고 생각지도 않는 모양이다.

"시험은 끝났습니까?"

하고 주인은 읽고 있던 잡지를 책꽂이에 꽂으며 물었다.

"예, 오늘 아침에 끝났습니다. 그런데 당신들은?"

이것은 인사치레에 지나지 않는 것이다. 이러한 대화는 본래 그가 좋아하는 바가 아니다. 오히려 싫어하는 편이다. 그는 단도직입적으로 '미사오 군은 있습니까?' 하고 묻고 싶었다. 그러나 그는 할 수 없다. 애써 자기 마음속을 상대에게 들키지 않으려 한다. 그러나 얼굴은 마음의 밀정이라 아무리 태연한 척하려 해도 반드시 드러나는 것이다. 주인은 의아한 듯이 그의 옆얼굴을 뚫어져라 쳐다보고 있었다.

"우리들은 아직 멀었어요. 이번 주 토요일까지는. 아주 지긋지긋하군요."

하고 조금 얼굴을 찌푸린다. 모기떼가 습격해 온다. 땀이 흐른다.

"아무래도 올해는 유난히 덥군요."

하고, 문길은 '미사오에게 내가 온 것을 알리고 싶다. 그러나 알리는 것은 부끄럽다.'고 생각하면서 대답했다. 직접 알리지 않고 저절로 알게 하는 것이 그의 희망인 것이다. 미사오는 미닫이를 한 장 사이에 두고 옆방에 있다. 문길은 머릿속으로 미사오의 모습을 그리면서, '벌써 알았을 것이다. 내가 와 있는 것을 알면서도 나오지 않는 것일까.' 하고 생각했다.

이윽고 그와 같은 방을 쓰는 학생이 들어왔다. 문길은 왠지 모르게 기뻐서 짐짓 목소리를 높여,

"공부하십니까?"

하고 물었다. 그는,

"예."

하고 대답하고 자기 방으로 돌아갔다. 아마 내가 온 것을 알리기 위해서일 것이라고 문길은 생각했다. 그래서 기뻤다. 그런데 아무런 기척도 없다. 그는 방에 없는 것일까 의심해보았다. 그러나 분명히 있다. 지금 뭔가 두런거리고 있는 것을 들었다. 그는 분명히 있는 것이다. 그런데도 그는 모르는 척하고 있는 것일까. 무슨 일일까. 인간으로서 어떻게 이런 잔혹한 짓을 할 수 있는 것일까. 실로 잔혹하다.

그는 부들부들 떨었다. 그의 몸은 열탕에 들어간 것처럼 숨은 점점 거칠어지고 눈은 매서워졌다. 주인은 더욱 의아스러운 듯 그의 얼굴을 뚫어지게 쳐다보고 있다. 그는 더 이상 머물러 있을 수 없었다. 아아, 가슴아, 찢어져라. 피여, 솟구쳐라. 몸이여, 식어져라. 나는 너를 위해 피를 흘렸다. 그런데 너는 나에게 얼굴도 내비치지 않는 것인가.

그가 주인의 만류도 듣지 않고 그곳을 나온 것은 열 시를 조금 지난 무렵이었다.

그는 실망, 비애, 분노 때문에 멍해지고 광기에 젖어 돌아섰다. 어둑어둑한 동네는 쥐 죽은 듯이 조용히 잠들었고, 애달픈 인마사의 곡조에 맞지 않는 피리 소리만 눅눅한 여름밤의 공기를 흔드는 것이었다.

문길은 열한 살 때 부모를 여의고 홀몸으로 세상의 신산함을 맛보았다. 그는 친척이 없는 것은 아니었지만, 그의 집이 부유했을 때나 친척이지 일단 그가 영락한 몸이 되고부터 누구 한 사람 그를 돌봐주는 이가 없

었다. 그의 몸에 붙어 있는 가난의 신은 그로 하여금 일찍 덧없는 세상을 맛보게 했던 것이다. 그가 열네 살 무렵에는 이미 어른다워져 홍안(紅顔)이던 그의 얼굴에서 천진난만한 빛깔은 바래고 말았다.

그는 총명한 편이라, 그의 부친은 그에게 『소학(小學)』 등을 가르치며 그가 빨리 깨우치는 것을 더 없는 기쁨으로 여겨 종종 가난의 고통도 잊곤 했다. 그가 부모를 여의고 난 후 이삼 년간은 동으로 서로 표류하는 실로 가련한 것이었다. 그러나 그런 가운데서도 그는 친구에게 서적을 빌려 읽었고, 제대로 된 학교교육은 받을 수 없었지만 그 나이 또래의 소년에게 지지 않았다. 그는 가정의 영향과 빈고의 영향으로 성품이 지극히 온화한 소년이었다 — 차라리 약한 소년이었다. 그럼에도 불구하고 그는 비상한 야심을 품고 있었다. 뭔가 이루어서 한번 세상을 놀라게 하고 싶다, 만세(萬世) 후의 사람으로 하여금 자기 이름을 흠모케 하고 싶다는 것이 항시 그의 가슴에 깊이 잠겨 떠나지 않는 것이었다. 이것 때문에 그는 한층 더 괴로운 것이다. 그는 아무것도 이룬 것 없이 죽는 것을 두려워했다. 여기에 한 줄기 광명이 그에게 비쳤다. 그는 어떤 고관(高官)의 도움으로 도쿄에 유학하게 되었던 것이다. 실로 그의 기쁨은 여간 아니었다. 그는 이상(理想)에 이르는 문을 발견한 것처럼 기뻐 날뛰었던 것이다.

그는 당장 도쿄에 와서 시바(芝)에 있는 어느 중학 삼학년에 입학했다. 성적도 좋은 편이라 누구나 유망한 청년으로 여겼다. 말하자면, 그는 암흑으로부터 광명으로 나온 셈이다. 그러나 사실 그는 행복하지 않았다. 그는 차차 적막과 고독의 생각을 품게 되었다. 매일 몇십, 몇백 사람을 만나도 한 사람도 그에게 벗이 되어주는 사람은 없었다. 그 때문에 그는 탄식했다. 울었다. 비애의 종류가 많다고 해도 벗을 갖지 못하는 비애만 한 것도 없다는 것이 그의 비애관이었다.

그는 필사적으로 벗을 찾았다. 그러나 그에게 오는 이는 한 사람도 없었다. 간혹 없는 것도 아니었지만, 한 사람도 그에게 만족을 주는 이는 없었다. 즉, 그의 마음속을 들어주는 이는 없었다. 그의 갈증은 더욱 심해지고 괴로움은 더욱 그 정도를 더해갈 뿐이다. 십육억 남짓한 인류 가운데 나의 마음을 들어주는 이는 없는가, 하고 그는 탄성을 내질렀다. 이리하여 그는 더욱 약해지고 더욱 침울해져, 이야기 나누는 것을 좋아하는 그도 점차 입을 열지 않게끔 되고, 다른 이와 만나는 것조차 꺼리게 되었던 것이다. 그는 일기장에 그의 마음속을 털어놓고 가까스로 자신을 위로하는 정도이다. 그는 단념하자고 생각했다. 그러나 단념할 수가 없었다. 여기에 무한한 괴로움이 있는 것이다. 이렇게 이 년이 지났다.

금년 일월, 그는 어떤 운동회에서 한 소년을 보았다. 그때 그 소년의 얼굴에는 사랑스러운 빛깔이 넘치고 눈에는 천사의 미소가 떠돌고 있었다. 그는 황홀하여 잠시 자기를 잊고 그의 가슴속에 타오르는 불꽃에 기름을 부은 것이다. 이 소년이 곧 미사오다. 그는 이 사람이야말로, 라고 생각했다.

그는 편지로 자기의 마음속을 미사오에게 이야기하고 또 사랑을 갈구했다. 그러자 미사오도 자기가 고독하다는 것, 그의 사랑을 알아차렸다는 것, 자기도 그를 사랑한다는 내용의 편지를 적어 보냈다. 문길이 이 편지를 받았을 때 그 심경은 어떠했는가. 문실은 기뻤나. 무척이나 기뻤다. 그러나 마음속의 번민은 사라지지 않고, 사라지기는커녕 새로운 번민이 더해졌던 것이다. 미사오는 지극히 말이 없는 편이다. 이것을 문길은 더없는 고통으로 여기고 있다. 문길은 미사오가 자기를 사랑해주지 않는 모양이라고 여겼다. 아무래도 그에게는 냉담한 것처럼 여겨졌다.

그는 미사오를 의심해보기도 했지만, 의심하고 싶지 않아서 억지로 그는 자기를 사랑하고 있다고 단정하고 있었다. 거기에 고통이 있는 것이다. 그는 미사오를 목숨이라고까지 생각하고 있었다. 밤낮 미사오를 생각하지 않을 때가 없고, 수업 중에도 생각하지 않을 수 없었다.

그는 생각했다. 그는 괴로웠다. 생각하면 괴롭고 괴로워하면서도 생각한다. 이것이 그가 미사오를 만나고 있지 않을 때의 상태이다. 일월 이후 그의 일기 내용에는 미사오의 일을 빼면 아무것도 없었다. 또 미사오의 얼굴을 보면 기쁜 것이다. 이 무슨 까닭일까. 무엇 때문일까. 그 자신조차도 이해할 수 없었다. "나는 어째서 그를 좋아하는 것일까. 어째서 그에게 사랑받는 것일까. 나는 그에게 아무런 요구도 없는데." 이것은 그의 일기의 한 구절이다.

그는 미사오와 만나면 제왕 앞에라도 불려 간 것처럼 얼굴도 들지 못하고 입도 열지 못하며 지극히 냉담한 척 꾸미는 것이 보통이다. 그는 그 이유를 알지 못한다. 오직 본능적인 것이다. 그래서 그는 붓으로 입을 대신했다. 삼 일 전 그는 손가락을 베어 혈서를 보냈다.

일학기 시험도 끝나고 내일 귀국도 앞두고 있어 필사의 용기를 내어 오늘 밤 그는 미사오를 방문했던 것이다.

그는 무감각하게 걸음을 옮기면서 생각하고 있는 것이다. 아아, 죽고 싶다. 이제 이 세상을 떠나고 싶다. 다마가와(玉川) 전차 선로인가, 벌써 열한 시 — 이미 전차는 다니지 않는다. 좋아, 기차가 있다. 덜컹덜컹 거리는 소리 한 번 울리면 나는 이미 이 세상에 없을 것이다. 나도 자살을 경멸했던 사람의 하나다. 자살 기사를 보면 언제나 침을 뱉었던 사람의 하나다. 그런데 지금은, 나 자신이 자살하려고 한다. 묘하지 않은가. 나는 커다란 이상을 품고 있었다. 이것을 이루지 못하고 죽는 것은 실로 유감이다. 내가 죽으면 늙은 조부와 어린 누이는 얼마나 탄식할까. 그러나 이 순간 나의 죽음을 만류하는 이 없으니 하는 수 없는 것이다. 지금 죽고 사는 것은 전혀 나의 힘 밖에 있는 것이다.

그는 시부야 철도 건널목을 향해 급히 서둘렀다. 어둠 속에서 뚜— 하고 기적이 들린다. 이거 잘됐다고 뛰어드는데, 시커먼 사람이 나와 철커덕철커덕하고 차단기를 내려 통행을 제지했다. 어이없다. 죽는 순간까지도 사악한 악마가 따라다니다니. 기차는 무심히 덜커덩덜커덩 소리를 내며 지나갔다. 그는 선로를 따라 삼 간(間) 남짓 걸어가 동쪽 레일을 베고 누웠다. 그리고 다음 기차가 오기를 이젠가 저젠가 기다리며 구름 사이로 흘러나오는 별빛을 응시하고 있었다. 아아, 십팔 년간의 나의 생명은 이것으로 끝인 것이다. 부디 죽은 후에는 스러져버려라. 그렇지 않으면 무감각해져라. 아아, 이것이 나의 마지막이다. 작은 머릿속에 품고 있던 이상은 지금 어디에. 아아, 이것이 나의 최후다. 아아, 쓸쓸하다. 한 번이라도 좋으니 누군가에게 안겨보고 싶다, 아아, 단 한 번이라도 좋으니. 별은 무정하다. 기차는 어째서 오지 않는 것일까. 어째서 빨리 와서 나의 이 머리통을 부서뜨려주지 않는 것일까. 뜨거운 눈물은 멈추지 않고 흐르는 것이었다.

— 이보경(李寶鏡), 「사랑인가(愛か)」, 『시로가네학보(白金學報)』, 1909. 12.

만영감의 죽음

　북한산 기슭의 초여름 밤은 저 애를 끊는 듯한 뻐꾸기(늦봄에서 초여름에 걸쳐 우는 두견과의 일종) 소리나 또 그와는 반대로 매우 명랑한 꾀꼬리 소리로 밝는다.
　오늘 아침은 희한하게도 내 가난한 거처인 서재 겸 침실의 바로 앞 수풀에서 꾀꼬리가 울었고, 뻐꾸기가 뻐꾹뻐꾹 하는 슬픈 울음소리도 함께 들려왔다. 나는 매일 아침 이 뻐꾸기 울음소리를 듣고 있지만 아직 그 모습을 본 일은 없다. 이 새는 비둘기와 비슷하고 다소 몸집이 작다고 들었는데, 그 모습은 좀처럼 사람들 눈에 띄지 않는다고 한다. 언제나 그 소리는 어디서 나는 것인지 모른다는 것이다. 왠지 끝날 줄 모르는 슬픔과 원망을 호소하는, 원통히 죽은 혼의 절규와 같은 그 가련함 속에 일종의 쓸쓸함이 묻어나는 소리다.
　"당신, 아직 주무세요?"
하고 아내가 뒤뜰에서 나를 불렀다.
　"무슨 일이오?"
　"저, 이웃집 만영감이 실성했어요. 그 여자 때문에, 가엾게도. 하지만 기분 나쁜걸. 무서운 얼굴을 하고 있어요."
하는 것이었다.
　나는 만영감이 실성했다는 말을 듣고 잠옷 차림으로 뛰쳐나왔다. 흰 바위산 가장자리에 떠오른 유월의 아침 햇빛이 엷은 안개에 싸인 바위투성이 북한산의 봉우리들과 능금꽃이 피어 있는 뒷산을 황금색으로 물들이고 있었다. 희미하게 들려오는 개울물 소리조차 무척 온화한 초여름 날씨다.

그런데 어찌 된 일인가. 뒷산 능금밭에서는 저 얼굴 시커멓고 눈이 가는 만영감이 끙끙 신음하면서 손으로 흙을 파헤치면서,

"갔는가, 갔는가. 갔 - 는 - 가."

하고 부르짖고 있지 않은가. 그의 흰 무명 바지저고리는 흙투성이였다. 무표정한, 서투르게 만든 어릿광대의 탈 같은 그의 얼굴에는 다만 처량함만이 보일 뿐이다.

마을의 남자들은 날이 밝기 전에 돈 벌러 가고 아무도 없는 것이다. 그의 형 용영감은 채석장에 갔을 테고, 또 그의 조카 천길과 복길, 그리고 그의 양아들인 막내 삼길은 아마도 앵두나 꽃을 지게에 짊어지고 경성 거리에 행상을 나갔을 것이다. 이 바위산의 척박한 땅에 살고 있는 남자들에게는 눈이 녹고 나서 다시 눈이 내릴 때까지는 큰비가 쏟아지는 날을 빼고는 낮에 집 안에 있을 틈이 없는 것이다.

만영감이 저렇게 실성하여 무슨 일을 저지를지 모르는 이런 경우에도 이 마을에서는 남자의 손을 빌릴 수가 없다. 단지 집을 지키는 여자들이 호기심에 끌려 멀리서 둘러싸고 만영감을 지켜보며 우스꽝스러움을 참고 있을 따름이었다.

"색광(色狂)이야."

하고 어떤 여자가 다른 여자에게 소곤거리는 것이 들렸다. 누구 하나 이 불쌍한 만영감에게 동정을 갖고 있지 않은 듯했다. 장님과 미치광이는 웃음거리가 되는 것이 보통이다. 그들은 전생과 한평생에 죄가 많아서 그 죄 갚음으로 저런 꼴을 당하는 것이므로, 거기에 동정하는 것은 서로

에게 공덕이 되지 않는다는 것이다.

"가엾게도."

하고 아내는 기운 빠진 목소리로 말했다.

"애초에 그 여자는 너무 젊었어요. 게다가 예뻤고. 그런데도 매일 화장만 하고 있었구요. 무명옷 따위는 몸에 걸친 것을 본 일이 없을 정도예요. 어차피 오래가지 못할 거라고 생각했어요."

실제로 그 여자는 젊고 아름다웠다. 그런데 화장은 그 여자만 하는 것은 아니다. 이 마을에는 동네 사람이 할 수 있는 일이라곤 없어서, 남자들이 돈을 벌러 나가면 여자들에게는 할 일이 없는 것이다. 나이 들고 부지런한 여자들은 산에 가서 국유림의 땔나무를 훔치거나 채석장에 가서 자갈을 깨뜨려 매삯 이삼십 전을 벌기도 한다. 그러나 젊은 여자, 특히 결혼한 여자는 결코 마을 바깥으로는 나가지 않기 때문에 그녀들에게 화장을 하거나 쓸데없는 말을 지껄이는 것 말고는 시간을 보낼 방법이 없다.

"그랬지. 확실히 만영감의 여자는 지나치게 아름다웠어. 아마도 이 마을 으뜸가는 미인이었을걸."

하고 말하며 나는 그 여자가 우리 집 근처 우물에서 물을 길어서는 무거운 듯 물동이를 들거나 머리에 이고 하루에 몇 번이고 우리 집 앞을 지나던 모습을 그려보았다. 살갗이 희고 보기 좋게 살이 오른 데다 세련되었으나 음란해 보이지는 않던, 스물대여섯쯤 되었을 숙성할 대로 숙성한 여자였다.

이 여자는 만영감의 본처는 아니다. 그렇다고 해서 첩도 아니다. 다른 남자의 호적에 들어 있는 터라 식모라는 명분하에 만영감과 내연 관계를 맺고 있는 것이라고 한다. 그 여자가 도망가서 열흘이 지나도록 돌아오지 않은 것이 만영감이 실성한 원인인 것이다.

　만영감은 쉰 하고도 네다섯이나 넘긴 채석장 인부다. 스스로는 석공이라고 말하고 있지만, 한 사람 몫의 온전한 석공은 못 되는 듯했다. 단지 화약으로 폭파된 커다란 돌덩이를 도편수가 지시하는 치수대로 자르거나 거칠게 깎는 모양이었다. 그는 얼굴이 검고 눈은 움푹 팬 데다 작아서 흰자위만 별나게 두드러진, 지력도 감정도 평균 이하이지만 체격은 바윗덩어리 같은 사내였다. 그는 말이 없는지라, 나와는 햇수로 삼 년이나 이웃지간이었지만 최근까지 여태껏 한 번도 입을 여는 것을 본 일이 없었다. 길 가다 지나치는 경우에도 그는 나를 돌아보지도 않았다. 처음에 나는 그가 벙어리인가 생각했고, 바로 최근까지도 그의 시력을 의심할 정도였다. 그것은 결코 손이 흰, 도회지에서 온 침입자인 나에 대한 반감에서만은 아니었다. 이는 한 달쯤 전에 그가 자기 집 뜰에 있던 사철나무 한 그루를 내 집 뜰에 옮겨 심어주었던 사실로 알 수 있다. 장님 같고 벙어리 같은 그는 마을의 누구와도 일절 사귀지 않았다. 친형인 용영감과도 말을 섞는 것은 한 달에 한두 번 정도가 고작이었을 것이다.

　이러한 만영감이 여자 때문에 실성한 것이다. 자식도 없고 친구도 없고 이웃과의 사귐도 없다. 책도 읽지 않고 술도 담배도 가까이 하지 않으며 오직 여자만이 그의 유일한 삶이었다. 그 여자가 도망한 지 일주일이 지나고 열흘이 지나도 돌아오지 않는다. 그래서 그는 정신을 놓아버린 것이다.

　구장(촌장과 같은 직책)인 이 씨가 언젠가 내게 이런 말을 한 적이 있다. 그것은 만영감이 그 여자와 다투어 한밤중에 여자가 산발을 하고 엉엉 울면서 온 마을을 돌아다닌 까닭에, 저거 여자 귀신이라 하여 심약한 마을 여자들을 섬뜩하게 만든 그 무렵이었다고 생각한다.

"만영감은 묘한 사내예요. 저런 장승 같고 돌부처 같은 사내, 무엇 하나 낙이랄 것도 없는 사낸데 말입니다. 계집 없이는 하루도 지낼 수 없다고 하니 견딜 재간이 있나. 그러니 벌써 계집을 갈아치운 게 열 명도 넘지요. 그게 말이죠, 선생님. 열이면 열 모두 도망했으니 기이한 일이에요. 이번 여자도 여하튼 오래는 못 가겠지만, 그래도 용케 그럭저럭 삼 년이나 붙어 있네요. 하긴 올해 들어서는 하루가 멀다 하고 다투거나 거의 매달 한 번씩 도망가는 모양입디다만. 여자도 이미 자못 싫증이 난 게죠. 도대체 그 여자는 만영감과 어울리지 않아요. 꽤 미인입니다. 도회지에 나가도 부끄럽지 않지요. 그런데도 바느질도 할 줄 알고…….”

나는 구장의 설명을 듣고,

"그런가요, 삼 년이 되었나요? 내가 이곳에 이사 온 것과 거의 같은 시기로군요."

라고 대답하며 그 여자를 처음 보았던 때의 일을 떠올렸다. 잘 다림질한 흰 삼베 치마저고리며 옷맵시, 그리고 머리 매무새, 비취 비녀 등 도무지 이 마을 사람이라고는 생각되지 않았다. 그 여자가 만영감의 쓰러져가는 집으로 들어가는 것을 보고는 서울 사람의 첩으로 가 있는 만영감의 딸인가, 하고 생각했었다.

"네, 맞아요 맞아. 그해예요. 홍수가 나서 감이 퍼렇게 덜 익은 채 모두 떨어져버린 그해였어요. 만영감의 전 계집은 무당이었는데, 그 계집이 어느 집에 굿을 하러 불려 가서는 그길로 돌아오지 않았지요. 야단났군, 여자가 또 도망가서 만영감이 얼마나 속을 썩일까 싶더니, 어디선가 그놈의 계집을 주워 오곤 했지요."

하고 구장은 자못 부러운 듯이 이야기하는 것이었다.

내가 이곳으로 이사 오고 나서도 여러 번 밤중에 여자의 울음소리가 들렸다. 그 울음소리로 판단하건대, 여자는 만영감에게 두들겨 맞고 있는 듯했는데, 사내의 소리는 절대 들리지 않는 것이 특징이었다. 저 사내는 부부싸움 때에도 입을 열지 않는 모양이라고 하며 웃은 일도 있었다.

"그런 여자가 어째서 만영감 같은 사람에게 왔을까요."
하고 내가 말하자 구장은,

"아니, 사실은 말이지요, 경성부 직업소개소에서 식모로 데려왔다고 합디다. 그 계집, 전 남편과의 사이에는 아이도 있는 모양입디다만, 그 남편이란 작자가 제법 상당한 재산도 있어서 다른 계집과 바람이 났답니다. 그래서 그 남편이란 작자의 집을 뛰쳐나와 직업소개소에 갔던 거라고 직접 그렇게 말하는 것 같던데, 말짱 거짓말은 아닌 모양이에요. 여하튼 언뜻 보아 그 여자는 닳고 닳은 모습은 아니었으니 말이지요. 말하자면 인연이라든가 그런 것이겠지요."
하는 것이었다.

바로 이 주일쯤 전의 일이다. 만영감의 여자가 또 도망갔다는 소문이 났다.

"또?"
하고 마을 사람들은 당연한 일이라는 듯이 별로 신경도 쓰지 않았다. 올해 들어서도 몇 번이나 도망 소동이 있었으니까. 그러나 이삼일, 길어야 일주일쯤 지나면 그 여자는 으레 혼자 돌아오곤 했으니까. 그래서 당사자인 만영감조차 여자가 도망가도 찾으려고 하지 않을 정도였다. 하긴 만영감은 여자의 거처와 성씨조차 모른다는 것인데, 여자가 도망가면 만영감은 집 앞의 바위 위에 섰다가 쭈그리고 앉았다가 하면서 아무 말 없이 언제까지고 여자가 돌아오기를 기다리는 것이었다. 그 대신 그는 일도 나가지 않고, 일절 먹지도 자지도 않는 것 같았다. 아침저녁으로 만영감 집의 굴뚝에서 연기가 나는 것을 볼 수 없었다.

이번에 그 여자가 도망가고 나서도 만영감은 전례대로 아침부터 저녁까지, 늦은 밤 열두 시 무렵까지도 경성으로 이어진 큰길을 노려보고 있는 것이었다. 발아래 흐르는 개천의 물소리조차 필시 그의 귀에는 들리지 않을 것이다.

그런데 어느 날, 석양이 관음봉에 걸려 골짜기에서 저녁 안개가 피어오를 무렵이었다. 내가 시내에서 돌아오니 만영감이 혼자 개천에서부터 그의 집과 우리 집을 지나는 언덕길을 손보고 있었다. 가라앉은 얼굴로 예의 바위 위에 쭈그려 앉아 있게 마련인 그가.

"이거 수고하십니다. 저도 인부를 한 사람 냈어야 했는데."
하고 나는 정말 미안하여 말을 건넸다.

만영감은 삽을 든 손을 쉬고 허리를 펴면서,
"아니 무얼요. 선생님, 그년이 돌아왔습니다. 지금 부엌에서 밥을 짓고 있습죠."
하는 것이었다. 그러면 사랑하는 여자를 위해 길을 고치고 있었던 것인가, 하고 나는 놀랐다.

"축하합니다. 아, 그거 잘되었군요. 이번에야말로 도망가지 않도록 정신 바짝 차리세요. 좀 더 다정하게 대해주시고요. 어지간한 고집쯤은 관대하게 보아주는 게 좋지요."
하고 내가 말하자 만영감은,

"고맙습니다. 그년은 제겐 과분한 년입죠. 자개 박힌 장롱이랑 커다란 일본 경대도 사주겠다고 했지요. 그년은 돈으로도 목숨으로도 바꿀 수 없는 물건이거든요."
하며 수줍은 듯이 웃었다.

나는 진심으로 기쁜 마음이 되어 집에 돌아오자마자 아내에게,

"어이, 만영감의 여자가 돌아왔더군."

하고 큰 소리로 떠들었다.

"알고 있어요. 온 동네 큰 소동이었는걸요. 당신에게 보여주고 싶은 장면이었어요."

하고 아내는 우스움을 억누르며 말했다.

"당신이 외출하고 얼마 안 되어서예요. 그 여자가 말이죠, 자기 물건을 가지러 불쑥 찾아왔겠죠. 한껏 모양을 내고서요. 하부다에(곱고 부드러우며 윤이 나는 순백색 비단) 치마 같은 것을 입고요. 그리고 자기 물건을 보따리에 싸서 돌아가는 길에 저 개천 있는 데서 만영감과 딱 마주쳤어요. 함께 살자, 싫다. 놔라, 못 놓는다 하고 삼십 분이나 다툼을 했겠죠. 마을 사람이 모두 나와 구경을 했고요. 무척 재미있었어요. 그래서 끝내 저 영감이 말이죠, 여자가 말하는 대로 뭐든 해준다고, 사람들 다니는 길 한복판에서 땅에 꿇어앉아 양손을 싹싹 빌면서 여자에게 빌지 않았겠어요? 용서해달라, 모두 내가 나빴다고 말이죠. 호호호호."

하고 아내는 자지러지게 웃었다. 부엌에서도 식모들이 킥킥 웃는 소리가 들려왔다.

나도 실소하지 않을 수 없었다.

우리들이 마음껏 웃고 있자니, 그 만영감이 느릿느릿 우리 집 문에 들이섰다. 만영감은 아이처럼 수줍어하며,

"그년이 전등이 들어왔으면 하는뎁쇼."

하는 것이었다.

"좋아요, 내가 회사에 부탁하지요."

라고 했더니 그는,

"부탁드립니다."
라고 말하고는 돌아가버렸다.

그 모습이 실로 순진하다는 생각이 들었다.

이튿날 만영감이 일부러 경성 시내에 가서 고기며 명태며 다시마며 바나나까지 잔뜩 사서 바구니에 담아 어깨에 짊어지고 오는 것을 보았다.

또 그 이튿날이었다고 생각된다. 내가 만영감의 집 앞을 지나자 만영감이 커다란 놋쇠 자물쇠를 문에 채우고 있었다. 내가 놀라서,

"저런, 또 도망갔습니까?"

하고 물었더니, 만영감은 빙긋 웃으며 다섯 치 정도 되는 놋쇠 열쇠를 주머니에 넣으면서,

"아뇨, 있습죠."

하며 안방을 가리켜 보였다.

그리고 그가 도구 자루를 짊어지고 언덕길을 내려가 채석장으로 서둘러 가는 뒷모습을 지켜보며 나는 한숨을 쉬지 않을 수 없었다.

만영감은 여자가 도망가고 나서 꼭 보름간 일을 쉬었다. 그러나 그에게는 모아둔 돈이 없는 것이다. 그의 재산이라고는 이백 몇 평인가 되는 경사진 땅의 과수원과 이 쓰러져가는 보잘것없는 집뿐이다. 돈으로 어림하면 고작 육백 원쯤 될 것이다. 게다가 이 부동산은 육 할 선이자를 떼는 이백 원 남짓 고리채의 담보로 저당 잡혀 있는 것을 나는 잘 알고 있다. 그가 말한 것처럼 여자를 위해 자개 박힌 장롱과 일본 경대를 사려면 또 백 원 이상의 돈을 빌리지 않으면 안 된다. 그가 하루에 이 원 정도 버는 채석장의 수입으로는 여자의 화장품값도 모자라지 싶다. 더구나 비 오는 날에는 채석장은 일을 쉬는 것이다. 한 달 이상의 장마철에 대비하려면 적어도 오륙십 원의 돈을 모아두는 것이 필요하고, 만약 그것이 여의치

않으면 또 연 육 할의 이자 딸린 돈을 빌리지 않으면 안 된다. 그래서 그는 믿을 수 없는 젊은 여자를 가둬두면서까지 돈을 벌러 가지 않으면 안 되는 것이다.

그 후 이삼일이나 지났을까. 아침 일찍 꾀꼬리와 뻐꾸기가 울 무렵 만영감이 나를 찾아왔다.

"선생님, 어쩝니까? 그년이 내 땅과 집을 자기 명의로 옮겨달라는구먼요. 그러지 않으면 함께 살지 않겠다고 고집을 부리고 있습죠."
하고 상담해 오는 것이었다.

"그렇게 해주면 호적에 올린답니까?"

"예, 그렇게만 해주면 곧 전 남편과는 인연을 끊고 호적에 이름을 올려주겠답니다."
라고 하기에, 나는 우선 그 재산을 공동 명의로 하면 좋을 것이라고 말해 주었다.

내 의견에 그도 수긍하고 돌아갔다.

삼십 분쯤 지나서 그는 또 찾아와서,

"선생님, 고맙습니다. 그년에게 그렇게 말했더니 아주 좋아하는구먼요. 그렇게 해주면 내가 죽더라도 자기는 재혼도 않고 평생 내 무덤을 돌보며 지내겠답니다. 그리고 전 남편의 호적에서 빠져나와 내 호적에 이름을 올려주겠다고요."

만영감은 여자를 호적에 올리는 것이 소유권을 확실히 히는 것임을 몇 번이나 체험했기에, 여자가 도망갈 때마다 체험했기에, 호적이란 것에 몹시 신경을 쓰고 있었다.

"호적에 올려놓지 않으면 도무지 방법이 없다고, 경찰에서도 상대하지 않으니 말입죠."

하고 그는 말했다.

공동 명의의 제안은 즉각 효과를 나타냈다. 그날부터 만영감은 그의 커다란 놋쇠 열쇠도 가지고 다닐 필요가 없었다. 여자는 저 상체를 흔드는 버릇이 있는 걸음걸이로 몇 번이고 몇 번이고 우물에서 물을 길어 와서는 만영감과 자기의 옷이며 이불이며 버선까지도 깨끗이 빨아, 마당이며 감나무며 바위 위, 담장 등에 개의치 않고 널어 말렸다. 맑은 유월의 태양이 사이좋게 나란히 걸려 있는 사내의 옷과 여자의 치마에 강렬히 내리쬐었다.

이로부터 약 일주일간이 만영감에게는 일생일대의 행복한 시절이었으리라. 그리고 슬프게도, 그것이 만영감의 최후의 행복이기도 했던 것이다.

만영감에게는 양자가 있었다. 용영감에게도 만영감에게도 조카가 되는, 세 살부터 열다섯 살까지 만영감이 몸소 돌보아 기른 삼길이라는 녀석인데, 올해 열아홉이다. 만영감에게 이번 여자가 온 뒤로 서로 사이가 나빠져 삼길이 생가인 만영감의 형네 집으로 돌아간 이래, 실질적으로는 친자 관계가 끊어진 듯하다. 삼길은 한 번도 만영감 집에 온 일이 없고, 또 만영감과 만나도 아버지라고 부른 일조차 없었다. 그런데 만영감이 자기 소유를 여자와 공동 명의로 하고 싶다고 용영감과 상의한 뒤로 그것은 친족 간의 문제가 되어버렸던 것이다. 만영감은 유일한 자기의 재산을 여자와 공동 명의로 하고자 했지만, 여자를 붙들고 여자를 기쁘게 해주고 싶은 열기가 식자 조금 아깝기도 하고 불안하기도 해서 형인 용영감에게 상의했던 듯하다. 그런데 용영감은 그 자리에서 아우의 분별없음을 꾸짖고, 거기에 그치지 않고 조카들에게도 이야기한 것이었다.

"삼길아, 큰일났다. 네 몫이 될 재산이 그 여자의 손에 들어가게 생겼어."

하고 말하는 바람에 삼길의 형인 천길과 복길, 그들의 어미, 그리고 그들의 숙모이자 동시에 용영감과 만영감의 누이 되는 산너멋골 숙모라는, 무당 좋아하는 여자가 모여 협의한 끝에 만영감의 분별없는 계획을 저지하고자 했던 것이다.

"그런 여자에게 재산을 줄 거면 나는 양자 같은 건 그만두겠어요. 아버지가 죽어도 나는 상주 따윈 안 해요."

하고 삼길이 큰 소리로 고함지르는 소리가 우리 집에서도 들렸다. 삼길은 시내의 보통학교에 삼 년이나 다닌, 이 마을에서는 도회물 먹은 신청년의 한 사람으로, 경찰을 무서워하는 것 이외에는 무서울 것이 없는 계급에 속한 사내다.

친족들의 협의 결과 최씨 집안의 재산을 생판 남인 그 여자에게 주는 것은 최씨 집안의 수치라는 결론에 달했고, 용영감은 모두의 앞에서 만영감에게 그 사실을 선고한 것이었다.

용영감에 의하면, 최씨 집안은 이 땅에서 십사오 대나 살았고 이 땅에서 으뜸가는 명문이라는 것이다.

그리고 이삼일 지난 어느 날 밤 만영감이 사랑하는 여자는 얄궂게도 만영감과 한 이불 속에서 자다가 집을 빠져나와 모습을 감춘 것이다. 어느 노름꾼의 증언에 의하면, 아직 닭이 울기 전에 양복 입은 사내 하나가 만영감 집의 담장 밑에서 서성거리고 있었다는 것이다.

이리하여 만영감은 실성한 것이다.

"갔는가, 갔는가, 갔-는-가."

하고 부르짖으며 온 마을을 헤매던 만영감은 실성한 지 삼 일째부터 식칼을 들고 형과 조카들을 죽이겠다며 찾아다녔고, 또 노인이고 아이고 조카며느리고 여자만 보면 달려가 덤벼들려고 하였다.
  그것이 남자들이 없는 대낮의 일이라 온 마을은 큰 소동이 일었다. 여자들은 놀러 나간 아이들을 불러들이기도 하고, 대문 있는 이웃집에 뛰어들어가 피난하기도 하여 마치 말세가 닥치기라도 한 듯했다.
  그래서 나는 구장에게 뭔가 조치를 취하도록 하기 위해 언덕길을 내려갔다. 만영감은 식칼을 들고 누구를 쫓는 듯이 어정어정 자기 밭을 돌아다니다가는 가끔 예의 "갔는가." 하는 대사를 되풀이했다.
  개천가의 바위 위에는 구장과 두세 명 한가한 사람들이 역시 만영감에 대해 이야기하고 있는 모양이었다. 거기에 나도 가담하여 의논한 결과, 얼른 용영감과 그의 조카들을 불러서 실성한 만영감을 가둬두기로 의견의 일치를 보았다.
  개천에서 놀고 있는 아이들을 시켜 오륙 정(町)쯤 떨어진 채석장에 있는 용영감을 부르러 보내고, 우리들은 거기서 그가 오기를 기다리기로 했다.
  십여 분이 지나 용영감은 그 좁은 이마, 낮은 코, 주름 잡힌 얼굴에 피로와 당혹한 기색을 띠고 개천을 건너왔다. 조카 셋 중에 맏이인 천길과 막내 삼길 두 사람도 어리둥절한 얼굴을 하고 숙부를 따라왔다.
  구장이 만영감을 저대로 내버려둬서는 사람을 해칠 우려가 있다는 것, 특히 부인에게 폭행을 가하기 쉽다는 것, 마지막으로 만약 무슨 일이 생기면 친족의 책임이라는 것 등을 일종의 관헌(官憲)과 같은 위엄을 가지고 설명하고는, 즉각 그를 병원에 입원시키거나 그렇지 않으면 폭행을 휘두를 수 없도록 보호할 것을 명했다. 구장은 배운 것은 없지만 오랫동안 구장 노릇을 하며 면사무소와 주재소에 출입했던 까닭에 그 말하는 품새도 관리 냄새를 풍겼고, 또 구변도 꽤 좋았다.

"지당합지요, 지당합지요."
라고 말하며 쉽게 감격하는 기질의 용영감은 곧 적당한 크기의 몽둥이와 견고한 밧줄을 구해 올 것을 조카들에게 명하고는,
"정말 면목 없구먼요. 우리 최씨 집안의 얼굴에 흙칠을 한 괘씸한 놈!"
하고 분개하면서 언덕길을 올라가는 것이어서 우리들도 뒤를 따라 언덕을 올라갔다.
밭에서 어정거리고 있던 만영감은 형 용영감을 보자마자,
"이놈, 여자를 내놔라. 여자를 돌려줘."
하고 식칼을 번뜩이며 달려왔다. 그 표정은 무시무시했다.
우리들은 오싹하여 멈춰 섰다. 그러나 이 일대에서 싸움의 맹장으로 목숨도 아끼지 않는다는 별명조차 가진 용영감은 과연 늙은이임에도 만만치 않았다. 아우가 위협하는 말에 눈썹이 꿈틀 찌푸려지는가 싶더니,
"뭐? 이 자식이."
하고 내뱉고는 나는 새처럼 달려들어 어느새 만영감의 손에서 식칼을 낚아챘다.
그때 천길과 삼길이 몽둥이와 밧줄을 가지고 급히 달려왔으나 만영감의 무시무시한 표정에 겁에 질려 가까이 가지 못하고 우물쭈물했다.
"뭘 덜덜 떨고 자빠졌어. 어서 묶으라고, 어서!"
하고 용영감은 터질 듯이 눈을 부릅뜨고 소리를 질렀나.
두 조카들은 상관의 명령을 두려워하는 신참 병사 모양으로 깔아 눕혀진 실성한 숙부에게 달려들어 서투른 솜씨로 밧줄을 모두 동원하여 그럭저럭 만영감의 손발을 움직이지 못하게 묶었다. 뒤쪽에서, 묶지 않아도 좋을 텐데, 라고 나는 생각했다. 그다음 그 미라 모양으로 묶인 미치광이

를 용영감이 질질 끌고 가서 커다란 감나무에 기대놓고 또 한 개의 밧줄로 나무에 동여매버렸다.

 일이 끝나자 용영감은 잠시 만영감을 가만히 응시했으나 참기 어려운 화가 치밀었는지 주먹을 치켜들어 만영감을 때릴 태세를 취했다. 그래도 때리지는 않고,

 "바보 같은 놈. 꼬락서니를 보라지. 어째 나잇살이나 처먹고 고작 갈보 하나 때문에 색기에 미치다니, 참말 칠칠치 못한 녀석이구먼. 이 나도 열스무 명 남짓 되는 여자가 도망간 일이 있지만, 나는 이런 추한 꼴을 보이지는 않았어."

하고 아우의 얼굴에 퉤하고 침을 뱉었다.

 그러나 다음 순간 용영감은 갑자기 기어들어가는 목소리로,

 "참말 칠칠치 못한 녀석 같으니. 우리 최가 혈통에는 너 같은 얼간이는 없었다. 아버지도 조부도 훌륭한 분으로 호랑이라고 불릴 정도였어. 나도 난봉꾼임엔 틀림없지만, 너와는 달라. 이 부끄러움을 모르는 놈."

하고 내뱉으며 이마의 땀을 닦는가 싶더니, 그 시커먼 커다란 손으로 가만히 눈물을 닦았다.

 용영감은 치밀어 오르는 비분을 누르기 위해 몇 번이고 몇 번이고 후우 후우 하고 한숨을 쉬고 나서 구장과 나를 돌아보며,

 "이놈 만이 녀석은 말이 없고 언제나 성난 상판때기를 하고 있습니다만, 근본은 정직하고 인정도 의리도 분별할 줄 아는 놈입니다. 술, 담배도 가까이하지 않고 소처럼 열심히 일해서 제 손으로 이만한 재산도 모았고, 저 녀석들(천길과 삼길을 가리키며)이 어려서 부모를 잃고 걸식하게 된 것을 이놈이 데려다가 길렀습죠. 게다가 우리 네 형제 중 나와 성질이 맞는 것은 이놈뿐이었지요. 이놈은 제가 업어 길렀으니까요. 이제

피와 뼈를 나눈 단 하나 남은 아우, 이 녀석이 이런 꼬락서니가 되어 저는 정말 맥이 풀립니다. 색기에 미친 것은 고치지 못한다는 게 예부터의 통념이고 보면 이대로 뒈질 것이 빤하지만, 어차피 고치지 못할 거면 하루라도 빨리 뒈지는 게 낫습니다요. 에잇, 이 녀석. 빨리 뒈져버려, 꼴사납기는."

하고 손바닥으로 철썩하고 아우의 뺨따귀를 때리고는 손을 거두면서 와락 울기 시작했다.

용영감은 슬픔을 억누르면서,

"네놈이 죽으면 이 나도 끝이야. 계집이 있나, 자식이 있나. 일흔이 낼모레인 판에 오래 살아 무슨 바랄 게 있다구. 조카 놈들도 모두 난봉꾼일 뿐이고. 그 계집과 삼 년이나 얌전하게 자빠져 있어서 만이 녀석만은 운이 좋다고, 그것만 낙을 삼았었는데. 그 곱게 늙은 년이 잘코사니, 만이 녀석을 골탕먹였구먼. 좋아, 빌어먹을 년. 지옥 밑바닥까지 가서라도 찾아내서 갈가리 찢어줄 테니 두고 봐. 갈보 같은 년. 그건 그렇고, 우리는 얼마나 불운한 놈들이람. 이제 죽어 저승에 가면 염라대왕 녀석에게 큰소리로 호통쳐주겠어. 사람을 만들 거면 왜 이런 불운한 물건을 만들었느냐고. 왜 좀 더 좋게 만들어주지 않았느냐고."

하고 울부짖었다. 용영감은 염라대왕이 사람을 만든다고 생각하는 모양이었다.

그 후 며칠이 지나도 만영감의 의식은 물론 돌아오지 않았다. 어느 날 밤 만영감의 집에서 뚱땅뚱땅하는 장구 소리가 났다. 만영감 누이의 주장으로 무당을 불러 굿을 하는 모양이었다. 만영감에게 달라붙은 악귀를 쫓는다는 것이다. 무당의 말로는, 남쪽에서 목제품이 이 집에 들어왔고 거기에 젊은 여자의 원귀가 씌어 따라왔는데, 그것이 만영감의 병의 원인이며, 따라서 그 목제품을 태워버리지 않으면 원귀는 나가지 않는다고 했다는 것이다.

"그것 보라구. 분명히 저 장롱과 경대 탓이야. 저게 고물이거든. 저걸 사용했던 여자의 원귀인 게지. 여자는 집착이 심하니까."
하고 여자들은 말했다. 그러나 그 근사한 장롱을 태워버리는 것은 삼길이 완강히 반대했다는 것이다.

 그 장롱과 경대란 말할 것도 없이 여자를 기쁘게 해주려고 만영감이 연육 할의 고리채로 경성 시내의 중고 가구점에서 사 온 것이었다.

 굿이 있은 다음 날, 나는 만영감 집에 가보았다. 아무도 없고, 만영감 혼자 손발을 묶인 채 온돌방과 마루 사이의 경계에 있는 기둥에 묶여 기대어 있었다. 내가 목례했더니, 그도 약간 고개를 끄덕여 보였다. 곁에는 종이 봉지에 먹다 만 팥빵 한 개가 보이고, 또 더러운 사발에 마시다 남긴 물이 있었다. 한쪽 팔뚝만은 자유롭게 움직일 수 있어서 그 손으로 먹고 마시는 모양이었다.

 손목과 발목을 묶은 밧줄이 깊이 살갗을 파고들어서 뼈가 드러난 것처럼 보였다. 저 하얗게 드러난 부분은 뼈를 감싸고 있는 막일 터이다. 아마도 포박을 풀려고 발버둥친 흔적이리라. 그리고 위팔을 단단히 묶은 터라 손과 손톱 끝이 퍼렇게 피가 몰려 부어올라 있다. 그러나 만영감의 얼굴에는 처참한 빛은 티끌만큼도 없고 지극히 평화로워 졸고 있는 것처럼 보일 정도였는데, 오직 그 눈만이 반짝반짝하고 섬뜩하게 빛나고 있었다. 그는 이제 그 여자의 일조차 잊었을지도 모른다. 예의 '갔는가'라든가 '계집을 내놔라'라는 말조차도 더 이상 되풀이하지 않게 되었으니까.

 내 눈은 안방으로 향했다. 거기에는 문제의 장롱과 일본 경대가 쓸쓸히 빛나고 있다. 과연 만영감이 약속했던 것처럼 흑단을 두른 장롱에는 두꺼비며 사슴이며 매화며 소나무, 그리고 '수복강녕(壽福康寧)'이라든가 '부귀다남(富貴多男)'이라든가 만영감에게는 전혀 인연이 없는 경사스런 문구가 멋지게 자개로 상감(象嵌)되어 있었다. 그리고 내게 부탁하여 달아놓은 전등도 심심한 듯 어두침침한 천장에 매달려 있다. 마치 이 모든 물건들이 처음 목적한 의의를 잃은 듯했다.

누구 하나 이 무해무익한 존재를 걱정하는 사람은 없었다. 처음에는 조카들에게 분풀이하는 마음도 얼마간 있어서 용영감이 만영감 곁을 떠나지 않고 돌보았으나, 그것도 이제 싫증이 난 모양이어서 그는 아우의 병에 대한 걱정을 구실로 아침부터 저녁까지 선술집에서 술을 마시고는 밤중에 혼자 욕설을 퍼부으며 곤드레만드레 취하여 돌아와 자기 집―부엌도 없는 달랑 한 칸뿐인 집―에 들어가 곯아떨어지는 모양이었다. 만영감은 밤이나 낮이나 혼자뿐이다. 아침에 나갈 때 용영감이 만영감을 흘끗 보고는 두세 마디 꾸짖고, 기저귀를 갈거나 물을 주거나 할 따름이다.

나는 사람의 도리상 이대로 묵묵히 있을 수는 없다고 생각했다. 그래서 어느 날 아침 일찍 삼길을 불러다가 간곡히 자식으로서의 도리를 다하도록 이야기하며,

"삼길 군, 자네 양친은 얼마 못 사실 테니 곁에 있으면서 맛있는 것이라도 권해드리게. 그러면 자네에게 참으로 복이 올 걸세."
하고 거의 반 시간이나 설득을 했다.

그런데 내 충고가 끝나기를 기다려 삼길은,

"선생님, 아버지가 죽으면 그 재산은 모조리 제 것이 되겠지요?"
하고 묻는 것이었다. 재산에 혈안이 된 그에게는 내가 말한 것은 귓등에

도 들어가지 않았던 모양이다.

"그렇고말고. 자네가 상속자 아닌가."

라고 말하고는 나는 방편 삼아,

"그러나 자네가 부친의 맘에 들지 않으면 부친은 그 재산을 다른 사람에게 양도할지도 모르지."

하고 덧붙였다.

이 점은 그의 주의를 끈 듯했다. 그의 눈썹이 움직이고 눈이 빛났으니까. 그러나 그것은 내가 의도한 방향은 아니었다. 그는,

"도대체, 도장은 어디에 숨겨둔 거야?"

하고 혼자 중얼거리며 내게는 인사도 않고 가버리는 것이었다.

그 이튿날 새벽 무렵이다. 만영감 집에서 용영감의 호통치는 소리와 여자들의 흐느껴 우는 소리가 들려와 '글쎄, 만영감이 숨을 거두는 걸까.' 싶어 나는 서둘러 만영감 집으로 갔다. 내가 갔을 때는 용영감이 이제 막 삼길에게 덤벼들 태세로,

"그래, 도장은 분명히 이 내가 보관하고 있다. 네놈 같은 불효자에겐 단돈 한 푼도 주지 않을 게다. 저 숙부는 세 살 때부터 네놈을 키웠어. 혼자서 네놈을 키웠다고. 그런데 네놈은 저 숙부가 병들어도 단 한 번도 찾아오지 않았지. 이 극악무도한 놈. 그런 놈이 잘도 이제야 불쑥 찾아와서는 도장을 달라고? 짐승 같은 놈."

하고 말하고 있는 것이었다.

"무슨 말씀예요. 법률에 분명히 씌어 있어요. 부모가 죽으면 재산은 자식 것이라고요. 아무리 도장을 숨겨봤자 이 집도 땅도 모조리 내 것이에요. 이의가 있으면 주재소에 가는 게 좋을걸요."

하고 단언하며 삼길은 홱 나가버렸다.

용영감은 이를 악물고 무릎을 떨고 있었다.

삼길이 가버린 뒤 삼길 어미는 성큼성큼 만영감 곁으로 다가가,

"아주버니, 아주버니가 죽으면 당신 재산은 모조리 삼길이 차지요. 용이 아주버니 것도 산너멋골 누이의 것도 아니지요. 삼길이 것이오. 숨을 거두기 전에 분명히 한마디 해주소."

하고 귀머거리에게 말하기라도 하듯 큰 소리로 떠들었다.

만영감은 약간 눈을 크게 뜨는 듯했다. 그러나 열흘이 되도록 굳게 다물고 있는 그 입술은 열려고도 하지 않았다. 그는 마치 삼매(三昧)에 든 고승(高僧)처럼 오직 허공을 응시하며 말없이 가만히 있을 뿐이었다.

삼길 어미는 실망한 듯 물러갔다.

이윽고 만영감은 오른손을 들려고 했으나 힘없이 떨어뜨리는가 싶더니 가냘픈 목소리로, 그러나 마당에 서 있는 내게도 들리는 소리로,

"물을 줘, 물."

하고 말했다. 그의 혀는 굳어 있었다. 죽음을 앞두고 고열로 극심하게 목이 말랐던 것이리라.

"여어, 어서 물을 길어 오지 못해? 마지막으로 입을 축이게 해야지."

하고 용영감은 삼길 어미와 서로 으르렁거리고 있는 누이를 매섭게 노려보았다.

누이가 허둥지둥 사발을 가지고 우물로 달려갔다. 그 여자가 아침저녁으로 물을 길어 왔던 그 우물인 것이나.

"자, 오라버니, 물. 물. 물."

하고 누이가 우물에서 길어 온 사발의 물을 입 가까이에 가져갔을 때는 이미 만영감의 숨은 끊어져 있었다. 움직이지 않게 된 그 하얀 커다란 눈만이 예의 전등 빛을 받아 희미하게 빛나고 있다. 무릎 위에 축 늘어져 있

는 검은 마디진 두 손이 갑자기 두드러져 보였다. 오십사 년간 일한 저 손, 그것은 무엇을 얻은 것일까.

용영감은 와락 울기 시작하며 아우의 포박을 풀고 이제 송장이 된 만영감을 안방으로 옮겨 눕혔다. 그리고 뼈가 불거진 커다란 손으로 시신의 눈을 감기며,

"쓰라린 일생이었구나. 다음 세상에서는 좋은 곳에 가거라."
하고 중얼거리는 것이었다.

누이도 울고, 천길과 복길도, 그리고 그들의 어미도 울었다. 만영감의 죽음은 설령 그저 잠시 동안이라 해도 그들의 마음을 욕심과 증오에서 벗어나게 했던 것이리라.

아침 해가 만영감 집의 창에 비쳤다. 꾀꼬리와 뻐꾹새가 요란하게 울었다.

나중에 불려 온 삼길도 눈이 빨개질 정도로 울었다.

심부름꾼이 예의 고리대금업소에 달려가 장례비와 지노귀굿 비용, 그리고 사십구재 비용까지 합하여 또 백 원 남짓 빌린 돈은, 이번에는 상속자인 최삼길의 명의로 처리되었다. 이 차용증서가 자신의 상속권을 법적으로 확실히 한다고 여겼음인지 삼길은 불평도 않고 오히려 나서서 그 증서에 도장을 찍고, 게다가,

"이 내가 책임을 진다, 이 말씀이야."
하고 심부름꾼에게 당당히 전갈까지 전했고, 또 삼길의 말을 들은 용영감도 그것을 당연하게 여기는 모양이었다.

저녁이 되자 마을 사람들은 만영감 집에 모여 마당에 자리를 깔고 밤을 새웠다. 삼길은 호기 있게 소주와 막걸리를 사 오게 하여 밤샘 손님을 대접했고, 언제 어디서 마셨는지 자기도 얼굴이 빨개져서는 아무 데고 퉤

퉤 침을 뱉었다. 그래도 역시 용영감과 산너멋골 누이는 술도 마시지 않고 시신 옆을 떠나지 않은 채 밀랍 초의 심지를 자르거나 향을 피우면서 졸음 오는 눈을 껌뻑이고 있다.

 밝아오는 아침 일찍, 아직 뻐꾸기도 울기에는 이른 무렵에,
 "여보, 벌써 만영감의 상여가 나가요."
하는 아내의 목소리에 잠이 깨어 뛰어나가 보니, 개천가에 진홍빛 막을 두른 상여가 관이 오기를 기다리고 있고, 거친 베옷을 입은 상여꾼들이 지루한 듯 길가에 쭈그려 앉아 담배를 피우고 있다. 마을 사람들이 언덕길로 옮겨 간 거적에 싸인 만영감의 관은 아무런 의식 절차도 없이(횡사한 사람은 의식 절차에 따라 조상 될 자격이 없는 것이다) 상여에 실려 "어이여어, 어이여어." 하고 드문드문 이어지는 선창과 더불어 화장장으로 향했다. 삼길이 상복을 입고 대나무 지팡이를 짚은 채 허리를 구부리고 상여 뒤를 따르며 얌전히 상주 노릇을 한 것은 말할 것도 없다.

 맥이 풀린 듯한 용영감의 얼굴과 흥미를 잃은 듯한 마을 사람들의 얼굴도 대여섯 뒤따랐다. 사망진단이니, 매장 허가니, 화장 수속이니 온갖 사무를 혼자 떠맡아 도왔던 이(李) 구장의 피곤한 얼굴에는 땀이 흘렀다. 횡사한 사람의 부정한 상여가 지나간다고 해서 아낙네들은 호기심 많은 아이들의 손을 끌어당기거나 머리를 쥐어박으며 집 안으로 불러들여서는 문을 닫아걸었다. 그러나 오십 몇 년인가 되는 만영감의 일생에서 이 날만큼 마을 사람들에게 그의 존재가 인식된 적은 없었으리라.

 만영감의 시신은 재가 되어 관음봉 꼭대기에서 형 용영감의 손에 의해 바람에 불려 날아 갔다.

 "이것으로 개운해졌구먼. 자식 없는 놈에게 무덤 같은 건 소용없지. 하지만 내가 죽으면 재를 날려줄 사람도 없는걸. 만이 녀석, 내게 비하면

그래도 복 받은 놈이여."
 장례가 끝나자 용영감은 아우의 집을 정리하면서 누구에게 말하는 것인지 이런 말을 중얼거리는 소리가 들렸다.

 만영감이 죽은 지 벌써 일 년이 되었다. 나는 그의 기일을 기억하지 못한다. 이를 기억하는 것은 아마도 호적부뿐이리라. 용영감조차 술에 취해도 더 이상 만영감에 대한 푸념을 입에 올리지 않게 되었을 정도로, 살아 있을 때조차 몽롱한 존재였던 저 만영감을 이제는 누구 하나 생각지 않을 것이다. 단지 삼길만이 저 어두침침하고 불길한 주막집에서 친해진 여자를 아내 삼아 부부싸움을 하거나 도망 소동을 피우며 만영감의 유산과 운명을 이어가고 있는 듯하다. 만영감이 옮겨 심어준 우리 집 마당의 사철나무는 뿌리를 잘 내려 한창 새싹을 피우고 있다.
 '쓰라린 일생이었구나. 다음 세상에선 좋은 곳에 가거라.'라던 용영감의 기도를, 나도 만영감을 위해 바치련다.

—「만영감의 죽음(萬爺の死)」, 『가이조(改造)』, 1936. 8.

옥수수

　원산(元山) 시가와 송도원(松濤園) 해수욕장 사이 소나무가 무성한 산이 쑥 내민 끝에 안(安)이라는 한 기인(奇人)이 살고 있다. 안 씨와 나는 수십 년 이래 아는 사이지만 빈번한 교제가 있는 정도의 사이는 아니었다. 올여름 나는 송도원의 해변에서 우연히 안 씨와 만나게 되어 나의 아이들과 함께 안 씨 댁의 만찬에 초대받게 되었다.
　"옥수수밖엔 없습니다만."
하는 것이 안 씨의 초대사였던 것이다.
　약속한 오후 다섯 시 안 씨는 우리를 맞으러 왔다. 초대된 손님은 만주국이라는 별명을 가진 나씨(羅氏) 부부와 그의 아이들, 그리고 우리들이었다. 나 씨와 나는 옛 친구이자 또 가족끼리 친한 사이이기도 하다.
　안 씨의 집은 실로 경치가 뛰어나게 아름다워 동쪽 창으로는 원산 바다가 한눈에 잡힐 듯이 보인다. 게다가 마당에 느티나무와 떡갈나무, 늙은 벚나무, 소나무 등이 울창하게 그늘을 드리우고 있다.
　"이건 조선 제일이로군요."
히고니는 엉겁결에 내뱉었으나 결코 과찬의 말은 아니라고 생각한다.
　"역시 서양인 쪽이 제 고장의 조선인보다 풍수에도 밝아."
하는 것은 나 씨의 평이었다. 풍수란 집터나 묫자리를 보는 기술이라는 뜻이니, 이 집은 지금부터 사십 년 전 구한국의 해관(海關) 관리로 원산에 온 오이센이라는 덴마크 귀족이 지은 것으로, 지금 집주인인 안 씨는 그 오이센 씨에게서 이 집을 양도받았는데, 햇볕 잘 들고 경치 좋고 게다가 서북쪽은 산으로 둘러싸인 절호의 '명당'인 것이다.

안 씨가 나와 처음 알게 된 때 그는 아직 가난한 서생이었다. 그가 시베리아로 혹은 만주로 다니면서 나 씨와 친해진 것은 블라디보스토크 방랑 시절이었다고 한다. 나 씨도 젊어서는 사상적으로나 공간적으로, 또 사업적으로도 방랑자여서 수십만의 재산을 모으게 된 것은 최근의 일인데, 안 씨도 지금은 재산이 족히 백만을 넘는다고 한다. 안 씨도 나 씨도 나이 이제 오십, 성공한 부류에 속할 것이다. 다만 그때나 지금이나 변함없이 가난한 서생으로 버티고 있는 것은 이 나뿐이다.

싱거운 젊은 시절의 추억담 등으로 시간을 보내고 식사 시간이 되었다. 마호가니 목재인지는 모르겠지만 훌륭한 식탁에 새하얀 식탁보가 덮여 있고, 의자와 세간 등도 모두 고풍스러운 품위가 있다. 요리는 현부인(賢夫人)으로 이름이 있는 안 씨 부인이 손수 조리한 것이라고 하며, 안 씨가 직접 급사 노릇을 하였다.

처음에 나온 것이 서양 접시에 담은 황금색 죽이다.

"옥수수입니다. 옥수수 죽이지요. 자, 어서 드세요."

하고 안 씨가 먼저 스푼을 들어 한 입 떠먹었다. 나도 먹어보았는데 정말 맛있었다. 이것은 호텔 같은 데서도 식탁에 오르는 것이지만, 옥수수가 신선해서인지 호텔 것과는 비교도 되지 않을 정도로 맛이 좋았다.

"이거 정말 맛있군."

하고 나 씨도 입맛을 다신다.

"대체 이것은 어떻게 만든 겁니까?"

나는 안 씨에게 물었다.

"뭐 어렵지 않아요. 옥수수 알갱이를 떼어내서 갈아 으깹니다. 그리고 적당히 끓여 크림과 소금을 조금 넣습니다. 하긴 여기엔 닭 육수가 약간 들어간 듯합니다만."

"설탕은 넣지 않나요?"

하고 묻는 것은 나 씨 부인이었다.

"아니요, 설탕은 넣지 않아요."

하는 안 씨 부인의 대답을 이어 안 씨는,

"저희 집에서는 가능한 한 설탕은 쓰지 않는 방침입니다. 조선에서는 설탕이 나지 않고, 또 직접 만들 수 없으니까요. 더욱이 어떤 곡물에든 꼭 적당한 양의 당분이 들어 있으니까요. 조리 방법만 적절하면 특별히 설탕을 넣지 않아도 좋다고 생각합니다."

"조물주의 처방대로 하는 셈이로군요."

나 씨는 유쾌한 듯이 웃었다.

"그렇습니다. 조물주의 처방에 실수는 없지요."

안 씨는 정색을 하며 진지하게 말했다.

두 번째 코스는 닭을 로스트한 것으로 빵과 쿠키가 함께 나왔는데, 안 씨는 쿠키를 손에 들고 가리키며,

"이것도 옥수수입니다. 빵도 옥수수나 메밀로도 만들 수 있는데, 맥류는 조선에서도 나니까 문제가 없습니다. 그리고 옥수수는 어떤 산속에서도 나니까요. 호밀 등도 그렇습니다만, 옥수수를 주식으로 하는 것이 조선의 식량 문제 해결에 중요한 의미가 있나고 생각해서 나는 이십 년 동안 옥수수를 맛있게 먹을 궁리를 하고 있는 것이지요. 이 쿠키도 옥수수로 만든 것인데 하나 잡숴보세요."

라고 말하는 것이었다.

"과연 맛있군요."

"음, 이것 참 맛있군."

"나도 하나 더."

어른도 아이도 대환영이었다.

다음에 나온 것은 전병 같은 것인데, 안 씨는 또,

"이것도 옥수수입니다."

라고 말하며 빙그레 웃어 보였다.

그것도 맛있었다.

다음에 나온 것은 옥수수를 그대로 찐 것이었는데, 안 씨는,

"지금껏 드신 옥수수가 이것입니다. 이것은 골든벤덤이라는 아메리카 종인데, 조선의 기후 풍토에도 잘 맞는 모양입니다. 자, 이번에는 원료 그대로인 옥수수를 잡숴보세요."

하고 권했다.

정말 맛있었다. 말랑말랑하고 단맛이 있는 데다 뭐라 말할 수 없는 풍미(風味)가 있었다.

아이들은 재잘대는 것도 잊고 먹었다. 식욕이 없는 나의 아들 녀석도 골든벤덤에 착 달라붙었다.

"이렇게 옥수수를 먹어도 배탈이 나지 않습니까?"

하고 내가 걱정스레 물었더니 안 씨는 침착하게,

"아니요. 그런 걱정은 없습니다. 과식만 하지 않으면 괜찮습니다. 식탁에서 좀 뭣한 이야기입니다만, 옥수수를 먹으면 배변에 좋습니다. 설사를 한다는 얘기가 있지만 그런 일은 없습니다. 병이 되는 것은 과식한 탓이지요."

그리고 토마토가 나오고 신선한 버터와 치즈, 야채도 여러 가지 나왔는데, 모두 뜰 앞 밭과 목장에서 손수 만든 것으로 돈을 내고 사 온 것은

소금과 설탕뿐이라고 한다.

다음으로 검은빛 나는 음료가 나왔는데, 나는 틀림없이 포도즙이라고 생각하고 마셔버렸다.

"이 선생, 어떻습니까. 지금 마신 음료는?"

하고 안 씨는 나를 향해 웃어 보였다.

"좋습니다. 포도가 아닙니까?"

나는 의아한 얼굴로 안 씨를 쳐다보았다.

"나도 그레이프 주스라고 생각했는데."

나 씨도 나와 마찬가지로 말했다.

"모두 그렇게 생각하시는 모양이군요. 그런데 이것은 포도가 아닙니다. 어떤 풀의 열매입니다."

"야생입니까?"

"뭐 야생과 마찬가지인데, 서양에서 온 것입니다. 그저 씨만 뿌려두면 되지요."

안 씨는 그 풀 이름을 말해주었는데 그 이름을 잊어버린 것이 유감이다. 언제고 물어보려 생각하고 있다.

마지막으로 나온 것은 과일과 시커먼 음료, 그리고 케이크 같은 것이었다.

"이건 또 뭘까. 커피나 코코아는 아닐 테고."

하고 나 씨는 웃으며 컵을 입에 대이보고,

"아, 포스텀인가. 그 대단한 안 상도 이것만큼은 수입이로군요."

하고 큰 소리로 말했다. 마치 승리의 부르짖음이기라도 하듯이.

"틀렸습니다, 나 선생."

하고 안 씨는 유쾌한 듯이 웃었다.

"그럼 무엇입니까?"

나 씨는 유감스러운 듯이 웃었다.

"이것도 옥수수입니까?"

하고 나는 농담 삼아 물었다.

"그렇습니다. 이것도 옥수수입니다. 옥수수를 볶아서 가루를 낸 것입니다. 거기에 어떤 풀이 약간 들어 있습니다. 이 향기입니다."

안 씨는 다소곳이 말했으나 역시 뽐내는 기쁨의 기색을 감추지 못했다.

"그렇습니까. 이것도 역시 옥수수라."

나 씨는 이번에도 분하다는 듯이 항복했던 것이다.

"아, 그렇지 그래."

하고 안 씨는 부인을 돌아보며,

"밥을 조금 드릴까. 아무래도 동양 사람은 밥을 먹지 않으면 식사를 했다는 느낌이 들지 않는 법인데."

하고 의미 있게 우리를 돌아보았다.

"아뇨. 아닙니다, 이미 충분합니다. 이제 아무것도 못 먹습니다."

하고 내가 거절했더니 안 씨는,

"그래도 조금만."

하고 부인에게 밥을 가져오라고 이르고는 이렇게 말했다.

"나는 이렇게 생각합니다. 쌀밥은 평지 주민의 주식으로 삼을 만한 것이지 조선과 같이 산악이 많은 곳에서는 밭이나 산에서 나는 것을 주식으로 하지 않으면 안 된다고 말입니다. 평지의 면적은 늘지 않는데 인구는 점점 늡니다. 그런데도 하루 세끼 흰쌀밥만 먹으려는 것은 무리입니다. 그래서 나는 어떻게든 산에서 생산할 수 있는 식량과 그것을 맛있게 먹는 방법을 연구하고자, 그리고 나 자신의 가정에서 실행하고자 결심한 것입니다. 내가 나 상과 블라디보스토크에서 작별하고 지린성(吉林省)과 함경남북도로 돌아다니며 느낀 것입니다만, 실로 광대한 산과 들이 이용되지 않고 있습니다.

만약 산에서 나는 식량과 그것을 맛있게 먹는 조리법이 발견된다면 조선은 지금의 인구의 몇 배나 거둘 수 있을 것이라는 생각이 들었습니다. 그래서 눈을 돌린 것이 감자와 옥수수와 밀, 조 같은 작물이었습니다. 그런데 아시다시피 나 같은 가난한 서생으로는 무엇이나 생각하는 대로 되지는 않았고, 이제 겨우 옥수수 재배법과 조리법만 그런대로 구색을 갖췄으니 이제부터는 감자에 착수하려는 참입니다. 자, 어서 드세요. 실례했습니다. 너무 장황하게 지껄여서. 그런데 옥수수 포스텀이요? 나 상이 포스텀이라고 말씀하셨으니 그렇게 불러도 좋지요. 그리고 이것이, 이 케이크가 감자로 만든 것입니다."

라고 말하며 자기가 먼저 감자 케이크를 한 입 먹고는 옥수수 포스텀을 마셨다.

우리도 안 씨를 따라 먹었다. 포스텀도 케이크도 맛있었다.

식후 우리는 바다가 보이는, 베란다는 아닌데 넓은 마루처럼 되어 있는 장소로 자리를 옮겨 밤바다를 바라보며 여러 가지 이야기를 나눴다. 그 주제는 산의 개척에 관한 것이었다. 옥수수와 감자, 맥류의 재배와 소, 양, 돼지 등의 목축은 이제부터 조선 농업의 신천지가 되지 않으면 안 되고 동시에 또 주요한 사업이 되지 않으면 안 된다는 이야기였다.

"논밭을 개량하는 것도 급무이지만 산을 개척하는 것은 창조이니까 말입니다. 자손만대 먹을 수 있는 식량의 새로운 원천을 만드는 것이지요."

이렇게 말하는 안 씨의 눈은 빛났다.

아이들이 있으니 아홉 시쯤 안 씨 댁을 나왔는데, 작별할 때 안 씨는,

"언제 또 감자 만찬을 대접해드리겠습니다."
하고 손을 내밀었다.

— 「옥수수(玉蜀黍)」, 『총동원(總動員)』, 1939. 11.

마음이 서로 닿아서야말로

작자의 말

'천하를 다스리시는 신, 그리고 그대와 나란히 야마토(大和)도 고려(高麗)도 하나 되어지이다.'

나는 이렇게 기원하는 마음으로 이 이야기를 씁니다. 야마토와 고려는 하나가 되지 않으면 안 됩니다. 그러나 그것은 힘으로 한다든가 억지로 되어서는 안 되는 것입니다. 마음과 마음이 서로 닿아 서로 사모하며 융합된 하나가 아니면 안 되는 것입니다. 그러한 하나의 사례를 그리고자 하는 것이 이 이야기의 의도입니다.

같은 신(神)의 자손입니다. 같은 대군(大君)의 적자(赤子)입니다. 야마토와 고려가 융합하지 않고 어찌하겠습니까. 그러나 실제로 그것은 결코 보통의 노력으로는 불가능한 일이라고 생각합니다. 나를 비운다는 것은 애처로운 범부(凡夫)에게는 결코 간단한 일이 아닙니다. 그러나 야마토 고려도 소아(小我)를 잊고 대아(大我)에 목숨을 바치자는 결심만 있다면, 서로 하나로 융합되지 않으면 안 되는 인과(因果)에 눈뜨기만 한다면, 또 그다지 어려운 일은 아니리라는 것이 나의 신념입니다. 지환즉리(知幻卽離)라고나 할까요. 눈뜨는 일이 긴요합니다. 이 작은, 변변치 않은 이야기가 내선일체(內鮮一體)의 대업에 티끌만 한 공헌이라도 될 수 있다면 나의 바람은 이루어진 것입니다.

― 작자

1

기이한 인연

　결국 비는 억수같이 쏟아지고 말았다. 바람마저 암벽을 때리고 골짜기에서 울부짖고 있다. 아침부터 내리쌓인 눈은 질척질척 반은 녹아내리고 황혼 빛에 물들어 회색의 천지에 희미한 빛을 던지고 있다.
　김충식(金忠植)은 암벽을 따라 인수봉 서쪽으로 내려갔다. 배낭과 잠바는 흠뻑 젖었고, 돌팔매 같은 비가 얼굴을 때려 눈을 뜰 수가 없다. 충식은 처음에는 장쾌함마저 느꼈으나 점차 일종의 공포감에 젖지 않을 수 없었다.
　문득 충식의 귀에,
　"오라버니, 오라버니."
하고 부르는 소리가 들린 것 같았다. 게다가 그것은 여자의 목소리인 듯했다.
　'글쎄, 이상하군.' 충식은 멈춰 서서 귀를 기울였다.
　"오라버니, 오라버니."
　분명히 사람의 목소리였다.
　조난자(遭難者)다, 라고 충식은 생각했다. 인수봉 뒷길은 하이커들에게 어려운 코스의 하나였다. 이 강풍에 로프가 벗겨졌을지도 모른다고 생각하면서 충식은 소리 나는 쪽으로 서둘렀다. 지금까지의 어지러운 생각과 공포를 날려버린 듯 발걸음이 가벼웠다.
　충식은 목소리가 나는 방향을 확인하기 위해 몇 걸음 내려가 멈춰 서고, 또 몇 걸음 올라가 멈춰 섰다. 빗줄기와 황혼 탓에 두세 간(間) 앞도 잘 보이지 않았다.

"앗, 저기다."

충식은 암벽 아래서 두 사람의 모습을 발견하고 험준한 것도 잊은 듯 단숨에 벼랑 하나를 뛰어 내려갔다.

"어떻게 된 겁니까?"

충식은 나자빠져 있는 젊은 남자와 그 곁에서 실신한 듯이 '오라버니'라고 부르고 있는 등산복 차림을 한 여자의 모습을 번갈아 보며 말을 걸었다. 그들은 히가시 다케오(東武雄)와 그의 누이 후미에(文江)이다.

후미에는 충식의 목소리에 얼굴을 들어 돌아보았다. 하지만 아무 말도 하지 않았다.

충식은 뱀처럼 똬리를 틀고 있는 로프와 내팽개쳐진 배낭 등의 주변 정황으로 보아 대강 상상이 되었다. 남자는 로프에서 흔들려 떨어져 인사불성이 된 것이라고 생각했다.

충식은 후미에를 밀쳐내기라도 하듯 누워 있는 다케오의 윗옷 단추를 풀고 그의 가슴에 귀를 대었다. 심장이 뛰는 소리는 들렸다. 그리고 머리와 척추 등을 대강 살펴보고 큰 상처가 없는 것을 확인했다.

충식은,

"이래서는 좋지 않아요. 어쨌든 인가(人家)까지 가야 하는데. 당신은 걸을 수 있습니까?"
리고 말히면서 한 손을 다케오의 머리 아래로, 또 한 손을 누 무릎 아래로 넣어 간호부가 환자를 옮기는 듯한 자세로 앞장섰다.

후미에는 다케오의 배낭과 피켈과 로프 등을 주워 모아 충식의 뒤를 따라 걷기 시작했다.

충식은 열 몇 걸음 말없이 걷다가 뒤를 돌아보고,

"아가씨, 그런 것을 가지고는 걸을 수 없어요. 벌써 이렇게 어두워졌고 게다가 무척 미끄러우니까요. 그 짐은 저 바위 밑에라도 넣어두세요. 내일 비가 그치면 가지러 옵시다."
하고 명령적인 어조로 후미에에게 말했다.

후미에는,

"네."

하고 순순히 충식이 말한 대로 두 손에 들려 있던 짐을 두세 걸음 곁에 있는 커다란 바위 밑에 처박아버렸다.

"음, 좋아요."

충식은 다케오를 안은 채 또 걷기 시작했다. 골짜기 아래에는 물이 흐르고 있지만, 그 물 밑은 온통 얼음이고 게다가 곳곳에 숨겨진 바위 모서리가 돌출해 있어서 실로 위험하다. 발끝으로 더듬어 겨우 한 걸음 한 걸음 발 디딜 곳을 찾지 않으면 안 된다.

점점 어둠은 짙어져왔다. 몸은 추위로 거의 감각을 잃었다.

"이제 십 정(町)쯤 가면 길이 나오련만."

하고 충식이 중얼거리는 것을 듣자 후미에는 더욱 마음이 졸아들 뿐이었다.

드디어 두 번째 불행이 닥쳤다. 그것은 후미에가 넘어져 바위 모서리에 세게 무릎을 다쳐 걸을 수 없게 된 것이었다.

"모쪼록 저는 신경 쓰지 마시고 오라버니만은 살려주세요."

후미에는 충식에게 이렇게 호소하는 것이었다.

"그런 당치 않은 일이 어디 있습니까?"

충식은 한 사람을 몇십 걸음 옮기고는 뒤로 돌아가고, 또 한 사람을 몇십 걸음 옮기고는 뒤로 돌아갔다.

충식도 몹시 피곤했다. 발밑의 힘이 줄어서 가끔 비틀거리곤 했다. 후미에는 그것이 가엾기도 하고 미안하기도 했지만 어찌할 수도 없었다. 세 사람 모두 죽는 게 아닐까 생각되었다. 비는 그치지 않는다.

　처음에 후미에는 충식의 조선 사투리 발음에 약간 불안을 느꼈지만 한 시간도 못 되어 그 불안은 완전히 사라져버렸고, 친오빠나 같은 믿음직함과 고마움으로 가슴이 가득 차는 듯했다. 특히 충식이 후미에를 안아 옮기다가 한쪽 다리를 헛디뎌 두 사람이 함께 뒹굴 뻔했을 때, 후미에만은 안전하게 땅에 내려놓고 자기만 바지가 찢겨 피가 스며 나올 정도의 상처를 입었을 때는 충식에게 매달려 울고 싶을 정도였다.

　그날 밤 늦은 시간이다. 비는 변함없이 계속 내리고 있었다. 충식의 집 안방에 눕혀 있던 히가시 다케오는 의식이 돌아와 눈을 떴다.

　가장 먼저 다케오의 눈에 비친 것은 조선식의 천장과 낚시 램프였다. 다음으로 다케오의 눈에 들어온 것은 충식의 누이 석란(石欄)이다. 석란은 감색 치마에 흰 옥양목 저고리를 입고 있었고, 양쪽 소매를 걷어 올려 하얀 팔뚝이 반 이상 드러나 있었으며, 조선식 놋쇠 대야에 담긴 물에 타월을 적시고는 그것을 짜서 다케오의 이마를 식히고 있는 것을 다케오도 한눈에 알 수 있었다. 석란이 자신이 눈 뜬 것을 알아채지 못한 듯해서 다케오는 다시 눈을 감아버렸다.

　석란은 다케오로서는 처음 가까이에서 보는 조선인 여자였다. 그런데 그보다도 사기는 노대체 어떻게 이런 곳에 와 있는 것일까. 다케오는 그 시각이 어느 무렵인지 깨달았다. 즉 밤인 것이다. 다음 순간 다케오는 밖에는 비가 내리고 있다는 것, 또 바람이 상당히 세게 불고 있다는 것도 깨달았다.

　비와 바람 소리에 다케오는 인수봉에서 바람에 로프가 날려 바위를 디

뎠던 발이 휩쓸려 몸이 두둥실 공중에 떴던 일, 뭔가 세게 뒤통수를 부딪쳤던 일 등이 생각났지만, 그때부터 지금까지의 기억은 공백이었다.

다케오는 머리가 아픈 것을 느꼈고, 또 어깨와 허리 쪽도 아프고 몸이 무거워 병상에 들러붙은 듯이 움직일 수 없다는 것도 느꼈다. 그러나 어떻게 이런 조선인의 집에 와 누워 있게 된 것일까. 저 조선인 아가씨는 도대체 누구일까. 그것은 아무래도 알 수 없었다.

이어서 다케오는 누이 후미에를 떠올렸다. 그 애는 어떻게 되었을까, 하고 생각하니 왠지 불길한 느낌이 들어 다시 눈을 뜨고 방 안을 둘러보았다. 다케오는 램프 맞은편에 감나무 재목으로 만든 조선 장롱 바로 앞에 후미에가 가슴까지 붉은 깃을 두른 조선 이불을 덮고 얼굴만 이쪽을 향하고 자고 있는 것을 발견하고 비로소 안심했지만, 후미에가 입고 있는 조선인 여자용 저고리가 눈에 띄자 묘한 기분이 들었다. 후미에가 조선옷을 입다니, 그런 일은 있을 수 없는 일처럼 생각되는 것을 어쩔 수 없었다.

그러나 또 다음 순간 놀란 것은 자기 몸에 감겨 있는 것도 하얀 조선옷이라는 사실이었다. 다케오는 순간 불쾌함마저 느꼈지만, 자기들이 어느 조선인에게 구조되어 지금 이곳에 와 있는 것일까 생각하니 왠지 눈물겨워지는 것을 금할 수 없었다.

다케오가 이런 생각을 하고 있는 동안 석란은 다케오의 이마 위에 놓인 타월을 갈았다. 석란은 상체를 앞으로 내밀고 자기 옷이 다케오의 몸에 닿지 않도록 주의하면서 두 손으로 가만히 다케오의 이마 위에 놓인 뜨뜻해진 타월을 가져다가 그것을 대야 물에 적셨다. 그리고 이미 적셔진 타월을 되도록 물소리가 나지 않게 짜서 또 상체를 앞으로 굽혀 두 손으로 다케오의 이마 위에 그 타월을 얹고는, 잠시 여기저기 눌러 타월이 알맞게 놓일 곳에 놓인 것을 확인하고 원래대로 단정히 앉은 자세로 돌아가는 것이었다. 다케오는 하나부터 열까지 이 모르는 조선 처녀가 하는 것을 보고 느끼고 있는 것이었다.

시계가 한 시를 알렸다. 그래도 석란은 같은 일을 반복하고는 같은 자세로 돌아가는 것이었다.

다케오는 이제 더 이상 침묵하고 있을 수 없다는 느낌이 들었다. 뭔가 한마디 하고 싶었다. 첫째로 '고맙다'고 진심으로 말해보고 싶었다.

마침내 다케오는 눈을 크게 떴다.

다케오가 눈을 뜬 게 이번에는 석란의 눈에 멈췄다. 두 사람의 시선이 딱 마주쳤다.

'얼마나 순진하고 다정한 눈인가.' 이것이 석란에 대해 다케오가 느낀 첫인상이었다. 나쁜 생각이라고는 한 번도 품은 적이 없는 그 마음이 느껴지는 것처럼 다케오에게는 생각되었다. 게다가 다음 순간, 복받쳐 오르는 놀라움과 기쁨에 견딜 수 없어 하는 듯한 석란의 표정에서 거룩함마저 느낀 것이었다.

"아가씨, 고맙습니다."

이것이 다케오가 한 첫마디였다.

"어머나."

하고 내뱉었을 뿐 석란은 가슴이 메어 말을 할 수 없었다. 그 커다랗게 뜬 눈에는 기쁨의 눈물이 빛났고, 격렬한 숨결에 지고리 고름이 흔들리고 있었다.

"누이는 어떻습니까?"

하고 다케오는 한 번 더 말을 걸어보았다. 그녀에게는 자기가 말하는 일본어가 이해되지 않는 것은 아닐까 걱정되어 석란의 입가를 주시했다.

붉은빛을 띤 영리해 보이는 입술이었다.
"어머, 정신이 드셔서."
하고 석란은 뒷말을 잇지 못했다.
"누이가 다치지나 않았습니까?"
하는 말을 듣고서야 석란은 가까스로 가슴이 두근거리는 것을 진정시켰다.
"누이동생께서는 바위 모서리에 무릎을 부딪혀서 좀 부었지만 대단치는 않습니다. 바로 조금 전까지 오라버니의 용태(容態)를 걱정하고 계셨습니다만."
"아, 그렇습니까."
다케오는 누이의 자는 얼굴을 한 번 더 바라보고 "휴우!" 하고 한숨을 쉬었다.
"아픈 데는 어떠세요?"
석란은 이제 평정을 되찾을 수 있었다. 다케오는, 석란의 일본어가 훌륭해서 이 여자가 정말 조선인 아가씨일까 의심스러울 정도였다. 도대체 어디가 다른 것일까, 어디가 조선인적인 것일까, 하고 다케오는 석란을 쳐다보면서 생각했다. 유일한 차이는 그녀가 입고 있는 옷뿐인 듯했다. 그 말이든 예의든 얼굴 모습이든 무엇 하나 다른 점이 없지 않은가. 게다가 모르는 사람에 대한 그 아름다운 마음! 도대체 어디에 다른 점이 있는 것일까, 하고 다케오는, 조선인은 열등하다고 입버릇처럼 말하던 부친 대좌(大佐)와 모친의 마음을 알 수 없다고까지 생각했다.
"아니요, 이제 괜찮습니다. 다만 머리가 약간 아프지만 이렇게 멀쩡합니다."
다케오는 두 손을 높이 들어 보였다. 그리고 일어나려는 듯이 베개에서 머리를 들려고 했다.

"어머, 안 돼요, 몸을 움직이시면."

석란은 급히 손을 뻗어 다케오의 가슴을 이불 위에서 내리눌렀다.

"움직이시면 안 된다고 제 오라버니께서 말씀하셨어요. 열이 나면 큰일이니까, 푹 쉬시지 않으면 좋지 않으니까요."

"오라버니?"

다케오는 이 아가씨의 오빠라는 자가 어떤 사람일까 생각하면서, 하지만 뭐라고 말해야 좋을지 몰랐다.

"네, 조금 전까지 오라버니가 주사를 놓아드리고 간호해주셨습니다만, 오라버니도 약간 열이 나서……. "

여기까지 말하고, 석란은 그런 건 말하지 말걸 하고 후회하는 듯 입을 다물고 눈을 내리깔았다.

"그러면 오라버니께서는 의사입니까?"

"네, 재작년에 대학을 갓 졸업하고."

"재작년에 대학을?"

"네, 지금은 대학병원 외과에서 근무하고 있어요."

"대학이라면 경성제대입니까?"

"네."

"그럼 예과에서부터."

"네."

"그렇습니까. 그러면 몇 년 동안 저와 같은 학교를 다닌 셈이로군요."

다케오는 잠시 감개를 견딜 수 없는 듯 눈을 감았다. 재작년 졸업이라면, 의학부는 법학부보다 수업 기간이 일 년 더 되니까 충식은 다케오보다 이 년이나 선배였을 것이다. 다케오의 반에도 조선인 학생이 열 몇 명

마음이 서로 닿아서야말로 63

있기는 있었다. 하지만 다른 내지인 학생들이 그랬듯이, 다케오도 조선인 학생과는 거의 교제가 없었다. 조선인 학생들이 교실 같은 곳에서 자기들끼리 조선어로 재잘재잘 지껄이고 있는 것을 볼 때마다 다케오는 패주고 싶을 만큼 불쾌한 느낌을 받았던 것을 떠올렸다. 왠지 하등한 노예처럼, 보는 것만으로도 가슴이 메슥메슥한 것이었고, 내지인끼리 모인 곳에서는 종종 조선인 학생의 예의범절 없음이라든가 건방진 것, 편벽된 근성 등을 깎아내렸던 것이다. 그래서 조선인은 아무래도 흉금을 터놓고 친구가 될 수 없는 사람으로 다케오는 생각하고 있었고, 다케오의 친구는 대개 같은 부류에 속했다. 내지인 학생으로 가끔 조선인 학생과 친하게 지내는 이가 있으면, 그 녀석마저도 야비하고 밉살스럽게 보였다. 다케오는 지금 눈을 감고 그런 일을 생각하는 것이었다.

'이 아가씨의 오빠라는 이는 어떤 조선인일까.' 다케오는 중대한 관심을 갖고 이 문제를 생각하지 않을 수 없었다.

석란은 한 번 더 다케오의 이마에 놓인 타월을 바꾸면서,

"잠깐 오라버니를 뵙고 오겠습니다."

라고 인사하고 방에서 나갔다.

오래된 미닫이문은 석란이 여닫을 때 어지간히 주의했음에도 불구하고 묘한 소리를 내며 삐걱거렸다. 그 소리에 눈을 뜬 것일까.

"오라버니."

하고 후미에는 상반신을 일으켰다.

"후미에!"

다케오는 감격적인 목소리로 부르며 후미에를 보았다.

"어머, 오라버니. 언제 정신이 드셨어요?"

"조금 전부터."

후미에는 일어나려고 했지만 다리의 통증으로 어떻게도 할 수 없었다.

"일어나지 마라, 후미에. 무릎이 부어 있다지 않니."

"일어날 수 없네요. 그래도 오라버니, 다행이에요."

후미에는 기뻐서 견딜 수 없는 듯했다.

"죽기라도 했다고 생각했던 거냐?"

"하지만 그곳에서 오라버니가 쿵 하고 떨어진 뒤 제가 아무리 오라버니, 오라버니 하고 불러도 모르시던걸요. 저는 어떻게 하나 생각했어요. 저 김 상 오라버니가 오시지 않았다면, 오라버니도 후미에도 지금쯤 어떻게 되었을지 몰라요."

후미에는 인수봉 뒷길에서의 일을 떠올리며 몸을 떠는 것이었다.

"그럼, 방금 그 아가씨는 김 상이라고 하니?"

"네, 김 상이에요. 김석란 상이라고 해요. 바위 난초예요. 아름다운 이름이죠. 오라버니, 석란 상 봤어요?"

"봤다 뿐이겠니. 지금까지 여기서 오라비의 머리를 식혀주었는걸."

"좋은 분이지요?"

후미에는 생긋 웃어 보였다.

"응. 친절한 사람이더구나."

다케오는 석란의 친절함이 쑥쑥 가슴 깊이 밀려드는 것을 느꼈다.

"오라버니도 그래요. 김 상의 오라버니는 용사(勇士)예요."

"용사?"

"네, 용사요. 혼자서 오라버니하고 후미에를 인수봉 뒷길에서 이곳까지 안고 오셨는걸요. 후미에도 이렇게 무릎을 다쳐서 걸을 수 없게 되었겠죠. 그런 걸 교대로 옮겨주셨고, 네 시간이나 걸렸어요. 게다가 자기도 결국 넘어져 다쳤지요. 후미에를 이렇게 안은 채로요. 그래도 후미에에

마음이 서로 닿아서야말로

겐 조금도 상처를 입히지 않았어요. 자신은 바지가 찢기고 피가 흘렀는데도. 또 어둡지요, 게다가 미끄럽지 않겠어요. 정말 고마웠어요, 미안할 정도로."

후미에의 눈에는 눈물이 빛났다.

"그래? 그렇게 우리를 이곳에 데려와주었단 말이지?"

다케오도 눈두덩이 뜨거워지는 것을 느꼈다.

"그뿐만 아니에요. 이 방은 안방이시요. 김 상 어머님의 방이에요. 그런데 우리가 추울 거라고 해서 아버님께서 이 방을 우리에게 내주도록 분부하셨고, 그래서 어머님께서 불기 없던 맞은편 방에 불을 피우고 옮기셨어요. 이불도 여분이 없었던 듯해요."

"그래? 죄송하구나."

"정말 친절한 분들이에요. 오라버니 것도 후미에 것도, 자, 이 옷은요, 이걸 갈아입혀 주셨어요. 우리 옷은 흠뻑 젖었지요."

다케오는, '이게 무엇을 의미하는 것일까.' 하고 깊이 생각하지 않을 수 없었다.

다케오와 후미에는 잠시 침묵 속에서 제각기 생각에 빠졌다. 왠지 인생의 새로운 일면을 발견한 듯한 느낌이 드는 것을 어쩔 수 없었다. 적어도 조선인에 대한 인식을 다시 할 필요가 있다고 생각되었고, 동시에 인생이라는 것에 대한 인식도 강요받은 듯한 느낌이 든 것이었다.

사오일 지나 다케오와 후미에는 자동차를 타고 충식의 집에서 한강통(漢江通) 부친의 집으로 돌아갈 수 있을 만큼 좋아졌다. 만약 굳이 돌아가고자 하면 좀 더 빨리 돌아가지 못할 것도 없었지만, 다케오도 후미에도 왠지 김(金)의 집에서 떠나고 싶지 않았다. 김의 집에 있는 편이 빨리 나을 것 같기도 했고, 또 김 일가 사람들의 정성을 함부로 거절하고 돌아가는 것이 무척 미안한 듯이 생각되기도 했다. 또 하나는 다케오와 후미에의 은인인 충식이 열이 내리는 것을 확인하지 않고는 뒷머리가 당기는 듯하여 김의 집을 차마 나올 수 없기도 했다.

사오일 김의 집에 있는 동안 김 일가의 사람들과는 이제 서먹서먹한 것 없이 가족처럼 익숙해졌다. 허물없는 농담조차 서로 나누게끔 되었다.

충식의 부친은 옛날 한학자를 떠올리게 하는 엄격함이 있었지만, 동시에 한학자적인 그윽함도 있었다.

충식은 다분히 부친의 성질을 물려받아 말이 없었지만, 그 무언중에 믿음직한 기질이 담겨 있었다.

석란은, 다케오의 눈에는 이상적인 타입의 여성 같았다. 부드럽고 시원시원하며 다소곳했다. 만약 굳이 어딘가 부족한 곳을 찾으라면 감정의 움직임을 전혀 드러내지 않는다는 점이리라. 그 점에서는 구식 일본 여성보다도 한층 완고하다고 다케오에게는 생각되었다. 그러나 그 눈과 목소리에서 충분히 석란의 따뜻한 마음을 느낄 수 있는 듯했다. 있는 그대로 말하면, 다케오의 마음은 석란의 정신적 아름다움에 사로잡혀 있는 것이었다.

"오라버니, 석란 상에게 마음이 끌리고 계시는군요."
하고 후미에가 말했을 때, 다케오는 얼굴이 달아오르는 것을 느끼면서도 그것을 부정하려고도 하지 않았다.

'환경 탓일지도 몰라. 냉정하게 다시 생각하자.' 다케오는 몇 번이고 이런 식으로 자신에게 다짐하는 것이었다.

다케오들이 충식의 집에서 돌아가는 날은 날씨가 활짝 개었다. 예의 큰비로 아직 젖어 있는 논과 산에는 이제 곧 민들레쯤은 싹을 틔울 듯하고 성큼 봄이 다가와 있었다. 불광리(佛光里)에 있는 김의 집 앞을 흐르는 개천은 졸졸 소리를 내고 있었다.
　다케오는 혼자 걸어서 삼 정쯤 떨어져 있는, 자동차가 다니는 의주가도(義州街道)까지 나갔지만, 후미에는 아직 무릎의 통증이 가시지 않아 충식의 어깨에 매달려 절뚝거리며 겨우 걸을 수 있을 정도였다.
　"안녕히 가세요."
　"안녕히 가세요."
하고 사오일 동안 친구가 되었던 마을 아이들이 다케오와 후미에의 앞뒤를 둘러싸고 작별을 아쉬워해주었고, 노인과 젊은이들도 열 몇 명이나 논 맞은편까지 배웅해주었다.
　"신세 많이 졌습니다. 감사했습니다."
하고 다케오와 후미에가 작별의 인사를 했을 때, 충식의 부친과 모친은 바깥마당까지 배웅하여 부모와 같은 애정을 보여주었다.
　"김 군, 고맙네. 가까운 시일 내에 후미에와 둘이 맞으러 올 테니 석란 상도 함께 꼭 우리 집에 놀러 와주게."
　다케오는 자동차에 오르기 전에 충식의 어깨에 한 번 더 손을 얹었다.
　"김 상, 꼭 오세요. 석란 상도 오시는 거예요. 맞으러 올게요."
　후미에도 같은 말을 했다.
　자동차는 움직이기 시작했다.
　"안녕히 가세요."
　"안녕히 계세요."
　충식과 석란은 다케오들이 탄 자동차가 녹번리(碌磻里) 언덕을 넘어 보이지 않게 될 때까지 손을 들고 흔들며 배웅했다.
　"자, 돌아가자."
　충식은 다케오들이 탄 자동차가 사라진 쪽을 언제까지고 언제까지고 응시하고 있는 석란을 재촉했다.

"좋은 사람들이에요."

석란은 숙연한 표정으로 충식을 보았다.

"정말 좋은 사람들이야. 순수해."

"정말로요."

충식도 석란도 내지인과 친해지게 된 것은 이것이 처음이었다. 이들도 내지인에 대한 인식을 다시 하지 않을 수 없었다.

충식과 석란은 아무 말 없이 가도(街道)를 걸었다. 두 사람 다 마음이 텅 빈 듯이 허전했다. 집으로 돌아오자 다케오와 후미에의 냄새가 느껴지는 듯해서 충식도 석란도 참을 수 없는 그리움을 느꼈다.

마음이 통하다

육군의 별을 단 자동차 한 대가 의주가도를 질주하여 녹번리 주재소 앞에 멈춰 섰다. 자동차에서 내린 사람은 히가시(東) 육군 대좌로, 다케오와 후미에의 부친인 것은 말할 것도 없다.

대좌는 작은 체구였지만 날래고 사나운 얼굴이었다. 대좌가 성큼성큼 주재소 안으로 들어가자 안에 있던 부장과 순사들이 황급히 위의를 갖추어 거수경례로 대좌를 맞았다.

대좌는 명함을 꺼내어 정중히 부장 앞에 놓았다.

"불광리에 갑니다만."

하고 대좌는 묵중하게 입을 열었다.

"예, 불광리는 바로 저기입니다. 십사오 정 거리밖에 안 됩니다만, 자동차 길은 없습니다. 무슨 용무로?"

이것은 부장의 대답이었다.

"네, 김영준(金永準) 씨 댁에 갑니다만."

"김영준 말씀입니까?"

부장은 의아한 얼굴을 했다.

"김영준이란 어떤 사람입니까?"

"김영준은 유명한 불령선인(不逞鮮人)입니다."

"불령선인?"

"예. 병합 이래 오랫동안 해외에서 방랑하다가 만주사변 직후 지린(吉林)에서 붙잡혀 십 년 징역을 살았고, 작년에 겨우 가출옥된 사람으로⋯⋯."

"아, 그 김입니까?"

대좌도 생각난 듯이 고개를 끄덕였다.

"예."

"아들 녀석하고 딸이 북한산에서 조난당했었지요. 저 큰 비바람 치던 날이었는데, 김영준 상의 아들인 의학사(醫學士)라든가 하는 분에게 구조되어 사오일이나 신세를 져서 인사하러 가는 길입니다만."

"아아, 그렇습니까. 괜찮으시면 안내해드리겠습니다만."

"그렇게 해주시면 다행입니다만, 누구 사환이라도 한 사람 데려갈 수 없을까요?"

"예."

부장은 곁에 있는 순사를 돌아보며,

"어이, 이 군. 안내해드리게."

"예, 알겠습니다."

이 순사는 서둘러 칼을 차고 외투를 입고는 먼저 실내에서 나갔다.

자동차는 달리기 시작해 몇 분 만에 멈춰 섰다. 자동차가 멈춘 곳은 다케오와 후미에가 충식과 석란과 이삼일 전 작별을 아쉬워했던 곳이다.

대좌는 이 순사의 뒤를 따라 걷기 시작했다. 곧 불광리 마을이 보였다. 기와지붕도 두세 채 있지만, 다른 것은 모두 농민들의 초가집으로 무척 가난해 보였다.

어른들은 모두 일하러 나간 것인지, 학교에도 갈 수 없는 듯한 아이들이 더러운 옷을 입고 자못 신기한 듯이, 또 무서운 듯이 멀리서 대좌와 이 순사를 따라오는 것이었다. 대좌는 내지의 농촌과 비교하여 조선 농민의 생활수준이 낮음을 새삼스레 느끼지 않을 수 없었다. 이 사람들이 일본 국민으로서 나라를 짊어질 역량을 발휘할 수 있을까. 군에서 조선인 징병 문제라든가 지원병제도 문제 등이 거론될 때마다 히가시 대좌는 언제나 반대하는 태도를 취했다. 열등한 조선인을 국군 내에 포용하는 것은 군을 증강하는 것이 아니며, 오히려 악영향을 미칠 우려가 있다는 것이다.

'조선인에게 전쟁 같은 게 가능한가. 첫째 애국심이 결여되어 있지 않은가. 게다가 도의(道義) 관념이 부족하지 않은가.' 하는 것이 히가시 대좌의 지론이며, 만약 아무래도 조선인을 병사로 취한다면 그것은 군대 물품을 실어 나르는 일인 치중(輜重)에 국한해야 한다는 것이었다.

다케오와 후미에가 김 일가 사람들의 인격을 칭찬하는 것을 들어도 대좌에게는 그것이 그대로 받아들여지지는 않았다. 아직 젊은 다케오와 후미에가 은혜를 입었다는 순정에서 김 일가 사람들을 과대평가하고 있는 것이라고 생각했다.

그러나 신세를 진 이상은 감사의 뜻을 표하는 것이 예의다. 대좌는 백 원짜리 지폐 한 장을 봉투에 넣어 군복 안주머니에 챙겨가지고 온 것이다. 이 정도면 김 일가 사람들은 크게 기뻐할 것이라고 생각했던 것이다.

대좌는 김영준의 집 앞에 섰다. 무척 낡아서 퇴색한 초가집이지만 앞마당 청소는 꽤 빈틈이 없다고 생각되었다.

이 순사는 문 앞에 서서,

"이리 오너라."

하고 조선어로 사람을 불렀다. 개가 짖어대고, 아이들은 점차 익숙해져 무서움도 사라진 듯 대좌의 칼이며 얼굴까지도 유심히 엿보고 있었다.

'忠'(충)과 '孝'(효)라는 글자가 붙어 있는 고풍스런 판자문이 열리며 모습을 드러낸 것은 석란이었다. 예의 하얀 저고리 소매를 걷어 올리고 빨갛게 된 손을 앞치마에 닦으며 나온 것으로 보아 한참 빨래를 하고 있었던 듯하다.

석란은 이 순사에게 목례를 했으나, 히가시 대좌의 모습을 발견하고는 깜짝 놀라는 듯했다.

이 순사는 히가시 대좌의 명함을 석란에게 건네며,

"이분이 아버님을 만나시려고 일부러 오셨다고 말씀드려라."

하고 말을 건넸다.

석란은 이 순사에게, 또 히가시 대좌에게도 인사를 했다. 대좌도 가볍게 손을 들어 답례했다.

잠시 후 사랑으로 통하는 작은 문이 열리고 다시 석란이 모습을 드러냈는데, 석란은 어느새 앞치마를 벗고 새 치마와 저고리를 갈아입었고 머리도 단정히 빗겨져 있었다.

"어서 드시지요."

석란은 히가시 대좌를 향해 공손히 인사하며 문 옆에 섰다.

히가시 대좌는 정중히 답례하고 작은 문으로 들어갔다. 대좌에게는 이런 문을 지나는 게 평생 처음 있는 일이었다.

문을 들어서자 네 평가량 되는 마당이 있어 잡석을 쌓아 올린 담으로 구분되어 있고, 담을 따라 화단이 만들어져 있는 것이 대좌의 눈에 들어왔다. 국화라도 가꾸는가 보다고 대좌는 문득 생각했다.

대좌가 댓돌에 발을 디디려는 찰나 미닫이문이 열리며 검은 바탕에 흰 동정을 단 두루마기를 입은, 무성하다 싶을 정도로 덥수룩하게 귀까지 백발을 늘어뜨린 노인이 툇마루에 모습을 드러냈다. 눈과 볼은 홀쭉하게 패었지만 눈빛은 형형했고, 지나치게 두껍게 생각되는 입술은 일자로 꽉 다물어져 있어 검도로 단련된 듯한 기품을 갖추고 있었다.

대좌는 우선 그 노인에게 거수경례를 하고 툇마루에 걸터앉아 구두를 벗고는 마루에 올랐다. 석란이 대좌의 군모와 외투와 칼을 받아 옆방으로 들이자 노인은 조선어로,

"어서 드시지요."

하고 대좌에게 먼저 방에 들기를 권했다.

대좌는 노인보다 먼저 방에 들었고, 뒤이어 김 노인도 들어가 미닫이를 닫고 첫 대면의 인사를 나누었다.

"참으로 잘 와주셨습니다."

김 노인의 목소리는 부드럽지만 힘이 있었다.

석란이 손을 모으고 대좌에게 일본식 인사를 하고 부친의 통역을 맡았다.

"아들 녀석과 딸이 몹시 신세를 졌고 덕분에 생명을 구했으니 빨리 인사를 올렸어야 했는데, 아무래도 사변(事變) 관계도 군무(軍務)가 급해서 정말 실례했습니다. 깊이 감사드립니다. 게다가 딸년이 그날 밤 편지

에는 조금 다쳐서 이삼일 친구 집에서 놀다 오겠다고 써 보낸 바람에."
하고 대좌는 온돌 방바닥에 이마가 닿도록 머리를 숙였다. 석란은 대좌가 한 말을 부친에게 통역해주었다.
"아니요, 보시다시피 가난한 살림이고 충분히 간호도 못 해드려 도리어 송구합니다. 아드님도 따님도 뜻하지 않은 재난으로 오죽이나 걱정하셨겠습니까. 두 분 다 실로 훌륭한 분으로, 집안사람 모두 감탄했습니다. 그 후의 용태는 어떻습니까?"
대좌는 김 노인이 하는 말을 직접 알아들을 수는 없지만, 그 음량으로 보나 묵중하고 성실한 태도로 보나 역시 지도자의 관록이 있다고 생각했다.
대좌는 석란이 노인의 말을 다 통역하기를 기다려 이번에는 석란 쪽으로 돌아서며,
"당신이 따님이셨습니까? 자식들이 신세를 많이 졌다고 하니 감사합니다."
하고 머리를 숙였다.
"아니에요. 별로 해드린 것도 없는데 송구합니다."
석란은 공손히 인사를 했다.
"오라버니께서는 지금 안 계십니까?"
"네, 병원에 갔습니다."
"응, 그렇지. 대학이라구요?"
"네."
"뵙지 못해서 유감입니다. 안부 전해주십시오."
"네. 잘 알겠습니다."
석란은 대좌와의 대화를 부친에게 통역해주었다. 그것을 다 들은 김

노인은 한 번 크게 고개를 끄덕이고는,

"공무다망(公務多忙)하신데 일부러 찾아와주셔서 송구합니다. 차 한 잔 드리지 못하고, 담배조차 대접할 만한 것이 없어 정말 미안합니다."
하고 조용히 고개를 숙였다.

"아니요. 천만의 말씀입니다. 괜찮습니다."
대좌는 노인과 석란에게 머리를 숙였다.

대좌는 상의의 단추를 풀고 선물 포장용 끈을 두른 봉투를 꺼낸 다음 단추를 다시 잠그고는 그것을 앞으로 내밀며,

"얼마 안 되는 돈입니다만, 그저 예의의 표시로 드리는 것이니 모쪼록 자제분 학용품값으로나 쓰셨으면 합니다."

석란의 통역을 듣고 노인은 웃는 얼굴을 하고 두 손으로 돈이 든 봉투를 받고는,

"고맙습니다. 뜻은 기쁘게 받겠습니다. 그러나 돈만큼은 돌려드리니 부디 언짢아하지 마십시오."
하고 봉투를 대좌 앞으로 되돌렸다.

대좌는 잠시 눈을 감고 생각에 잠겼으나, 이윽고 얼굴을 들고,

"그럼 제가 그대로 받겠습니다."
하며 상의 안주머니에 넣었다.

이것으로 대좌와 노인의 회견은 끝났다.

대좌가 작별을 고하고 일어서자 노인은 문 앞까지, 석란은 앞마당까지 대좌를 배웅했다.

줄곧 바깥마당에서 기다리고 있던 마을 아이들이 또 졸졸 대좌의 뒤를 따랐다. 대좌에게는 이 아이들이 아까 전과는 달라진 듯이 느껴졌다. 대좌의 고향 아이들과 크게 다르지 않은 듯한 생각이 들었다.

대좌는 논둑길을 걸으며 이 순사와 이야기를 나눴다.

"김영준 상은 그렇게 평판이 나쁜가?"

이 순사는 어떻게 대답해야 좋을지 몰라 쩔쩔맸다.

"김 상은 훌륭한 사람 아닌가?"

대좌는 이 순사를 돌아보았다.

"예, 다만 불령선인이라서."

이 순사는 거우 대답했다.

"마을 사람들과의 관계는 어떤가?"

"김영준과 말씀입니까?"

"그래, 마을 사람들은 김 상을 존경하고 있겠지."

"예, 곤란한 자들이라. 전부 우민(愚民)이니까요."

"그런가, 자네는 김영준이 어디가 나쁘다고 생각하는가?"

"네, 사람은 나무랄 데 없는 훌륭한 사람입니다만."

"단지 불령선인이니 안 된다는 겐가?"

"그렇습니다."

대좌는 자동차를 타고 귀로에 올랐다. 차 안에서 대좌는 깊은 생각에 잠겼다. 조선인을 참으로 천황의 신민(臣民)으로 삼기 위해서는 김영준 같은 사람의 마음을 얻지 않으면 안 된다. 김영준에게 충성을 맹세케 할 수 없을 만큼 제국의 조선 통치의 도의적(道義的) 정신이 약한 것은 아닐 것이다, 라고 대좌는 생각하면서 김 노인의 저 고생의 흔적이 역력한, 하지만 신념에 살아온 것을 말해주는 용모와 심경을 생각했다.

2

꽃 필 무렵

사월도 끝나가는 어느 날이었다. 다케오는 후미에와 함께 불광리 김영준의 집을 찾았다. 두 사람이 김의 집에 신세를 진 지 두 달이 되었고, 그 후 세 번째 방문이다.

경성의 사월이라고 하면 실로 꽃의 계절, 이른바 유록화홍(柳綠花紅)의 시기다. 창경원의 밤 벚꽃놀이가 열리는 것도 대개 이 사월 하순이다.

가난한 불광리라고는 하지만, 초가집 틈틈이에는 황금색 조선 개나리쯤은 보이고, 마을 뒷산의 바위 그늘에는 산진달래도 피어 있다. 조금 오래된 커다란 농가라면 뒷마당에 살구나무나 복숭아나무, 배나무 한두 그루는 있다.

불광리에도 봄은 왔다. 마을의 밭은 갈아엎어서 개나 닭, 아이들이 들어가지 못하도록 기장 단을 엮어 세 척(尺)가량 높이의 울타리를 둘렀고, 특히 눈에 띄는 것은 지붕을 짚으로 멋지게 새로 이은 것이었다. 한 여름도 지나 저 초가지붕의 황금색이 그슬린 은빛으로 변할 무렵에는 그곳에 호박이나 바가지 덩굴이 운치 있는 선을 그리며 휘감길 것이며, 그리고 시월 서리 내릴 무렵이면 이들 지붕 위에 널린 새빨간 고추가 마르느라 생생한 풍취를 더할 것이다.

"오라버니, 저는 불광리에 와서 조선의 지붕이 무척 좋아졌어요."

후미에는 붉은 기운을 띤 백양나무 어린잎을 하나 따서 입에 물었다.

"조선 지붕의 어디가 좋다는 게냐?"

다케오는 마을을 바라보면서 말했다.

"글쎄, 한마디로 말하기 어려워요. 오라버니는 어때요?"
"응, 익숙해지면 역시 좋은 점이 있지. 조선의 기와지붕은 선이 소박해. 단, 위에서 보는 게 가장 좋지만."
"기와지붕도 좋지만, 저는 저 초가지붕이 정말 좋아요. 봐요, 오라버니."
후미에는 다케오의 소매를 끈다.
다케오는 멈춰 서서 돌아본다.
후미에는 마을을 가리키며,
"저 초가지붕이요."
"그래."
"저 지붕의 윤곽 말이에요, 이렇게."
후미에는 두 손으로 허공에 활을 몇 번 그려 보이고,
"저 윤곽요, 오라버니. 수평도 아니고 또 수평이 아닌 것도 아니고, 타원형 같기도 하고 포물선 같기도 하고. 그런데도 빈틈없이 하나의 통일과 안정을 지니지 않았어요? 그게 정말 좋아."
"아, 그래? 후미에, 상당히 어려운 말을 하는구나. 대단한걸."
다케오는 킥킥 웃었다.
"오라버니, 놀리시는 거예요? 나는 진지한데."
후미에는 분한 듯이 다케오를 흘겨본다.
"놀리는 게 아니야, 감탄하고 있다구. 이야기를 들어보면 정말 그렇거든. 뭔가 빠진 듯하고, 그런데도 요령은 갖추고 있다는 말이지?"
"그래요, 오라버니는 역시 잘 알아듣는군요."
"잘 알아듣는다니 황송한데."
"미안해요."

"아니, 그렇게 사과하지 않아도 좋은데. 나도 좀 얻어들은 지식에 불과해."

"얻어듣다뇨?"

"아사카와 노리타카(淺川伯敎)라는 조선 미술의 권위자가 있지."

"그 선생님이, 그 아사카와 선생님이 제가 말한 것과 비슷한 이야기를 하셨어요?"

두 사람은 걷기 시작했다.

"응, 바로 후미에가 말한 것과 비슷한 이야기를 했어. 하긴 도자기에 관해서였지만."

"뭐라고 말씀하셨는데요?"

"여하튼 그런 비슷한 말이었어. 조선 도자기의 형태를 말하면서 그 안정되지 않은 듯하면서 안정되어 있고, 뭔가 빠진 듯하면서도 정리가 되어 있다던가 뭐라던가, 뭐 그런 얘기였어."

"그뿐이에요?"

"아아, 그래 그래. 균형을 무시한 듯하면서도 일종의 복잡한 균형을 머금고 있다던가, 그렇게 말했지."

"그리고?"

"그리고, 에에, 그걸 토대로 해서는 말이지, 조선의 민족성이 어쩌고 저쩌고했지."

"조선 사람의 민족성도 그렇대요?"

"응, 잘은 기억나지 않지만. 여하튼 그런 말을 했어. 미술은 역시 민족성을 나타낸다던가."

"당연하지요. 이제야 공감하세요? 법률가는 둔하네요."

"조선인의 성격도 일견 정리되지 않은 듯하면서도 역시 나름 정리되어 있다고. 우리 일본인은 수평이면 수평, 원이면 원, 이렇게 정확한 것을 좋아하고, 요령부득이라는 것을 아주 싫어한다고 하더군. 그런데 조선의 도자기로 판단하면 말이지, 그 요령부득이 특색이라는 거야."

"그래서 양쪽의 성격이 어울리지 않기라도 하다는 거예요?"

"아니, 그런 얘기 같은 건 하지 않았어. 요컨대 뭐냐, 아사카와 상이 그렇게 말한 것은 말이지, 조선인의 성격에는 우리 일본인의 성격보다 좀 더 느리고 흐리멍덩한 점이 있다는 얘기인 듯해. 단, 비교적 그렇다는 것이지만."

이런 이야기를 하는 동안 두 사람은 김의 집 앞까지 온 것이었다.

이제 안내도 구하지 않고 후미에는 마당으로 들어가게끔 되었다.

"어머!"

하고 석란은 툇마루에서 마당으로 달려 내려와 후미에의 손을 잡고 흰 이가 드러날 정도로 기쁨과 놀라움을 한꺼번에 터뜨렸다. 석란이 놀란 것은, 후미에가 조선옷을 입고 있었던 것이다.

"나 조선옷 입은 모습, 어울려요?"

후미에는 손으로 소매와 치맛자락 등을 들어 올려 보였다.

"무척 잘 어울려요. 양복 입은 모습보다도 훨씬 돋보이는 것 같네. 하긴 자기는 뭘 입어도……."

"어머, 석란 상. 아첨이 능숙해졌는걸. 어머님은?"

"잠시 외출."

"아버님은?"

"계세요."

"외출은 전혀 안 하시네, 아버님은."

"네, 전혀. 자, 올라오세요. 어머니도 오빠도 곧 돌아올 거예요. 이웃 결혼식에 가셨어요. 오늘은 혼자?"

"오빠하고."

"어머, 오라버니를 바깥에 기다리시게 두고?"

"어차피 오빠는 안방에 들어올 수 없잖아."

후미에는 약간 비꼬듯이 웃는다.

"하긴 그렇지요."

석란은 오른손 손가락 끝을 깨문다.

후미에는 석란의 얼굴에서 그 마음을 읽어내기라도 하려는 듯이 웃음을 머금은 눈으로 빤히 보고 있다. 그것은 석란의 다케오에 대한 마음을 살피고 싶었기 때문이다.

"자, 모두 아버님의 사랑으로 우르르 몰려가요. 안 될까?"

"안 될 건 없어요. 자, 어서 가시죠."

석란은 앞서서 가운데 마당에서 사랑으로 통하는 문 쪽으로 걷기 시작했다.

"나도? 나도 이쪽에서 사랑으로 들어가도 돼요?"

"괜찮아, 왜요?"

"그래도 실례가 되지 않을지."

"원래 여자들은 앞문에서 사랑으로 들어가지 않는 법인걸."

"그래요?"

석란과 후미에가 사랑으로 들어갔을 때 영준은 고풍스러운, 렌즈가 커다란 안경을 걸치고 책을 보고 있었다.

석란은 한 걸음 앞서 들어가,

"아버지, 히가시 상이 오셨습니다."

하고 알렸다.

"선생님, 오랜만에 뵙습니다."

후미에는 공손히 영준에게 인사했다.

영준은 급히 안경을 벗고 자리에서 일어나 답례했다. 여인에 대한 예절인 것이다.

"아, 조선옷을 입고 계셨군요."

하고 영준은 눈을 크게 뜨고 석란과 나란히 서 있는 후미에를 상냥하게 바라보았다. 후미에는 조선식 예의에 맞게끔 영준에게 절을 하고는 곧 일어나 몇 걸음 옆 방구석 쪽으로 가서 두 손을 치마 앞에 모으고 석란의 곁에 섰다.

석란은 후미에의 인사가 끝나기를 기다려 급히 바깥마당에서 사랑으로 통하는 문을 열어 나갔다. 석란은 가슴이 두근거리는 것을 느꼈다.

어찌 된 일일까. 다케오를 생각하면 가슴이 두근거리고, 다케오 앞에 서면 얼굴이 달아올라, 하고 석란은 스스로 자신을 나무라면서도 어떻게도 할 수 없었다. 여하튼 있을 수 없는 일이라고 석란이 단념하려고 하면 할수록 뜻대로 되지 않았다.

석란은 설레는 가슴과 달아오르는 얼굴을 스스로 억누르면서 빗장을 열었다. 석란 앞에는 흑백이 섞인 듯한 자못 차분한 모직 신사복에 같은 무늬 외투를 입고 다갈색 소프트 중절모를 손에 든 다케오가 모습을 드러냈다. 다케오는 부친인 대좌를 닮아 체구가 작았지만, 부친의 날래고 사나움 대신 아무래도 이상가(理想家) 타입의 이지적이고 정신적인 면이 있었다.

"어서 오세요."

석란은 겨우 목소리를 짜내 인사는 했으나 '들어오세요'라는 말조차 잇지 못했다. 석란은 스스로도 오늘 왜 이럴까 싶을 정도로 흥분해 있었다.

"아, 안녕하세요. 모두들 건강하십니까?"

"네, 고맙습니다."

"충식 군은 집에 없습니까?"

"네, 아니, 잠시 이웃집에 갔습니다."

다케오가 툇마루에 벗어둔 외투를 석란은 어떻게 할까 잠시 망설였지만 눈 딱 감고 오른팔에 걸고 옆방으로 들어갔다.

"선생님, 오랜만에 뵙습니다."

다케오는 영준에게 인사했다.

"예, 잘 오셨습니다. 부친께서는 건강하십니까?"

영준은 허물없이 묻는 것이었다.

"네, 여전하십니다."

"이런 궁벽한 곳에 번번이 찾아와주셔서 정말 고맙습니다. 자, 편히 앉으세요."

하고 영준은 다케오에게 편히 앉기를 권하고, 그러고 나서 후미에를 향해 말했다.

"아가씨도 앉아요. 왜 서 계십니까?"

"아, 저 아이 말입니까, 선생님?"

하고 다케오는 후미에를 돌아보며,

"누이는 오늘 조선옷을 입고 있어서 조선식 예절을 지키고 있는 겁니다."

라고 말하며 웃었다.

"아, 그렇습니까, 하하하하."

하고 영준은 허물없는 웃음을 터뜨렸다.

"그래요, 그래. 로마에 가면 로마에 따른다는 뜻인가. 훌륭한 마음가짐이오. 자, 앉아요. 조선에서도 윗사람이 앉으라고 하면 앉는 법이지, 하하하하."

다케오는 오늘 이 노인이 무척 기분이 좋은 모양이라고 생각했다. 이 정도면 충식과 석란을 초대하는 것을 허락할 듯하다고 생각했다. 두 번 만나고 세 번 만나는 동안 이 노인의 마음을 닫았던 얼음도 녹기 시작하고 봄날의 개울물이 소리를 내며 흐르기 시작했으리라고 생각하니 다케오는 기뻤다. 그만큼이라도 사신들의 성의가 통한 것이라고 생각되었다.

후미에는 조금 수줍어하면서 앉았다. 석란도 후미에 곁에 앉았다.

"어떻습니까, 선생님. 누이가 저렇게 조선옷을 입었는데."

다케오는 더더욱 영준의 마음속 깊이 들어가보고 싶었다.

"음, 잘 어울립니다."

영준도 감탄한 듯 옷맵시를 살피는 듯한 눈매로 후미에를 바라보았다. 그리고 만족한 모습이었다.

그 모습을 보자 다케오도 후미에도 기뻤다. 석란도 기뻤다.

"선생님, 저렇게 같은 옷을 입고 따님과 나란히 있으니 전혀 다른 게 없지요?"

다케오는 영준에게 확인했다.

"음, 다만 누이동생 쪽이 훨씬 품위 있는걸, 하하하하."

영준은 이런 아첨 섞인 말조차 하는 것이었다.

"어머, 선생님."

후미에는 머리를 숙였다.

"아니, 품위가 어떻다 하는 문제가 아닙니다. 조선인도 일본인도 결국 다를 바 없는 게 아닐까 하는 것입니다."

다케오는 드디어 급소를 건드린 것이다.

다케오의 말을 석란의 통역을 통해 들으면서 영준의 얼굴 표정은 순식간에 변하여 다케오가 처음 영준과 대면했던 때와 같은 엄숙함으로 돌아갔다.

석란의 통역을 다 듣더니 영준은 지그시 눈을 감고 깊은 생각에 잠기는 듯했다.

다케오를 비롯해 후미에도 석란도 엄숙한 얼굴이 되어버렸다. 정숙한 가운데 심상치 않은 공기가 떠돌았다.

영준의 입장에서 말하면, 다케오의 질문은 범상한 질문이 아니다. 그것은 영준이 평생 지켜온 근본 사상에 대한 도전이다. 결코 단순한 분위기 맞추기 또는 일시적인 교제 차원에서 무책임한 답변을 할 수는 없다. 영준은 성실한 사람이다.

영준이 지금까지 히가시 일가 사람들과 교제한 것은 단순한 인도적 입장에서였다. 사람과 사람 사이의 정의(情義)를 다한 것이었고, 민족문제라든가 그런 것은 일절 고려에 넣지 않았다. 세간에서는 김영준이라고 하면 곧잘 배일가(排日家)의 우두머리라고 말하고 있지만, 김영준은 일본이라면 무조건 헐뜯고 일본인이라면 누구든 미워하는 그런 배일가는 아니다. 그는 일본의 역사에도 밝았다. 특히 메이지유신(明治維新)에 대해서는 일가견을 세우고 있을 정도로 연구가 깊었고, 따라서 일본의 장점도 단점도 잘 알고 있다. 조선인 가운데 『신황정통기(新皇正統記)』나 『산양외사(山陽外史)』, 『고사기(古事記)』, 『일본서기(日本書紀)』를 독파한 것은 그 말고는 그렇게 많지 않을 것이다.

지나사변(支那事變)이 발발하자 그의 옛 동지 대다수는 어느 쪽인가 하면, 오히려 장제스(蔣介石) 편이었지만, 김영준은 과감히 정의(正義)는 일본에 있다고 공언했다. 그의 논거는 이런 것이다. 하늘은 가장 옳은

자에게 권한을 부여하신다. 아시아 여러 민족 중에서 적어도 현재는 일본이 가장 도(道)에 걸맞은 생활을 하고 있는 국민이다. 따라서 아시아 여러 민족 중에서 영도권을 갖게 할 만한 자를 고르라면, 공평하게 보아 일본 민족을 제외하고는 달리 없다. 또 그렇게 하는 것이 영도되는 여러 민족의 이익이기도 하다는 것이었다.

김영준의 이런 주장이 일부 사람들 사이에 물의를 빚은 것은 물론이다. 어떤 사람은 김영준이 출옥한 후 변절한 것이라고까지 조소했을 정도다.

그러나 김영준은 사람들이 뭐라고 하든 그것에 구애되어 말을 바꾸는 그런 인물은 아니다. 그는 일단 옳다고 정하면 그것을 신념으로 삼아버려 천하가 달려들어 호리려 해도 도무지 한 걸음도 양보하지 않는 것이다.

따라서 그는 일본의 옳음도 강함도 속속들이 잘 알고 있다. 또한 조선도 결국 일본의 영토로서, 조선인은 일본 신민으로 살아갈 운명에 있다는 것도 꿰뚫고 있다. 그러면 그는 왜 배일가로 불리고 불령선인이라고 주시되고 있는 것일까. 그것은 다른 게 아니다. 첫째는 민족의 독립에 대한 의리이고, 둘째는 조선인이 영구히 식민지의 토착민으로서 천대받지 않으면 안 된다는 데 대한 비분이다. 이 두 가지 점이 석연치 않았기 때문에 김영준은 일본의 조선 통치에 절대 반대라는 입장을 사수해왔던 것이고 경찰에서도, 또 검사정, 예심정, 공판정에서도 그는 당당히 자기 주장을 펴며 한 걸음도 물러서지 않았다. 이것이 일본에 대한 김영준의 태도였다.

그의 이런 태도는 지금도 변하지 않았다. 미나미(南) 총독의 내선일체론(內鮮一體論)도 김영준의 마음을 움직이지 못했다. 그것은 정치가의 한낱 형식적인 겉치레 말에 지나지 않는다고 생각했던 것이리라.

"우선 평등하게 하는 일이다. 우선 두 민족을 평등한 지위에 놓고 나서 부족한 점을 채우는 것이다. 우선 부족한 한쪽을 족하게 한 뒤 평등하게 하려면 그런 날은 영원히 오지 않는다. 왜냐하면 부족한 쪽이 국민적 감격을 갖지 않기 때문이다."

그는 언젠가 이런 말을 한 적이 있다.

"평등하게만 해주면 자네는 만족할 작정인가. 독립주의를 버릴 셈인가."

하고 김영준의 옛 동료는 꾸짖었다.

"음, 자네와 나는 어떨지 모르지만 조선 민중은 만족하겠지."

김영준은 이렇게 단언하고 그 사람과 헤어진 것이었다.

다케오는 이월의 그 부상을 겪은 이래 몇 번 충식과 만나 흉금을 탁 터놓고 민족문제 등을 논했고, 충식을 통해 그의 부친인 김영준의 사상도 대략 알게 되었다. 충식은 부친의 의견에 찬성한다고는 말하고 있지만, 젊은 만큼 다소 동요의 기미가 있는 듯이 다케오에게는 보였다.

이런 터이므로 석란과 후미에가 하나도 다를 게 없지 않느냐고 추궁받고는 김영준이 깊은 생각에 빠진 것도 당연하다고, 다케오는 생각했다.

김영준은 지그시 명상에 잠겼다가 이윽고 눈을 번쩍 떴다.

"고맙소."

하고 김영준은 매우 정중하게 다케오를 향해 머리를 숙였다.

다케오는 이것이 무슨 의미일까, 하고 약간 당황한 모습이었다.

"고맙소. 당신의 마음은 잘 이해합니다. 누이께서 오늘 조선옷을 입으신 마음도 나는 잘 이해합니다. 그 마음에 대해서는 거듭 감사하지 않을 수 없습니다. 사실대로 말하면, 나도 그런 마음이 되고 싶은 것입니다.

그러나 불행히도 나는 아직 거기까지 이르지는 못했습니다. 단, 개인적으로는 별개입니다. 예컨대 당신네 두 분에 대해서는 나는 매우 친근한 감정을 가집니다. 실로 두 분은 모두 훌륭한 인격과 인정을 갖고 계시고, 게다가 내게 분에 넘칠 정도의 호의를 갖고 계십니다. 나는 그것을 가슴 깊이 느낍니다. 그리고 감사하고 있습니다. 실례지만 나는 당신네 남매에 대해서는 남 같은 느낌이 들지 않습니다. 그렇습니다. 저렇게 누이께서 내 딸과 나란히 계시는 것을 보면 내 자식처럼 귀여운 것입니다. 실례되는 말씀이었다면 용서해주세요."

다케오는, 김영준이 위엄 있고 성심을 담은 어조로 그때그때 자신에게 머리를 숙이며 이야기하는 것을 줄곧 보고 있자니, 말을 알아듣지는 못하지만 그 의미는 알 것 같은 느낌이 들었다.

석란도 부친이 하는 말의 중대함을 생각해 말 한마디, 한 구절도 빠트려서는 안 된다는 마음가짐으로 두 사람에게 정확하게 통역하여 들려주었다. 다케오와 후미에는 석란의 통역을 들으면서 그 말들을, 조금 전 김영준의 표정과 몸짓 등을 결부지어 생각하며 구절구절마다 김영준에게 머리를 숙여 감사의 뜻을 표했다.

마지막으로, 다케오와 후미에가 내 자식처럼 귀엽다고 생각하고 있지만 실례가 된다면 용서해달라는 대목에 이르자, 다케오와 후미에는 입이라도 맞춘 듯이 거의 동시에,

"아니요, 천만의 말씀입니다. 정말 고맙습니다."
하고 대답했다.

마침내 지금까지의 긴장된 공기는 봄날에 어울리는 온화함으로 바뀌었다. 그러나 다케오는 아직 다 녹지 않은 산그늘의 얼음을 생각하고 가슴이 짓눌리는 듯한 무거운 고통을 느꼈다.

충식과 그의 아우 의식(義植)이 돌아왔다.

"야아, 히가시 군. 여어, 아가씨."

이런 인사가 오갔다.

다케오는 충식에게,

"지금 자네 아버님과 중요한 이야기를 했네. 우리들, 자네도 나도 말이지, 그리고 누이동생도 후미에도 모두 실로 중대한 책임을 지고 있다는 것을 느끼네. 우리는 더욱 하나가 되지 않으면 안 돼. 그건 일본제국을 위해서도 그렇지만, 조선을 위해서도, 또 동양 전체를 위해서도 그렇지. 우리가 나빴어. 우리 일본인은 조선 동포에 대한 사랑과 존경이 부족했던 것이네. 폐하의 대어심(大御心)을 이해하지 못했던 것이지. 나는 자백하네. 하지만 일본인은 본성이 나쁜 것은 아니야. 마음은 지극히 단순하고 쉽게 감격하는 국민이지. 다만 지금까지 조선에 대한 이해가 부족했던 것이라네. 우리 아버지의 조선관(朝鮮觀) 같은 건 아예 잘못되어 있어. 오늘 자네 아버님의 말씀을 듣고 한층 분명히 알았네. 하지만 걱정할 건 없어. 병의 근원을 안 이상 치료하면 되는 것이지."

다케오는 일단 말을 끊고 잠시 생각하는 듯한 모양이었으나,

"어이, 김 군!"

하고 충식의 얼굴을 정면으로 응시했다.

이제 막 돌아온 충식에게는 다케오가 하는 말의 의미가 분명하지 않았지만, 그 정신과 호의는 느낄 수 있었다.

"어이, 김 군. 우리는 정말 하나가 되자. 칠천만과 이천만이 정말 하나가 되자. 지금까지의 잘못은 모두 우리가 바로잡자는 게 아닌가. 그리고 더더욱 살기 좋은 새롭고 높은 문화를 산출할 수 있는 일본을 만들자는 게 아닌가. 미나미 총독이 말하는 내선일체라는 것도 그런 게 아닐까 생

각하네. 하지만 말이지, 중요한 건 우리 젊은이들에게 있는 것이 아닐까. 자네는 어떻게 생각하나?"

"그렇게 되면 정말 다행이지. 그런데 조선 청년은, 적어도 일부 세력은 말이지, 아직 그것을 믿지 않는다네. 즉 내선일체를 문자 그대로 받아들이지 않는 것이지."

충식은 이렇게 대답했다.

"그런가? 아직 그것을 믿지 않는 사람이 있어?"

"첫째, 나부터도 아직 그것이 확실히 다가오지 않는다네. 히가시 군, 일본인이 모두 자네나 자네 누이 같은 사람이라면 좋겠네만. 실은 나는 자네를 만나고부터 국가에 대한 생각이 변한 것 같은 생각이 드는 걸 어쩔 수 없어. 우스운 질문인 듯하지만 말이야, 자네나 자네 누이 같은 사람이 일본에는 많이 있나?"

충식의 얼굴은 비통할 정도로, 또 우스울 정도로 진지했다.

"많다고 생각하네. 조선을 이해하고 있는 사람이겠지, 자네가 알고 싶어 하는 것은?"

"이해보다도 사랑이야. 참으로 동포라고 생각하는 것이지. 악마도 이해할 수는 있으니까."

"그래, 사랑이지. 정이지. 나는 일본인의 순정을 믿네. 역성을 드는 것일지도 모르지만. 하지만 일본인은 순정적이기는 하다고 생각하네. 일본인에게도 여러 가지 단점이 많지만, 그러나 순정적이고 감격적인 점만큼은 사주어도 좋다고 생각하네. 자네는 어떻게 생각하나?"

"내가 아는 사람은, 학교 선생님을 빼곤 자네 정도인걸."

"그렇겠군. 실은 이렇게 말하는 나도 조선인 선생에게 배운 적이 없으니, 알고 있는 조선인이라고는 자네 집안사람뿐이지. 하지만 나는 그것으로 충분하다고 생각한다네. 대해(大海)의 물도 한 방울 맛보면 맛을 알 수 있지. 수천만 민중 가운데는 퍽 나쁜 사람도 있겠지만, 그것은 피차 마찬가지야. 나는 자네 한 사람을 알게 되어 이미 조선을 알게 된 셈이네. 자네도 나를 통해 일본을 알아주게. 하긴 이렇게 말하면 우쭐해하는 듯해서 미안하네만."

"아니, 자네는 전혀 우쭐해하는 게 아니야. 나는 진심으로 자네를 믿고 또 존경하고 있네."

"고맙네. 나를 믿어주겠나?"

다케오는 충식의 두 손을 잡았다.

"응. 나 자신을 믿는 것보다도 더 믿고 있네."

"고맙네. 아가씨께서는 어떻습니까?"

다케오는 충식의 손을 놓고 바로 앉으며 석란을 보았다.

"무얼 말씀이에요?"

석란은 수줍어했다. 그러나 지금까지 두 사람의 문답은 전부 주의 깊게 듣고 마음에 담아두었다.

"아뇨, 우리를, 저와 후미에를 정말 믿어주시겠는지 말이에요."

"굳게 믿습니다."

석란은 내향적인 평소의 성격답지 않게 분명하게 단언했다.

"고마워요. 그것으로 됐습니다. 후미에, 너도 동감이지?"

"네, 후미에도 굳게 믿어요."

후미에는 석란의 말을 그대로 인용함으로써 좀 입 밖으로 꺼내기 어려운 삼인칭 목적격을 생략할 수 있었던 것이다.

김영준은 젊은이들끼리의 대화를 들으면서 뭔가 생각하고 있는 모양이었는데, 그들의 이야기가 끊어지자 눈을 떴다.

충식은 부친에게 지금까지의 대화 내용을 대강 보고했다. 김영준은 일일이 고개를 끄덕이면서 충식의 보고를 들었다. 충식의 보고가 끝나자 김영준은 두세 번 잇달아 고개를 끄덕이고는 석란을 향해,

"점심 준비하지 않으련?"

하고 지시했다.

석란은 충식과 다케오를 보았다.

"아버지께서 자네들에게 점심 대접을 하라고 하시네. 먹고 가지 않겠나?"

충식은 다케오에게 이렇게 말하고 나서, 이번에는 후미에에게,

"아가씨, 괜찮지요? 또 예의 조선 된장찌개가 나오겠지만."

하고 웃었다.

"아니, 실은 말이야."

하고 다케오는 정색하고 나섰다.

"오늘은 자네와 누이동생을 초대하러 왔네. 어머니께서 꼭 오라고 하신다네. 오늘은 우리 집에서 놀다가 창경원 밤 벚꽃 구경도 하고, 그리고 우리 집에서 하룻밤 묵는 일정이지. 그래서 자네 아버님의 기분도 살피려고 했던 건데, 야단났는걸. 하긴 축하할 일에는 틀림없으니까. 하나 더, 우리가 형제의 의리를 맺은 축하를 겸해서 우리 집에 가지."

다케오가 이렇게 말하자 후미에는,

"아버지도 어머니도 오늘은 꼭 와주기를 바란다고 하셨어요. 어머, 벌써 열한 시예요. 그래도 한 시간이면 갈 수 있으니까 오늘은 꼭, 어서요. 석란 상도요. 지난번에 약속했었죠, 다음번에 오시겠다고."

하고 성심을 다해 권했다.

다케오와 후미에는 훨씬 전부터 충식과 석란을 집에 부를 작정이었다.

그러나 김영준의 허락도 허락이지만, 첫째 모친이 그다지 좋아하는 기색이 아니었다. 모친은 충식 남매의 은의(恩誼)를 모를 리 없지만, 그것은 뭔가 다른 방법으로 갚아야지, 충식인가 하는 이들 남매를 집에 불러들이는 것은 왠지 좀, 이라는 식으로 생각하는 것이었다.
"서로 교제를 시작하는 데는 말이지, 여러 가지 고려하지 않으면 안 되는 것도 있는 법이에요."
하고 모친 기쿠코(菊子)는 말했다.
 게다가 하나 더, 다케오의 모친에게는 걱정거리가 있었다. 그것은 다케오나 후미에가 충식인가 하는 이들 남매를 지나치다고 생각될 정도로 칭찬하는 것이었다. 번번이 드나드는 가운데 젊은이들끼리이니 혹시 사려 깊지 못한 결과라도 낳는다면 가문의 수치가 된다는 것이다. 사려 깊지 못한 결과란 다케오와 석란 사이에 연애 같은 관계라도 생기면 어쩌나 하는 것이었다.
 다케오의 모친 기쿠코에게 더욱 이 의심의 근거를 제공한 것은 이제 막 혼담이 결정되려던 가와시마 미치코(川島美智子)에 대한 다케오의 태도가 변한 것이었다.
"미치코 상이 어떻다는 게 아니에요. 어차피 가까운 시일 안에 저는 군대에 가지 않으면 안 되니까 결혼은 하고 싶지 않다는 것뿐입니다."
하고 다케오가 미치코와의 결혼을 단호히 거절했을 때 기쿠코는 깜짝 놀라지 않을 수 없었다. 하긴 지금까지 다케오가 미치코와 연인 사이라고 할 정도는 아니었지만, 그래도 함께 하이킹을 간다든지 하며 서로 좋아했던 것은 틀림없다. 뿐만 아니라 가와시마 집안에서는 결혼을 전제로 미치코에게 다케오와의 교제를 계속 허락한 것을 다케오는 잘 알고 있는 터이다. 그런데 다케오는 미치코에 대해 단호히 거절하는 의사를 밝힌 것이다. 모친 기쿠코가 놀라는 것도 무리는 아니다.

"너는 히가시 집안의 외아들이다. 대를 이어야지."

하고 기쿠코는 엄격한 표정으로 다케오를 흘겨본 것이었다.

"출정할지 모르기 때문에라도 결혼을 서두르지 않으면 안 되는 게다. 게다가 네 결혼이 늦어지면 후미에의 결혼도 늦어진다. 이와타니(岩谷) 상 쪽에서도 후미에와 가츠키(克己) 상의 결혼을 서두르고 계셔. 아버지도 이와타니 싱도 인제 출징힐지 모르는 군인이다. 그러니 양쪽 모두 아버지의 출정 전에 식을 올리자는 게지. 그런데 네가 고집부리는 탓에 모두에게 걱정을 끼치고 있잖니. 다케오, 도대체 무슨 생각으로 결혼하지 않겠다는 따위, 그런 쓸데없는 말을 하는 게냐?"

기쿠코는 매우 엄중한 어조로 다케오와 후미에 앞에서 거침없이 의견을 말하는 것이었다.

"어머니, 제가 결혼하지 않으면 후미에가 결혼할 수 없다는 법은 없어요. 그런 건 모두 구식이에요. 후미에만 좋다면 이와타니 군과는 언제든 식을 올려도 좋지 않습니까?"

"다케오, 그런 쓸데없는 말은 하는 게 아니야. 게다가 네게 뭔가 잘못이라도 생겨보렴. 그건 히가시 집안에 먹칠을 하는 거야."

기쿠코는 최후에 이렇게 선고한 것이었다. 이것은 물론 석란과의 관계를 가리킨 것이었고, 다케오도 그것을 잘 알았다.

이런 까닭에 충식과 석란을 집에 부른다는 말을 모친에게 꺼낼 수 없었던 것이다.

그런데 어느 날 우연히 후미에가 다케오의 일기장을 보게 되었다. 슬며시 페이지를 차례로 넘기자니 석란에 대한 것이 꽤 적혀 있었다. 불광리에서 석란에게 간호받았던 일, 그 후 불광리에 찾아갈 때마다 석란과 만나 이야기했던 일 등이 자세히 적혀 있었다. 원래 다케오는 전공도 법률이지만 문학 따위는 그다지 좋아하는 편이 아니며, 정치와 수양에만 머리를 쓰는 성질임을 잘 알고 있는 후미에에게는 그것이 결코 예삿일처럼 받아들여지지는 않았다. 하긴 다케오가 부모에게 물려받은 성격상 석란이 그립다든가 잊히지 않는다든가 그런 연애문학적 문구는 한마디도 일기에 보이지 않았지만, 그만큼 오히려 다케오의 마음이 후미에에게는 헤아려지는 것이었다.

그런데 어느 날,

"오라버니, 죄송해요."

하고 다케오의 서재에 들어서자마자 후미에가 말했다.

"뭐냐, 죄송하다니. 용돈?"

"어머, 아니에요. 후미에, 오라버니의 일기를 봤어요."

다케오도 과연 흠칫 낭패하는 빛을 보였다.

"나빴다고 생각해요. 그래도 후미에는 오라버니를 생각해서였어요. 뭐든 힘이 되어드리자고 생각했어요. 그러니 나쁘게 생각하지 마세요, 오라버니."

후미에는 생긋 웃어 보였다.

"나쁘게는 생각지 않지만."

"후미에가 행동거지가 나쁘다고 말씀하시는 거죠?"

후미에는 소리를 내어 웃었다.

"네 일기도 보여줘."

"플러스, 마이너스 하자는 거죠? 그 수에는 넘어가지 않아요."

"보지 않아도 오빠는 잘 알고 있지."

다케오는 겸연쩍은 듯한 웃음을 흘렸다.

"어머, 후미에에겐 비밀 따윈 아무것도 없어요."
"그럼 왜 네 일기장은 언제나 어딘가에 숨겨 두는 거지?"
"어머, 오라버니. 찾아본 적이 있어요? 후미에의 일기?"
"응."
"왜요?"
"왠지 후미짱의 일기가 읽어보고 싶어져서 말이야. 어떤 생각을 하고 있을까. 오누이라고는 해도 다 컸으니 네 마음속까지는 오빠도 엿볼 수가 없구나."

후미에도 장난기가 사라지고 숙연해지고 말았다. 그리고 오빠의 마음속을 투시하기라도 하려는 듯이 언제까지고 다케오의 얼굴을 뚫어지게 쳐다보았다. 후미에에게는 오빠가 지금까지 본 적이 없는 사람처럼 생각되었다. 같은 집에서 어린 시절부터 함께 자라면서도 어느 사이에 서로 이렇게 마음과 마음이 통하지 않는 타인이 되어버렸을까, 불가사의하게 생각되었다.

"오라버니!"
"왜?"
다케오는 뭔가 생각하다가 마음을 돌리는 듯한 자세를 취했다.
"후미에는 언제까지고 언제까지고 오라버니에게 비밀 같은 건 갖지 않을 작정이에요. 오라버니에게만큼은 후미에가 평생 떼쓰는 아이 시절의 누이이고 싶어요."

후미에의 눈에는 이슬이 빛났다.
"고맙다, 후미에. 그렇게 있어주렴. 오빠도 말이지, 요즘 왠지 상당히 마음이 달라진 것 같단다."
"어떻게? 말해봐요."

"글쎄, 뭐라고 할까. 가치의 전환이라고나 할까."

"어렵네요."

"아니 뭐, 그런 건 아니야. 나는 원래 정(情)이라는 것을 얕보고 있었단다. 이성주의였지. 여하튼 세상은 이론대로 굴러가는 것이라고만 생각했어. 그런데 아무래도 그렇지 않은 듯해. 역시 정말 인간을 움직이는 것은 정이라고 생각하게 되었지. 심리학에서 말하는 그런 감정이 아니라, 말하자면 보통 인정이라는 것 말이야. 이 인정이라는 것이야말로 인생의 지배자처럼 생각된단다. 예컨대 애국심도 말이지. 그건 결국 정이야. 우리가 일본을 사랑한다, 폐하를 위해 생명을 버린다, 이것은 모두 이성이 아니야. 정이지. 부모 자식이든 형제든 정으로 맺어져 있는 게 아니겠니? 그렇다고 이성을 부인하는 건 아니지. 이성, 곧 이론이 정으로 바뀌어야 비로소 행(行)이 된다고 생각해. 아직 정으로 바뀌지 않은 이론은, 요컨대 공허한 이론이지. 과학적 이론은 별개로 하고. 내선일체도 그렇다고 생각해. 내지인과 조선인이 정으로 맺어지지 않으면 진짜가 아니지. 오빠는 법률도 인정을 기조로 해석해보고 싶어. 인간만사가 인정을 떠나서는 실재하지 않는 것이라고 생각해. 시간만 나면 논문을 써보려고 해."

"어머, 그런 생각이라면 저도 오라버니의 주장에 대찬성."

"후미쨩도 공감해?"

"공감하다마다요. 오라버니야말로 후미에에게 공감하게 된 건 아닐까요?"

"그렇겠지. 너는 문학가니까."

"문학가라니, 놀리지 마세요. 인정주의자라구요."

"인정주의자, 인정주의자. 음, 좋은 말이네. 역시 후미쨩은 머리가 좋아."

다케오가 유쾌하게 웃자 후미에는 단도직입적으로,

"오라버니, 석란 상 지금도 좋아하죠?"

하고 추궁하는 것이었다.

"응, 좋아해."

하고 다케오는 순순히 말했다.

"단지 좋아하는 것뿐? 그 이상은 아니에요?"

"응, 그 이상인 듯도 해."

"듯도 하다, 라니 그렇게 말씀하지 마시고 확실히 말씀하세요."

"그 이상의 말은 좀 어렵지 않겠니?"

후미에는 오빠가 한 말을 음미하는 듯이 잠시 침묵했으나,

"알겠어요. 오라버니의 마음 존경해요. 보통 사람이라면 사랑한다는 거죠?"

후미에는 재차 확인했다.

다케오는 엄한 눈매가 되었지만 아무 말도 하지 않았다.

그 후 후미에는 모친을 설득했고, 그리하여 마침내 충식과 석란을 초대하게 되어 오늘 두 사람을 초대하러 온 것이다.

일동이 김영준의 대답을 기다리고 있자니, 그는 의외에도,

"음, 가도 좋다."

하고 허락해주었다.

"그럼 호의를 받아들여 신세를 지겠습니다."

충식은 부친의 말을 통역하는 대신 다케오에게 이렇게 말했다.

"고맙습니다."

다케오와 후미에는 동시에 김영준에게 감사의 인사를 했다.

"그럼, 서두르지."

네 젊은이들은 김영준의 서재에서 나왔다.

봄 햇살은 밝고 따스했다. 수탉이 황금색 지붕에 올라 목청 높이 한낮을 알렸다.

다케오와 충식, 후미에와 석란 넷이서 도로 폭대로 한 줄로, 혹은 두 줄로 가면서 즐거운 듯이 의주가도(義州街道)를 향해 논둑길을 걸어가는 뒷모습을, 김영준은 툇마루에 서서 하염없이 전송하고 있었다.

3

하나의 길

네 사람은 좁은 길에서 의주가도로 들어가는 곳 가까이까지 왔다. 시내를 따라 소림사(小林寺)와 세검정(洗劍亭)이 들어선 골짜기를 지나 창의문(彰義門)으로 통하는 길이 갈리는 곳이다. 길이라고 해봤자 그저 명색뿐인, 있을까 말까 한 좁은 길로, 정상에 오르기까지는 십사오 정이나 계곡을 거슬러 오르지 않으면 안 된다. 유명하지는 않지만 경성 부근에서는 다소 경치 좋은 계곡의 하나다.

"이리로 갈까?"

다케오는 냇가에 멈춰 서서 세 사람을 돌아보았다. 만약 이 길로 가지 않는다면 녹번리에서 버스를 타지 않으면 안 된다.

"좋아요. 그런데 석란 상은 어때요, 지치지 않아요?"

후미에는 석란의 얼굴을 살폈다.

"아뇨, 저는 어느 쪽이든 좋아요."

석란은 후미에에게 미소를 지어 보였다. 그녀도 내심으로 산속을 걸어 보고 싶었다.

"그럼 걸어요. 아무래도 버스를 타면 내가 짐짝이 된 듯해서 말이죠. 왠지 비참해져요."

다케오는 시냇물을 따라 걷기 시작했다. 세 사람도 뒤를 따랐다.

도로 폭이 좁아지는 곳을 빠져나가자 한층 깊은 산의 모습이 눈앞에 펼쳐졌다. 관음봉(觀音峰) 바위가 왼쪽에 보이고 평평한 바위 위로 물이 졸졸 흘렀다.

진달래가 불붙은 듯이 피어 있다.

"어머, 진달래."

하고 후미에가 아이처럼 즐거워했다.

"정말 조선의 산진달래는 좋군."

다케오도 검은 바위 표면에 작은 소나무의 푸른빛과 진달래의 붉은빛이 점점이 이어져 있는 것을 지그시 바라보았다. 하이커인 다케오에게는 그다지 신기한 것도 아니지만, 올해 산진달래를 보는 것은 이것이 처음이었다. 게다가 오늘은 특히 기분이 들떠 있어 모든 것이 새롭고 즐거웠다.

네 사람은 계속 나아간다. 시냇물은 과연 인적이 닿지 않아 맑게 흐르고 있다. 그다지 사람이 오지 않는 한적한 곳이기 때문이리라.

봄날이다. 개었다고는 해도 아지랑이가 끼어 있는 듯한, 졸린 듯한 갠 날씨다. 초록빛, 남빛을 띤 작은 나비들이 쫓고 쫓기며 일행 앞을 가로질러 날곤 했다. 조금도 사람을 두려워하는 모습이 없었다.

길은 점차 구부러져 좁은 협곡으로 들어간다. 자못 치졸한 빛깔과 모양새를 하고 진달래는 어디에나 피어 있었다. 양지바른 곳에는 이미 색이 바래서 흩어지기 시작하는 것도 있지만, 바위 그늘 같은 곳에는 아직 새빨간 봉오리를 달고 있는 것조차 있었다.

석란은 묘하게 가슴이 설레는 것을 깨달았다. 다케오의 뒷모습이 불가사의한 힘으로 마음에 붙박이는 듯하여 어떻게도 할 수 없었다. 얼굴이 달아오르고 땀이 배어 나오는 것 같아서 몇 번이고 몇 번이고 후미에의 눈에 띄지 않게 손수건으로 이마와 콧등을 가만히 훔쳤다.

'그럴 리 없어. 내가 히가시 상을 좋아하다니. 그럴 리 없어.' 석란은 스스로 변명해보았다. 그러나 그것은 아무런 효과도 없었다. 그런 식으로 자기 마음을 억누르면 억누를수록 한층 부끄러움에 가까운, 안타까움에 가까운 일종의 고통을 느낄 뿐이었다.

'모두 당신의 친절한 간호 덕분이라고 생각하며, 깊이깊이 감사드립니다.' 하고 다케오가 적어 보낸 사례 편지의 문구를 석란은 다시 떠올려보았다.

그것은 언제 생각해보아도 똑같은 문구로 흔한 인사말일 뿐이지만, 그래도 이 말이 주문처럼 혼을 파고들어 떠나지 않는다. 그뿐만 아니라, 이 말이 시간이 지남에 따라 더욱더 빛을 발하고 소리조차 내는 것처럼 생각되는 것이었다.

'이런 마음이 된 것은 뭔가 인연일지도 몰라. 아니, 하지만 말도 안 돼. 히가시 상과 내가 무슨 인연이 있을 리 없는걸.' 석란은 이렇게 스스로 긍정하기도 하고 부정하기도 해온 것이었다.

그런데 오늘처럼 다케오와 함께 산길을 걷고 있자니 한층 그런 느낌이 강렬해져 지팡이를 흔들어대며 오빠와 나란히 걷고 있는 다케오의 모습이 쑥쑥 마음속 깊이 스며드는 것이었다.

석란은 안타까운 자신의 감정을 얼버무리기라도 하려는 것인지 손을 뻗어 진달래꽃을 하나 따서 꽃술을 떼어버리고는 입속에 넣고 씹었다. 희미한 단맛이 느껴졌다.

"그 꽃 먹을 수 있어?"

후미에도 진달래꽃을 하나 땄다.

"응, 아이들은 진달래꽃을 잘 먹어. 나도 어렸을 때 잘 먹었어."

석란은 겸연쩍은 듯이 미소 지었다.

"독은 없어?"

하고 후미에도 석란을 흉내 내 꽃술을 땄다.

"독이 있는 건 바위철쭉이야. 이것보다 훨씬 붉고 끈적끈적해. 그건 아직 피지 않았어."

"맛있겠지?"

후미에도 꽃을 입에 넣었다.

"맛있다고는 할 수 없지만 꽃을 먹으면 아이가 된 것 같아서 즐거워."

"내지에서도 벚꽃을 소금에 절여 차에 띄워 먹거나 해."

"조선에서는, 꽃을 먹는다고 하면 봄엔 진달래, 가을엔 국화야."

"국화꽃도 먹어?"

후미에는 눈을 동그랗게 떴다.

"응, 국화꽃은 아주 맛있어. 단, 그건 향기를 먹는 셈이지만."

"어머, 향기를 먹는다니, 그럼 진달래는 빛깔을 먹는 셈이네."

후미에는 재미있는 듯이 웃었다.

"어이, 빨리 와."

다케오와 충식은 뭔가 이야기를 나누면서 일 정(町)쯤 앞서가고 있었으나, 돌아서서 두 사람을 불렀다.

후미에와 석란은 서둘러 오빠들을 따라잡았다.

두 사람이 "하아, 하아!" 하고 숨을 헐떡거리며 가파른 비탈길을 올라오는 것을 보고 다케오는,

"힘들지 않습니까?"

하고 석란에게 말을 걸었다.

"아뇨."

석란은 눈이 부신 듯했다.

"등산 좋아하지 않으세요?"

다케오는 또다시 석란에게 말을 걸었다.

"지나(支那)에 있을 때는 자주 루산(廬山) 같은 곳에 올랐습니다만."

석란은 주장(九江)의 여학교에 다닐 무렵 서양인 선생들을 따라 루산에 오르거나 뤄양호(洛陽湖)에서 뱃놀이하던 일 등이 떠올라 그때가 그리워졌다.

"어, 루산에?"

다케오는 있을 수 없는 일이라는 듯이 놀라 눈을 크게 떴다.

"석란은 아버지와 함께 지나에 가 있었어."

하고 충식이 설명했다.

"그럼, 조선에는 언제 돌아왔습니까?"

다케오는 신기한 듯이 석란을 쳐다보았다.

"조선에서 소학교를 마치고 곧 베이징(北京)의 아버지 계신 곳으로 갔어. 그 후 아버지께서 광둥(廣東)으로 가시게 되어서 말이지, 석란은 주장의 미션스쿨에 맡겨졌지. 거기서 여학교를 나왔고. 그 후 아버지가 체포되어 조선으로 호송되었고, 그래서 주장의 여학교에서 재직했던 여선교사가 도쿄(東京)로 전근하면서 석란을 데리고 갔지."

"그럼, 학교는?"

하고 말을 걸며 다케오는 지나치다고 생각했는지 말꼬리를 흐렸다.

"조시가쿠인(女子学院) 영문과예요."

석란은 부끄러운 듯이 대답했다.

"어머, 그래?"

후미에는 석란의 어깨에 손을 올려놓으며,

"어쩐지 말이……."

하고 말을 머뭇거리는 것을 다케오가,

"정말 우리들보다도 유창한 진짜 도쿄 말이라서요."

하고 말을 맺었다.

석란은 말 같은 걸 칭찬받는 것이 낯간지럽게 느껴졌지만, 그래도 자기가 조금씩 다케오에게 알려지는 것이 기뻤다. 일시에 자기가 지내온 일과 마음 등을 몽땅 다케오에게 털어놓고 싶다고 생각하지만, 그것이 결코 쉬운 일은 아닌 것이다. 그것은 석란과 다케오가 성별이 다르기 때문만은 아니다. 두 사람이 서로의 마음을 알게 되는 것은 일생에 그렇게 흔히 있는 일은 아니다. 그것이야말로 전생부터의 인연이라도 아니면 불가능한 것일지도 모른다. 석란은 평생 자기가 지내온 일과 마음을 다케오에게 끝내 알리지 못할지도 모른다고 생각하면 슬펐다. 현재로서는 그것은 거의 불가능한 일에 속하는 듯했기에.

석란이 지내온 일이라고 해봤자 물론 대단한 것은 아니다. 계집애 혼자 지나(支那)에 갔다든가 도쿄에 갔다든가 그런 것에 지나지 않지만, 그래도 호감이 가는 사람에게 이야기한다면 한 제국의 역사에 못지않은 의의와 흥미를 가질 대목도 있을 것이다. 어린 마음의 대수롭지 않은 슬픔이나 기쁨조차 사랑하는 사람들에게는 중대 사건이다. 석란은 아직 그런 이야기를 아무에게도 말한 적이 없는 것이다. 옆에서 보면 시시하다고 웃어버릴지도 모르지만, 젊은 혼의 동경과 번민을 눈물과 공감으로써 들어주는 상대와 아직 만난 일이 없는 것이다. 석란은 그 상대를 다케오에게서 발견한 듯이 생각되어 견딜 수 없다. 그러나 그것이 가능한 일일까, 석란은 고개를 숙이고 아직 푸른빛조차 띠지 않은 불그스름한 어린 풀을 응시하며 아랫입술을 깨물었다.

조금 더 가자 정상이다. 맑은 물이 솟고 있고, 그 앞에는 조그만 잔디밭이 있었다. 거기서 네 사람은 쉬었다. 이곳은 무거운 짐을 진 사람들이 잠깐 쉬는 곳이리라. 마른 잔디는 산산이 짓밟혀 있고, 푸른 싹이 귀엽고 뾰족한 머리를 마른 잎 아래서 내밀고 있었다.

"이제 다친 곳은 아프지 않아?"

석란은 선 채로 후미에에게 물었다. 후미에도 그것이 다케오의 상태를 알고 싶어서 던진 질문이라는 것을 알았으므로,

"나는 아무렇지도 않아. 하지만 오빠는 아직 가끔씩 허리가 아프다고."

하고 말하면서 오빠를 돌아보며,

"오라버니, 오늘은 아프지 않아요?"

하고 물었다.

"뭐, 아무렇지도 않아. 나는 지금 루산을 걷고 있던 참이야."

하며 혼자 웃었다.

"어머."

후미에는 어처구니없는 모습이었다.

"루산 전투는 격렬했다고 하길래."

다케오는 이렇게 자기가 한 말을 얼버무려버렸다.

다른 세 사람의 상상도 지나 중부의 전장으로 날아갔다. 석란의 눈에는 양쯔강과 뤄양호의 흐린 물이며, 그와 반대로 루산 계곡의 맑은 물과 오래된 절 등이 떠올랐다. 루산이라는 말이 나오자 모두의 귀에는 대포 소리와 소총 소리가 울려오는 듯도 했다. 신문과 뉴스영화에서 본 전쟁의 실황이 각자의 눈에 떠올랐다.

세 사람은 약속이나 한 듯이 이상하게 맥이 빠지고 말았다. 멧새가 울었다.

그날 히가시 집안의 초대는 충식과 석란에게는 감격 그 자체였다. 대좌도 기쿠코 부인도 두 사람을 정말 애정을 가득 담아 환대해주었다. 처음 일본의 가정이란 것을 맛본 두 사람에게는 평생 잊지 못할 정도로 깊은 인상을 받았다. 그 친절함과 예의 바름이 두 사람에게는 가슴에 사무치게 기뻤을 뿐만 아니라, 이날 하루의 회식 덕분에 네 사람의 우정은 한층 깊어졌다. 서로 부쩍 더 이해하게 되었고, 또 지금까지 몰랐던 장점도 알게 되었다.

"음, 과연 좋은 사람들이군."

하는 대좌 부부의 칭찬을 듣고 다케오와 후미에는 자기 일처럼 기뻤다. 자기 일 이상으로 기뻤다고 말하는 것이 좀 더 사실에 가까운 것일지도 모른다.

이 일이 있고 나서 곧 다케오가 입영해버린 탓에 두 집안 사이의 왕래는 끊겼다. 다케오는 ○○기관총부대에서 가끔씩 충식에게 만화를 그린 엽서 따위를 보냈는데, 다케오는 석란 상에게 안부 전해달라는 말을 쓰는 것을 잊지 않았다. 석란은 오빠가 보여준 그 엽서들 속에 담긴, 석란 상에게 안부 전해달라는 말을 깊이깊이 가슴에 새겼다. 언제나 똑같은 말인데도 석란은 그때마다 새로운 의미를 깊이 느꼈던 것이다.

칠월의 어느 일요일 오후, 다케오는 일등병 군복 차림으로 후미에와 함께 불광리를 찾았지만 귀가 시간 때문에 머무를 겨를도 없이 총총히 돌아가고 말았다. 그러나 그날 다케오는 코닥 사진기를 가지고 와서 충식의 집과 가족 사진 등을 찍고 마지막으로,

"석란 상, 독사진 한 장 찍게 해주세요. 석란 상이라고 이름을 불러 실례입니다만, 이게 무례한 군인다우니까 그렇게 부르게 해주세요."

하며 과연 소박한 군인답게 웃었다.

"아아뇨."

석란은 뭐라 대답해야 좋을지 몰라 그저 얼굴을 붉힐 뿐이었다. 그리고 순순히 다케오의 카메라 앞에 섰다. 그리고 자신의 털어놓을 수 없는 마음까지도 찍히기를 바라면서 다케오가 셔터 누르는 것을 바라보았다.

그 후 한 달쯤 지나 팔월도 끝나가는 어느 날, 우편배달부가 한 통의 두꺼운 편지를 석란에게 건넸다. 그것은 충식 앞으로 다케오가 보낸 편지였다. 석란은 바로 열어보고 싶은 것을 꾹 참고 오빠가 돌아오기를 기다렸다.

충식이 병원에서 돌아온 것은 벌써 어두워지고 나서였다.

"오라버니, 히가시 상에게서 편지가 왔어요."

석란은 바로 다케오의 편지를 건넸다.

충식은 서녁상을 앞에 둔 채로 다케오의 편지봉투를 뜯었다.

김 군. 나는 삼십일 오전 여덟 시 ○○역 출발 임시열차로 출정하게 되었네. 물론 출정은 남아의 숙원이지만, 아마도 다시는 살아서 자네를 만나지 못할 것이라고 생각하네. 자네도 아무쪼록 국가를 위해 최선을 다해주게. 조선 동포의 참생명과 영광이 그로부터만 발견될 수 있다는 것을 자네

는 확실히 인식하고 있다고 믿네. 그리고 자네는 부친을 도와 조선 민중의 마음을 미혹과 망설임으로부터 올바른 길로 이끌어주게. 또 칠천만과 이천만이 단단히 일체가 되어 인류를 이끌어갈 만한 고귀하고 힘 있는 일본을 만들기 위해 자네의 귀중한 일생을 바쳐줄 것을 믿네.

김 군. 나는 지금 이 몸을 나라를 위해 바치라는 명령하에 있다네. 이 생명을 조국을 빛내기 위한 한 토막의 땔나무로서 대륙의 제단에 던질 때가 온 것이네. 자네도 나를 위해 기뻐해줄 것이라고 생각하네.

하지만 김 군. 내가 마음속에 품었던 조국을 위한 모든 이상과 계획은, 실례의 말이지만, 전부 자네에게 맡기고 전장으로 가네. 부디 김 군, 이제부터는 내 몫까지 합쳐서 두 사람 몫의 일을 해주게.

마지막으로 이것은 개인적인 일이고 이제 과거가 되어 의미 없게 된 일이네만, 나는 자네 누이께 청혼할 작정이었네. 부모님이 만약 허락하셨다면 이미 청혼했을지도 모르지. 그러나 아버지 어머니로 대표되는 세대에게는 우리 젊은이들의 마음이 아직 이해되지 않을지도 몰라. 하긴 지금 와서 보면, 그런 말씀을 드리지 않은 게 다행이라고 생각하네.

한 가지 더, 이것도 개인적인 일인데, 후미에는 자네를 존경하고 있어. 만약 내가 전사(戰死)하기라도 하면 후미에는 히가시 집안의 대를 잇게 되고, 자네도 장남이고 보면, 자네와 후미에가 결혼하게 되는 일은 없을 것이라고 생각하네. 그것이 후미에를 위해서나 나를 위해서도 유감이네만, 그러나 자네에게는 대수롭지 않은 일이겠지. 자네는 부친이 그런 길을 걸어오셨듯이 집안일에 몰두하지 않는 그런 일생을 보내리라 믿네. 따라서 연애라든가 결혼이라든가 그런 건 자네에게는 전혀 문제가 되지 않을지도 모르지. 나도 자네에게는 그것을 바라마지 않네. 그렇기는 해도 일본의 한 여성이 진심으로 자네를 믿고 또 사랑하고 있다는 사실만으로도 내선일체를 위해 깊고 깊은 의의가 있는 것은 아닐까. 나는 그것을 기쁘게 생각하네. 내가 자네 누이를 존경하고 사랑하고 있는 것도 이 점에서 이미 충분히 목적이 달성되었다고 믿어.

자네 부친에 대해서는 나는 깊은 경의를 표하고 있네. 일본이라는 국가가 지금 요구하고 있는 것은 성(誠)과 기개(氣槪)가 있는 인물이지. 시세에 아첨하는 자에게는 이미 식상하지 않았는가. 부친 같은 분은 반드시 새로운 일본을 위해 큰 힘이 되어주실 것을 믿네.

한 번 더 불광리에 가서 모든 분들께 작별 인사를 드릴 수 없는 것을 유감으로 생각하네. 부디 자네가 안부 인사를 전해주게. 건강과 분투를 기원하네.

히가시 다케오

충식은 편지를 다 읽고 침통한 얼굴이 되어 잠시 눈을 감았으나, 이윽고,

"히가시 군이 내일 출정한단다."

라고 말하고 다케오의 편지를 석란에게 내밀었다.

석란은 다케오의 편지를 읽기 시작했다. 오빠가 밥상 앞에 있음에도 불구하고 미처 다 읽지 못한 편지를 손에 쥔 채 안방을 나와 옆방으로 들어가 어린애처럼 흐느껴 울었다. 주장(九江)의 기숙사에서 아버지가 체포되었다는 소식을 듣고 기도실에 들어가 울었던 이래 이토록 운 적은 없었다.

석란은 왜 슬픈 것인지 알 수 없었지만, 그저 슬프고 울음이 나는 것이었다.

"석란아."

하고 오빠가 부르는 것을 듣고,

"네."

하고 대답하는 데도 코가 메었다.

석란은 눈물을 닦고 콤팩트로 얼굴을 고치며 오빠가 있는 방까지 가는 데 상당히 뜸을 들였다.

들어오는 석란의 얼굴을 흘끗 보며 충식은,

"내일 아침 역에 전송하러 가자."

하고 아무렇지도 않게 말하기는 했으나 그의 얼굴에는 아까보다도 한층 흥분하는 빛이 보였다.

"제가 전송해도 좋을까요?"

석란은 또 눈물이 복받쳤다.

"히가시 군이 기뻐할 거야."

"그래도 아버지께서."

"아버지께는 내가 부탁드리마."

"그럼 가겠어요."

"울지 마라."

"네."

하고 석란은 고개를 숙였다.

이튿날 아침 충식과 석란은 마음만의 전별(餞別)을 가지고 역으로 갔다. 출정 병사의 가족과 전송하는 사람들로 역 구내는 몹시 붐볐으나, 그래도 사람들의 얼굴에는 차분한 엄숙함이 있어 거의 말소리를 내는 사람조차 없는 듯했다.

군중 속에서 석란의 조선옷 차림이 눈에 띄었다. 가까스로 플랫폼에는 들어갔지만 다케오의 모습을 찾는 것은 쉽지 않았다. 두 사람이 플랫폼으로 들어갔을 때는 이미 병사들이 열차에 올라서 차창으로 얼굴을 내밀고는 줄곧 전송 나온 사람들에게 인사를 하고 있었다.

"석란 상."

하고 소매를 끈 것은 후미에였다. 후미에도 석란의 모습을 찾고 있었던 것이다. 후미에는 다짜고짜 석란의 손을 질질 끌며 다케오의 모친과 친척들이 있는 곳으로 갔다. 충식도 뒤를 따라갔다. 사람들은 이 색다른 전송인을 의아한 얼굴로 쳐다보았다.

"아아, 석란 상, 김 군!"

다케오는 차창으로 얼굴을 내밀고 싱글벙글 웃으며 몇 번이고 머리를 숙여 보였다.

"김 상이 오라버니께 드리는 거예요."

하고 후미에는 충식이 가지고 온 꾸러미를 다케오에게 건넸다. 다케오는 그것을 받아들고는,

"고맙네. 고마워. 아버님과 어머님께 안부 전해주게."

하고 몇 번이나 거듭 고마움을 표했다.

"무운장구(武運長久)를 비네."

충식은 큰 소리로 외쳤다. 충식은 가슴이 메는 것을 느꼈다.

"고맙네. 부탁한다. 김 군, 부탁해."

이것이 편지에 쓰여 있는 부탁이라는 것은 말할 것도 없다.

"그래, 그러지!"

하고 대답하는 충식의 말끝은 떨렸다. 만약 그 이상 말한다면 목소리에 울음이 섞였을지도 모른다.

"무운장구를 빕니다."

석란은 숙인 머리를 거듭 들 수 없었다.

"고맙습니다. 고맙습니다. 부탁합니다."

다케오의 '부탁합니다'라는 말에는 눈물이 섞였다. 충식에게도 석란에게도 주위가 조용해진 듯이 느껴졌다.

만세 소리 속에 기차는 움직이기 시작했다.

'보내는 사람, 떠나는 사람, 꼭 성(誠) 그 자체가 아닌가.' 충식은 역 앞 광장에 나오자 손수건으로 눈을 닦았다. 조선인으로서는, 옛날은 어떨지 모르지만 오늘날을 살고 있는 이는 이런 감격을 경험한 일이 많지 않을 것이다. 어젯밤 충식이 부친에게 다케오의 출정을 알렸을 때 부친이,

"조국을 위해 싸우러 가는 것만큼 남아로서 감격 깊은 일은 없다."

라고 말하며 허탈해한 심경을 충식은 비로소 알 것 같은 느낌이 들었다.

'위해서 싸울 수 있는 조국을 가진 자는 행복할까.' 충식은 이런 생각을 했다.

"석란아."

충식은 말없이 걷고 있는 석란을 불러 세웠다.

"네."

"다케오 군을 위해 조선신궁(朝鮮神宮)에 참배하자꾸나."

"네."

조선신궁의 대전(大前)에 충식과 석란이 절하는 모습이 보였다. 이것은 그들에게는 최초의 자발적 참배였다. 충식도 석란도 오랫동안 마음으로부터 다케오의 무운장구를 빌었다.

두 사람이 참배를 마치고 깊은 감개에 젖어 계단을 내려오고 있는데 후미에가,

"어머, 김 상."

하고 불러서 두 사람은 깜짝 놀라 멈춰 섰다. 히가시 대좌 부부와 후미에

는 출정한 아들, 오빠를 위해 참배하러 온 것이었다. 두 사람은 대좌 부부에게 다가가 머리를 숙였다.

"고맙습니다. 오오, 아가씨도. 고맙습니다. 다케오를 위해 참배하러 오신 겝니까. 고맙습니다."

대좌 부부는 마음으로부터 인사를 건넸다.

대좌 부부가 충식과 석란에게 집에 들러 식사를 하고 가라고 했지만, 충식은 출근 시간을 구실로 사양했다. 후미에 곁에 있는 고통을 피하고 싶었기 때문이었다.

충식은 불광리의 집으로 돌아와서 부친에게 갔다.

부친은 언제나처럼 책을 보고 있었다.

"전송했느냐?"

"네."

"어떤 모습이던?"

"울었습니다."

"그렇겠지. 조국을 위해 싸우러 가는 것만큼 남아로서 감격 깊은 일은 없다. 이 애비도 평생 몹시 그 기회를 바랐지만 결국 오지 않았지."

영준은 항상 입버릇처럼 입에 올리던 말을 꺼내고는 언제나처럼 깊은 한숨을 내쉬었다.

"아버지, 우리들에게도 조국을 주세요. 위해서 싸울 수 있는 조국을 주세요."

충식은 부친 앞에 무릎을 꿇고 느닷없이 이렇게 말했다.

노인은 깜짝 놀란 듯이 몸을 똑바로 하고 아들의 심상치 않은 얼굴을 응시했다.

잠시 침묵이 흐른 뒤 영준은,

"어쩌자는 게냐?"

하고 내뱉으며 안경을 벗어 책상 위에 던지듯이 내려놓았다.

"저도 군의관을 지원하여 출정하고 싶습니다. 일본을 제 조국으로 삼고 첫 충의(忠義)를 다하고 싶은 겁니다."

또 잠시 기분 나쁜 침묵이 계속되었다.

영준은 눈을 감고 두 주먹을 꽉 쥐고는 무릎을 두세 번 힘주어 눌렀다. 그것은 비상한 고통을 견디거나 아니면 비상한 결의를 하는 듯한 모습이었다.

대략 오 분쯤 지났으리라고 생각되었을 때, 영준은 평소의 모습으로 돌아왔다.

"그래, 가거라."

영준의 입에서 나온 말은 단지 그것뿐이었다.

"제가 출정하면 아버지께서는 어떻게 하시려고요?"

충식은 부친의 의중을 떠보았다. 만약 자살할 결심인 것은 아닐까, 하고 문득 걱정되었기 때문이었다.

"나는 아무것도 안 한다."

어떤 의미인지 확실하지 않지만, 부친은 내뱉듯이 이렇게만 말하고 입을 다물어버렸다.

구월도 반이 지난 어느 날, 충식은 동창인 다른 군의관 두 사람과 함께 중부 지나 전선을 향해 출발했다.

석란은 오빠를 전송하고 나서 후미에를 찾아갔다. 무엇보다도 먼저 후미에에게 충식의 출정을 알릴 의무가 있는 듯이 생각된 것이었다.

후미에의 방에는 군복 차림의 다케오 사진이 벽쪽 장식 공간인 도코노마에 놓여 있고, 그 곁에는 다케오의 배낭이라든지 피켈을 놓아두었으며, 화병에는 북한산 계곡 등에서 가을 무렵이면 흔히 볼 수 있는 들국화가 꽂혀 있었다.

석란은 이런 경우의 예절에 대해 잘 몰랐지만 우선 다케오의 사진을 향해 한 번 가볍게 인사했다. 그리고 오빠를 생각하는 후미에의 마음이 아름다움을 절절히 느꼈다.

"잘 와주었어요."

후미에는 울먹이는 듯한 목소리로 그렇게 말하고는 덥석 석란의 손을 잡았다. 손가락 끝이 얼음처럼 차가웠다.

"오라버니에게서 소식이 있어요?"

석란은 한 번 더 군복 차림을 한 다케오의 사진을 흘끗 보았다.

"아직 없어. 차분히 편지나 쓰고 있을 겨를 따윈 없겠지. 소식이 있으면 석란 상에게 연락하지 않을 리가 있나."

"우리 오빠도 오늘 출정했어요."

하고 석란은 딱 잘라 말했다. 후미에는 숨이 막힐 정도로 놀랐다.

"뭐, 오라버니께서?"

"응, 군의관에 지원해서 말예요. 지금 전송하고 오는 길."

"정말 너무해. 왜 알려주지 않았지?"

후미에는 금방이라도 울음을 터뜨릴 듯했다.

"하지만 후미에 오라비니도 안 계시고, 굳이 알리는 것도 오히려."

"어머, 어째서. 그렇지 않아."

후미에는 잠시 비통한 표정으로 석란을 바라보았다. 그러나 가까스로 생각을 바꾼 듯이,

"하지만 잘됐네, 오라버니께서 나라를 위해 출정하신 건. 어머, 석란 상에게 축하한다고 말하는 것도 잊고 있었네. 미안해, 축하해요."

후미에는 자세를 바로잡고 정중하게 인사했다.

"고마워요."

석란도 격식을 차려 답례했다.

"몇 시에 출발하셨어?"

"세 시 반 급행으로."

"혼자서?"

"아니, 동창 분과 셋이서."

"어느 쪽으로 가셨는데?"

"톈진(天津)에 가봐야 안다고 했어요."

"그럼 산시(山西)로 가실지도 몰라. 우리 오빠도 산시에 계신 듯해."

문답이 끝나자 후미에는 아주 넋이 나가 생각에 잠겼다. 그러더니 느닷없이,

"어머니께 가요."

하고 석란의 손을 잡고 일어났다.

후미에는 모친의 방에 들어가 모친 기쿠코에게,

"어머니, 석란 상의 오라버니께서 오늘 출정하셨대요."

하고 깜짝 놀란 듯한 목소리로 말했다. 후미에를 따라 방으로 들어온 석란은 기쿠고에게 인사했다.

"오라버니께서 출정하셨다고?"

"네, 군의관에 지원하셨어요."

"정말 축하해요."

하고 기쿠코는 위로하는 듯한 눈으로 석란을 보면서 정중히 손을 잡고 축하 인사를 건넸다.

"전선에서 오라버니들이 만날 수 있을까."

그렇게 말하는 후미에의 눈에는 눈물이 빛났다.

"아무튼 전선이라고 해도 북쪽에서 남쪽까지 꽤 넓으니까 말이지."

기쿠코는 이런 말을 하며 감개 깊은 듯한 표정을 지었다.

"어머니, 석란 상의 오라버니 사진을 오빠 사진과 함께 두어도 괜찮지요?"

"아아, 좋고말고. 나라를 위해 출정하신 용사이신데."

기쿠코는 숙연한 어조였다.

"가케젠(影膳)도 함께 차릴래요. 오라버니는 김 상과 퍽 사이가 좋아요. 생각이 통한다고 하셨죠. 머지않아 꼭 훌륭한 분이 될 거라고요."

후미에는 과감히 이런 말까지 모친에게 하는 것이었다.

두 사람은 모친의 허락을 얻어 충식을 위해 조선신궁에 참배했다. 참배가 끝나자 경성신사(京城神社)에도 가자고 해서 남산공원 쪽으로 걸음을 옮겼다.

"…… 하지만 너무했어."

후미에가 먼저 입을 열었다.

"왜?"

석란은 멈춰 섰다.

"오라버니께서 출정하시는데 우리들에게 알리지 말라는 법은 없죠."

후미에는 징말 원망스러웠다.

"나도 어지간히 생각했어요. 하지만 오빠가 알리지 말라고 했는걸."

"그건 무슨 이유로?"

"전송받는 게 미안하다고도 생각하셨겠죠. 그게 오빠 성격이야."

"오라버니가 그렇게 편벽된 분이에요?"

"대물림이죠."

석란은 부친이 어딘가에 갈 때도, 또 여행지에서 돌아올 때도 미리 알리는 법이 없는 일 등을 결부시켜 떠올리자 우스워졌다.

"하지만 나는 한번 뵙고 싶었는데."

후미에는 알리지 않아도 좋다고 말린 충식의 마음이 슬펐다.

"석란 상."

하고 조용히 부르며 후미에는 석란과 어깨를 나란히 했다.

"응?"

"오라버니께서 나에 대해 뭔가 말씀하시지 않았어요?"

"언제? 역에서?"

"언제든."

"오빠는 무척 무뚝뚝한 사람이에요. 자기가 생각하고 있는 걸 전혀 입밖에 내지 않아. 하지만 오빠는 무척 당신을 생각하고 있죠."

"어떻게 알아?"

"뭐, 봄부터 줄곧 우울했으니까."

"아무리."

"아무리라니……. 그건 아무리 숨겨도 알 수 있지 않아요?"

석란은 자기가 한 말이 부끄러워져 고개를 갸웃하며 킥 웃었다.

"누군가 따로 생각하고 있는 분이라도 계시겠지, 그게 아니라면 오라버니는 여자 문제 따위로 번민하실 분이 아니라고 생각하는데."

"달리 생각하고 있는 사람 따윈 없어요. 여자와는 전혀 교제가 없는 걸. 게다가……."

"응?"

"게다가 오빠도 역시 인간이죠. 벌써 스물일곱. 당신 같은 사람과 가까이하게 되면 번민하지 않을 수 없겠지. 오빠는 후미에 상이 정말 훌륭한 사람이라고 늘 말했으니까."

"정말 그렇게 말씀하셨어?"

"어머, 내가 거짓말한다고 생각해요?"

"그런 건 아니지만."

"이런 것까지 말해도 좋을까. 후미에 오라버니에게서 긴 편지를 받았어요. 출정 바로 전날에."

이렇게 말하면서 석란은 마음이 아파졌다.

"당신한테?"

"아니, 우리 오빠한테."

"분명히 석란 상 당신에 대해 씌어 있었겠죠. 오빠는 정말 당신을 사랑하고 있어요. 부모님께 당신과 결혼하겠다고 말을 꺼내서……. 석란 상 미안해요, 이런 말은 하는 게 아니었는데. 나도 모르게 해서는 안 될 말을 해서. 미안해요."

후미에는 석란의 안색을 살폈다. 석란은 이상하게 쭈뼛쭈뼛하고 있는 듯이 보였다.

"아니. 말해줘서 고마워요. 오라버니의 편지에도 잠깐 그런 말이 씌어 있었어. 과분하다고 생각했지."

"오빠가 청혼하면 당신은 받아들이실 거예요?"

석란은 한숨만 쉴 뿐 말이 없었다.

"석란 상도 오빠를 사랑하고 계시죠?"

"나는 그런 일은 있을 수 없다고 생각하고 단념하고 있어요."

"그런 일이라니?"

석란은 얼굴을 돌리고 눈물을 삼켰다. 다케오의 편지를 읽던 밤 오빠에게서 "울지 마라." 하고 꾸지람 들었던 일을 떠올린 것이었다. 석란의 걸음걸이가 흐트러진 것을 보고 후미에는 석란의 뒤에서 팔을 감아 석란을 껴안았다. 그녀의 가슴이 격하게 뛰고 있는 것이 후미에의 손에 느껴졌다. 후미에는 석란이 나이에 비해 어린애답다는 것을 느꼈다.
"석란 상, 울면 안 돼요. 뒤따라가요."
하고 후미에는 열정적으로 석란의 몸을 끌어안고 흔들었다.
"어디로 말이죠?"
석란은 눈물에 젖은 얼굴을 들어 후미에를 보았다.
"어디든."
"당신도?"
후미에는 고개를 끄덕이면서 긍정했다.
두 사람은 노송(老松) 그늘에 멈춰 서서 잠시 경성의 시가와 우뚝한 북한산 봉우리들이 저녁 해를 받아 가을 하늘에 선명하게 솟아 있는 것을 말없이 바라보았다.
"석란 상, 나는 간호부가 되어볼까."
후미에는 불쑥 이렇게 말했다.
"그러면 전선으로 갈 수 있을까?"
석란은 후미에의 마음을 알 듯했다.
"갈 수 있지. 특별지원간호부로. 어디로 갈 수 있을지는 모르지만."
"그럼, 나도 같이."
석란은 안심한 듯이 생글생글 웃었다.
"정말?"
"응, 갈 거야. 정말 가고 싶어."
"아버지께서 허락하실까?"
"허락하시겠지. 오빠도 허락하셨으니까. 오빠는 말이지, 아버지께 우리에게도 조국을 달라고 말했다는데."

"조국을 달라고?"

후미에는 무심결에 깜짝 놀랐다. 그것은 후미에에게는 정말 의외의 말이었다.

"응, 일본을 조국으로 삼고 조국을 위해 싸울 것을 허락해달라고."

"그래서?"

"그랬더니 아버지께서는 오랫동안 아무 말씀도 없으셨고. 그러고 나서, 그래, 가거라 하고 말씀하셨대. 그래서 오빠는 전선으로 갔지."

후미에는 난생 처음인 듯한 감동을 받았다. 말도 나오지 않았다. 그리고 후미에의 눈에는 눈물이 빛났다.

'우리에게도 조국을 달라.'고 한 충식의 마음을 후미에는 잘 알았다. 그것은 조선인 전체의 마음이 아닐 수 없다. 그리고 소집되지 않았는데도 새로운 조국에 대하여 첫 충의를 다하겠다고 용감히 전선으로 뛰어든 충식의 마음이 대단히 격이 높다고 생각했다.

"석란 상."

후미에는 한 걸음 앞으로 나아가 석란의 앞을 가로막고 석란의 두 어깨에 손을 얹었다.

석란은 손을 들어 자기 어깨 위에 놓인 후미에의 손을 힘껏 쥐었다.

"우리 성말 사배가 되어요."

후미에는 이렇게 말하며 석란의 어깨를 흔들었다.

"고마워, 후미에 상."

석란은 어깨 위에 놓인 후미에의 손을 꼭 잡았다.

"오라버니들이 남자로서 할 수 있는 일을 하고 있는 것처럼, 우리는 여자로서 할 수 있는 일을 해서 훌륭한 일본을 만들고……."

후미에는 이렇게 말을 꺼내다 말고 언제까지고 석란의 눈물 머금은 눈을 바라보았다.

4

출발

"전황이 몹시 교착 상태예요."
어쩜 '교착'이란 말을 젊은 간호부들이 기억할 정도로 다볘산(大別山)의 전황은 진척이 없었다. 김 군의관도 정말이지 안타까워 견딜 수 없었다.
김충식 군의관은 애초에는 산시(山西) 전선에 배속될 예정으로 톈진(天津)으로 보내진 것이었으나, 산시에서 옮겨다니며 싸우던 ○○부대가 한커우(漢口) 공략전을 위해 중부 지나 전선으로 가게 되는 바람에 베이징 땅을 밟아보지도 못하고 쉬저우(徐州)를 거쳐 몇백 리를 행군하여 다볘산 후방의 ○○까지 온 것이었다. 거기서 부대가 전선에 배치되어 충식은 이곳 야전병원에서 근무하게 된 지 벌써 한 달 가까이 된다.
"자네들 정말 딱하군. 요새 일주일간 거의 잠도 못 자지 않았나?"
하고 충식은 일어서면서 크게 기지개를 켰다.
"선생님께서야말로."
세오(妹尾) 간호부도 수술 기구 등을 가제로 닦아 정리하면서 말했다.
"하지만 괜찮아요. 병사들이 모두 건강해졌으니까요."
고이소(小磯) 간호부가 세탁한 붕대를 감고 있다.

오늘 스무 명가량의 부상병이 상태가 많이 회복되어 병원선(病院船)으로 후송된 것이었다. 예의 ○○격전(激戰) 후 지난 이 주일 동안 이 야전병원도 북적북적했으나 오늘 제삼차 후송으로 아직 움직이지 못하는 환자가 십수 명 남았을 뿐이어서 직원들은 왠지 맥이 풀린 듯한 기분이 되고 말았다. 그러니 하품도 나온다. 기지개도 켜보게 된다. 그리고 또 지금까지 잊고 있던 피로가 갑자기 한꺼번에 몰려오는 듯했다.

"쿵, 쾅."

하고 먼 곳의 전선으로부터 포성이 들려오는 것이었지만, 그것이 이제는 익숙해져 오히려 포성이 들리는 것이 당연하고 그것이 들리지 않는 것이 이상할 정도였다.

"선생님, 쉬셔야 하지 않겠어요?"

세오 간호부는 손을 씻으며 말했다.

"자네들이야말로 낮잠이라도 자두게. 저렇게 대포가 쾅쾅거리고 있으니 오늘 밤쯤 또 부상병이 많이 후송되어 올걸. 지금 쉬어두지 않으면 언제 또 쉴 수 있을지 모르니까 말이지."

충식은 진지한 얼굴로 이렇게 말했다.

"선생님, 왜 아직 간호부가 오지 않을까요. 우리들만으로는 아무래도 손이 모자라요."

"정말이지 여러분이 일하는 모습에는 감탄했어요. 흰때는 환자가 일흔 명이나 있었으니."

충식이 위로하듯 말했을 때 멀리서 트럭 엔진 소리가 들려왔다.

"어머, 트럭이에요."

두 사람은 창 쪽으로 달려갔다. 트럭이라면 전선으로부터의 부상병이거나 그렇지 않으면 후방에서 온 수송차(輸送車)로, 그리운 고향으로부터의 편지나 위문 자루 등도 이런 트럭 편에 오는 것이었다.

"선생님, 후방에서 온 거예요. 고이소 상, 가보죠."

이런 경우 언제나 주도권을 쥐곤 하는 명랑한 세오는 무슨 일에나 주저하는 경향이 있는 고이소를 끌고 진찰실을 나갔다. 충식은 오도카니 혼자 남겨졌다.

실내가 조용해지자 충식은 녹초가 된 듯한 피로를 느꼈다. 눈을 감더니 의자에 기댄 채 충식은 곧 꾸벅꾸벅 졸았다.

충식의 꿈은 두서없는 단편의 연속이었다. 늙은 아버지와 어머니, 석란, 그리고 후미에 등의 얼굴도 있었던 듯하고, 아닌 듯도 했다. 죽은 병사들과 생생한 핏빛 같은 것도 보였다.

충식은 나카무라(中村) 군의관이 전선으로 간 뒤 혼자서 일하고 있는 것이었다. 아침부터 밤늦게까지 반복되는 수술로 몸이 물먹은 솜처럼 피곤했다. 그러나 겨우 열일여덟 살 된 간호부들이 부지런히 일하고 있는 것을 보면 새로운 기운이 솟는 듯했다.

"선생님, 간호부가 두 사람 도착했어요."

세오는 하아, 하아, 숨을 헐떡이면서 뛰어 들어왔다.

"그래? 그거 잘됐군."

충식은 오랫동안 애타게 기다렸던 친애하는 사람이라도 온 것처럼 정말 기뻤다. 두 사람이 늘면 환자를 돌보는 손길도 조금 더 구석구석까지 미칠 것 같았다. 다친 병사들에게는 의료의 목적 이외에도 젊은 여성의 부드러운 손길이 필요했다. 젊은 간호부가 맥을 짚고 돌아다니거나 용태를 묻고 돌아다니는 것만으로도 환자에게는 비할 수 없는 기쁨을 주는 듯했다. 사투(死鬪)에 사투를 계속한 병사들의 거친 기질도 젊은 여성의 상냥한 간호의 손길 앞에서는 양처럼 온순해지는 듯했다.

이윽고 새로 도착한 두 사람의 간호부는 물빛 원피스 차림으로 고이소 간호부에게 인도되어 군조(軍曹) 계급의 한 사람과 함께 충식 앞에 모습을 드러냈다.

"어머."

하고 먼저 소리를 지른 것은 후미에였다.

석란은 마치 심장의 고동이 멈춘 듯이 멍하니 충식을 바라보았다. 이 사람이 과연 진짜 오빠 충식일까. 이런 우연이 도대체 이 세상에 있을까, 하고 의심해보는 것이었다.

충식은 충식대로 한동안 입도 열지 못했다. 보고하기 위해 차렷 자세로 있던 군조도 놀란 듯, 다만 서류를 충식에게 내밀 뿐이었다.

"잘 와주었다."

충식은 누구에게라고 할 것도 없이 이렇게 말했다.

"패잔병의 공격을 받지는 않았습니까?"

이것은 충식이 군조의 노고를 치하하는 말이었다.

"넷. 두 번이나 공격받았습니다. 단호히 해치우고 싶었습니다만 임무가 임무인지라 전속력으로 달려왔습니다. 정말 유감입니다."

군조는 자못 유감인 듯이 턱을 치켜올렸다.

"수고했습니다."

하는 말을 듣고는 군소는 물러났다.

충식도 후미에도 석란도 너무나 뜻밖의 해후에 그저 가슴이 메는 듯했다. 그것은 단지 기쁘다는 단순한 감정은 아니었다. 말로 표현하기보다도 서로 마주 보고 있는 편이 한결 더 마음이 통하는 듯했다.

충식은 몹시 여러 가지로 고국의 일을 묻고 싶기도 했지만, 이런 전쟁터에서 그런 개인적인 일을 화제에 올리고 싶은 마음은 없었다. 다만 부친의 모습에 대해서만큼은 빨리 이야기를 듣고 싶었다.

"세오 상, 이쪽은 히가시 후미에 상. 이쪽은 김석란, 내 누이에요. 후미에 상은 출정한 내 친구의 누이. 오빠인 다케오 군도 산시 전선에서 이 근처로 왔다고 하는데, 지금은 어디에 있는지 모르고. 이 두 사람은 아직 간호에 익숙하지 않을 테니, 여러분이 잘 가르쳐줘요."

이어서 후미에와 석란에게,

"세오 기미코 상이고, 고이소 긴코 상."

하고 두 선배 간호부를 소개했다.

석란과 후미에가 온 지 일주일쯤 지나서였다. 다베산 전선에서 격렬한 포성과 폭격음이 들리는가 싶더니, 이튿날 아침 일찍 다수의 부상병이 이 병원으로 이송되어 왔다.

마청(麻城)으로 통하는 한 요충지가 황군(皇軍)의 손에 들어왔다는 것이다.

병원에서는 눈코 뜰 새 없이 바쁘게 차례로 부상병을 응급처치하는 것이었지만, 그런데도 한 차례 수습이 끝난 것은 저녁때였다.

일동이 잠시 한숨을 돌리고 아침도 점심도 아닌 어중간한 식사를 하고 있자니 다시 트럭이 한 대 왔다. 거기에는 한층 더 심한 중상을 입은 환자가 전선에서 응급처치만 받은 채 옮겨져 왔다.

충식은 하던 식사를 멈추고 또 환자에게 달려갔다.

주로 총상이었지만, 가장 참혹한 것은 수류탄에 맞은 상처로, 특히 보루(堡壘)에 기어 올라갈 때 위에서부터 맞아 얼굴과 상체가 엉망이 된 상처 등은 실로 눈 뜨고 볼 수 없을 만큼 참혹한 것이었다. 그토록 참혹한 상처를 군의관에게 맡긴 채 아군이 이겨 적의 토치카를 빼앗은 모습이나 적군을 닥치는 대로 베고 쫓아버린 공훈담 등을 이야기하고 있는 것을 듣자면 눈물을 흘리지 않고는 배겨낼 수 없었다.

"군의관님, 며칠 정도 누워 있으면 다시 싸우러 갈 수 있습니까?"

이런 질문을 해 올 때는 충식도 곁에 있는 간호부도 가슴이 메는 것을 느끼는 것이었다.

그러나 몹시 상처가 심해서 의식이 불명료한 병사도 있는데, 그 가운데는 붕대를 감은 채 돌연 손을 높이 들어 "반자이(萬歲)!" 하고 외치는 사람도 있었다.

얼굴 전체를 붕대로 감은 병사 한 사람이 실려 들어왔다. 그는 의식을 잃은 것인지, 수술대에 눕혀진 채 꼼짝 않고 있었다.

얼굴의 붕대가 풀렸다. 그것은 완전히 피투성이로 얼굴 윤곽조차 분명하지 않을 정도로 참혹한 수류탄 상처였다. 충식은 붕산수를 적셔 말린 솜으로 끈적끈적한 피를 닦으면서 상처를 찾았다. 뺨에도 턱에도 콧등에도 상처가 있었지만, 두 눈이 붓고 찌부러져 있는 것을 보자,

"안구를 다친 건 아닌지."

하고 중얼거렸다.

그 순간 옆에 있던 석란이,

"앗!"

하고 부주의하게도 소리를 내질렀다.

"히가시 군이 아닌가."

의사로서의 직업의식에 열중해 있던 충식은 석란의 비명을 듣고서야 비로소 그것이 다케오인 것을 알았다. 그리고 충식은 한 걸음 뒤로 물러섰다.

얼굴이 붓고 찌그러져 있어 얼핏 보아서는 분간하지 못할 정도였지만, 잘 보면 확실히 다케오였다.

"후미에 상을 부를까요?"

석란의 목소리는 떨렸다.

충식은 다케오가 자기들이 하는 말을 들을까 보아 꺼리는 듯 석란을 구석으로 불러,

"아직, 너와 후미에 상이 와 있는 것을 알리지 않는 게 좋을 듯하다."

하고 위엄 있게 말했다.

"네."

석란은 병실 쪽으로 달려가 후미에를 불러 왔다.

후미에는 말없이 오빠의 다친 얼굴을 바라보고 섰다.

수술을 마치고 다케오는 병실로 옮겨졌다.

다케오가 의식을 되찾은 것은 이튿날 정오를 지나서였다.

충식이 붕대를 갈고 있자니, 간호부에게 말을 건네고 있는 충식의 말소리를 들은 것인지 다케오가 입을 움직거렸는데,

"군의관님, 제 눈은 괜찮습니까?"

하고 묻는 것이었다.

"다케오 군, 괜찮네. 내 목소리 알아듣겠나?"

하고 충식은 핀셋을 손에 든 채로 다케오의 얼굴에 자기 얼굴을 가까이 가져갔다.

다케오의 얼굴 근육이 움직였다.

"김 군인가? 충식 군?"

"그래, 날세. 자네가 출정하고 나서 한 달쯤 지나서 나도 군의관에 지원해 왔네. 그런데, 잘해주었더군. 자네의 활약에 대해서는 들었지."

"그런가. 역시 자네였나? 고맙네."

다케오는 더듬더듬 충식의 손을 잡았다.

"편안히 있게나. 삼 주만 지나면 일어날 수 있어."

힘주어 이렇게 말하며 충식은 치료를 끝냈다.

다케오의 용태는 불가사의할 정도로 쑥쑥 좋아졌다. 그러나 시력을 회복할 가망은 전혀 절망적이었다. 한때는 안구를 적출하는 것도 고려되었지만 그런 일은 하지 않아도 좋게 되었다.

후미에와 석란은 다케오가 형제라고 해서, 또는 사랑하는 사람이라고 해서 특별히 대하지도 않았고 또 그럴 수도 없었다. 똑같은 황군 병사의 한 사람으로서 모두와 똑같이 간호하는 것이었다. 그러나 후미에도 석란도 휴식 차례가 와서 둘이 모이면 손을 맞잡고 강해지자고 서로 다짐하는 것이었다.

일어나 앉을 수 없는 환자에게는 간호부가 식사를 떠먹여준다. 다케오도 물론 이런 환자의 한 사람으로, 때로 후미에나 석란이 다케오의 식사를 도와주는 당번을 맡는 일도 있었지만, 충식의 당부를 지켜 한마디도 입을 열지 않았다.

어느 날이었다. 석란이 다케오의 옆에서 밥을 먹여주고 있는데 갑자기,

"당신은 누구십니까?"

하고 다케오가 물었다. 너무 돌연한 일이어서 석란은 쩔쩔매며 얼굴을 외면했다. 다케오는 석란이 입 앞까지 가져다 권하는 음식을 아이처럼 얼굴을 틀어 거부하며 한 번 더,

"당신은 누구십니까?"

하고 물었다.

"새로 온 간호부입니다."

라고 말하고는 석란은 병실을 뛰어나가 후미에에게 매달렸다.

마음이 서로 닿아서야말로 129

후미에가 충식에게 그 이야기를 하자 충식은,

"이제 괜찮아요. 너무 긴 이야기만 아니면."

하고 허락을 했다. 그래서 석란에게,

"당신도 함께 가서 오빠와 한마디 해요."

하고 권했지만, 석란은 고개를 저었다.

후미에는 석란의 마음을 안다는 듯이 수긍하며 혼자 병실에 들어갔다.

"오라버니. 후미에예요."

후미에는 오누이가 상봉한 지 십수 일 만에 비로소 이름을 밝힌 것이었다.

"후미에, 네가 와 있었구나. 잘 와주었다. 아버지께서는 출정하셨니?"

"후미에가 출발할 때는 아직이었지만 가까운 시일 안에 출정한다고 말씀하셨어요."

후미에는 나머지 식사를 권했지만 다케오는 먹으려고 하지 않았다.

"후미에."

"네."

"아까 여기서 내게 밥을 먹여주었던 사람은 누구니?"

"오라버니, 그이는 석란 상이에요. 둘이서 왔어요. 오라버니에게 우리가 온 사실을 알리면 안 된다고 선생님께서 말씀하셔서 지금까지 숨겼던 거예요."

다케오는 그것을 끝으로 입을 다물고 말았다. 약간 옆으로 먹기 좋은 자세로 누워 있던 몸을 똑바로 눕히자 다케오는 석상처럼 굳어버렸다. 코 위쪽은 붕대로 감겨 있는 탓에 다케오의 표정을 읽을 수 없었지만, 후미에는 오빠의 몸 전체에서 그 마음을 읽어낼 수 있었다.

후미에는 뭐라고 오빠를 위로해야 좋을지 알 수 없었다.

"오라버니, 자 식사를 조금 더 하세요."

하고 반숙한 계란을 찻숟가락으로 떠서 다케오의 입술에 갖다 댔다.

"이제 그만 먹는다."

"왜요. 우리가 곁에 있으니까, 하세요."

"오늘은 그만. 후미에, 이제 됐으니까 저리 가거라."

"오라버니!"

후미에는 간신히 눈물을 참았다.

"오라버니—, 좀 더 드시지 않으면 안 돼요. 빨리 건강해져서 다시 전선에 나가셔야죠."

"이제 전선 같은 덴 나갈 수 없어."

"그렇지 않아요. 이제 두 주만 있으면 일어날 수 있다고 말씀하셨어요."

"일어나기야 할 수 있겠지. 하지만 내 눈은 이미 틀렸어. 눈 없는 병사가 전쟁에 나갈 수 있을까? 하지만 후미에, 나는 눈 먼 병사가 되어 싸워 보일 작정이야."

다케오는 울고 있는 듯했다.

'오래 이야기해서는 안 된다'는 충식의 말을 떠올린 후미에는,

"그럼. 식사는 물릴까요?"

하고 순순히 손에 들고 있던 계란 담긴 숟가락을 내리고, 고개를 갸웃하며 보이지 않는 오빠에게 동의를 구했다.

"응. 저녁밥은 많이 먹지. 후미에, 걱정하지 마라. …… 이제 괜찮다. 잠깐 흥분했단다. ……꿈만 같구나."

다케오는 후미에에게 부드럽게 말했다.

어느 날 충식이 회진을 왔다.
"김 군, 분명히 말해주게. 내 눈은 이제 틀렸지?"
다케오는 이제 침대 위에 일어나 앉을 수 있을 정도가 되었다.
"이제 잠깐이야. 자네는 고향으로 보내질 것 같네. 경성에 가면 치료도 충분히 할 수 있으니, 자 느긋하게 마음먹게. 역시 안과 전문의가 아니면 곤란해."
충식은 이렇게 말하며 다케오를 위로하려 했지만, 다케오는 그런 말로 어물어물 넘어가려 하지 않았다.
"아니, 여보게. 그런 거짓말은 하지 말아주게. 나는 말이지, 만약 눈이 아무래도 틀렸다면 생각해둔 게 있다네. 고향으로 돌아간다고? 나는 돌아가지 않을 작정이야. 그러니까 분명히 말해주게."
"생각해둔 것이라니, 그게 뭔가?"
충식은 약간 놀란 어조로 반문했다.
"아니, 자네에게 걱정을 끼칠 만한 일은 아니야. 나는 시력을 잃은 눈으로 할 수 있는 싸움을 해보려 하네. 어떤가. 내 눈은 틀렸겠지? 이미 시력을 회복해서 총을 조준하는 일 같은 건 할 수 없겠지? 그러나 나는 눈이 멀게 되었다고 해서 결코 낙담 따위 하지 않아. 다만 이런 눈으로 할 수 있는 일을 계획하는 것뿐이니 확실히 말해주게, 부탁하네."
다케오가 하는 말의 내용은 비장의 극치였지만, 그 태도는 오히려 냉정할 만큼 침착했다. 충식은 그 속에서 다케오의 의연한 인격의 빛을 볼 수 있었다. 이런 인격자를 보통 사람과 나란히 취급하여 용태를 숨기고, 또 후미에와 석란이 와 있는 것을 알리지 않았던 자기의 태도가 한심하게 느껴졌다.
"그럼, 말하지. 자네 눈은 이제 다시 시력을 회복할 수 없다네."

하고 충식은 말해주었다.

"역시 그런가?"

다케오는 과연 잠시 입을 다물고 고개를 떨구었다. 그러나 곧 기운을 차려,

"정말 기이한 인연일세. 내가 장님이 되어 다볘산 기슭에서 자네와 석란 상의 신세를 지다니, 정말 꿈만 같아."

하고 농담처럼 가볍게 말하며 소리 내어 웃었다.

다볘산 전선은 한때 진척을 보였으나, 적도 만만치 않은 상대여서 매우 완강하게 저항과 반격을 계속하여 재차 안타까운 교착 상태에 빠지고 말았다. 북부로 나아간 전선이 징한선(京漢線) 신양(信陽)을 함락시켜도 마청(麻城)으로 통하는 전선은 좀처럼 순조롭지 않았다. 그 때문에 부상병의 수는 줄었지만, 초조함은 날이 갈수록 더해가는 것이었다.

벌써 구월도 반이 지나서 과연 더위는 사라졌으나, 그 대신 야간에는 온도가 뚝 떨어져 영 도 가까이 내려가는 일조차 있어서 장병들에게는 새로운 고생이 더해졌다.

어떻게 해서든 국면을 타개하지 않으면 안 되었다.

다케오는 시력의 회복이 절망적이라는 것이 분명해지자 시력을 잃은 눈을 이용하여 전황을 유리하게 이끌 방법이 없을까 하고 밤낮 고심했다. 다케오의 마음속을 오가는 생각은 선무공작(宣撫工作)을 하는 것과, 또 적진에 잠입하여 적장(敵將)을 설복해서 귀순시키는 것이었다. 일본의 진의(眞意)와 아시아의 대세를 설명하면 생각 있는 적장 중에는 이해할 사람이 없다고는 할 수 없다. 그리고 만약 적의 한 소부대를 귀순시킬 수 있다면 꽤 대단한 일이고, 설령 이 공작이 실패로 돌아간다 하더라도 자기 한 몸의 희생에 그칠 따름이라고 생각하는 것이었다.

같은 병실의 부상병들이 전선으로, 전선으로, 하고 안달하며 군의관을 애먹이는 것을 들을 때마다 다케오는 자신의 불구가 된 몸을 바쳐 나라에 쓸모 있는 일을 완수하지 않으면 안 된다는 결의를 새롭게 다지는 것이었다.

어느 날 다케오는 석란의 부축을 받아 비로소 마당에 나갔다. 최근 사오일 동안 실내에서 걷는 연습을 해서 다리를 비틀거리는 것은 얼마간 줄었지만, 넓은 공간으로 나왔다고 생각하니 자기에게 시력이 없는 것이 한층 절실히 느껴졌다. 어디를 보든 캄캄하여 빛도 형체도 없는 세계다. 발을 어디로 내디뎌야 좋을지, 얼굴을 어디로 향해야 좋을지 전혀 알 수 없다. 오직 근육의 감각으로 발을 들었다가는 놓고, 또 들었다가는 놓는 것이다. 자기의 얼굴이 정면을 향하고 있는지 어떤지를 시험하려고 뽕잎을 찾는 누에처럼 머리를 움직여보지만, 근육의 감각만으로는 어디가 어딘지 확실하지 않아서 다케오는 무심결에 고개를 숙이고 말았다. 이제 머리를 똑바로 가누어야 할 필요도 없는 듯했다. 그래서 석란의 어깨에 한쪽 팔꿈치를 걸고 석란이 이끄는 대로 자신 없는 걸음으로 걸어가는 것이었다.

"하늘은 맑게 개었습니까?"

다케오는 아무리 혼자서 날씨를 판단해보려 애써도 소용없는 탓에 결국 석란에게 물었던 것이다.

"네, 무척 활짝 개었어요. 구름 한 점도 없고 경성처럼 새파래요."

석란은 이렇게 말하면서도 가슴이 먹먹했다.

"그렇습니까."

다케오는 햇빛의 감촉을 더듬어 찾으려는 듯이 얼굴을 이리저리 움직였다.

석란은 천천히 방향을 바꾸게 하여 다케오가 정면으로 태양을 향하는 위치에 세워주었다.

"음, 여기에 해님이 있군요……. 신기하게 햇빛의 감촉이 있네."

하고 다케오는 기쁜 듯이 말했다.

"음, 역시 약간은 빛이 보이는 듯해요."

"당신은 눈에 붕대를 하고 계시는걸요."

"하하하하. 붕대를 하고 있든 아니든 내 눈은 똑같아요."

다케오는 쓸쓸히 웃었다.

"이제 피곤하시죠. 돌아갈까요?"

석란은 다케오에게 빛에 대한 슬픔을 더 이상 맛보게 하는 게 견디기 어려웠다.

"아니요, 아닙니다. 아직 피곤하지 않습니다. 좀 더 걷게 해주세요. 빛 속에 있다고 생각하는 것만으로도 기쁜걸요. 산도 보입니까?"

다케오는 산을 찾는 듯이 머리를 돌렸다.

"네. 서쪽과 북쪽은 어디고 산이에요. 하지만 들쭉날쭉한 봉우리가 있는 산은 아니에요. 아, 저쪽에는 단풍이 들기 시작한 나무도 보여요."

"그렇습니까. 북한산의 단풍은 아직일까요?"

"네. 십일월이 되어야지요."

"그랬었나. 이제 다시 인수봉(仁壽峰)에는 올라갈 수 없겠지요. 한 번 더 그곳에 올라 비를 맞고 바람에 날려 석란 상에게 간호받고 싶군요. 하하하하. 불가능하니까 한층 더 말이에요."

"왜 그런 식으로 말씀하세요? 전쟁에 이겨 조선으로 돌아가면 제가 언제라도 손을 끌고 북한산이든 인수봉이든 어디든 오르도록 도와드릴게요."

"정말입니까?"

"……."

"정말 제 지팡이가 되어주시겠습니까?"

"되어드리지요."

"고맙습니다. 하지만."

하고 다케오는 멈춰 섰다.

"그건 이 자리에서나 하는 이야기이지요. 아니, 그런 일은 있을 수 없어요. 그런 일이 있어서는 안 됩니다."

다케오는 뭔가 강하게 부정하는 듯이 고개를 세게 흔들었다.

"무슨 말씀이죠? 무슨 일이 있으면 안 된다는 거죠?"

석란은 흥분했다.

"아니, 당신이 내 지팡이 따위가 되어서는 안 된다는 말입니다."

"왜, 안 되는데요?"

"첫째, 나는 장님입니다. 게다가 지나(支那)를 떠나지 않을 결심입니다. 두 번 다시 고향에 돌아갈 생각은 없어요."

"그럼, 어떻게 하시겠다는 말씀이세요?"

"나는 선무관(宣撫官)이 되려고 합니다. 눈 먼 선무관은 안 된다면, 저는 제 생각대로 선무해나갈 작정입니다. 지나인을 한 사람이라도 더 일본 편으로 만들려는 것입니다. 만약 일이 잘되어서 적장을 한 사람이라도 설복시킬 수 있다면 싸워서 이기는 것과 마찬가지인 셈이지요."

다케오의 입 언저리에는 만족하는 듯한 미소가 떠올라 있는 것이었다.

"정말 멋진 일이에요."

"석란 상도 찬성해주시겠지요?"

석란은 대답하지 않고 한껏 상냥하게 다케오를 올려다보았지만 곧 시

선을 떨구고 발걸음을 늦췄다.

다케오도 석란을 따라 걸었다. 아무 말도 하지 않았다.

이윽고 석란은 멈춰 섰다. 다케오도 멈췄다.

"찬성이에요."

"고맙습니다. 저는 아직 이 계획을 아무에게도 이야기한 일이 없습니다. 석란 상에게 처음 털어놓은 거예요."

"고맙습니다. 만약 제가 도움이 된다면 어디까지든 수행해드리겠어요."

"그게 정말입니까?"

"정말이에요. 게다가 저는 지나어(支那語)도 할 수 있는걸요."

"사지(死地)에 들어가는 겁니다."

"잘 알고 있어요. 곁에서 죽겠습니다. 그것이 제가, 제가 진정으로 바라는 것이에요. 여기까지 온 것도 그 때문인걸요."

석란은 이때 내향적이지도 소극적이지도 않았다.

"석란 상."

다케오는 약간 마음의 평정을 잃었다.

"네."

"정말 저와 함께 지나인 속으로, 아니 지나군(支那軍) 속으로 들어가시겠습니까? 저는 당신의 말씀을 진심으로 여기겠습니다."

"좋아요. 저는 이미 전부터 결심하고 있었어요."

석란은 눈이 보이지 않는 다케오의 곁에 바싹 붙은 채로 하늘과 땅이 사라져도 좋다고 생각했다.

"어이, 히가시 군. 이런 곳까지 와도 괜찮나? 피곤하지 않아?"

충식이 예방의(豫防衣) 차림으로 나타났다.

"응, 괜찮네. 아시아 대륙 곳곳을 돌아다닐 수 있을 것 같아."

다케오는 힘차게 척척 두세 걸음을 걸어 보였다.

"이제 돌아가시죠."

석란은 다케오의 허리를 안듯이 해서 방향을 바꿨다.

"언제까지고 이렇게 석란 상에게 기대어 걷고 싶군. 눈이 보이지 않게 된 덕분에 이런 행복을 얻게 되었는걸."

다케오의 목소리는 어린애처럼 응석부리고 있었다.

"언제까지고, 어디까지고 도와드리겠어요. 제 눈은 당신 것이에요."

"…… 미안해요."

"미안하다는 말씀 같은 건 싫어요. 저도 행복한걸요."

"고맙습니다."

다케오의 뺨에는 눈물이 보였다.

다케오의 희망이 받아들여져 부대장인 오야마(大山) 소장은 다케오의 상처가 낫는 대로 알아서 적군 회유 공작에 나설 것을 허락했고, 석란은 군속(軍屬)에 배치되었다. 그리고 소장이 중매하는 형식으로 다케오와 석란은 형식뿐인 임시 결혼식을 올렸다.

"엄친 히가시 대좌께는 내가 책임지고 좋도록 말씀드리지. 두 사람도 잘해주게."

하고 두 사람을 격려하는 것이었다.

다케오와 석란 두 사람이 지나인 피란민으로 변장하고 다볘산 남쪽 입구를 목표로 ○○야전병원을 출발한 것은 구월 말이었다.

충식과 후미에는 아직 동트기 전의 어두운 길을 십 정(町)이나 걸어 다케오와 석란을 전송했다. 가능한 한 다른 사람의 눈에 띄지 않도록 경계

해서였다.

"자, 여기서 작별하지."

하고 다케오는 멈춰 섰다.

새벽 공기는 서리처럼 차가웠다.

"오라버니, 안녕히 가세요. 후미에 상, 안녕히."

석란은 일일이 작별 인사를 했다.

"다케오 군, 잘 부탁하네."

충식은 다케오의 두 손을 잡고 흔들었다.

"석란이라는 마스코트가 있으니 괜찮아. 한커우(漢口)에서 만나세."

다케오는 유쾌하게 웃었다.

"오라버니, 언니. 안녕히 가세요."

하고 후미에가 인사하자, 다케오는 두 사람 쪽으로 얼굴을 돌렸다.

"후미에, 아버지 어머니를 부탁해."

충식과 후미에는 말을 삼키고 고개를 끄덕였다.

참으로 후미에의 석란에 대한 인식은 여러 번 바뀌었다. 처음에는 조선 처녀라는 호기심이 주된 것이었지만, 점점 깊이 사귐에 따라 석란의 마음이 한없이 아름답다는 것을 차츰 발견하게 되었다. 말이 없고 내향적이며 때로는 둔감해 보이기조차 하지만 그 안에는 늠름한 기절(氣節)과 열정(熱情)을 품고 있다는 것을 알게 된 것이었다. 충식에 대해서도 똑같이 말할 수 있었다. 후미에는 충식과 석란이 그토록 고상한 마음을 갖고 있으면서도 후미에에게 대해서조차 항상 삼가는 태도를 안타깝게 생각했다.

석란은 이번에 다케오를 따라 사지에 들어가는 것에 대해서도 실로 아무것도 아닌 예삿일로 여기는 듯 대수롭지 않게, 또 태연하게 행동하는 것처럼 후미에에게는 보였다.

"아버님과 어머님께서는 필시 걱정하시겠죠?"

하고 후미에가 충식에게 말하자 충식은 가볍게 웃었다.

"아버지께서는 기뻐하시겠죠. 그런 일을 좋아하신답니다. 마음을 허락한 사람을 위해 따라 죽는 것이 여자의 도리라고 항상 생각하세요. 춘향사상(春香思想)이지요."

두 사람이 장도(壯途)에 오른 후 후미에는 대담하게 충식을 위로하며 부지런히 신변을 챙겨주었다. 오래전부터 있어온 간호부들도 이제는 충식에 대한 인식을 바꾸었다. 이제 예의 '조선인이'라는 미묘한 마음을 청산해버린 것이었다. 그들은 석란을 영웅처럼 존경하고, 석란을 통해 조선인 전체를 재인식하게 된 것이었다.

충식은 간호부들의 이런 마음을 헤아릴 수 있어서 더할 나위 없이 기뻤다. 그것만으로도 석란은 산 보람이 있는 것이고, 또 불행히 살아 돌아오지 못해도 죽은 보람이 있다고 생각했다.

다케오, 석란 두 사람이 황군이 지키는 권역을 통과하여 적진에 들어갔다는 보고가 온 것은 출발 후 사흘째 되는 날이었다. 그러나 그 후로는 묘연히 소식이 없었다. 만약 두 사람이 죽었다 해도, 이제 그 소식이 아군에게 알려지는 일은 없을 것이다.

5

적을 찾아서

다케오와 석란은 가을 산길을 계속 걸었다. 높이 오를수록 가을은 깊었다. 숲이라고 할 정도까지는 아니지만 여기저기 활엽수가 무성하여 그 잎들이 서리에 붉고 노랗게 물들어 있다.
"어머, 단풍이 있어요."
석란은 뭔가 신기한 것이 있으면 반드시 다케오에게 알렸다.
"그래요?"
다케오는 자기에게도 보이는 것처럼 기쁘게 미소지었다.
골짜기에는 작은 밭도 있고 가난한 초가집도 있지만 사람은 없다. 어디론가 피란한 것이리라.
두 사람은 두세 번 지나(支那) 보초병에게 검문당했지만 무난히 통과할 수 있었다. 불쌍한 피란민으로 보였을 것이다. 눈 먼 남자와 젊은 여자가 지나의 나그네 식으로 보자기 꾸러미를 어깨에 비껴 맨 모습은 그다지 주목을 끌지 못한 듯했다.
그러나 쑤자지(蘇家集) 시가에 들어선 순간 두 사람은 결국 보초선에 걸려들고 말았다. 다케오는 이곳이 사단장 주재지라는 것을 알았다. 이 사단장이야말로 다케오에게는 첫 번째 맞붙을 상대가 될 적수이다. 만약 한 달 전의 정보가 틀림없다면 이곳 사단장은 원래 장쉐량(張學良)의 부하로서 펑톈(奉天)의 북쪽 군영에서 지낸 적도 있는 추시(楚璽)라는 마적 출신의 사내일 것이다. 일대일 대결로는 어림없을지도 모르지만, 녹림(綠林)의 호걸로서는 의외로 이야기가 통하는 남아일지도 모른다.

다케오는 이미 목적지에 이른 이상 새삼스레 신분을 숨길 필요도 없다고 생각했다.

"누구냐?"

하고 양쪽에서 총검을 내밀며 길을 막고 묻는 것을 다케오는,

"나는 대일본제국의 국민으로 히가시 다케오라는 사람입니다."

하고 단호히 말했다.

석란의 통역이 끝나자 보초병들의 얼굴은 돌연 살기를 띠었다.

"일본인?"

조장(曹長) 계급으로 보이는 사람이 뛰어나왔다. 그는 칼을 차고 있었다.

"그렇습니다. 일본인입니다."

다케오는 한 번 더 힘주어 대답했다.

"일본인이래, 일본인."

하고 대여섯 명의 병사들이 제각기 신기한 듯이 두 사람을 에워쌌다.

"웬 놈이냐? 일본의 첩자인가?"

조장은 위엄만큼은 높았다.

"나는 첩자가 아닙니다. 당신들의 장군을 만나 이야기하지 않으면 안 될 중대한 일로 온 겁니다."

"장군께?"

"그렇습니다. 장군 이외의 분들에게는 이야기할 수 없는 일입니다. 부디 저희 두 사람을 장군 계신 곳으로 데려가 주십시오."

그들은 일단 다케오들의 짐과 몸을 수색했지만, 그다지 난폭한 태도는 아니었다.

"너도 일본인인가?"

하고 석란에게 물어서 석란이 그렇다고 대답하자 조장은,
"지나어가 능숙한데. 꼭 지나인 같군."
하고 칭찬하며 웃을 정도의 여유까지도 보였다. 다른 병사들도 석란을 뚫어지게 바라보고는 히죽히죽 웃었다. 석란은 한순간 수치심과 괘씸함을 느꼈지만, 지금은 그런 일에 신경 쓸 때가 아니라는 데 주의가 미쳐 생긋 웃어 보였다.

지나병들은 기분이 매우 좋은 듯했다. 그래서 다케오들을 결박 지우지도 않고 끌고 갔다.

어디로 끌려가는지는 모른다. 두 사람은 굳게 마음먹은 중에도 일말의 불안이 없지 않았다.

길을 가자니 호기심 많은 지나인들이 멀리서 포위하며 다케오들 일행을 줄줄 따라왔다. 병사들은 군중을 쫓아버리려고도 하지 않고 오히려 군중의 질문에 대답이라도 하듯이,
"대담한 놈들이다. 둘이서 적진 안에 어슬렁어슬렁 들어오다니."
하고 태평하게 설명했다.

석란은 최전선인 이 땅에서 이토록 태연히 있을 수 있는 지나인들의 마음을 알 수 없었다. 태평한 것일까, 어리석은 것일까. 아니면 일본군은 이곳까지는 절대로 들어올 수 없다는 이야기를 들어서 안심하고 있는 것일까. 석란은 이 정경을 꼭 다케오에게 설명해주고 싶었지만 병사들과 군중에게 자극을 주게 될 것을 염려해 묵묵히 다케오의 손을 끌고 병사들이 끌고 가는 대로 발걸음을 옮기는 것이었다.

다케오들이 끌려간 곳은 기와색 벽돌 건물의 더러운 병영이었는데, 사단 사령부는 아닌 듯하고 기껏해야 중대장의 영문(營門) 정도로 보였다.

이곳에도 묘한 옷차림을 한 비실비실한 군인들이 모여들어 두 사람을

유심히 쳐다보며 호송해 온 병사들에게 어리석은 질문을 하고는 재미있어 했다.

두 사람은 텅 빈 방 하나를 지나 판자로 된 의자에 앉아도 좋다는 지시를 받았다. 구경하는 군인들이 네다섯 명이나 두 사람을 둘러싸고 지껄이기 시작했는데, 도대체 무엇 때문에 그런 어리석은 이야기를 지껄이고 있는지 알 수 없었다. 이 시가에 여기저기 붙어 있는 '타도(打倒)' 따위의 말도 그들에게는 아무 관계가 없는 것이리라. 무엇보다도 그들은 그 글자조차 읽지 못할지도 모른다고, 석란은 나중에 둘만 남았을 때 다케오에게 설명해줄 만한 재료를 기억에 담고 또 정리하면서 태평한 지나병들의 구경거리가 되어주고 있었다.

이윽고 초록색 군복에 칼을 찬 청년 장교가 들어오자 구경하던 병사들은 온순하게도 직립 자세로 거수경례를 하고는 미련이 남은 듯 뒤를 돌아보며 나가버렸고, 그래서 두 사람을 끌고 온 병사 두 사람만 남았다.

"너희들은 누구냐?"

청년 장교는 위엄을 가다듬어 신문조로 물었다.

다케오는 조금 전 보초병들에게 이야기한 대로 말했다.

"훙, 타마나가비(오라질)!"

청년 장교는 우선 내뱉듯이 말했다.

"죽여버릴 테다, 훙."

하고 적의를 품은 눈으로 두 사람을 노려보았다. 과연 장교답게 적개심을 가지고 있군, 하고 석란은 오싹하면서 다케오에게 통역해 들려주었다. 다케오는 무슨 생각을 했는지 미소 지으며,

"죽여도 좋지만, 당신네 사단장과 만나게 해주시오."

하고 말했다.

"사단장은 만나서 무얼 하게?"

"만나서 이야기하지 않으면 안 될 중대한 일이 있습니다. 그것은 나라를 위해서이기도 하고, 동양 전체를 위한 것이기도 합니다. 당신을 위해서이기도 하지요. 아무쪼록 한시라도 빨리 사단장과 만나게 해주십시오."

"이 두 사람을 영창에 처넣어. 놓쳐서는 안 돼! 손발을 묶어둬. 이놈들이 무슨 일을 저지를지 알 수 없어."

장교는 두 사람의 병사에게 이렇게 명령하고 툇 하고 침을 뱉고는 총총히 나가버렸다.

장교가 가버리자 어디에 숨어 있었는지 조금 전의 구경꾼 병사들이 우르르 들어왔다.

"이 두 사람을 결박 지워 영창에 처넣으랍니다."

"이 미인은 내가 끌고 가지."

"뭐야, 이런 장님 따윈 결박하지 않아도 도망치지 못하잖아."

"쓸데없는 소리 작작해. 빨리 결박하지 못해?"

이렇게 서로 비난하며 왁자지껄 한바탕 떠들고 나서 비실꾼 오장(伍長) 계급의 병사가 석란의 두 손을 꽉 쥐고,

"따라와. 이년아."

하고 고함쳤다

다케오도 결박당했다.

두 사람은 손발을 묶여 창고 같은 토방에 던져졌다.

병사들은 잠시 어리석은 말이나 석란에 대한 음란한 말 따위를 지껄였으나 곧 조용해졌다. 그러나 당번병만은 이따금 침을 뱉는 소리를 냈고, 폐가 나쁜지 콜록콜록하고 기침하는 소리가 들렸다.

"따로따로 집어넣지 않은 것만은 고맙네요."

석란은 다케오 쪽으로 몸을 끌면서 말했다. 다케오는 말이 없었다.

석란은 가까스로 다케오의 곁으로 바짝 다가가 다케오의 어깨에 기댔다.

"그래도 조용히 둘만 있을 수 있군요."

석란은 소리 내어 웃었다. 소리를 내지 않으면 다케오가 석란의 표정을 알 수 없을 것이라고 생각한 것이었다.

두 사람은 이 시가에 도착하기까지 도중에 이틀 밤을 묵었는데, 첫날은 빈 집에서, 이튿날은 노인 부부만 사는 집에서 신세를 졌다. 노인은 아직 변발(辮髮)을 늘어뜨렸고 자식은 군대에 가 있다고 했다. 무척 친절하게 대해주어서 다케오가 일 원짜리 지폐를 석 장 주었더니, 노인도 노파도 무척 기뻐하며 주먹을 감싸 쥐고(합장이 아니다) 인사를 하는 것이었다.

"누추한 곳이지만 돌아가는 길에 또 들러요. 그렇게 눈이 보이지 않으니 오죽 불편하시겠수."

라든가,

"병사들 중에 나쁜 사람이 있으니 주의해요. 젊은 여자 몸으로 여행은 위험하다우."

하고 여러 가지로 말해주었다. 그리고 더러운 목면 헝겊때기에 거위 알을 두 개 싸서 석란의 손에 쥐어주었다.

"무슨 생각을 하고 계세요?"

석란은 안타까운 듯이 자기 머리를 다케오의 머리에 탁 갖다 댔다.

"그 노파는 친절했었지."

다케오는 차분하게 말했다.

146

"그 노파 생각을 하고 계셨어요?"

"응, 다른 아무것도 생각할 게 없잖아. 왠지 졸리는군."

다케오는 흐흐, 하고 웃었다.

"그럼 주무세요. 제가 무릎베개 해드릴게요."

"당신도 피곤할 텐데. 그 영감네 집 빈대에게는 꼼짝 못 했었지."

다케오는 크게 기지개를 켰다.

"잠이 안 오세요?"

석란은 부자유한 손으로 다케오를 눕히고 머리를 자기 허벅다리 위에 얹어주었다. 그리고 자기도 다케오의 가슴에 얼굴을 갖다 댔다. 다케오의 심장이 뛰는 소리를 들으며 가만히 있자니 석란은 자기가 지금 어디에 있는지 잊은 듯했다. 꽤 피곤했던 것이리라. 다케오는 곧 잠들어버린 모양이었다.

석란은 가만히 얼굴을 들어 다케오의 잠든 얼굴을 들여다보았다. 탄흔 자국이 복잡한 주름과 요철을 만들어 옛 모습은 없다. 그 쭉 뻗었던 콧등마저도 찌그러져 있다. 석란은 새삼스럽게 눈물을 삼키며 얼굴을 돌렸다.

거의 한 시간이나 지났을까. 어쩌면 그보다도 짧은 시간이었을지도 모른다. 덜컥 하고 자물쇠 여는 소리가 나자 낯선 병사가 불쑥 얼굴만 방 안으로 내밀었다.

"흥, 그림 좋구먼."

하고 내뱉으며 뛰어 들어와 누워 있는 다케오의 옆구리를 찼다.

"일어나라, 일어나."

석란은 지나 병사가 들어오기 전에 다케오를 일으켜주려고 생각했지만 손발이 묶여 있어서 어떻게도 할 수 없었다.

"이 자식, 일어나. 넉살 좋은 놈이로군. 자빠져 자고 있다니."

지나 병사는 잔뜩 뿌루퉁해 있었다.

"너희들은 이제 죽는다. 탕, 하고 한 발에 끽, 하고 나무아미타불이다."

두 사람은 병영에서 끌려나와 발을 묶은 끈만 풀린 채 총검을 멘 네 사람의 병사와 한 사람의 군조(軍曹)인 듯한 자에게 삼엄하게 호위되었다. 먼지가 이는 울퉁불퉁한 길을 십수 정(町)이나 끌려가자, 시가 변두리에 벽돌담을 두른 병영식 건물이 있고 당번병이 서 있는 문이 보였다.

"커다란 병영 같아요. 정문에 당번병이 서 있어요."

하고 석란이 하는 말을 들으며 다케오는 마음을 다잡았다. 사단장 앞에 끌려갈 것이라고 생각하며, 다케오는 추시(楚璽)인가 하는 지나인의 얼굴을 상상해보았다. 아마 수염은 없으리라. 어쩌면 옌시산(閻錫山) 식의 콧수염을 기르고 있는지도 모른다고 생각하니 왠지 우스워졌다.

과연 이곳은 병영다운 엄숙함이 있어 구경꾼 병사들이 줄줄 따라오는 일도 없고 복도를 걷고 있는 비무장 사관(士官)들도 군인다운 얼굴을 하고 있었다. 다만 가슴이 움푹 꺼지고 얼굴은 창백하여 입매가 야무지지 못한 것은 어디고 마찬가지였지만, 가끔은 한눈에도 일본인과 다름없어 보이는 다부진 용모를 지닌 자도 있었다.

다케오들은 계단을 올라가 어느 방에 들어갔다. 그곳은 꽤 훌륭한 방으로, 커다란 테이블과 낡아서 퇴색했으나 비로드를 두른 의자도 있어 이것이 사단장인가 하는 자의 응접실일 것이라고 석란은 생각했다. 실내에 들어와서도 네 사람의 병사는 총검을 멘 채로 서 있다.

한 시간이나 기다린 뒤 키가 육 척이나 되어 보이는 커다란 남자가 모습을 드러냈다. 날랜 기운이 미간에 떠올라 있어 자못 대륙적인 풍모였다. 은실과 명주실로 짠 은몰(銀mol) 견장(肩章) 위에 커다란 별이 두 개

붙어 있는 것으로 보아, 또 호위병들이 용수철 장치처럼 총을 받들고 있는 것으로 보아, 이자가 추시가 틀림없다고 석란은 생각했다. 추시란 자가 어떤 사람인지 궁금해하던 다케오에게 그의 풍모부터 설명해주고 싶었지만 소곤거리는 것이 좋지 않다고 생각해서 그만두었다.

추시가 털썩 중앙의 의자에 앉자, 따라온 참모 혹은 부관으로 보이는 두 사람의 장교가 배석판사나 되듯 추시의 양편에 앉았다.

"사단장 같아요."

석란이 다케오의 귀에 속삭이자 다케오는 쓱 일어나 인사를 했다. 그러나 추시는 고개를 약간 끄덕일 뿐이었다.

"사단장 각하이십니까?"

다케오가 먼저 입을 열었다.

석란이 통역을 하자 사단장은,

"그렇다."

하고 자못 건방진 어조로 짧게 내뱉었다.

"저는 대일본제국의 히가시 다케오입니다."

"일본 군인인가?"

추시는 놀란 듯이 눈을 동그랗게 떴다.

"그렇습니다. 다볘산 전선에서 부상당해 눈이 멀게 되었습니다."

"무슨 용무로 왔지? 군사(軍使)로서 온 건가? 일본군은 중국군 때문에 호되게 경을 치고 패퇴했다던데, 항복을 신청하러 온 건가?"

터무니없는 말에 석란은 웃음이 터지려는 것을 참고 그 내용을 다케오에게 들려주었다.

다케오는 석란의 통역을 들으며 한마디 한마디 고개를 끄덕였다.

"중국군은 난징도 탈환했다. 알고 있나? 상하이도 이미 포위되었고,

우리 공군이 도쿄, 오사카를 폭격해서 일본은 지금 대혼란에 빠져 있지. 알고 있나?"

추시가 진지한 얼굴로 이런 말을 하는 것을 듣자, 그 대단한 석란도 깜짝 놀랐다.

다케오는 석란의 입을 통해 추시가 한 말을 다 듣고 나서, 전혀 무표정한 얼굴로 크게 두 번 고개를 끄덕여 보였다.

"그럴 테지. 너도 알고 있다 이거지? 우리 군은 머지않아 일본 본토까지도 공략할 작정이다."

추시는 마지막으로 짐짓 큰소리쳤다.

그가 하는 말은 농담이라고 여기기에는 그 태도가 몹시 진지했고, 또 신념에 불타고 있는 듯도 했다.

다케오는 어안이 벙벙했다. 터무니없는 말에 어찌해야 할지 갈피를 못 잡았던 것이다.

"지금 각하의 말씀을 듣자니 정말이지 제가 이곳에 오길 잘했다고 통감합니다. 만약 제가 오지 않았다면 각하께서는 큰 불행을 만나셨을 것이 틀림없기 때문입니다. 난징은 지나군에게 탈환되기는커녕 일본군 사령부의 소재지입니다. 상하이가 지나군에게 포위되는 일 따위는 상상할 수도 없는 일이고, 한커우도 이달 안으로 일본군의 수중에 들어갈 테지요. 어쩌면 앞으로 사오일이면 한커우가 함락될지도 모릅니다. 이미 징한선(京漢線)은 신양(信陽)에서 일본군에 의해 차단되어 있습니다. 일본군이 이 쑤자지를 통과하는 것도 금방이지요. 일본군의 유력한 대부대가 벌써 이곳으로 들이닥치고 있습니다. 일본군은 지나 국민을 적으로 삼을 생각은 털끝만큼도 없습니다. 그러기는커녕 일본은 지나를 형제로 생각하고 있습니다. 양 국민은 순치보거(脣齒輔車)의 관계로 사이좋게 지내지 않으면 안 될 운명에 있다고 믿고 있는 것입니다. 다만 장제스 정부가 공산당과 영불(英佛)의 괴뢰가 되어 우선 지나 국민을 해치고, 나아가서는 동양 전체의 안녕과 평화를 문란케 하므로 일본군이 이를 응징하려는 것뿐입니다. 제가 목숨을 걸고 이곳까지 온 것은 우리 형제끼리 무익한 유혈의 참사를 되풀이하는 것을 멈추고 올바른 인식과 이해 아래 서로 손을 맞잡기 위해서입니다. 양약(良藥)은 입에 쓰고 충언(忠言)은 귀에 거슬린다고 합니다. 저의 진실한 말이 각하의 귀에 거슬릴지도 모릅니다. 그러나 일본 무사는 결코 거짓말을 하지 않습니다. 만약 제가 드린 말씀이 의심스러운 점이 있다면 얼마든지 사실로써 증명하겠습니다.”

추시들은 다케오가 열심히 말하고 있는 것을 꼼짝 않고 들었다. 그들의 표정도 뭔가 중대성을 느끼고 있는 듯했다. 다케오의 힘 있고 침착한 진술에는 권위와 비통함이 담겨 있었기 때문일 것이다.

석란은 일생일대의 큰 역할이라고 생각했다. 태어난 이래 이만큼 중대한 역할을 맡은 적은 없다. 석란은 어떻게 해서든 다케오의 마음을 적장에게 철저히 전달하지 않으면 안 된다고 결심했다. 그리고 일어났다.

석란이 다케오가 한 말을 차례로 통역해가는 가운데 추시들의 눈초리와 안색이 몇 번이나 바뀌었다. 때로는 놀라는 듯도 했고, 또 때로는 곧 덤벼들 듯한 험악한 표정도 보였다. 한 부관은 주먹을 꽉 쥐고 탁자를 내리쳤다. 석란의 여성적인 목소리와 우아한 몸짓이 그들의 분격을 누그러뜨리지 않았다면 어쩌면 칼을 뽑았을지도 모른다.

'장제스 정부가 공산당과 영불의 괴뢰가 되어'라는 대목에 이르자 추시의 왼편에 있던 비쩍 마른 장교는,

"닥쳐!"

하고 소리를 지르며 일어났다.

석란은 잠시 말을 끊었다.
"좋아, 좋아. 모두 말해."
과연 추시는 장교를 제지하고 석란을 재촉했다.
'형제끼리 무익한 유혈의 참사를 되풀이하는 것을 멈추고 올바른 인식과 이해 아래 서로 손을 맞잡기 위해서입니다.'라는 대목에 이르자 신경질적인 장교도 고개를 숙였다.
의심스러운 점이 있다면 얼마든지 사실로써 증명하겠습니다, 라는 의미의 통역이 끝나자 추시는 홱 자리에서 일어나면서,
"이 두 사람을 감금해둬. 내일 한 번 더 조사한다."
하고 내뱉고는 나가버렸다.
비쩍 마른 장교는 추시를 따라 나갔으나, 키가 작은 광둥인(廣東人) 같은 얼굴을 한 또 한 사람의 장교는 뒤에 남았다.
"정말 일본은 우리 지나를 형제로 생각하고 있소?"
"정말 비(非)병합, 비(非)배상으로 가는 것이오?"
"정말 일본군 대부대가 쑤자지에도 들이닥치고 있소?"
등등 걱정스러운 듯이 다케오에게 묻는 것이었다. 그의 마음에도 장(蔣)정권의 선전에 대해서는 일말의 불안이 있는 듯했다.
"이웃끼리 원수가 되어 서로 행복할 리가 없지 않소? 일본으로서도 사억의 인민에게 미움받아 좋을 것은 없을 게 아니오? 영국, 불란서, 소련의 이간질과 중상에서 벗어나 지나는 자기 자신의 판단으로 돌아가지 않으면 안 되오. 그리고 일본과 지나 두 나라가 협력하여 아시아를 아시아인의 아시아로 만들지 않으면 안 되오. 아시아를 평화와 번영으로 이끌고 문화의 이상향으로 만들자는 게 아니오? 영국, 불란서, 소련 이들 나라는 아시아가 강해지는 것을 싫어하는 것이오. 그렇게 하지 않으면 아

152

시아를 자기들의 먹잇감으로 삼을 수 없기 때문이오."

다케오는 잘 알아듣도록 되풀이해서 이 젊은 장교에게 설명했다. 이 키 작은 장교는 찬성의 뜻을 나타내거나 하지는 않았지만, 지극히 냉정하고 지극히 진지하게 다케오의 말을 한 구절도 빼먹지 않고 듣고 있는 듯했다.

다케오와 석란도 이 장교야말로, 하고 기대했다. 사태가 어떻게 전개될지 알 수 없지만 이날의 전투는 전혀 실패는 아니라는 것만은 확실했다.

"이 두 사람을 감금하도록. 결박하지 않아도 좋다."

키 작은 장교는 이렇게 명령하고 방을 나갔다.

두 사람은 감금실로 끌려갔다. 작은 방이었지만 토방은 아니었다. 마루는 무척 더럽고 먼지도 쌓여 있었다. 석란은 청소하고 싶었지만 빗자루도 걸레도 없었다. 석란은 손수건으로 겨우 두 사람이 누울 수 있는 범위만큼 바닥을 닦고 거기에 다케오를 앉혔다. 그리고 자기는 손수건이 새카맣도록 거미줄을 털고 작은 유리창문을 닦았다. 그러나 너무 더러워 바깥이 또렷이 보이지는 않았다.

"겨우 자유로운 몸이 되었군. 석란, 궁성(宮城)이 있는 쪽은 어디지?"

하고 다케오는 일어났다.

석란은 부랴부랴 머리를 매만지고 옷매무새를 고치며 다케오의 왼편에 바싹 달라붙었다.

"어느 쪽이 밝지?"

"도무지 전혀 모르겠어요."

"하는 수 없지. 이쪽을 동쪽이라고 생각하고 요배(遙拜)하지."

두 사람은 정중히 경례했다.

석란은 언제까지고 머리를 숙이고 있고 싶었다. 쏟아지는 눈물을 닦으려고도 하지 않았다. 두 사람은 나란히 차가운 마루에 앉았다.
"여기 온 지 한 달이나 지난 듯하군."
다케오는 쓸쓸하게 웃었다.
"정말 그래요."
석란은 갑자기 오빠 충식과 후미에를 떠올렸다. 피투성이 부상병들의 모습도 눈에 어른거렸다.
"물 한 잔 마셨으면."
다케오는 전에 없이 느긋하게 상처투성이 얼굴을 여기저기 어루만지며 응석받이 같은 어조로 말했다.
"부탁할까요?"
다케오는 석란이 일어나려는 것을 말리며,
"됐어, 꼴사나워. 식사 때는 주겠지."
"하지만 목이 마르면."
"뭐, 열심히 지껄인 탓이겠지. 곧 침이 나올 거야."
"정말 조금 전의 이야기는 훌륭했어요."
"그래? 나는 당신이야말로 멋지다고 생각했어. 무슨 말을 하는 건지 알 수 없었지만 말이지. 어조가 무척 좋았어. 듣고 있던 놈의 표정을 보지 못해 유감이야. 정말 눈이 먼 건 한심하다고 생각했어. 게다가 나는 아직 애송이 장님이겠지. 육감(六感)이라는 놈이 발달해 있지 않으니 완전히 형편없어. 하지만 성(誠)은 반드시 통한다고 믿고 있어."
"그래요. 저는 문제없다고 생각해요. 저 사람들 정말 열심히 듣고 있었어요. 역시 사단장은 급수가 다른 듯했어요. 아, 참. 그 입 닥치라고 소리 질렀던 사람 말이에요. 무척 신경질적인 사람이에요. 비쩍 마른 데다 언제나 눈이 반짝반짝하고 있던 사람. 정말 무서웠어요."

"그래? 나도 저 남자가 분명히 말랐을 거라고 생각했어."

"그래요? 그리고 저 끝까지 남았던 사람 말이에요. 그 사람은 어때요?"

"그 사람은 키가 작지 않아?"

"잘 아시네요."

석란은 웃었다.

"얼굴은 검겠지. 눈은 작고."

"그대로예요. 그리고 말이에요. 정말 정신 차려 듣고 있었어요."

"역시 석가님의 말씀은 틀리지 않아."

"무슨 말씀이에요?

"아니, 눈이 있어서 보이는 게 아니라, 마음에 보는 힘이 있어서 볼 수 있다고 하셨지. 오관(五官)은 상통한다고 말이지. 목소리를 들으면 모습을 알 수 있다는 말이겠지. 나도 눈이 멀게 되어 깨달음이 열린 것일까."

다케오는 명랑하게 웃었다.

"저도 기뻐요."

석란은 잠시 있다가 갑자기 말했다.

"왜 기쁘지?"

"왠지 모르겠지만."

"즐거운 신혼여행이라고나 생각하는 겐가?"

다케오는 더듬더듬 석란의 손을 잡았다.

"그 이상이에요."

"내일은 또 모르지. 이곳이 이 세상에서 마지막 숙소일지도 몰라, 내일은 총살일까?"

하고 다케오는 나직이 말했다.

"그것으로 괜찮아요. 멋지지 않아요?"

두 사람 모두 잠시 말이 없었다. 까마귀가 까악까악 우는 소리가 들렸다.

돌연 다케오는 석란의 손을 꽉 쥐며,

"석란."

하고 불렀다.

"네."

석란은 다케오를 올려다보았다. 다케오의 보이지 않는 눈에서는 눈물이 흐르고 있었다. 석란은 다케오의 말을 기다렸지만, 말을 기다릴 필요가 없음을 깨달았다.

두 사람은 언제까지고 조각상처럼 꼼짝 않고 있었다.

― 「마음이 서로 닿아서야말로(心相觸れてこそ)」, 『록기(綠旗)』, 1940. 3.~7.(미완)

산사(山寺) 사람들

1

내가 병을 앓고 난 아이와 함께 원고지를 가지고 동소문(東小門) 밖 홍천사(興天寺)에 정양하러 간 것은 삼월 오일. 봄은 아직 이름뿐으로 산그늘에는 녹다 만 얼음도 남아 있고, 홍천사에 오고 나서도 두 번 남짓의 꽤 큰 눈이 내렸다. 예의 엄청난 눈이라던 눈도 그중의 하나였다.

우리 부자가 묵은 곳은 어떤 스님의 주택으로, 다다미 두 장의 이첩(二疊) 남짓 되는 작은 방이었다. 스님의 주택이란 왠지 익숙지 않은 말이다. 출가한 스님에게 가정이나 주택이 있을 리 없다. 옛날에는 초막(草幕)이라고 해서 나이를 먹었다든가 병이 난 경우 절에서의 고행(苦行) 생활을 감당할 수 없는 승려들에게 허락되었던 별채였는데, 오늘날에는 나이 들었든 젊었든 처자를 거느리고 금슬 좋은 가정을 이룬 것이다. 가정인 이상 탐욕의 고기도, 질투의 떡도 굽지 않을 수 없으리라. 오직 세속의 조선 가정과 다른 점은 마룻방에 불단(佛壇)을 설치하고(그것조차 없는 현대적인 곳도 있다), 법의(法衣)와 가사(袈裟)가 걸려 있는 것이다 (이것만큼은 영업 도구로서 모두 갖춰놓은 모양이다).

우리 주인은 아직 젊고 매우 위세 있는 스님이었는데, 아침 일찍 일어나면 법의를 입고 절의 사무실에 나가서는 한 시간 정도 뭔가 사무를 보는 모양이었다. 그러나 그의 아내는 물론 그 자신도 특별히 단가(檀家)에게서 법요(法要)라도 의뢰받지 않는 한 예불 드리는 것을 보지 못했다. 이 절에도 오십 명 남짓의 승려가 있지만 아침저녁으로 시간을 정하여 예불을 드리는 근행(勤行)을 하는 것은 네 사람뿐이고, 나머지 사십오 명의 스님은 우리와 다름없는 가정생활을 영위하고 있다. 아침저녁으로 근행하는 네 사람이란 월급을 받고 있는 노전승(爐殿僧)들로, 각각 금당(金堂)의 아미타불, 본당(本堂)의 관음불, 명부전(冥府殿), 나한전(羅漢殿)을 한 사람씩 맡고 있다.

아침 네 시경이 되면 딱딱 목탁 소리에 따라 게송이나 진언을 외는 소리가 들려오는 것인데, 이는 금당의 노전승이 역시 부인의 이불 속에서 기어 나와 금당으로 출근했다는 뜻이다. 목탁 소리가 사라지면 종이 울리고, 그다음에는 본당과 명부전 등에서 방울과 큰북 소리, 그리고 진언과 염불 소리가 들려와 한동안 경내는 떠들썩해진다. 대조종(大釣鐘)을 치는 이는 은돌(銀乭)이라는 어린 중인데, 그는 꽤 익살스럽고 재주가 있어 범패(梵唄)건 승무(僧舞)건 무엇이든 할 수 있는 매우 요긴한 인물이다.

그것이 한 차례 끝나면, 본당에서 건암(建庵)이라는 노화상(老和尙)의 염불 소리와 큰북 울리는 소리가 들려오는 것이었다. 나는 때로는 혼자서, 또는 아이를 데리고 이곳저곳 아침저녁의 근행을 둘러보았는데, 이 건암 스님이 가장 열심이고 속기(俗氣)를 벗은 듯했다. 그는 벌써 일흔이 넘은 노승인 데다 눈이 멀었지만, 그 용모랄지 위의(威儀)랄지 목청껏,

"나무아미타불."

이라고 부르는 그 음색이랄지, 또 한 시간가량의 염불을 끝낼 때쯤 두 손을 머리 위로 높이 올려 허공에 원을 그리며 오체투지(五體投地)의 절을

하면서,

"나무대자대비서방교주무량호여래불(南無大慈大悲西方敎主無量護如來佛)."

하고 부르는 진동하는 목소리랄지, 옆에서 보고 있어도 절로 마음이 움직이지 않을 수 없었다. 이 스님은 저녁때도 한두 시간가량 염불을 외는데, 으슥한 경내에서 그의 큰북 소리와 염불 소리를 듣고 있자면 이상하게 마음이 맑아지는 것을 느꼈다.

애석하게도 이 스님도 십수 년 전부터 아내를 두었다고 하는데, 그가 살고 있는 초암(草庵)을 들여다보니 마당도 마루방도 그렇게 깨끗하다고는 할 수 없었다.

2

노승이라면 명부전의 경하(景河) 스님도 일흔이 넘은 분인데, 언뜻 보기에도 꽤 원기 있는 노인으로 어린 중들과 잘 놀고 농담도 곧잘 했다.

내가 이 절에 오고 얼마 되지 않은 어느 날 십수 명의 어린 중들이 절 마당에서 돈치기라는 놀이에 열중하여 저놈, 저놈 하고 떠들고 있는 것을 본 나는 그만두면 좋으련만 싶어서,

"너희들은 염불은 뒷전이고 돈치기만 하고 있느냐?"

하고 말했던 것이다.

그러자 긴 지팡이에 턱을 괴고 서서 보고 있던 심술궂어 보이는 한 노승이,

"돈치기도 선(禪)이지요. 계집질도 삼매경에 들면 선이고."

라고 하는 것이었다. 나는 쿵 하고 정수리에 통봉(痛棒)을 받은 꼴이었는데, 나중에 그가 경하 스님임을 알았다. 이 스님은 입버릇처럼 도무지 업장(業障)을 떨치지 못해 곤란하다, 금생에서 깨달음을 얻는 것 따윈 이미 단념했다고 말하곤 한다. 벌써 일흔셋이나 되었으니 그렇게 말하는 것인지도 모르지만, 언제나 얼굴이 붉은 것으로 미루어보건대, 어쩌면 술을 끊지 못하기 때문일지도 모른다. "어쩐지 아랫배가 아프군." 하고 푸념을 늘어놓는 일도 있지만, 그러나 결코 걱정스러운 얼굴을 하는 일은 없다. 항상 명랑하고 원기가 있다. '명부시왕전(冥府十王前) 일일무수배(日日無數拜)'로 명부전의 노전(爐殿)을 맡고 있으니 염라대왕 계신 곳이 전혀 무섭지 않겠다고 말했더니, 무척 유쾌하게 웃었다.

실제로 스님들은 젊은 시절에 염불을 해두면 그 공덕의 저축으로 후반생에 다소 몸가짐이 헤퍼도 반드시 극락왕생한다고 믿고 있는 모양이었다. 그 때문인지는 모르지만 경성 부근의 스님들은 만년에 대개 마누라를 얻거나 술과 고기를 먹었다. 스스로 그럴 뿐 아니라, 태연하게 술과 음식을 파는 사람도 있다. '음주식육무방반야(飮酒食肉無妨般若)'라는 한 구절만은 모두 기억하고 있는 것이다.

이것은 그다지 명예로운 일은 아닐 터이므로 이름은 비밀로 해두는데, 어떤 노승은 오십이 넘어서까지 계행청정(戒行淸淨)으로 이름을 날렸으나 돈 많은 어떤 단가(檀家)의 과부를 얻어 지금은 일개 자산가가 되어 있다. '껄떡중'이라고 다른 스님들에게 욕을 먹어도 태연하고, 색사(色事)에 관한 이야기가 나오면 이가 빠진 입을 우물거리며 어지간히 곧잘 지껄여대는 매우 원기 왕성한 노인이다.

그런데 내가 어느 날 아침 일찍 산보를 나가자, 독성각(獨聖閣) 앞에서 열심히 합장 예배하는 사람이 있었다. 글쎄 요즘 세상에 기특하군, 하고 가까이 가보았더니, 이것은 또 어찌 된 일인가. 예의 껄떡중이 단정히 법의를 입고 위의를 갖춰 예배하고 있는 것이 아닌가. 그렇다면 이 노화상은 뜻밖에도 나후라존자(羅睺羅尊者)와 같은 밀행가(密行家)였던가. 근기가 약한 중생을 위해 일부러 탐욕상을 보여주고 있는, 이른바 '내비보살행 외현시성문(內秘菩薩行 外現是聲聞)'은 아닐까, 하고 그 얼굴을 들여다보지 않을 수 없었다.

그러나 뭐라 해도 적조암(寂照庵)의 염불행자야말로 홍천사에서 첫째가는 선지식(善知識)이 아닐 수 없다고 나는 감탄하고 있다. 나는 이 스님의 성도 이름도 모른다. 염불을 외고 있는 것을 직접 본 것이 두 번, 담장 밖에서 들은 것이 몇 번, 얼굴을 마주하고 이야기를 나눈 것은 단 한 번에 불과하지만, 어딘지 모르게 번뇌에서 벗어난 행자 같은 느낌을 주는 것이었다. 나이는 예순셋, 집도 처자도 없고 출가한 지 사십오 년 염불로 일관했다는 사람이다. 검게 물들인 옷에 주홍색 가사를 걸치고 큰북을 두드리면서 염불을 외고 있는 모습은 실로 정적(靜寂) 그 자체인 듯, 한 점의 티끌도 없이 숭엄했다. 건암 스님의 염불에는 열성이 담겨 있지만 이 스님의 염불은 그 경계를 넘어선 고담(枯淡)한 데가 있었다. 그러나 애석하게도 이 스님이 평상시 다른 사람과 만날 때의 위의(威儀)는 건안 스님보다 훨씬 떨어지는 듯이 생각되었다.

3

홍천사의 스님들에 대해서 쓰면서 이 서방과 박 서방을 빠트릴 수는 없다. 이 서방이란 이는 스님은 아니다. 그는 경내를 청소하거나 가정을 가진 스님들의 심부름을 하기도 하는 마흔 안팎의 사내로, 인간적인 지위로 말하자면 이 절에서 가장 꼴찌다. 그런데 이 사람은 도무지 평범한 인간으로는 생각되지 않는다. 아침부터 밤까지 실로 부지런히 일했다. 나는 이 절에서 오십 일이나 묵었는데, 지금껏 일찍이 이 이 서방이 어딘가에서 일하고 있지 않은 모습을 본 적이 없다. 이른바 묵묵히 일하는 편으로, 누가 시켜서가 아니고 자기가 한 일을 누군가에게 보고하는 것도 아니다. 언제까지고 언제까지고 청소를 하거나 흙을 파거나 했다.

"이 서방, 수고하십니다."

내가 지나가면서 붙임성 있게 말을 건네면 그는 수줍은 듯이 약간 웃으며 합장을 한다.

"당신은 염불을 욉니까?"

하고 물어보았더니 그는,

"헤헤, 염불 같은 건 모릅니다."

하고 대답한다.

"일하면서 묵묵히 항상 무엇을 생각하는 모양이던데?"

"헤헤, 아무것도 생각 따윈 하지 않습니다."

그래도 그는 언제 봐도 즐거운 듯 싱글거리고 있다. 태어나서부터 지금껏 불평불만이란 것을 해본 일이 없는 듯한 표정이다.

"스님, 이 절에서 가장 먼저 성불(成佛)할 사람은 이 서방이겠지요."

하고 나는 주지 스님에게 이야기를 해보았는데, 그는 약간 동의하기 어려운 듯했다. 만약 저 경하 스님에게 그런 말을 했다면,

"그럼 그렇지. 당연하고말고."

하고 껄껄 웃으며 긍정했을 것이다. 그러나 이 절에서 이 서방을 나쁘게 생각하는 사람은 하나도 없다. 그렇다고 해서 물론 존경하는 사람도 없

을 것이다. 그저 정말 부려먹기 좋은 얼간이 정도로 생각하고 있을지도 모른다.

이 서방은 좌선(坐禪)도 하지 않고 염불도 외지 않는다. 또 스스로 말하듯이 생각 같은 것도 갖고 있지 않다. 그저 묵묵히 아침부터 밤까지 무슨 일인가 하고 있다. 스님 마누라들의 세탁물까지 부탁만 받으면 갖다 준다. 그렇다고 해서 그는 일해준 보수를 바라는 일도 없다.

"이 서방, 밥 먹어요."

하는 얘기라도 들으면,

"헤헤, 고맙심더."

하며 토방이건 부엌이건 아무렇게나 앉아서 먹어치운다. 다 먹고 나면 또 가서 일한다.

그야말로 모든 꾸밈을 잊고 임제(臨濟)의 이른바 '무사시귀인(無事是貴人)'의 경지에 있을지도 모른다. '수연소구업 왕운착의상(隨緣消舊業 往運着衣裳)'의 경지에 있을지도 모른다. 적어도 모든 욕망을 떠난 사람은 이 서방처럼 될 것 같은 생각이 든다.

4

박 서방이라는 사람은 이 서방과는 약간 유형을 달리하는 사내다. 그는 오십 고개를 넘었으리라. 누덕누덕 기운 조선옷 바지에 낡은 양복 윗도리를 입었고, 꽤 스마트한 로이드 안경을 쓰고 터키 모자 같은 것을 머리에 썼다. 그것은 낡은 학생모의 차양이 떨어진 것으로 밝혀졌다. 그는 아침부터 저녁까지 마른 나뭇가지를 주웠다.

"그걸 주워서 어쩌려고요?"

"판도방에 불을 땝죠. 그러면 구들장이 아주 따뜻해집니다."

"그렇게 많이 땝니까?"

"때고 남으면 팔지요."

"그 돈은 어쩌려고요?"

"문종이를 산다든지…… 돈이 있으면 뭐든 쓸 길이 있습죠."

박 서방은 돈을 마련하는 것까지는 알고 있지만, 쓰는 방법까지는 생각해본 일이 없는 듯했다. 그도 그럴 것이 판도방(判道房)에 있으면 먹을 것은 걱정 없고, 스님들의 낡은 옷이나 누더기를 잇대어 옷을 심으면 의복을 살 필요도 없다.

"박 서방은 마누라가 없어요?"

"그런 건 없어요."

"마누라 얻는 게 싫어요?"

"한 번 얻어서 아이도 생겼지만, 임술년에 죽어버렸습죠."

"또 얻을 생각은 없고요?"

"몹시 성가셔서 그만둬버렸지요."

제법 머리가 좋은 답변 방식이다.

"박 씨는 스님은 아니지요?"

"한때는 중이 되어 십 년 남짓 염불도 했습죠. 하지만 그것도 몹시 성가셔서 그만둬버렸지요."

이것은 대사건이라고 생각했다.

그렇다고 해서 박 씨는 결코 게으른 사람은 아니다. 그도 근면함에서는 이 서방과 좋은 한 쌍이다. 실로 부지런히 돌아다니며 마른 나뭇가지를 곧잘 주워 온다. 물론 한 가지도 결코 나무에서 꺾지 않는다. 그저 떨어져 있는 것을 주울 뿐이다.

　박 서방 하니까 생각났는데, 나는 아이를 데리고 곧잘 정릉(貞陵)의 솔숲을 배회했다. 대도시 근처라고는 생각되지 않을 만큼 깊고 그윽한 곳이다. 소나무의 나이는 아직 어리지만 계곡도 숲의 모습도 상당하다. 게다가 진달래의 명소로, 실로 가는 곳마다 진달래가 있다. 시냇물이 졸졸 흐르는 소리도 작은 새가 우는 소리도 들린다.

　그런데 이 정릉의 솔숲에서 꼭 만나는 노인이 한 사람 있다. 그는 아무래도 여든을 넘은 것이 틀림없다. 이 노인은 매일 낫을 가지고 정릉의 솔숲에 몰래 들어와서는 마른 나뭇가지를 줍는 척하며 여러 가지 관목(灌木)을 베는 것이다. 아직 잎이 나지 않았으니 생나무이지만 마른 나뭇가지로 보이게 할 속셈인 것이다. 세 가지 중 한 가지를 베는 식인데, 매일같이 오기 때문에 결국 한 가지도 남김없이 모두 베어버리는 셈이다.

　그런데 어느 날 나는 이 노인이 실로 잔인한 짓을 하고 있는 모습과 마주쳤다. 드문드문 땅 위로 모습을 드러낸 소나무 뿌리를 낫 끝으로 베는 것이었다.

　"영감님, 그러면 소나무가 말라 죽지 않습니까."

　나는 뜻하지 않게 분개했다.

　"흙 위에 나와 있는 것만 잘라내는 거니까 소나무가 말라 죽을 일은 없소."

하고 이 노인은 나를 흘겨보며 고압적으로 내뱉고는 더욱 거침없이 소나무 뿌리를 잘라나가는 것이었다.

　"여보세요. 흙 위에 나와 있는 뿌리를 잘라버리면 흙 밑에 남은 뿌리도 소용없지 않습니까."

　나도 끈질기게 늘어졌던 것이다.

5

이 잔인한 노인은 내 얼굴에서 불온한 빛을 알아챘던 것이리라. 이미 잘라낸 소나무 뿌리만을 마른 나뭇가지로 싸서 한 묶음으로 만들어 그것을 손에 들고는 비척비척 거기서 물러나버리는 것이었다. 두 번 남짓 내가 서 있는 쪽을 돌아보고는 뭐라 투덜댔으나 알아들을 수는 없었다. 아마도 독설(毒舌)이었으리라.

아이는 노인이 잘라낸 소나무 뿌리의 절단면을 들여다보면서,

"아버지, 잘려진 곳에서 이슬 같은 것이 나와요."

하고 외쳤다.

"피란다. 아파서 피를 흘리고 있는 거야."

나는 오십 년생은 되어 보이는 정정한 소나무를 올려다보았다. 소나무는 묵묵히 아무 말도 없었지만 올해 안에 그 가지의 반은 말라 죽고 말 것이라고 생각했다. 그러나 그것도 내일부터 그 노인이 다시 그 뿌리를 자르는 일을 그만둔다는 조건에서.

"얘야, 너는 저 노인이 왜 저렇게 가난하다고 생각하니? 팔십 년이나 세상에 살면서 왜 살아 있는 소나무의 뿌리를 자르지 않으면 생활이 곤란할 정도로 가난한지 알겠니?"

나는 돌아오는 길에 열두 살 된 내 아이에게 물었다.

"그런 나쁜 마음을 가지고 있으니까?"

아이는 내 얼굴을 올려다보았다.

"응, 요컨대 자기의 원(願)이 성취된 게지."

"원이 성취됐다고요?"

"그래. 저 사람은 팔십 년 동안 가난해지는 수행을 해왔고, 그것이 결

국 열매를 맺은 것이지."

가난의 수행에 대해 말하자면, 이 절 근처의 마을 사람들은 실로 가난의 수행에 여념이 없다. 바꿔 말하면, 일절 복 받을 인(因)을 짓는 일은 과감히 전폐한 것처럼 보인다.

정릉 뒤쪽의 산길을 걸어보니 손 닿을 만한 나뭇가지, 한 사람의 힘으로 꺾일 만한 나뭇가지 중에 꺾이지 않은 것은 하나도 없다고 해도 좋을 지경이다. 그것은 땔감이 궁해서 벌인 짓이라고도 할 수 있으리라. 실제로 이 주변 빈민굴의 주민은 상당히 생활에 곤란을 겪고 있는 것이 틀림없다. 여자도 아이도 어두워지고 나서 산에 가서는 나뭇가지를 주워 머리에 이거나 등에 지고 오는 것을 매일 수십 명씩 본다. 그들은 땔감을 구하는 데 열중하여 손 닿는 대로 나무를 꺾는 것이 습관이 되어버린 것이다. 생나무는 꺾었댔자 곧바로 집에 가져갈 수는 없지만, 꺾어두면 언젠가는 그것이 마른 나뭇가지가 되는 것이다. 그것이 과연 자기 손에 들어올지 어떨지 확실하지 않지만 만일의 요행을 바라고 우선 생나뭇가지를 꺾어두는 것이다. 때로 어른 남자의 힘이 아니고는 도저히 움직일 수 없을 듯한 소나무를 뿌리째 뽑아버린 것도 볼 수 있다. 이것은 밤중에 몰래 가서 적당히 잘라 옮길 속셈이었으리라. 그러나 사흘이고 나흘이고 그대로 있는 것을 보니, 그것을 뽑은 사내가 병이라도 난 것일까, 아니면 너무 엄청난 죄에 어쩐지 두려움을 느낀 것일까. 원컨대 그 시내기 번뜩 뉘우치고 가난의 길을 버리고 수복(修福)의 정도(正道)에 눈 뜨면 좋겠다고 기도하지 않을 수 없다.

그 사람들은 먹을 물도 궁해서 해 뜨기 전부터 석유통을 들고 웅덩이를 찾거나 혹은 남의 집 우물물을 훔치다가 주인에게 들켜 호통을 당하기도 하는데, 그런 장면을 대할 때마다 연민의 정과 함께 그들이 평생 심은 가난의 씨앗을 수확하고 있는 것이라는 인과(因果)를 느끼지 않을 수 없다.

6

소중한 것은 나뿐이다, 내 물건뿐이다. 다른 사람 것은 들키지만 않으면 가질 수 있는 만큼 가져도 좋다. 이런 잘못된 생각을 빈핍도(貧乏道)라 하는 것이다. 이는 과연 이 절 근처 사람들에게 국한된 모습일까. 이들을 참으로 돕는 길은 의식(衣食)과 동시에 수복도(修福道)를 주는 것이라고 생각한다. 수복도란 악을 멈추고 선을 이루는 것이다. 인과의 이치를 분별하는 일이다.

오늘날의 조선 민중만큼 일반적으로 종교적 관념이나 정감이 결핍된 경우는 드물다고 할 수 있다. 신불(神佛)이나 인과의 관념도 도무지 없고, 오직 바라는 것은 명리(名利)이며, 두려워하는 것은 법률과 자연의 힘뿐이다. 신을 잊고 혼을 잊게 되어서는 참된 도덕과 예의는 바랄 수 없는 게 아닐까.

뜻밖에 이야기가 설교 투가 되고 말았다. 홍천사의 첫째가는 명물인 관음굴(觀音窟)의 노인에 대해 적는 것으로 이 글을 끝마치기로 하자.

홍천사 입구의 천하대장군을 기준으로 동북쪽 언덕 중턱에 암벽에 의지하여 낡은 거적을 두른 물건이 있다. 물건이라 한 까닭은 그것이 집이라는 말로는 표현되기 어려울 듯해서다. 이것이 관음굴인데, 관음굴이란, 그곳에 살고 있는 올해 여든세 살 된 노승이 스스로 붙인 이름이고, 다른 사람은 아무도 그것을 관음굴과 같은 우아한 이름으로 불러주지 않는다. 보통은 거지 영감이라든가 허리 굽은 영감의 오두막이라 부른다.

이 노승이 중인 것을 알고 있는 사람도 얼마 없는 모양이었다. 그는 놀리러 온 젊은이들을 붙잡고는 열심히 불법(佛法)을 설했다. 요즘 세상에 노승의 설법을 끝까지 듣고 기뻐할 기특한 사람도 없어서 대개 반(半)장난으로 듣는 척하다가 도중에 한마디 인사도 없이 가버리는 것이지만, 그는 나중에 온 사람에게 또 앞사람에게 했던 것을 계속 설하는 것이다.

"너희들은 지금 활활 불타고 있는 화택(火宅) 속에 있는 거라구. 오욕(五慾)에 열중하는 사이에 목숨을 거두어 가는 무상살귀(無常殺鬼)는 너희들을 불꽃의 혀로 태워버리는 것이지. '나무아미타불' 하고 여섯 자 염불을 외우는 게 좋아."

하는 등 입이 시도록 설하는 것이다.

이 노인은 육십 년 전에는 군인이었고 가회동(嘉會洞)의 훌륭한 저택에서 살았다고 한다. 생각한 바가 있어 서른다섯 살에 출가하여 법랍(法臘)이 꼭 사십팔 년을 헤아리는 터이나, 관료 출신 이규완(李圭完) 씨가 함경남도 지사(知事)였을 때 함주(咸州)의 귀주사(歸州寺) 주지였던 경력도 있다고 한다. 지금부터 팔 년 전 경성전기회사의 전차(노인은 꼭 이렇게 말한다) 뒤에서 허리를 치어 허리가 굽어버린 것이라 한다.

한때 이 노인이 모습을 감춘 까닭에 글쎄 어찌된 일인가, 하고 근처 사람들에게 물어보았으나 누구 하나 그의 행방을 아는 이가 없었다. 그리고 예의 관음굴의 거적은 누군가에 의해 벗겨지고 서까래 격인 통나무도 없어졌다. 정말이지 눈물 나게 하는 폐허의 광경이었다.

그런데 어느 날 내가 아이를 데리고 그 앞을 지나자니, 관음굴이 새로 지붕을 다시 얹은 게 아닌가. 그리고 예의 노승이 건축 현장에서 주워 온 것인지 대팻밥과 나무토막 등을 두 줌 정도 되는 새끼줄로 묶어 한 손에 늘어뜨리고 지팡이에 의지해 거의 땅에 닿을 정도로 허리를 굽히고 다가

오는 것이 아닌가.

"스님, 오랫동안 어디 계셨습니까."

나는 정말 기뻤다.

"아이쿠, 양로원에 끌려갔소그려."

노승은 작은 눈을 반짝이며 싱글거렸다.

"양로원요? 그것 잘되었네요. 양로원에 계시면 좋을 텐데 왜 또 이런 곳에 돌아오셨어요?"

"아니요. 거기 있으면 먹는 건 문제없겠지……. 모두 잘해줬어. 하지만 아무 짝에도 쓸모없는 사람이 다른 분들의 신세를 지며 편히 있는 것은 매우 편치 않은 일이지요. 역시 관음굴에서 걸식하는 쪽이 내겐 편하다는 생각이 들었지. 그래서 도망쳐 왔소."

그는 매우 만족하는 듯한 얼굴이었다.

7

어느 날 관음굴로 그를 찾아간 내게 그는,

"여기는 좋은 곳이오. 겨울에는 해가 무척 잘 들어서 따뜻해. 게다가 여름엔 시원하지. 밤엔 달이 잘 비추고. 관음님의 도량(道場)이라오."

하고 관음굴 예찬을 한바탕 늘어놓는 것이었다. 방이라고 해봤자 반 평이나 될지, 노인이 허리를 구부리고 겨우 기댈 수 있을 만한 넓이밖에 안 되는 곳이다. 말하자면 관(棺)이라고 생각하면 틀림없다.

"식사는 어떻게 하세요?"

"항상 배고프니까 항상 맛있어. 배고플 때 먹는 것이라 모두 피로 가겠지. 병 같은 건 걸리지 않아. 똥이 될 것도 없구먼, 하하."

나도 덩달아 웃었던 것이다.

그로부터 며칠 후이다. 봉선사(奉先寺)의 운허당(耘虛堂) 대사가 학인(學人) 두 사람을 데리고 홍천사로 나를 찾아왔기에, 나는 대사를 관음굴로 안내했다.

마침 해 질 무렵이었는데, 노승은 거지들이 잘 들고 다니는, 철사 끈을 단 세 홉들이 정도의 양철 깡통에 물을 길어 오는 참이었다.

"이분입니다."

하고 내가 노인을 가리켰더니, 운허 대사는 합장하고 이마가 땅에 닿도록 정중히 인사하면서,

"봉선사의 용하(龍夏)입니다."

하고 이름을 댔다.

"아아, 그렇소. 이거 참 훌륭한 선지식 분께서."

노인은 답례할 심산인 듯했으나 그 이상 구부릴 허리가 없었으므로 머리를 몇 번이고 흔드는 시늉을 하는 것이었다.

"물통은 졸승(拙僧)이 나르게 해주십시오."

하고 운허가 노인의 손에서 양철 깡통을 취하려 하자,

"아뇨, 아닙니다. 이건 내 힘으로 옮길 만한 무게입죠."

라고 말하며 노인은 이를 허락하지 않았다.

"스님, 봉선사에 와 계시면 어떻겠습니까. 꼭 오시기 바랍니다."

"아뇨, 아닙니다. 나는 보시는 바와 같은 몸으로 승려로서의 근행도 할 수 없고 또 스스로 내 몸을 깨끗이 할 수도 없으니, 도량 내에 있는 것은 과분합니다. 그저 절의 종소리 들리는 곳에 있으니 그것만으로 고맙게 생각하고 있습죠."

운허가 아무리 정중히 권해도 노승은 도무지 듣지 않았다.

"스님, 한 번 더 사바세계에 돌아오시길 바랍니다."

하고 운허가 아뢰었다. 노인은 잠시 생각하는 모양이었으나,

"어찌 될지 아직 모르겠소."

라고 대답하고 관음굴 쪽으로 비척비척 걸어가는 것이었다.

정릉의 바위진달래는 지금이 한창이다. 가만히 귀를 기울이면 꾀꼬리나 무당새(오색종다리라고도 부른다고 한다)의 쾌청한 울음소리도 들려온다.

— 「산사 사람들(山寺の人人)」, 『경성일보(京城日報)』, 1940. 5. 16.~24.

가가와(加川) 교장

가가와 교장은 둘째 시간 수업을 끝내고 교관실(敎官室)에 들어왔다. K라는 시골의 신설 공립중학교의 임시 건물이어서 교장실이라는 것이 없다. 마을 사립학교 교사(校舍)의 교실을 두 개 빌려, 하나는 교실, 또 하나는 교관실로 쓰고 있다.

분필 상자를 놓고 가가와는 국민복 상의를 벗어 의자 등받이에 건다. 셔츠는 땀으로 흠뻑 젖었다. 아직 젊디젊은 가가와의 얼굴은 술을 마신 듯이 벌겋다.

가가와는 한숨 돌리듯이 부채를 부치며 시원한 바람을 탐한다. 달아올라 땀이 밴 피부에 부채 바람이 얼음처럼 찼다.

함석지붕을 인 이 교사는 팔월의 햇볕을 받아 화로를 천장에 매단 듯했다.

"교장 선생님, 이런 것이 와 있습니다."

학교 담임인 가미바야시(神林)가 한 통의 공문을 가지고 와서 가가와 앞으로 내밀었다.

'T공립중학교'

가가와는 봉투 뒷면에 인쇄되어 있는 발신인을 보았다. 경성의 T공립중학교라고 적혀 있다.

"이게 뭡니까?"

"기무라(木村)의 성적 증명 청구입니다. 기무라 녀석, T중학에 편입 시험을 보려는 듯합니다."

가미바야시는 교장석 앞에 서 있다.

가가와는 봉투의 내용물을 읽었다. 그리고 힘이 빠지는 듯 눈을 감았다. 가가와는 기무라 다로(木村太郎)의 부친인 요시미치(義道)라는 남자가,

"모쪼록 제 아이를 받아주십시오."

하고 입학시험 때 방문해서 비통한 표정으로 부탁하던 일을 떠올리며 배반당한 데 대한 분격을 느꼈다.

"어떻게 할까요?"

가미바야시는 교장의 안색을 살피며 물었다.

"성적 증명 해주세요."

가가와는 가볍게 말했다.

"네, 그럼 기무라 다로의 성적 증명을 발송하겠습니다."

가미바야시는 가가와에게 인사하고 자리로 돌아갔다.

가가와가 관사(官舍)로 돌아온 것은 오후 네 시경이었는데, 몹시 풀이 죽어 있었다.

"어디 불편하세요?"

가가와의 아내 나미코(浪子)가 남편의 안색을 걱정할 정도였다.

"바보 같은 자식. 왜 그따위 학교에 편입 시험을 봐?"

가가와는 이렇게 투덜대며 서재로 들어갔다.

나미코는 남편이 무슨 말을 하는 것인지 알 수 없었으나, 뭔가 또 한 가지 걱정거리가 늘었나 보다고 생각하자 남편이 측은해졌다.

"목욕하세요. 아직 물이 약간 미지근할지도 모르지만."

나미코는 남편의 옷을 마당의 바지랑대에 걸면서 말했다.

"후사코(芙佐子)는 어디 갔나?"

"얼음 사러 갔어요. 세 시 열차로 H에서 얼음이 온다고 해서 갔어요."

후사코란 H고등여학교 삼학년인, 가가와의 외동딸이었다.

가가와는 욕조에 잠겨서도 기무라의 일이 머리에서 떠나지 않았다. 기무라는 허약한 아이지만, 학업도 우수하고 어딘가 정신적인 곳이 있는 녀석이다. 가가와가 가르치는 영어와 그 밖의 과목은 언제나 만점이었다. 여하튼 지방 유지의 기부금으로 신설된 학교인 탓에 그 학교 제일회생인 기무라네 반 육십 명은 구백구십여 명의 수험자 가운데 꼭 가장 우수한 아이라고 할 수 없는 사정도 있어서 학업성적은 대개 불량했다. 그런 만큼 그 가운데 두세 명 성적이 좋은 아이는 자연히 교장 이하 교관들의 희망이었다. 그것은 단순히 교원으로서의 정 때문만이 아니라, 제일회 졸업생 가운데 몇 명쯤 고교 입학생을 배출하지 않는다면 학교의 명예도 걸린 문제이기 때문이다. 문제의 기무라와 마츠모토(松本), 이시다(石田) 등은 이른바 K교의 기대주였던 것이다.

가가와로서는 자신이 교장이므로 제자들을 편애해서는 안 된다. 자질이 좋든 나쁘든 모두 한 사람 몫의 일본인으로 만들어내고 싶다는 일념으로 가득하다. 가네모토(金本), 닛타(新田) 등이 가게에서 만년필과 도화지를 훔친 사건이 일어났을 때, 가가와는 처음에는 화를 냈으나 이어서 울었다. 가네모토, 닛다 둘을 앞에 세워놓고 가가와는 후려갈기고 싶은 충동을 느꼈지만, 그것을 억누르자 그칠 줄 모르게 눈물이 흘렀고, 결국 그 대단한 가네모토와 닛타도 흑흑 흐느끼면서,

"교장 선생님, 맹세코 훌륭한 사람이 되겠습니다."

라고 말했던 것이다.

교관들은 이 둘의 퇴학을 주장했지만, 교장은 뉘우치고 마음을 고쳐먹

을 기회를 주자고 해서 무기정학 처분을 내린 것이었다. 그들은 지난 학기말의 근로봉사 때 학교 복귀를 허락받았다.

이렇게 그는 육십 명 전부를 한 사람 몫의 인간으로 완성시키는 목표로 삼고 있었지만, 자질이 좋은 아이가 역시 귀여웠다.

교원도 십오 년이나 하고 있자니 평생의 제자라고 할 만한 학생을 원하게 된다. 교원 생활에서 가난은 떼놓은 당상이라고 한다. 가가와의 고등학교 동창생 중에는 이미 친임관(親任官)이 된 사람도 있다. 문과 동창 중에는 학위를 받은 사람도 있고, 작가로서, 평론가로서 이름을 날린 사람도 있다. 그런데 가가와는 이제 겨우 고등 오등(五等)중학교의 교장으로 명예도 재산도 없는 것이다. 가가와는 적어도 자기 문하에 몇 명쯤 인재를 배출하고 싶다. 자기를 스승으로 우러르는 제자를 한 사람이라도 갖고 싶다. 이런 생각은 아직 아무에게도 이야기한 적이 없다. 아내에게도 이야기하지 않았고, 또 이야기하려고도 하지 않았다. K중학의 교장은 결코 사람들이 달려드는 자리는 아니었다. 나미코의 반대가 아니어도 S교의 교감 쪽이 K교의 교장보다 몇 배 빛나는 자리다. S교에 있으면 지위와 명망이 있는 사람들과 접촉할 수도 있다. 그것이 소위 출세의 실마리로 작용할 것이다. 그것을 버리고 가가와는 K교의 교장으로 온 것이다. 거기에는 소명(召命)에 응한다는 마음이 주된 것이었지만, 자신의 설계대로 제자를 만들어보고 싶다는 바람도 간절한 것이었다.

가가와가 K교에 가는 것을 말린 것은 아내 나미코뿐만 아니었다. 그의 동료와 친구들조차,

"자네, 사퇴하게."

하고 충고했던 것이다. 가가와가 K중학 정도의 교장이 된 것은 세상의 영리한 사람들이 보기에 실로 어리석은 짓이었다. 모두가 마음에 들지

않아 떠맡지 않는 것을 왜 떠맡는가, 속을 알 수 없다는 것이었다.

"모두 사퇴하면 도대체 누가 간단 말인가?"

가가와는 진지하게 이렇게 말했다.

영리한 사람들은 웃었다.

오월 일일. K국민학교의 강당을 빌려 K중학교의 개교식 및 입학식이 거행되던 날에는 찬바람이 비를 몰아쳤지만, 가가와는 뼈를 K땅에 묻겠다는 비장한 결의로 이 식에 임했던 것이다. 식장에 참석한 내빈으로는 군수, 서장, 면장 등 그 지역의 공무원들과 도(道)에서 내무부장, 학무과장이 왔지만, 그 밖에는 교장이 하는 말을 알아듣지도 못할 듯한 수수하고 어눌한 농민이 전부였다. 도시의 지식계급 모임밖에 본 일이 없는 가가와로서는 거기 모인 사람들이 이상하게 느껴지고 낙담도 했지만, 가가와는 '이런 무지한 민중에게 황국 정신과 문화를 심어주는 것이 나의 임무다.'라고 스스로 다짐하고 기운을 북돋운 것이었다.

그러나 이후 사 개월간 학교 일은 가가와의 생각대로 되지 않는 일이 많았다. 교사의 건축은 언제 시작될지조차 알 수 없었고, 교장도 되기를 꺼리는 이런 촌구석에는 교원으로 와주지도 않았다. 교련을 가르치는 가미바야시는 군인이고 승려인 만큼,

"좋습니다. 도와드리겠습니다."

히고 대도시의 학교를 그만두고 와주었지만, 도미나가(富永)와 마스다(增田) 등 평생 교육계의 지사(志士)로 자임했던 이들도 친구 가가와의 권유에 응해주지 않았다.

'어디 교육보국(敎育報國)의 성의가 있단 말인가.' 온후한 가가와는 분개했던 것이지만, 도미나가와 마스다 등에 의하면 시골 아이들을 가르치는 것만 교육보국은 아니었다.

"자네의 뜻은 장하지만, 요컨대 자네는 유별나다구."

마스다는 가가와에게 이런 말까지도 했다.

교원진은 갖춰지지 않았다. 학생들은 생각했던 것보다도 자질이 나쁘다. 모처럼 승낙해준 지리역사 선생 오쿠무라(奧村)는 취임 전에 병사(病死)했다. 학부형들은 냉담하다. 게다가 마실 물은 수질이 나쁘고 모자라서 나미코와 후사코는 설사를 하고 종기가 났다. 충분히 있어야 할 야채조차 좀처럼 구하기 어렵다. 설탕과 비누 배급도 경성보다 말이 안 될 정도로 양이 적다. 저녁 반주로 삼을 술도 손에 넣기 어렵다. 여자들은 이야기 상대도 없고, 영화 한 편 보려 해도 기차로 한 시간이나 흔들려 가며 H까지 가지 않으면 안 된다.

가가와의 결심은 이 정도의 어려움으로 꺾이지는 않았지만, 몹시 곤란했다. 게다가 기무라의 전학 문제까지.

가가와는 기분 나쁜 것을 씻어버리려는 듯이 두 손으로 목욕물을 움켜쥐고 푸우푸우 하고 얼굴을 씻었다.

"다녀왔습니다! 엄마, 얼음 못 샀어요. 표가 없으면 팔지 않는대요."

후사코의 목소리가 들렸다.

"얼음 따윈 없어도 괜찮다."

가가와는 큰 소리로 고함쳤다.

"아버지, 다녀오셨어요?"

후사코는 바깥에서 큰 소리로 말한다.

후사코의 목소리를 들으니 가가와는 기분이 누그러졌다. 자식의 명랑한 목소리가 가가와의 상처받은 마음을 어루만져주었던 것이다.

수질이 나빠서 비누 거품이 일지 않는다. 가가와는 그의 이른바 손비누를 사용한다. 손비누란 쓱쓱 손으로 문지르는 것이다.

"아버지, 옷 갈아입으세요."

후사코는 목욕 가운과 속옷과 허리띠를 옷상자에 놓아둔다.

"물 길어드릴까요, 아버지?"

"됐다."

"오늘은 맥주가 세 병 있어요. 제가 아까 받아 왔어요."

후사코는 이렇게 말하고 복도를 울리며 사라져버린다.

"조용히 걸어라."

하고 가가와는 꾸짖는 것이었지만, 미소 짓는다.

후사코는 열여섯 살이지만 아직 어린애 같았다. 형제도 없이 부모 사이에서 자란 것이다. 제멋대로이긴 하지만 순진하다고 가가와는 생각하고 있다.

가가와는 기분이 좋아져 남향인 툇마루의 등나무 의자에 앉았다. 잠자리가 풀이 무성하게 자란 앞뜰 화초 위를 날아다니고 있다.

후사코가 맥주와 컵과 말린 새우 안주 접시를 담은 쟁반을 가지고 와서 부친 앞의 테이블에 놓고는 다다미에 손을 짚고,

"아버지, 안녕히 다녀오셨어요?"

하고 새로 인사를 한다. 후사코는 무릎까지 오는 스커트와 반소매 세일러복을 입었고 머리는 단발이다. 부친을 쏙 빼닮은 얼굴이다.

후사코는 컵에 맥주를 따른다. 가가와는 꿀꺽 한 잔을 더 비우고 더욱 기분이 좋아졌다.

"후사코."

"네."

"너는 전학할 때 기분이 어땠니?"

"기분이요? 정말 괴로웠죠. 모처럼 사귄 친구들과 헤어지게 된걸요.

교관실을 나올 때는 흑흑 흐느꼈어요."

후사코는 슬픈 듯한 표정을 지었다.

"그랬니? 선생님과 헤어지는 건 괜찮았고?"

"선생님도 보고 싶어요. 하지만 친구들과 헤어지는 게 제일 힘들었죠."

"H고녀(高女)에서도 이제 새 친구들이 생겼을 테지."

"네, 두세 명. 하지만 아직 전학한 지 얼마 되지도 않았는걸요."

"외롭니?"

"정말 외로워요. 경성에서 왔다고 모두 괜히 싫어하는 것도 같고……. 모교가 그리워요."

후사코는 응석을 부렸다.

"이제 H고녀가 모교 아니냐?"

가가와는 꾸짖듯이 말했다.

"하지만, 그래도."

후사코는 승복할 수 없는 듯했다.

아이들에게 전학은 그렇게 괴로운 것일까, 하고 가가와는 절실히 느꼈다.

저녁 밥상이 나왔다.

"생선도 없고."

하고 나미코가 변명하자 가가와는,

"그런 말 하지 말라니까. 지금 전쟁 중이지 않소?"

"죄송해요."

나미코는 허둥거리는 목소리가 된다.

"나미코, 기무라라는 아이 기억하겠지?"

"기무라요?"

"응, 언젠가 키가 큰 사람하고 부자가 같이 집에 오지 않았소?"

"아, 그 아이요? 그 경성 아이. 우수해 보이는 아이라고 생각했었죠."

"응. 매우 우수하지. 몸은 약하지만 말이야."

"그 아이가 무슨 일 있어요?"

"전학할 것 같아. T중학에서 그 아이의 성적 증명을 청구해 왔어."

"어머, 왜 전학 같은 걸 하는 거죠? 저는 전학이 정말 싫은데."

후사코가 말참견을 했다.

"그 아이도 전학은 괴롭겠지. 아무래도 그 아이 부친이 아픈 듯해."

"시골 학교가 싫어서 경성으로 옮기려는 게 아닐까요? 하지만 의리가 없네요. 일 년도 안 돼서 전학을 생각하다니."

나미코는 분개했다.

"일단 그렇게도 생각되지만 말야. 기무라의 경우 그렇지 않다고 생각해. 분명히 뭔가 어쩔 수 없는 사정이 있기 때문이겠지."

"당신은 뭐든 호의로 받아들이세요. 세상은 그렇지 않은데. K에 오게 되었을 때도 사퇴하시면 좋을 것을 나라를 위해서다, 모처럼 기대해 주시는 거니까, 라고 하시고."

"어머, 엄마두. 또 그 말씀."

후사코가 나미코를 흘겨보는 시늉을 한다.

"당신이 이 고생을 싫어하면 누군가 나쁜 부인이 이 고생을 하지 않으면 안 돼. 그렇지, 후사코?"

가가와는 술기운이 돌아서 썩 기분이 좋다. 그렇지 않으면 나미코가 내뱉는 예의 푸념에 한바탕 호통을 쳤을 것이다.

"하지만 엄마도 가엾어요. 이웃이라고 해도 말 상대도 없고, 식모도 없고."

후사코가 이번엔 엄마 편을 든다.

"바보 같으니. 분에 넘치는 얘기 마라. 교장 부인이 된 걸 과분한 영광으로 생각해야지."

가가와는 밥공기를 내려놓고 가슴을 폈다.

"하지만 식모 한 사람쯤은."

후사코는 우겨댄다.

"여자가 둘이나 있는데 왜 식모가 필요해? 나는 아직 식모를 고용할 신분이 아니야. 네 어머니가 나이 들면 식모를 들여주지."

결국 후사코도 입을 다물고 말았다.

"이 수박은 맛있군."

가가와는 얼마간의 울적한 침묵을 깼다.

그러나 나미코도 후사코도 아무 말도 하지 않는다. 석연치 않은 것이다.

"이 수박은 맛있는데. 설탕 따윈 필요하지 않잖아? 먹을 것에는 천연의 단맛이 갖추어져 있지. 두 사람은 군대에 가본 적이 없을 거야. 나는 산시(山西) 전선에서 취사병을 했는데, 고등관 육등 문학사(文學士) 취사병님이란 말이지. 그래도 식모 따위 쓴 기억은 없어. 설탕이 없다, 얼음이 없다고 불평한 기억도 없고."

먼저 후사코가 웃음을 터뜨렸고, 나미코도 결국 고집을 꺾고 웃었다. 저기압은 완전히 해소된 것이다.

"하지만 당신은 지나치게 집안일은 뒷전이에요. 세상 물정도 모르시고."

나미코는 웃음으로 얼버무리며 울분의 일단을 드러냈다.

"나는 군인이 아닌가. 상등병님이니까 말야."

"가미바야시 상은 군인이라도 저렇게 집안일을 걱정하는데. 먹을 것도 그럭저럭 구해 오고. 당신은 수박이 달다고 하시지만 요즘 수박이 단 게 있나요? 가미바야시 상의 부인에게 얻은 설탕을 넣어서 단 거라구요."

"그래? 그러면 얼마든지 설탕을 얻으면 되잖소? 나는 교장이니 학교 일에 전념하고, 당신은 부인이니까 수박을 달게 하는 데 전념한다 — 이 것을 바로 분업(分業)이라고 하고, 직역(職域)이라고 하나? 아아, 후사코. 너도 이미 여학교 삼학년이니 그 정도는 알겠지. 네 어머니는 미영(米英)류의 교육을 받은 구체제 여성이라 하는 수 없지만."

"어머."

나미코는 기가 막혔다.

"그리고 식모가 꼭 필요하면 말이지……."

가가와가 말을 꺼내자 후사코는 지금이야말로 기회라는 듯이,

"아버지, 정말 식모만큼은 한 사람 부탁해요. 엄마는 몸도 약하고, 계집애라도 좋아요."

하고 강경하게 요구했다.

"지금 아버지가 식모에 대해 이야기하고 있지 않니."

"그러니까 꼭이요, 아버지. 그 대신 엄마도 이제 그 일, K에 온 일은 불평하지 않기로 하고. 네? 엄마, 약속해주세요."

후시코는 나미고에게 힙징해 보인다.

"식모가 꼭 필요하면 후사코가 일 년 휴학하거라. 그리고 식모가 되어 엄마를 돕고. 이제부터 일 년이 결전(決戰)의 일 년이니까. 적어도 이 일 년은 고생을 각오해야 하지 않겠니? 전선 장병에 대한 의리라도 말이다."

가가와의 말에 후사코는 고개를 떨구었고, 나미코는 앉음새를 고쳤다.

"응. 그렇게 이해해주니 고맙군. 내가 인사하지."

가가와는 두 무릎에 손을 짚고 고개를 숙였다. 나미코도 후사코도 손을 짚고 답례를 한다.

"내가 세상 물정을 모른다고 했지?"

가가와는 고개를 끄덕이면서,

"그 말대로야. 나는 세상 물정도 모르고 처세술도 형편없고, 아내에게는 미덥지 않은 남편이겠지. 후사코에게도 칠칠치 못한 아버지일지도 몰라. 교장으로서도 결코 수완 있는 교장은 아니지. 나는 내가 교장 재목이 아니라는 걸 잘 알고 있어. 다만 나는 한 사람의 교사야. 교사가 좋아. 아이들이 무턱대고 귀여워. 아이들을 가르치고 싶어. 그것뿐이야. 누군가 적당한 교장이 오면 나는 평교원으로 근무시켜달라고 할 작정이지만, 그렇다고 해서 당장 교장을 그만둘 생각은 아니야. 나는 서툴지만 할 수 있는 만큼은 할 작정이야. K중학이 독립할 때까지, 스스로 직분을 그만두는 비겁자가 되긴 싫어. 그래서 내 마음은 K중학으로 꽉 차 있지. 육십 명의 아이들로 꽉 차 있다구. 그래서 집안일을 생각할 겨를이 없는 거야. 당신과 후사코에게는 정말 미안한 말이지만, 용서해줘. 오늘은 기무라의 전학 문제로 사실 제정신이 아니야. 이래서는 교장 직무도 제대로 해낼 수 없겠지만, 타고난 성격인걸. 나는 교장 그릇은 아니야. 교장은 교육가라기보다 행정관이지. 학교를 운영하다 보면 전학 가는 녀석도 있겠지. 중도에 퇴학하는 녀석도 있겠고. 정학 처분을 하지 않으면 안 되는 경우도 있고. 그럴 때마다 나처럼 가슴 아파해서는 정말 제대로 해낼 수 없으니 말야. 생명은 지속되지 않아. 나는 우리 학교 학생을 한 사람도 놓치고 싶지 않다구. 모두 사 년 동안 가르쳐 졸업시키고 싶다구. 그런데 기무라가 문제야. 나는 어떻게든 기무라가 이 학교를 떠나게 하고 싶지 않

아. 하지만 내가 교장이고 보면 막을 방법이 없어. 오는 사람을 막지 말고 가는 사람을 좇지 말라고 공자님도 말씀하셨지. 하지만 나는 가는 사람도 좇고 싶다구. 기무라를 붙들고 싶다구. 기무라는 좋은 아이야. 어엿한 인물이 될 듯한 아이인데 말이지."

하고 가가와는 팔짱을 끼고 고개를 숙였다.

나미코도 후사코도 숙연해졌다. 면목 없는 듯한, 미안한 듯한 마음이 들었다.

"그렇게 기무라라는 아이를 놓치고 싶지 않다면 무슨 방법이 없을까요?"

나미코의 마음은 남편의 마음과 하나가 되었다.

"도무지 좋은 방법이 없어."

가가와는 눈을 감은 채였다.

"역시 시골의 신설 학교가 불만이라 경성의 시설 좋은 학교로 옮기고 싶다는 것이겠죠?"

나미코는 아무래도 그렇게 생각되는 것이다.

"음, 아니. 나는 그렇게는 생각지 않아. 기무라만은 그렇지 않다고 생각해. 분명히 그 아이의 아버지가 아픈 거야. 그래서 K에 올 수 없는 거지. 그 아이 아버지란 사람이 보기 드문 진지한 사람이란 말이지, 특히 자식 교육이 진지하다구. 자기가 셋방을 얻어 자취하면서 자식을 돌볼 정도니까. 예순 살이나 먹은 남자가 말이야."

"아, 그래요? 자취했던 거예요?"

나미코는 감탄하며 고개를 끄덕였다.

"응. 자취하고 있었어. 그게 무리였지. 기무라 상, K에 온 뒤로 부쩍 늙어버려서 너무 갑자기 수척해졌어. 요전에 풀베기할 때도 기무라 상이 왔는데 말이지, 아이들하고 섞여 풀을 베고 날랐는데 헐떡거려서 보기 딱했어. 그래도 삼십 관(貫)이나 되는 묶음을 어깨에 지고 언덕을 올라오는 모습을 보고서 나는 눈물이 절로 났다구. 하지만 여위었구나 생각했지. 기침을 하던데. 그래서 K에 올 수 없는 게 아닐까 싶어. 기무라에게 편지가 없는 게 그 증거야. 병으로 늦는다는 전보가 온 게 마지막이니 말이야."

"기숙사가 있으면 좋을 텐데요."

나미코는 상을 치우면서 말한다.

"맞아. 기숙사가 없으면 삼분의 일밖에 교육할 수 없지. 기숙사가 절대적으로 필요해. 정말 아이들의 환경이 좋지 않아. 실로 가엾다구. 우리 학교는 부득이한 사정이 없는 한 모든 학생을 기숙사에 수용할 작정이야. 그런데 모두가 아직 기숙사의 의의를 충분히 알고 있지 못해. 기숙사만 있다면 기무라도 문제없는데."

"당신, 그렇게 기무라가 마음에 걸리면 우리 집에서 맡을까요?"

나미코가 이렇게 말하자 후사코는,

"좋아요. 우리 집에는 남자애도 없으니까."

하며 눈을 반짝거렸다.

"그렇군."

가가와는 생각에 잠겼지만, 그것은 불가능한 이야기다. 교장이 어떤 학생을 자기 집에 둔다는 것은 좋지 않다고 생각했다.

"아버지, 좋지 않아요? 제가 누나가 되어 돌봐줄게요."

후사코는 마음이 내킨 모양이었다.

"후사코의 마음에는 감복한다. 하지만 그건 불가능하겠지."

가가와는 이렇게 판단하고 말았다.

그로부터 사오일 후, 가가와는 학교에 있었다. 해양 훈련의 방법과 후원회 총회 일 등으로 일요일인데도 불구하고 교장 이하 직원은 학교에 모여 있었다.

농촌인 이 지방에서는 모내기나 풀베기 등의 근로봉사라면 안성맞춤이지만, 해양 훈련은 곤란하다. 바다의 혜택을 받지 못하는 지방인 데다 강은 있지만 아무런 시설도 없는 커다란 강에서는 위험이 따랐고, 수리조합의 저수지를 기대했으나 여름철 가뭄으로 양쪽 모두 물을 흘려보내 버려 수영 같은 건 할 수 없다. 먼 해수욕장에 나가는 방법도 없지는 않지만, 비용도 비용인 데다 식량이 문제다. 그뿐만 아니고 교원 중에는 헤엄칠 수 있는 사람이 한 명도 없다. 교장은 나가노(長野) 사람이고 가미바야시는 후쿠이(福井) 사람, 어찌 된 일인지 촉탁 선생까지도 산촌 사람이고 보면 해양 훈련 지도자가 없다. 한강에서 학동이 익사했다느니, 대동강에서도 익사했다는 신문기사가 해양 훈련을 앞둔 교원들의 눈에는 크게 비쳐 남의 일처럼 생각되지 않는다. 그렇다고 바다가 중요한 오늘날, 해양 훈련을 그만둘 수도 없다. 곤란한 일이다.

후원회라는 것은 K중학교 설립 기성회의 후신으로, 교사와 기숙사 건축, 이과(理科)와 체육에 관한 시설 등 아직 이 후원회로부터 수십만 원의 돈을 끌어내지 않으면 안 된다. 그런데 지방의 부호와 유력자들은 자신들이 거주하고 있는 읍내에 학교를 세우자고 상력히 희망했음에도 불구하고 당국이 그 희망을 수용하지 않았다고 해서 어깃장을 부려 좀처럼 협력해주지 않는다. 또 어떤 유력자 같은 경우는 자기 아들이 입학하지 못한 것을 불만으로 여겨 태업을 벌이고 있다.

이렇게 되면 모든 것이 교장의 수완에 달려 있는 것이지만, 가가와는 책이나 뒤적이고 강단에나 어울리는 사람이지 사람을 조종하는 능력이 없다. 물에서도 헤엄칠 줄 모르지만, 세상에서는 더더욱 헤엄칠 줄 모른다.

"교장이 있으니까."

당국도 지방민도 모두 교장에게 책임을 전가한다. 마치 교장이 자기 돈으로 경영하는 학교인 것처럼 말하고 있다.

교장은 궁리 끝에 도청으로 가서 학무과장과 내무부장을 만난다.

"도의 예산은 정해진 것밖에 없으니 말이죠. 어떻게든 후원회와 잘 이야기해보지 않겠습니까. 교원 문제도 여기서는 해결하기 어렵고요."

이래서는 말 붙일 염(念)도 못 낸다. 가가와는 왠지 참혹하게 짓밟힌 듯한 기분으로 허둥지둥 도청을 떠난다.

가가와는 취임 인사차 여기저기 지방 관민 유력자라는 이들을 만나며 돌아다녔지만, 첫째 문화수준 면에서 이야기 상대가 되어줄 만한 사람이 거의 없다. 이따금 인물로 보아 이야기 상대가 될 만한가 싶으면 경제적으로 무력한 사람이고, 경제적으로 유력하면 뭔가 대가를 요구하는 사람뿐이다. 후원회장은 과연 인격자로, 이른바 이 학교를 낳은 아버지라고도 할 만하지만, 이 사람은 이미 있는 힘을 다 써버렸다. 그는 전(田)이라는 전직 교육계에 있던 예순에 가까운 사람으로 삼십만 원 정도의 자산을 모은 사람이라는데, 처음에 이십만 원을 설립 기금으로 내놓았던 것이다. 그는 아이가 없는 사람이다.

또 한 사람, 아이가 없는 과부가 유언(遺言)으로 자기의 전 재산을 K중학교 설립 기금으로 기부한 것이 있다. 이 유산이란 십만 원이 못 되는 것이었지만, 이것이 지방민으로 하여금 분발케 한 기초가 되었다. 이들이야말로 참된 의인(義人)으로, 가가와는 이 과부의 무덤에 정중히 학교가 설립된 것을 보고한 것이었다.

이번에 생긴 후원회라는 것은 조그만 대가도 바라지 않는 의인과 학부형을 한데 모은 조직으로 전(田)이 변함없이 중심인물이지만, 앞에서도 말한 것처럼 그에게는 더 이상 돈을 낼 힘은 없다. 게다가 그는 가가와에 못지않게 세상 물정을 모르는 인물로, 이른바 수완이란 것을 갖고 있지 않다.

내일은 후원회의 제일회 총회로, 어떻게든 당장 급한 오만 원의 돈을 이 회합에서 모으지 않으면 안 되는 것이다. 교사를 지을 땅이 삼만 평인데 평당 일 원씩 삼만 원, 임시 건축이 필요한 창고, 운동장, 그 외 약 이만 원이다. 지금의 임시 교사도 이대로는 겨울을 나기 어렵다. 첫째, 바람에 쓰러질 우려가 있다. 우물도 파지 않으면 안 되고, 숙직실도 짓지 않으면 안 된다. 사환실도 없고, 변소도 없다. 정말 없는 것들 가운데 교사, 기숙사, 운동장, 이과실(理科室)을 만드는 것은 학교 설립 기성회의 책임이라고도 하고, 아니라고도 한다. 가가와는 아무리 생각해도 묘안이 떠오르지 않는다.

'내일 후원회에 호소하자.' 가가와는 막연히 이렇게 생각하고 있다.

그때 리노이에 지레츠(李家時烈)가 왔다. 그는 기성회 이사의 한 사람으로 기부금 모집의 공로자이지만, 가가와는 이 남자가 싫었다. 그것은 리노이에가 책략가이기 때문이다. 학교가 생기기 전까지는 리노이에가 책략을 쓰든 술책을 부리든 가가와의 소관이 아니었다. 그러나 일단 학교가 세워져 자기가 책임자가 된 이상에는 학교의 명예상 책략을 부리는 것은 결단코 안 될 일이다.

"아아, 덥습니다."

리노이에는 쾌활하게 교장과 그 밖의 교원들에게 인사했다.

가가와는 차갑게 리노이에를 맞았다. 그는 내심 싫어하는 사람에게 아첨하는 웃음을 짓는 기술을 알지 못하는 것이다.

"정말 덥군요."
가미바야시는 가가와의 쌀쌀함에 대해 리노이에를 비호하듯이,
"교장 선생님, 리노이에 상이 요즘 후원회를 위해 침식(寢食)을 잊고 활동하고 계십니다. 리노이에 상, 자, 앉으세요."
하고 리노이에에게 의자를 권한다. 리노이에는 교장석 앞의 의자에 앉고 싶어 하는 기색이었지만, 고쳐 생각하여 가미바야시와 마주 앉았다.
"아, 그렇습니까?"
가가와는 이렇게 말할 뿐이었다. '정말 수고하십니다.'라고 말하려 했지만 그만뒀다. 그렇게 말하면 리노이에의 책략을 인정하게 되는 셈이라고 생각했던 것이다.
"어떻습니까. 수확이 있을 듯합니까?"
가미바야시는 리노이에로 하여금 그 책략을 교장에게 들려주도록 하려는 것이다.
"그건 교장 선생님의 태도에 달려 있습니다. 요컨대 결단이 필요하지요."
리노이에는 수수께끼 같은 말을 한다. 이것은 가가와에게 던져진 책략의 올가미이다.
가가와는 일부러 리노이에가 하는 말을 듣지 않으려 한다. 부채질하던 것을 멈추고 성적표를 펼친다. 학생들의 성적에 가(可)와 불가(不可)가 많은 것이 부아가 난다. 기무라 같은 아이들의 수우(秀優) 세트에 눈길이 멈춘다. 기무라의 정직한 듯한, 자기처럼 영리하지 못하고 세상 물정과 무관한 듯한 얼굴이 떠오른다. 기무라는 영리해 보이는 아이는 아니다. 차라리 우직함을 생각게 하는 눈매다. 그것이 한없이 가가와의 마음에 든다. 가가와의 지론으로는, 세상을 부패케 하는 것은 영리한 자들이다.

특히 조선인이 그러해서, 조선인 아이들 가운데는 지나치게 영리한 듯한 녀석이 많다. 가가와에게는 어리숙한 얼굴이 탐나는 것이다. 도고(東鄕)도 야마모토(山本)도 영리한 인간은 아니다. 오히려 우직한 인간이다. 우직하니까 집안도 몸도 잊고 바다를 지키는 일만 생각했던 것이다. 가가와는 이렇게 믿고 있다. 전(田) 회장도 우직해서 좋다.

"아무튼 쇠는 뜨거울 때 두드리지 않으면 굳어지니까요."

리노이에는 가가와의 주의를 끌려고 시도했다.

"지금이라면 가네가와도 보쿠자와도 아직 관심이 있어요. 내일 총회의 기회를 놓치면 좋은 기회는 영원히 가버리죠. 실은, 가미바야시 선생님, 어젯밤에도 밤새 가네가와를 설득했습니다. 그도 여간내기가 아니어서 좀처럼 속을 드러내지 않아요. 핫하, 핫하."

이것으로 리노이에는 책략의 전모를 대략 밝혔던 것이다. 그 책략이란 다른 게 아니다. 전(田) 회장과 구레모토(吳本) 부회장을 그만두게 하고 가네가와(金川)와 보쿠자와(朴澤)를 옹립하자는 것이다. 그렇게 하면 가네가와는 십만 원, 보쿠자와는 오만 원은 반드시 낸다는 것이다. 가네가와는 전 도회의원(道會議員)이고 보쿠자와는 양조업 벼락부자로 도회의원을 노리고 있는 자인데, 둘 다 전이나 구레모토와는 대척적인 인물이다. 어디까지나 이기적이고 기브 앤드 테이크 주의자이다. 실은 가가와도 리노이에의 소개로 두 사람과 만난 일이 있는데, 첫인상으로 보건대 군자가 가까이할 만한 인물이 아니라고 생각한 것이었다.

그러나 가가와가 이 두 사람이 회장과 부회장이 되는 것을 반대하는 이유는 그런 인물이어서가 아니다. 전과 구레모토 두 사람의 공적을 배반하는 게 싫기 때문이다. 과연 전과 구레모토는 이제 무력한 사람들이다. 이미 힘을 다 써버렸기 때문에 해고다. 이를 기화로 삼아 이 두 사람을 쫓

아내고 가네가와 보쿠자와를 맞는다는 것은 가가와에게는 불가능한 곡예다. 리노이에는 가가와에게 그것을 권하려 하는 것이고, 가미바야시는 학교를 위해서라면 그래도 좋지 않느냐고 가가와의 우유부단함을 답답해하는 것이다.

리노이에는 겉으로는 가미바야시와 이야기하는 척하면서 사실은 교장이 듣기를 바라고 있는 것이지만, 가가와는 조금도 반응을 보이지 않았다. 가미바야시는 가가와의 성격으로 보아 이래서는 그가 전혀 움직이지 않을 것을 알면서도 리노이에의 책략이 실현되기를 희망하고 있다. 아무래도 가가와처럼 성실하고 곧은 성격 일변도의 방식으로는 K교에 언제 좋은 날이 올 것 같지도 않다. 조금 양보하면 십오만 원의 돈이 굴러 들어오는 게 아닌가? 그러면 교관의 관사도 생길 것이다. 그 십오만 원이라는 것이 특별히 부정불의(不正不義)한 돈은 아닌 것이다.

가미바야시는 리노이에에게 눈짓을 했다. 직접 부딪쳐 보라는 신호다.

리노이에는 그를 알아듣고 유유히 일어나서 교장석 앞으로 가 의자에 앉는다.

가가와는 마지못해 보고 있던 성적표를 옆으로 밀어놓는다.

리노이에는 가가와가 자신에게 시선을 돌린 기회를 틈타서,

"어떻습니까, 교장 선생님? 내일 총회의 대책은?"

하고 추궁했다.

"대책이요?"

가가와는 시치미 떼는 듯한 어조다.

"그렇습니다. 빈틈없이 만반의 준비를 해두지 않으면 와자지껄 한번 떠들고 그것으로 그만이기 십상입니다. 누구나 돈을 내는 것은 싫어하니까요. 그래서 말입니다. 미리 대책을 잘 마련해서 대중을 그 대책의 그물

속으로 몰아가는 것이지요. 그러지 않으면 효과는 바랄 수 없습니다. 교장 선생님께 뭐가 대책이 있으시다면 저도 미흡하나마 한쪽 팔이 되어드리겠습니다."

"특별히 대책은 없습니다."

가가와는 쌀쌀맞게 대답한다.

"그럼, 내일은 어떻게 하실 겁니까?"

"그냥 모두에게 학교의 사정을 호소하는 것뿐입니다. 그리고 후원회 모든 분들의 협력을 기다리는 것뿐입니다."

"그건 곤란합니다. 세상은 그렇게 간단하지 않으니까요. 물고기를 잡으려면 그물도 필요하고 미끼도 던지지 않으면 안 됩니다. 물때라는 것도 잘 가늠하지 않으면 안 되지요."

"……."

가가와는 상대하지 않는다. 멀거니 리노이에의 말을 듣고 있다. 듣고 있다기보다도 리노이에의 얼굴을 쳐다보고 있다.

"바로 지금이 물때라고 생각합니다. 큰 고기가 그물을 기다리고 있습니다. 아니, 이미 그물에 들어와 있습니다. 이제 오직 끌어올리기만 하면 되도록 빈틈없이 준비되어 있습니다. 교장 선생님만 좋다고 말씀하시면 됩니다."

"나는 그렇게는 할 수 없습니다."

"어째서요?"

"아니, 그런 일은 있을 수 없습니다. 안 돼요."

"그럼, 이 일은 저희들에게 일임하시고 내일 교장 선생님께서는 잠자코 계시기만 하면 됩니다. 전 상과 구레모토 상에게는 제가 이야기를 매듭지을 테니."

"아니, 안 돼요."

"그럼, 어떻게 하실 작정입니까. 저 십오만 원이 들어오지 않게 되면 당장……."

"돈이 들어오지 않으면 그것으로 그만입니다."

"그럼, 학교는 어떻게 됩니까?"

"가네가와 상과 보쿠자와 상이 학교를 위해, 정말 교육을 위해 돈을 내신다면 기쁘게 받도록 하지요."

"하지만 선생님, 부자라는 사람들은……."

"아니요, 그런 더러운 돈은 필요 없습니다. 신성해야 할 교육 사업입니다. 이건 국가사업입니다. 전쟁이란 말입니다. 학교에 돈을 내는 것은 국방헌금과 다르지 않습니다. 국방헌금에 교환 조건이 있습니까?"

가가와는 열이 올랐다. 얼굴이 붉은빛을 띠고 눈이 빛난다.

"그건 그렇습니다만……."

"아니, 뭐라 해도 그건 안 됩니다."

"그러니까 교장 선생님께서는 잠자코 계시라는 겁니다. 이건 후원회의 일이니까……."

"아니, 안 됩니다. 결코 안 돼요. 교사와 운동장은 없어도 괜찮지만, 학교의 정신이 더럽혀지면 끝입니다. 나는 이 정신을 지키는 것이 교장으로서의 책무라고 생각하고 있습니다."

"그렇습니까?"

리노이에는 더 이상 할 말이 없었다. 교장이 말하는 것이 옳다는 것을 부정하는 것은 아니지만, 사업가로서의 통념을 분별하지 못하는 우직함이 딱했다.

"실례하겠습니다."

리노이에는 '할 테면 해보라지.' 하는 마음으로 교관실을 떠났다.

가미바야시도, 다른 교관과 직원들도 가가와의 올바름에는 감탄하지만, 그것으로 과연 학교를 운영해나갈 수 있을까 의문스러워 약간 불안했다.

대략 삼십 분이 지나 가미바야시가 교장석으로 가서 정중히 허리를 굽혔다.

"교장 선생님, 가미바야시는 사죄드립니다."

"무얼 말입니까?"

가가와는 의아한 표정을 지었다.

"저는 교장 선생님의 태도를 완고하다고 생각하고 있었습니다. 하지만 선생님의 말씀을 잘 음미해보니, 교장 선생님의 태도는 당연히 그래야 한다고 깨달았습니다. 가미바야시의 어리석음을 사죄합니다."

가미바야시는 한 번 더 학생이 선생님께 하듯 허리를 굽혔다.

"아, 그 얘깁니까? 정말 고맙습니다."

가가와는 자리에서 일어나 답례했다.

"가미바야시 선생, 지금 일본은 올바름을 요청하고 있습니다. 파사현정(破邪顯正)의 중요한 시기입니다."

가가와는 가미바야시의 태도를 진심으로 기뻐했다.

"지당하신 말씀입니다. 가난한 대로 올바르게 사셨습니다."

가미바야시는 한 번 더 교장에게 머리를 숙였다.

다른 교관들도 가미바야시와 같은 기분으로 머리를 숙였다.

가가와는 마음속으로 십오만 원보다 귀한 것을 얻은 것을 신께 감사했다.

이리하여 내일의 후원회는 전혀 무대책으로 가기로 방침을 확정했다.

오직 성심껏 학부형들을 대하자고 태도가 정해지자 일동은 뭔가 매우 거세게 옥죄는 어떤 굴레에서 벗어난 듯한 마음의 여유를 느낄 수 있었고, 이 초라한 교사도 편안하고 빛나 보이는 듯했다.

일동은 엽차를 마시면서 전례 없이 화목한 잡담을 나눴다. 그때 조선 옷을 입은 한 중년 부인이 급사에게 안내되어 교관실로 들어왔다. 몹시 안절부절못하는 태도다.

그 부인은 교장 앞에 정중히 인사했다.

"저는 기무라 다로의 어미 미치코(道子)입니다."

"아아, 그렇습니까. 자, 앉으십시오."

가가와는 기무라 다로의 모친에게 의자를 권했지만 미치코는 앉으려 하지 않는다.

"기무라 상은 어떠십니까? 편찮으시다고 들었습니다만."

"네, 남편은 경성으로 돌아온 뒤 갈수록 더 쇠약해져서 지금 입원해 있습니다."

"아아, 그렇습니까. 그것 참 큰일이군요. 정말 쇠약하셨지요……."

가가와는 풀베기를 하던 날 기무라의 여윈 모습을 떠올렸다.

"그래도 남편은 학교에 죄송하니까 무리를 해서라도 오겠다고, 아이의 교육도 전쟁이니까 아이의 교육을 위해서는 죽어도 좋다고 이야기합니다. 특히 교장 선생님께 죄송하고, 어떻게든 아이를 교장 선생님께 맡기지 않으면 안 된다고 하면서……."

미치코는 목소리가 떨려 말을 잇지 못했다.

"아, 그렇습니까?"

가가와도 미치코의 얼굴을 보는 게 견디기 힘든 듯이 머리를 숙였다.

"다로는 다로대로 K에 간다, K에 간다고 울고 있고, 그걸 제가 마음을 모질게 먹고 억지로 T중학에 편입 시험을 보게 했습니다. 교장 선생님, 정말 죄송합니다."

미치코는 눈물을 닦고 있다.

"아닙니다. 사정은 들었습니다. 가게야마(景山) 상이 경성에서 돌아와 기무라 상이 편찮으시다는 말과 전학 문제 등도 이야기를 해주어서 말이지요. 이미 서류는 다 준비되어 있습니다."

가가와는 가미바야시에게,

"가미바야시 선생, 기무라 상 아드님의 서류는 아직 안 보내셨지요?"

가미바야시는 자기 자리에서 일어나,

"네. 괜찮다면 한 학기 동안 휴학하고 전학은 그만두면 어떨까, 하고 기무라 상의 의향을 확인해보려고."

하고 T중학 교장 앞으로 된 기무라의 전학 위촉 공문 봉투를 가져와 교장에게 내민다.

"가미바야시 선생님입니다. 기무라 상의 부인이시고요."

교장은 미치코를 가미바야시에게 소개한다.

"가미바야시 선생님이십니까? 남편도 아이도 늘 선생님 이야기를 했어요. 아이가 신세를 져서."

미치코는 가미바야시에게 인사를 한다.

"기무라 상이 편찮으셔서 무척 걱정이시겠습니다."

라고 말하고 가미바야시는 자기 자리로 돌아간다.

"사정이 그러시면 어쩔 수 없지요. 저도 실은 아드님을 놓치고 싶지 않았습니다."

미치코는 처음 가가와를 만나는 것이지만, 가가와가 다로(太郎)를 그토록 생각해주는가 싶자 이런 교장에게서 아이를 떼어놓는 것이 큰 죄인 듯도 하고 황송한 듯도 해서 엉겁결에 훌쩍거리고 말았다. 미치코는 학교 오는 길에 교장이랑 가미바야시 선생의 적의에 찬 얼굴을 예상했던 만큼 미안함이 한층 세게 가슴을 친 것이다. 귀여운 아들을 자기 곁에 두고 싶다고 생각한 것이 미치코에게는 부끄럽기도 하고 슬프기도 했다.

미치코는 울기만 할 뿐 어떻게도 할 수 없었다. 자기가 오십이나 먹은 여자인 것도 잊고 가가와 앞에서 하염없이 우는 것이었다.

십 분이나 지났을까. 미치코가 교장에게 봉투를 받고 돌아가려 하자, 가가와는,

"이건 공문이어서 개인에게 건넬 만한 성질의 것은 아닙니다만, 한 번 더 기무라 상과 함께 상의하여 재고하실 기회를 남겨두기 위해 드리는 것입니다. 아드님은 제적하지 않고 기다리고 있을 테니 신중히 다시 생각해주시길 바랍니다."

하고 눈물을 글썽거린다.

미치코는 울음이 터지려는 것을 겨우 억누르고 흑흑 흐느끼며 교관실을 나와서는 도망치듯 교문을 나섰다.

교문이라고는 두 개의 썩은 말뚝이 서 있고, 거기에 K공립중학교라는 새로운 간판이 걸려 있을 뿐이었다.

미치코는 그 기둥을 붙들고 엉엉 소리 내어 울었다.

미치코는 이렇게 울기는 난생 처음이었다.

미치코는 겨우 울음을 멈추고 백 미터나 떨어져 있는 교관실을 향해,

"교장 선생님, 죄송합니다."

하고 중얼거리며 허리를 굽혀 인사했다. 머리를 들었을 때, 미치코의 눈물 어린 눈에는 창에서 바라보고 있는 교장의 얼굴이 비쳤다.

"드디어 기무라는 가고 말았어."

저녁 식사 때 가가와는 나미코와 후사코에게 오늘 일을 이야기했다.

— 가야마 미쓰로(香山光郎), 「가가와 교장(加川校長)」, 『국민문학(國民文學)』, 1943. 10.

파리(蠅)

나만큼 칠칠치 못한 남자는 드물 것이다. 이 대전쟁의 시절에 무엇 하나 쓸모 있는 일도 할 수 없다.

"오늘은 근로봉사입니다. 증산가도(甑山街道) 수선 공사입니다. 누구 한 사람 나와주세요."

애국반장이 외치며 돌아다녔다.

"살구나무 아래로 일곱 시까지 집합입니다."

젊은 반장은 힘이 넘쳤다.

나는 반바지와 반소매 차림에 운동화를 신고 중학교에 다니는 아이의 밀짚모자를 쓰고 정각 십 분 전에 지정된 장소로 갔다.

이미 건장한 젊은이 두세 사람이 모여 담배를 피우고 있다.

"안녕하세요."

젊은이들은 내 나이에 경의를 표해 담뱃대를 숨겼다.

"아, 안녕들 한가. 그러지들 말고 담배 피우시게."

나는 이렇게 말하고 나도 담배를 한 대 꺼내어 일부러 젊은이의 담뱃불을 빌렸다. 젊은이들은 내 허락을 얻자 순진하게 담배를 옆으로 돌려 뻑뻑 연기를 뿜었다.

"선생님은 어디 가세요?"

수심가(愁心歌)를 잘 부르고 농담을 좋아하는 마부 용삼(龍三)이 비꼬 듯이 웃으며 나에게 물었다.

"무슨 말을 하는 게야. 나도 도로 공사 근로봉사에 가야지."

하며 나는 몸차림을 둘러보았다.

"사십오 세 이상은 안 됩니다."

용삼은 자기의 젊음을 자랑이라도 하듯이 퉤, 하고 니코틴 섞인 가래를 땅바닥에 뱉었다.

"자네, 그렇게 가래침을 뱉으면 못써."

나는 용삼을 나무랐다.

"예예, 아무래도 버릇이 되어서."

하고 용삼은 머리를 긁적이며 가래를 짚신 발로 밟아 뭉개면서,

"그래도 집안사람이 손으로 코를 푸는 것을 보면 눈알이 튀어나올 정도로 야단을 칩니다요."

하고 웃었지만, 내게는 그것이 나를 비꼬는 것처럼 들렸다.

여자도 아이도 왔다. 어른은 돈 벌러 나갔을 것이다.

"꼬마야, 네 녀석 따위가 와서 무슨 소용이라고."

하고 인성(寅成)이라는 힘자랑하는 사내가 미륵이라는 십사오 세가량 되는 남자 아이의 얼굴을 손바닥으로 힘껏 밀어붙였다.

곁에 있던 스무 살 전후 되어 보이는 여자가 킥, 하고 웃었다. 자기도 빈정거림을 받았다고 생각한 것이리라. 이윽고 반장이 반원 소집을 끝내고 돌아왔다.

"모두 모였습니까. 아이쿠, 서(徐) 씨와 정(鄭) 씨가 보이지 않잖아. 미륵이, 네가 한 바퀴 돌고 오지 않겠니? 빨리 오라고, 모두 기다리고 있다고. 지게와 삽 가지고 오는 것 잊지 말라고."

"응."

꼬마 미륵이는 자기가 임무를 분부받은 것이 기쁜지 알아들었다는 듯

이 달려갔다.
"이봐, 과부남(寡婦男)에겐 담배 갖고 오는 거 잊지 말라고, 귀머거리에겐 그 귀는 집에 두고 들리는 귀를 붙이고 오라고, 알겠지?"
용삼은 큰 소리로 고함을 질렀다.
"정말이지 정가 놈은 언제나 담배를 잊어버리고는 '이봐, 담배 한 대만.' 하고 온다니까."
"그 녀석 일부러 잊어버리는 거야. 그 녀석 집에 가봐. 불로연(不老煙)을 잔뜩 사재어놓았다구."
누룩이라는 별명으로 불리는 덕심(德心)이 투덜거렸다.
"그런데, 선생님은?"
하고 반장이 나를 향했다.
"나도 가려고. 나는 안 될까."
"선생님은 오십이 넘었으니까요."
"오십이 넘었어도 미륵이가 하는 정도는 할 수 있을 게야. 하긴 달리 갈 사람이 없지 않은가. 내가 가는 걸로 어떻게 해주게."
반장은 곤란하다는 표정으로 빤히 나를 쳐다보고 있다. 나의 백발 머리와 얼굴의 주름, 뼈와 가죽뿐인 빈약한 체격을 보고 있는 것이리라. 나는 왠지 멋쩍었지만,
"뭐든 한다구. 땅을 파는 것도, 나르는 것도. 결코 자네들에게 폐는 끼치지 않아. 현장에서 거꾸러져 자네들에게 업힐 정도로 늙어 힘이 없는 것도 아니지 않은가."
하고 허세를 부렸다.
"아니요, 선생님은 제발 그만두세요."
하고 용삼이 내게 한 걸음 다가왔다.

"첫째, 바깥소문이 나빠져요. 제이구역 사반(四班) 놈들은 백발의 노인을 끌고 왔다고 하겠죠. 젊은 사람들의 체면이 구겨져요. 게다가 선생님 같은 분이 오면 무엇보다 일에 방해가 돼요."
하고 금세 내 등을 밀 것만 같다.

"방해가 된다구? 왜 내가 방해가 되는가. 그 말은 그냥 넘길 수 없네."
나는 화가 난 얼굴로 용삼을 흘겨보았다. 실제로 젊은이에게 보통 사람으로 취급받지 못하는 것이 한심하기도 했고, 부아가 치밀기도 했던 것이다.

"방해되는 게 있습니다. 선생님 같은 노인이 곁에 계시면 우리가 좋아하는 잡담을 할 수 없어요. 거북하고, 곧 피곤해져요. 그렇잖아요."
용삼은 모두에게 동의를 구했다.
모두 킥킥거렸다.
역시 그렇기도 하겠다고 생각되었다. 늙은이가, 더욱이 나처럼 아주 융통성 없는 늙은이가 곁에 있으면 거북하기도 할 것이다. 젊은이들이 좋아하는 여자 이야기도 지껄일 수 없다. 늙은이에 관한 험담은 한층 더 조심할 터이다. 내가 따라가는 것은 이 젊은이들에게서 두 가지 즐거움을 빼앗는 셈이 된다.

"좋아, 그렇다면 나는 가지 않겠네."
하고 내가 잘라 말하자 젊은이들은 짝짝 박수를 쳤다.

"단 한 가지, 자네들에게 부탁이 있네. 자네들은 땀 흘리며 일하고 있는데 나만 편안하고 한가로이 있을 수는 없어. 나는 오늘 하루, 반 내의 파리를 잡기로 하지."
나는 이런 제안을 했다.
"하하하하, 그거 재미있네."

누군가 느닷없이 괴상한 소리를 질렀다. 모두 웃었다.
"그럼, 모두 찬성이지?"
"예. 찬성, 찬성."
"그러면 나는 오늘 하루, 반 내의 파리를 잡지. 그러니까 여러분은 내가 여러분의 집 안방과 부엌에 들어가는 것을 허락해주게."
이 두 번째 제안도 일동의 폭소 속에서 승인되었다.
귀머거리 서 씨도, 과부남 정 씨도 왔다. 정은 베 짜는 일을 하며 홀아비 생활을 하고 있는데, 사람이 여성스럽고 장사일도 여성적이라고 해서 과부남이라고 부르는 것이다.
"여, 과부 상."
하고 모두 놀림 섞인 환영을 보내자 정은 싱글거리며 깍듯이 공손하게 일동에게 인사를 한다.
"오늘은 들리는 귀를 가지고 왔겠지."
하고 용삼은 귀머거리 서의 귀에 입을 대고 큰 소리로 외친다.
"듣고 싶은 것만 듣는 귀를 가지고 왔네. 자네들이 입으로 뀌는 방귀까지 듣는 날에는 귀가 열 개라도 견딜 재간이 없으니."
서 씨, 상당히 독설이다. 나도 유쾌하게 웃었다.
"자, 출발. 그럼, 선생님은 파리를."
하고 내뱉고, 일동은 웃고 떠들며 증산가도 쪽으로 모습을 감췄다.
뒤에 남겨진 나는 정말로 인생에 뒤처진 듯한 느낌이 들었다. 나는 갑자기 늙어버린 듯, 젊은이들이 유쾌하게 일하고 있는 곳을 멀리서 바라보고 있는 아버지가 된 기분이었다.
'좋아. 나도 일을 시작하자. 젊은이들이 돌아올 때까지 반 내의 파리를 한 마리도 남김없이 해치우자.' 이렇게 마음을 정하자, 왠지 뛰어난 영웅이 된 듯도 하다.

"탁, 탁."

나는 우선 우리 집의 파리를 잡기 시작했다.

파리를 잡는 일에 나는 상당한 자신을 갖고 있다. 지금까지 아마도 수십만 마리의 파리를 잡았을 테니까. 첫째, 파리 잡는 시각은 아침 해가 동쪽 벽에, 저녁 해가 서쪽 벽에 비스듬히 비치는 시각이 가장 좋다. 파리들은 추위를 싫어해서 여름에도 아침저녁엔 해가 드는 곳을 좋아하고, 볕이 잘 드는 곳에 꾀어 손을 비비거나 발을 비비면서 휴양을 즐기고 연애를 하는 것이다. 그때를 노리는 것인데, 단 하나 곤란한 것은 이 시각에는 파리가 종종 탐욕에서 멀어져 이른바 무념무상의 경지에 있기 때문에 꽤 민감하여 파리채 그림자만 움직여도 곧 경계한다. 또 충분히 자고 혹은 충분히 먹고 난 후서서 동작이 매우 민첩하다. 따라서 이 시각에 파리를 잡는 데는 상당한 수행이 필요한 것은 말할 것도 없다.

먹을 것에 열중하고 있을 때, 파리는 가장 약하다. 그는 탐욕 그 자체가 되어 있기 때문이다. 무서운, 죽음의 벽력인 파리채가 머리 위 지척에 다가가 이제 떨어지려는 위기일발의 경우에도 모르쇠를 놓는 얼굴로 먹을 것을 탐하고 있다. 모르쇠를 놓는 얼굴이 아니라, 정말로 알지 못하는 것이다. 그의 탐욕은 그의 저 무수한 눈을 어둡게 하고 있다. 너무 열중해서 제성신을 잃은 것이리라. 이런 때의 파리는 아이늘이라도 잡을 수 있다. 가만히 뒷발을 눌러도 녀석은 시끄럽다는 듯이 눌린 다리를 끌어당길 뿐 날아가려고도 하지 않는다. 설사 파리채의 일격으로 곧 옆의 동포가 죽음의 경련을 일으키고 있는 것을 눈앞에서 보아도 이 녀석은 잠시 도망갔다가는 또 돌아온다. 먹다 만 것의 맛이 잊히지 않는 것이다.

두 번째의 타격을 아슬아슬하게 피하자, 과연 그도 부웅 하고 날갯짓을 하고 높이 날아 멀리 도망가서는 사람의 손에 닿지 않을 만한 곳에 앉는다. 그러나 그는 방금 먹다 만 것에서 눈을 떼지 못한다. 그의 눈은 마침내 그를 세 번째 파리채의 위험 아래로 유혹하는 것이다. 돌아와보면, 동포의 시체가 주변에 잔뜩 흩어져 있다. 그러나 그는 대담하게도 또다시 방자하게 탐욕을 부린다. 아무리 서투른 사람이라도 두 번이나 놓쳤다면 세 번째에는 필사적이 된다.

"탁."

일격필중(一擊必中)! 그는 몸과 머리가 모두 뭉개져, 아아, 이제 죽고만 것이다. 그 좋았던 맛은 어디에. 그는 어디서 와서 무엇을 하고 어디로 갔는가.

파리라고 해도 모두 개성이 있다. 경박한 것이 있고, 끈기 있는 것이 있고, 저돌적인 것이 있다. 파리는 대개 경솔한 곤충이지만 이따금 태연자약한 풍격을 갖춘 녀석도 있다. 이런 녀석은 꽤 사려 깊은 듯하여 한번 데면 좀처럼 그곳에는 다가가지 않는다.

파리들도 천하의 대세라는 것을 관찰하는 것으로 보인다. 내가 파리채를 휘두르며 부엌 같은 곳에 들어가면 처음에는 다만 부웅 하고 날아오를 뿐이지만, 수십 수백 마리의 사체가 길게 가로누워 있는 것을 보면 형세의 심상치 않음을 깨닫는 것이리라. 천장이라든가 구석 등 파리채라는 괴물이 닿지 않을 만한 곳으로 피난하여 얌전히 천하의 형세를 보고 있는 것이다. 그중에는 철저히 깨달은 녀석도 있어 분연히 집착을 끊고 높이 날아가버리기도 하는데, 이런 녀석은 인간계에서 깨달은 자가 드문 것처럼 극히 드물어, 역시 차마 파리채를 휘둘러 쫓아갈 수 없는 것이다. 파리채 위에 앉는다든가 파리채를 든 손에 앉는 등 얄궂은 녀석도 있다. 나는 우롱당한 듯한 기분이 든다.

내가 반장 집에서부터 마부 용삼 씨와 힘센 인성의 집, 과부남 정 씨의 방, 이런 식으로 열 집 열세 세대를 돌며 버려진 사체 총계 칠천팔백구십오 마리의 파리 잡기를 끝낸 것은 오후 네 시가 지나서였다. 나는 땀에 흠뻑 젖은 것은 물론, 손도 다리도 물먹은 솜처럼 피곤하여 녹초가 되었다. 한 번 내리쳐서 둘씩 셋씩 한꺼번에 죽이는 경우도 있지만, 이는 거듭 있는 일이 아니다. 한 걸음 움직여 한 번 휘둘러서 한 마리를 잡는 것이 관례이다. 시험 삼아 맨손으로 칠천팔백 번 휘둘러보라. 검도의 명인이 아닌 이상 반드시 녹초가 될 것이다. 그런데 파리를 잡으려면 마음의 긴장이 필요하다. 살아 있는 것을 노리는 것이어서 필살(必殺)의 의기(意氣)가 필요한 것이다. 정신적 피로라는 것도 있을 터이다. 신경세포의 소모이다. 그뿐만 아니다. 파리도 생물이다. 그에게는 생명이 있고, 마음이 있다. 그 마음이야말로 석가님의 설법을 기다릴 것까지도 없이 우리 인간의 마음과 다르지 않다. 살고 싶고, 즐기고 싶고, 사랑하고 싶은 것이다. 절대 죽고 싶지 않은 것이다. 그들 종족의 역사 또한 우리 인류의 역사에 못지않게 오랜 것이리라. 인간이 사는 곳에는 반드시 파리가 살았다. 그 파리를 때려죽이는 것이므로 마음이 움츠러드는 살생이다. 살생인 것은 틀림없는 것이다.

그러나 예부터 얼마나 많은 인간이 파리에게 모욕당하고 유린당했을 것인가. 그들은 똥 속에서 나와 몸도 발도 씻지 않고 우리가 먹는 음식 위에 오른다. 그리고 우리가 젓가락을 들기 전에 제멋대로 먹는다. 그러고는 불결과 병균을 대가로 남기고 떠나는 것인데, 막상 그들은 어디로 가는가. 그들은 감히 우리의 머리 위를 유린하고, 눈을, 입술을 유린하는 것이다. 이 무슨 모욕이란 말인가. 그뿐인가. 그들이 전파한 병원균 때문에 수백억만의 우리 선조와 동포가 병으로 쓰러졌을 것이다. 그들을 살

려두면 우리 자손에게도 마찬가지의 재앙을 미칠 것이다.

'그렇다. 죽이는 것이다. 박멸하는 것이다. 일본 전역에서 파리의 씨를 말려라. 전 세계의 파리를 절멸시켜라. 그들로 하여금 좋은 생명으로 다시 태어나게 하라.' 이것이 나의 파리 죽이기의 철학이다.

근로봉사 하러 간 젊은이들이 돌아온 것은 일곱 시도 지나서 저녁 해가 뒷산 정상을 붉게 물들일 무렵이었는데, 그들은 처자식과의 저녁상을 마주하고 내가 파리 잡는 모습에 대해 여러 가지로 지껄였을 것이다. 내가 온몸이 땀범벅이 되어 파리를 쫓아 돌아다니던 모습이 골계(滑稽)였을지도 모른다. 게다가 남의 집 안방과 부엌까지 들어갔으니, 부인네들은 이 늙은이가 미쳤나 싶은 듯 킥킥 웃는 사람이 있는가 하면, 이웃집으로 도망가는 젊은 아낙네까지 있었다.

어떤 집에서는 나를 불쌍하게 생각한 모양인지, 보리 전병과 덜 익은 참외를 단정하게 상에 가지런히 담아가지고 왔는데 나는,

"파리 있는 집의 음식은 먹지 않습니다."

하고 무뚝뚝하게 잘라 말했다. 나는 파리에 대한 적개심에 타올라 격분한 것 같다. 그러나 이 말은 석가님의 가르침이다.

나는 '필살의 자세'라는 것을 염두에 두고 느슨한 마음을 다잡았다. 견적필살(見敵必殺)의 군인 정신을 배울 작정으로 파리 한 마리를 사오 분이나 추격한 일도 있다. 나이 오십 먹은 커다란 남자와 파리의 전쟁이니 골계인 것도 무리는 아니지만, 나같이 칠칠치 못한 남자는 파리 잡기나 할 때가 아니면 견적필살의 마음가짐을 맛볼 방법도 없지 않은가.

아이가 학교에서 돌아오고 나서 내가 오늘의 전투 이야기를 했더니, 아이는 입속에 있던 밥을 튀어가며 자지러지게 웃었다. 나도 나의 고지식함이 우습게 느껴져 웃었다. 그러나 유쾌했다.

저녁 식사 후 나는 모깃불 피우는 쑥 연기에 눈물을 흘리면서 내가 때려죽인 파리 가운데 특색 있던 녀석들을 떠올리고 있었다. 하루의 전투를 끝내고 쉬는 때의 용사(勇士)의 기분은 이런 것일까, 그런 생각 등을 하고 있자니 먼저 반장이 찾아와서,

"선생님, 수고하셨습니다. 집에 파리는 한 마리도 없습니다. 덕분에 오월에 파리 없이 식사할 수 있었습니다."

하고 감사의 인사를 해주었다. 용삼도, 인성도, 과부남도 인사하러 왔고, 아까 내게 보리 전병을 권했던 부인까지 인사하러 와주었다. 파리 없는 여름 식사라는 것을 그들은 처음 맛보았던 것이다.

나는 매우 만족했다. 나도 뭔가 쓸모 있었다는 느낌이 들어 그날 밤은 흥분하여 잠들지 못했다. 덕분에 어깨며 허리가 아파 사흘 만에 자리에 눕고 말았다.

— 가야마 미쓰로(香山光郞), 「파리(蠅)」, 『국민총력(國民總力)』, 1943. 10.

군인이 될 수 있다

외출했다가 돌아오니 '가네코 빈(金子敏)'이라는 명함이 있었다. 언뜻 떠오르지 않았다.

얼마 지나자 이(李) 군에게서 전화가 걸려왔다. 가네코 소장(少將)이 오래간만에 경성에 돌아왔으니 하룻저녁 이야기를 나누자는 것이다.

'아, 가네코 소장인가.' 나는 가네코 빈이 가네코 소장이라는 사실을 알고 반가운 마음이 들었다.

벌써 십사 년이나 되었다. 만주사변보다도 전이었으니까. 그 아이가 살아 있다면 올해 스무 살이었을 테니까. 그 아이란 나의 큰아들을 말한다.

그렇다, 십사 년이나 된 어느 여름날이었다. 큰아들 봉일(鳳一)과 둘째 아들 용삼(龍三)은 각각 여섯 살과 네 살로 한창 장난에 열중할 나이였는데, 동소문(東小門) 거리를 지나는 군대를 보았다고 군복을 사달라고 조르기에 장난감 군모(軍帽)와 군도(軍刀)를 사주었더니, 그것이 좋아서 군모도 군도도 벗지 않은 채 내 서재에 드러누워 낮잠을 자고 있었다. 내가 원고 쓰는 일을 마치고 뒤돌아보니 그런 꼴이었던 것이다. 나는 처음에는 미소를 지었지만, 다음 순간은 마음이 무거워졌다. 그들은 군인이 될 수 없는 운명이라고 생각했기 때문이다. 조선인은 병역의 의무가 없는 국민이었던 것이다. 그날 나는 일기에 이렇게 썼다.

두 사람의 작은 병사는 칼을 찬 채 자고 있다. 어떤 싸움을 하는 꿈을 꾸고 있을까. 그래 좋다. 꿈속에서 싸움을 해라. 그리고 승리를 얻어라. 현실에서는 군인이 될 수 없으니까.

이는 아버지로서 슬픈 일이었다. 아이들이 어른이 되면 얼마나 떳떳하지 못함을 느낄 것인가. 나도 병신 아이를 낳은 듯한 원통함마저 느꼈던 것이다.

바로 그때이다. 가네코 대좌(大佐)가 느닷없이 들이닥쳤다. 대좌는 당시 조선군의 고급 참모로서, 조선 민심의 동향에 깊은 관심을 갖고 있었던 듯하다. 대좌는 내선(內鮮) 관계의 역사에 상당히 조예가 깊었다. 오늘날 일본인 가운데는 고려, 백제, 신라에서 귀화한 사람의 자손이 일천팔백만 명이 있다는 등 『신찬성씨록(新撰姓氏錄)』에 기록된 사실을 곧잘 이야기했던 것도 가네코 대좌이다.

"김 상, 느닷없이 실례합니다."

가네코 대좌는 선뜻 올라왔다. 대좌는 키가 작고 눈이 빛나는, 매우 민감해 보이는 사람이다.

실로 느닷없는 기습이다. 대좌와 나는 연회 같은 곳에서 알게 된 사이일 뿐 친구도 아무것도 아니다. 그런 가네코 대좌가 내 집에 오다니, 꿈에도 생각지 않은 일이었다.

"참으로 잘 와주셨소. 자, 들어오시죠."

하고 말했지만, 이런 귀한 손님을 맞아들일 방이 없다. 서재라는 것이 있긴 하지만 작은 조선식 방 한 칸이고, 게다가 거기에는 작은 병사 두 녀석이 낮잠을 자고 있다. 나는 당혹하지 않을 수 없었다. 내가 작은 병사들을 깨우려 하자 대좌는 손과 머리를 동시에 흔들며 작은 소리로,

"깨우지 마시오. 병사들에게는 잠이 무엇보다도 성찬이지. 우리가 여기서 작은 소리로 이야기하는 정도로는 병사들이 좀처럼 깨지 않겠지요. 총성이라면 몰라도."

대좌의 기지에 나는 안심했다. 그리고 이 사람이 좋아졌다. 확실히 탁트여 있어 스스럼없는 사람이라고 느꼈던 것이다.

"잠시 지나는 길이라서요."

하고 가네코 대좌는 마루에 앉아서 상의 단추를 풀고 담배를 피웠다.

"실은 경학원(經學院)에 들렀다 오는 길입니다. 경학원 마당이 좋습디다. 멋진 은행나무 고목이던데요."

경학원은 경성에 있는 공자의 사당이다. 우리 집은 그곳에서 그다지 멀지 않은 곳에 있었다.

"혼자서요?"

나는 긴장이 풀려 편안한 마음을 가질 수 있었다. 당시는 아직 내지인과 조선인이 만나면 서로 속마음을 탐색하는 분위기가 되었던 것이다.

"예, 불쑥 갔습니다. 실은 당신을 만나고 싶었던 것이지요. 당신의 주소를 어떤 사람에게 물었더니 경학원 근처라고 해서."

말을 하면서 대좌는 내 집을 둘러보았다. 그리고 그 시선은 종종 낮잠자는 작은 병사들에게 멈췄다.

"그렇습니까. 그것 참 황송합니다."

일부러 나 같은 이름 없는 한 서생을 찾아준 가네코 대좌의 호의가 정말로 고마웠던 것이다.

"이 부근은 조용해서 좋군요."

라든가,

"매일 글을 쓰십니까?"

라든가, 아이들 이야기 등도 하면서 서곡(序曲)에 해당하는 들쭉날쭉한 이야기를 대강 하고 나서 대좌는 정중히 상의 단추를 고쳐 잠그고,

"지난번 저녁에 당신은 징병론(徵兵論)을 주장하셨지요. 지금 조선 민중이 가장 원하고 있는 것은 징병령의 시행이라고 말씀하셨고요."
하고 그 예리한 눈으로 나를 주시하는 것이었다.

"네, 분명히 그렇게 말씀드렸습니다."
나는 확신 어린 침착한 태도로 이렇게 대답했다.

"정말 그럴까요?"
의심한다기보다도 확인하고 싶은 표정이다.

"나는 그렇게 믿습니다."

"실례입니다만, 어떤 근거로 당신은 징병을 원하십니까?"
이것은 참으로 급소를 건드린 질문이다.

나는 손을 들어 봉일과 용삼의 자는 모습을 가리켰다.

가네코 대좌의 눈도 두 아이 위에 멈췄다. 두 작은 병사의 군모 아래에서는 땀이 흐르고 있었다. 군모는 붉은색이었다. 용삼은 나팔의 붉은 끈을 꼭 쥐고 있다. 흰 바탕에 푸른 줄무늬 바지와 마찬가지로 흰 바탕에 푸른 테두리를 한 해군복에 육군의 모자와 군도 차림의 모습은 우스웠지만, 그러나 이 순간 그것은 비통하게 보였다.

대좌는 힌첨 두 아이의 자는 모습을 줄곧 지켜보더니, 크게 한 번 한숨을 내쉬었다.

"알겠습니다. 당신의 마음을 잘 알겠습니다."

가네코 대좌는 스스로 자기가 한 말을 수긍하고 있었다.

나는 아무 말도 하지 않았다.

"반드시 이 아이들은 군인이 될 수 있습니다."

가네코 대좌는 감동을 억누를 수 없는 듯했다.

가네코 대좌와 나의 사귐은 이것이 전부였다. 대좌는 그 후 곧 소장이 되어 어딘가의 여단장이 되었지만, 만주로 가서 어찌 된 일인지 군직(軍職)에서 떠나 대륙에서 낭인(浪人)으로 지내고 있다고 들었는데, 그 가네코 대좌가 지금 경성에 돌아와 있는 것이다.

때가 때인 만큼 식사 시간을 피할 작정으로 내가 한 시간쯤 늦게 이 군 집에 갔더니, 가네코 소장 부부도 주인도 상당히 취해 있었다.

"야아."

"오오."

하는 것으로 인사는 끝났다. 마치 매일 만나고 있는 사람들 같은 인사였지만, 역시 가네코 부인만은 정중히 부인다운 인사를 건넸다. 나도 두세 번 머리를 다다미를 깐 방바닥까지 숙이며 인사를 했다.

"그다지 변하지 않으셨습니다."

가네코 소장은 내게 잔을 건네며 쾌활하게 말했다. 내 머리카락에 흰머리가 적은 것을 말하는 것이리라. 가네코 소장은 나이 들어 있었다. 주름도 많아지고, 무엇보다도 머리카락이 듬성듬성해졌다. 그럴 것이다. 벌써 대장이 되었을 연배니까. 그러나 그 명랑함은 변하지 않았을 뿐 아니라 오랜 자유로운 낭인 생활로 성격도 원만해져 한층 친하기 쉽게 느껴졌다. 그것은 꼭 군인을 그만두어서만은 아닌 듯했다.

나는 권하는 대로 유쾌하게 마셨다. 나중에 온 사람은 석 잔이라고 해서 주인인 이 군도 소장 부부도 잇달아 내 잔을 채워주었다.

스토브가 빨갛게 달아올라 있어 섣달 밤 같지도 않다. 술잔이 오간 터라 상의라도 벗고 싶을 정도였다. 게다가 유리창 너머 보이는 열대식물이 한층 따뜻한 느낌을 주었다. 주인인 이 군은 삼백 종 이상의 열대식물을 키우고 있다. 부자도 아니지만, 시인이자 우국지사(憂國之士)로 오랫동안 천식으로 고생하여 겨울에는 외출할 수 없었던 부친을 위로하기 위해 없는 돈지갑을 털어서 모은 것이다. 이 군의 부친은 돌아가셔서 이미 삼년상까지 치렀지만, 이 군은 지하실과 온실을 만들어 부친의 손때가 묻은 이 열대식물을 간수하고 있는 것이다.

"김 상, 많이 마셔야 하지 않겠습니까."

가네코 소장은 아이처럼 떠들어댄다.

"드디어 징병이 결정되었습니다. 내가 오월 팔일의 저 내각회의 결정에 관한 뉴스를 들은 것은 치치하얼(齊齊哈爾)에 있을 때였습니다. 울었습니다. 정말 몹시 감동했지요."

소장은 자기 말을 증명해줄 것을 요구하듯 부인을 돌아보았다.

"그렇습니다. 가네코는 주르르 눈물을 흘렸지요."

하고 부인은 나를 향해,

"그리고 김 상과 만나고 싶다, 김 상은 기뻐하겠지, 그 두 아이들도 이제 다 컸겠지, 큰아이는 벌써 징병 적령이 되었을지도 몰라 등등, 정말이지 당신의 이야기를 계속 해댔습니다. 정말 기뻐하셨지요. 징병이 조선에 시행케 되어서."

하고 마음으로부터 기뻐해주었다.

"자, 축배, 축배."

가네코 소장은 잔을 들었다. 우리는 잔을 들고 단숨에 들이켰다. 실로 유쾌했다. 가네코 소장이 조선 징병을 위해 하나의 디딤돌이 된 것은 나도 들어 알고 있었지만, 오월 팔일의 뉴스에 눈물을 흘렸다는 이야기를 들으니 껴안고 싶을 정도로 정겨움을 느꼈다. 나는 소장에게 내 잔을 권했다. 소장은 흔쾌히 받았다.

소장은 마시다 만 잔을 탁자 위에 놓고 두 손을 무릎에 얹은 채 몹시 감동한 듯이 머리를 두세 번 흔들었다.

　"아, 실제로 그 장면은 천만 마디의 말로 이루 다 형언할 수 없는 감동을 주었습니다. 그 장난감 군도의 칼자루를 쥐고 잠들어 있는 두 명의 적자(赤子), 폐하의 적자이지요! 저 두 아이에게서 군인이 될 권리를 빼앗을 자, 대관절 누구냐. 만약 그런 자가 있다면 그는 일본의 적이다, 라고 생각했습니다. 저 티 없는 백성들에게 하나라도, 먼지만큼이라도 자존심을 상하게 하거나 모욕을 느끼게 하는 것은 실로 폐하께 죄송한 일이라고 생각했지요. 실은 나는 그날 징병에 대한 김 상의 진짜 속마음을 탐색하러 갔던 것입니다. 이제야 자백합니다만, 나는 당신의 징병론을 그대로는 받아들이지 않았던 것입니다. 뭔가 다른 속셈이 있구나, 라고 생각했던 것입니다. 이것은 나의 어리석음이었고, 그릇된 의심이었습니다. 정말 부끄럽습니다. 그러나 당시의 우리들에게는 그만큼 순수함이 없었던 것이지요. 그래서 나는 세간에서 민족주의자라고까지 불리고 있던 당신의 속마음을 탐색하러 나섰던 것입니다. …… 내가 당신은 어떤 근거로 징병론을 주장하는 것인지 물었을 때, 당신은 말없이 두 아이가 자는 모습을 가리켰지요. 군모와 군도 차림이었고, 한 아이는 나팔을 쥐고 있었습니다. 그래서 나는 미혹에서 벗어났습니다. 그때는 그렇다고 말씀드리기도 어려웠지요. 그때 당신의 마음은 조선의 모든 아버지의 마음이라고 생각했습니다. 그 이상 나로서는 아무것도 말씀드릴 수 없습니다만, 한마디로 말하자면 당신의 그 마음이 대어심(大御心)에 이른 것입니다. 군부 내에서도 조선의 징병에 관해서는 시기상조론과 반대론 등 여러 의견이 있었지만, 결국은 결정되었던 것입니다. 올바른 것은 통하는 것이 일본의 고마움이지요."

여기서 소장은 남은 잔을 들어 들이키고, 그것을 내게 돌렸다.

"그렇습니까, 그런 일이 있었습니까?"

이 군은 무척 감동한 모양이었다.

"네."

하고 가네코 부인은 내 잔에 술을 따르면서,

"가네코는 몇 번이고 몇 번이고 그 이야기를 했어요. 두 어린아이가 자는 모습을. 그리고 저 아이들을 슬프게 하는 것은 미안하다, 세상에 나가 눈총을 받게 하는 것은 미안한 일이라고, 언제나 그렇게 말했지요. 이제 그 아드님들은 다 컸겠지요. 큰아드님은 이제 고등학교에 다니겠지요?"

하고 내 눈을 바라보았다.

나는 입까지 가져갔던 잔을 탁자 위에 놓았다. 뭐라고 대답할 것인지, 갑자기 당혹하여 고개를 숙였다. 그때 이 군이 옆에서,

"김 상의 큰아드님은 죽었습니다."

하고 나를 대신하여 대답해주었다.

"아아, 죽었다구요?"

"어머, 가엾게도."

하고 가네코 부부는 번갈아 놀라움을 표했다.

"예."

나두 잠자코 있을 수는 없었다.

"소학교 입학 직전에."

내 눈에는 봉일의 병과 죽음의 광경이 또렷이 떠올랐다. 벌써 십수 년도 더 지난 일로 슬픔도 기억도 옅어질 만한데 기회가 기회이기 때문인가, 놀랄 만큼 선명하게 봉일이 죽은 슬픔도 기억도 내 마음에 되살아났다. 이 군은,

"봉일 군의 죽음에는 실로 감동적인 데가 있었습니다. 김 상 내외분도 당시는 퍽 낙심하셨지요. 김 상의 종교 생활은 확실히 봉일 군의 죽음에서 시작되었다고 생각합니다. 또 김 상이 십수 년 하루같이 징병론을 주장해온 것도 아마 봉일 군의 죽음이 그 전부는 아니더라도 가장 강력한 원인의 일부였겠지요. 거기에는 슬픈 이야기가 있습니다."
라고 말하며 발언을 재촉하는 듯이 나를 돌아보았다.

가네코 부부의 시선도 내게 모아졌다.

나는 앞에 놓아둔 잔을 들어 입에 댔다. 목도 입술도 말라서 찬 것이 마시고 싶을 정도였다. 부모로서 세상에 아이만큼 소중한 것은 없다. 죽은 아이는 언제 떠올려도 사랑스럽고 살아 있어주면 좋을 텐데 하는 푸념이 나오는 것이다. 같은 아이라도 특히 부모의 마음에 드는 아이가 있다. 그런 아이를 먼저 보내는 것은 생명을 깎이듯 아픈 일이다. 나로서는 봉일이 바로 그런 아이였다. 첫아이였기 때문이기도 하지만, 그 아이에게 나는 깊은 정과 커다란 희망을 걸었었다. 옆에서 보면 맹목적인 사랑이었을지라도, 나로서는 그 아이에게서 보통 이상의 뛰어난 점을 보았던 것이다.

'너는 좋은 아이가 될 거다. 반드시 세상에 쓸모 있는 큰 인물이 되어주렴.' 하고 나는 아침저녁으로 봉일을 위해 기도했던 것이다.

어느 날의 일이었다. 이월의 아직 추운 날이었는데, 봉일이 유치원에서 몹시 풀이 죽어 돌아왔다.

"무슨 일이냐, 봉일아? 어디 아프니?"

"아니."

봉일은 머리를 흔들어 부정하는 것이었다.

머리를 짚어보았지만 열도 없었다.

그런데도 봉일은 그날 하루 종일 말이 없었다. 동생 용삼이 놀자고 해도 적당히 응대할 뿐 상대하지 않았다. 갑자기 어른스러워진 듯해서 나는 걱정이 되었다.

봉일의 기분을 달랠 작정으로 나는,

"봉일아, 이발소에 가서 머리를 짧게 깎고 오렴. 소학교에 입학할 테니까. 이제 곧 소학생이니까."

라고 말해보았지만, 봉일은 뛸 듯이 기쁜 모습도 아니다. 나는 이상하게 걱정이 되었지만 손님들도 있어서 저녁때까지 봉일과 만나지 못했다.

"아버지, 저녁 식사."

봉일이 내 서재에 왔다. 서재란 별채인 사랑을 가리킨다.

봉일의 머리는 중처럼 깎여 있었다. 혼자서 이발소에 다녀온 듯했다.

저녁 식사 때 봉일은,

"아버지, 조선인은 군인이 될 수 없어?"

하고 미묘한 질문을 내게 했다.

나는 아차 싶었다. 군인이 되는 문제로 또 가슴 아파하고 있는 것을 알아챘기 때문이다. 언젠가도 이웃의 술가게 아이에게서 조선인은 군인이 될 수 없다는 이야기를 들었다고, 봉일이 분개하여 돌아와서 내게 지금과 똑같은 질문을 했던 일이 있다. 그때 나는,

"네가 어른이 될 무렵에는 군인이 될 수 있다."

하고 달래주었다.

"네가 어른이 되었을 때는 조선인도 군인이 될 수 있다고 하지 않았니?"

나는 언젠가 했던 대답을 반복했지만, 봉일은 이번에는 내 말을 믿지 않는 모양이었다.

잠시 아무 말 없이 밥을 먹고 있던 봉일은,

"저, 내일부터는 유치원에 가지 않을래요."

하고 선언했다. 그것은 확실히 선언이라는 말에 어울리는, 단언하는 태도였다. 눈매에도 입가에도 보통이 아닌 결의가 드러나 있었다.

"누가 뭐라고 했니? 봉짱을 놀렸니?"

아내도 봉일의 심상치 않은 기색이 걱정되는 듯했다.

"아니요."

봉일은 그 이상은 입을 열지 않았다.

이튿날 봉일은 아무리 해도 유치원에 가려 하지 않았다. 한 주 뒤면 유치원도 졸업이라고 꾸짖어도 보고 달래도 보았지만 가려 하지는 않았다.

봉일은 그날부터 일절 그 좋아하는, '하늘을 대신해서 불의를 친다.'는 군가도 부르지 않고, 기관총이니 군도니 전차니, 그런 것에도 일절 손대지 않았다. 용삼이 멋대로 그 장난감을 차지해도 봉일은 눈길도 주지 않았다.

어느 날 봉일은 숨이 턱에 차서 바깥에서 돌아와 내게,

"아버지, 이웃집 권(權) 상 할아버지가 죽었어요. 모두 아이고 아이고, 하고 울고 있어요."

하고 눈이 휘둥그레져 있다. 과연 곡성이 들려왔다.

"사람은 나이를 먹으면 죽는단다. 권 상 할아버지는 노인이잖니."

나는 이렇게 설명해주었다.

봉일은 눈을 깜빡깜빡하면서 잠시 뭔가 골똘히 생각하는 모양이더니,

"아버지, 사람은 죽으면 어떻게 돼?"

하고 자못 진지한 표정이다.

나는 당혹스러웠다. 실은 나도 사람의 생사에 대해서는 확실한 답을

갖고 있지 않았던 것이다. 내가 우물쭈물하고 있자 봉일은,

"사람이 죽으면 어디로 가?"

하고 다그쳤다.

"석가님께서는 사람이 죽으면 나쁜 사람은 나쁜 곳에, 좋은 사람은 좋은 곳에 다시 태어난다고 말씀하셨지."

나는 이렇게 말해버렸다. 나 자신도 신념이 없는 말이었지만, 적어도 아이에게 죽음에 대한 공포를 품게 하고 싶지 않았기 때문이다.

봉일은 안심한 듯한 얼굴이었다.

그로부터 이삼일 후, 봉일은 조그만 상처가 원인이 되어 패혈증에 걸렸다. 손쓸 수 있는 일은 다 해보았지만, 발병한 지 오십이 시간 만에 햇수로 일곱 살의 짧은 일생을 마쳤다.

봉일이 죽던 날 아침이었다. 유치원의 오쿠라(小倉) 선생이 봉일을 문병하러 왔다. 봉일이 며칠이나 출석하지 않아 아이들에게 물어서 아프다는 것을 알았다고 한다. 그러나 그때에는 봉일은 혼수상태였다.

"애, 봉일아, 오쿠라 선생님이 오셨다. 오쿠라 선생님이."

하고 나는 오쿠라 선생님에 대한 예의상 봉일의 귀에 입을 대고 불러보았을 뿐, 물론 대답을 기대하지는 않았다. 신기하게도 봉일은 번쩍 눈을 떴다.

"봉일 상, 나예요. 오쿠라 선생이에요."

하고 오쿠라 선생은 봉일의 머리맡으로 달려왔다. 봉일의 얼굴 근육이 경련을 일으키듯 움직이는가 싶더니,

"선생님, 조선인은 군인이 될 수 없나요?"

봉일은 떨리고 있었지만 확실히 알아들을 수 있는 소리로 말했다. 실로 비통한 말이었다.

오쿠라 선생은 봉일이 하는 말을 듣더니, 얼굴이 흙빛으로 변해 정신을 잃은 사람처럼 앞으로 고꾸라지려 했다.

오쿠라 선생은 겨우 기운을 차려서,

"봉일 상, 미안해요. 지금은, 그냥 지금은 그렇다는 것뿐이에요. 봉일 상이 어른이 되었을 때는 조선인도 모두 군인이 될 수 있을지도 몰라요. 봉일 상, 김 상."

오쿠라 선생은 울면서 봉일을 불렀지만, 봉일은 더 이상 눈을 뜨지 않았다. 봉일은 내지인 아동들뿐인 유치원에 다닌 것이었다.

그 후 두 시간가량 사투의 시간이 계속되었고, 봉일은 최후의 이별인지 눈을 뜨고,

"아버지."

하고 불러주었다.

"물 줄까?"

"응응."

봉일은 내 손을 잡고 제 손으로 내 머리와 얼굴을 계속해서 어루만졌다. 그 손은 불같이 뜨거웠고 눈은 이상하게 빛나고 있었다.

봉일은 몇 번이고 내 얼굴을 여기저기 어루만지더니 힘없이 그 손을 자기 가슴 위에 떨구면서,

"아버지, 사람은 죽으면 다시 태어나?"

하고 이번에는 작은 두 손으로 내 손을 잡았다.

"다시 태어나지. 너는 죄 없는 좋은 아이니까 꼭 좋은 곳에, 좋은 집의 아이로 다시 태어날 거야."

나는 힘주어 말하는 것이었다.

"아니, 이번에도 또다시 아버지의 아들로 태어날 거야. 그때는 군인이

될 수 있어?"

봉일은 가까스로 말을 마치자 눈을 감고 말았다. 내 손을 잡은 그 작은 두 손도 부르르 떨리며 침대 위로 떨어져버렸다.

최후다.

"응, 군인이 될 수 있어."

나는 다른 사람 앞인 것도 꺼리지 않고 울면서 말했다..

오쿠라 선생은 거의 평정을 잃은 모습으로,

"봉일 짱, 반드시 군인이 될 수 있어요."

하고 몇 번이고 몇 번이고 거듭 말해주었다.

내가 봉일의 이야기를 끝내자, 가네코 부인은 눈물을 닦았다. 가네코 소장의 눈에도 안경 너머로 커다란 눈물방울이 빛나고 있었다.

"그랬습니까."

사오 분이나 침울한 침묵 후에 가네코 소장은 '그랬습니까'를 세 번이나 되풀이했다.

"봉일 군은 천재였는데요."

이 군은 나를 위로하려는 것이리라.

"세상에서 가장 빠른 게 뭐지? 하고 물었는데, 기차도 아니고 비행기도 아니고 눈[眼]이라고 한 적이 있어요. 정말 깜짝 놀랐습니다."

하는 둥, 봉일을 두세 번 칭찬해주었다.

"자, 한 잔 마시겠습니다."

나는 주인 쪽으로 잔을 내밀었다.

"그런 일은 이미 지난 이야기이고, 내년부터는 조선의 사내아이들은 모두 군인이 될 수 있는 것입니다. 내지인이니까 어떻다, 조선인이니까 어떻다, 이런 얘기는 머지않아 형적도 없어지겠지요. 단지 똑같이 천황의 적자니까……. 그 감정 하나로 될 날도 머지않았습니다."

"옳아요, 옳아!"

가네코 소장은 차가워진 자기 잔을 비우고 나에게 건넸다.

"사모님께서도 한잔하시겠습니까?"

내가 잔을 건네자 가네코 부인은,

"마시겠어요. 네, 괜찮겠지요?"

하고 남편인 소장을 돌아보았다.

"좋아, 좋아. 그리고 뭐든 노래 한 곡 불러주지!"

"군가를 부를까요?"

가네코 부인은 그 잔을 내게 돌려주며,

"하늘을 대신하여 불의를 친다."

를 부르기 시작했다. 우리들도 아이들처럼 따라 불렀다.

"이기고 오겠노라 용감하게

맹세하고 나라를 떠난 뒤에는."

우리는 늦게까지 군가를 부르며 떠들었다. 마치 어린 시절로 돌아간 듯했다.

돌아오는 길에 가네코 소장 부부와 나는 한 구역쯤 같은 방향으로 걸었다. 눈이 내려 쌓여 있었고, 게다가 마른눈이어서 신발 아래서 뽀드득 뽀드득 소리가 났다.

"안녕히 가세요."

"안녕히 가세요."

하는 이별 인사도 아이들의 그것처럼 쾌활하게 울려 퍼졌다.

나는 홀로 북악(北岳)에서 내리부는 바람을 거스르며 집까지 천천히 걸었다. 전차도 벌써 끊겼고, 큰길은 전선이 바람에 우는 소리와 내 구두

소리뿐이었다.

　내 마음은 봉일의 추억으로 꽉 찼지만, 그러나 꼭 슬픔만은 아니었다.

　"군인이 될 수 있다. 군인이 될 수 있다고."

　나는 혼자 중얼거리고 있는 것을 깨달았다.

　나는 큰 소리를 질러,

　"군인이 될 수 있다!"

하고 외쳐보았다.

　　— 가야마 미쓰로(香山光郎), 「군인이 될 수 있다(兵になれゐ)」, 『신타이요(新太陽)』, 1943. 11.

대동아(大東亞)

가케이 아케미(筧朱美)는 이층 부친의 서재를 치우고 있었다. 아케미는 머릿수건도 쓰고 바지런히 책장이며 책상, 도코노마의 선반을 탁탁 털었다. 남쪽 툇마루에서는 근위기병연대(近衛騎兵聯隊)가 있는 숲이 보이고, 난간에서 약간 상체를 내밀면 연대 정문의 보초병까지 보인다. 아케미가 툇마루에 걸레질을 하고 있자니, 탕탕 하고 연대 뒤쪽 사격장에서 군인들의 실탄 사격 소리가 아침의 고요함을 깨뜨리며 들려왔다.

'좋은 날씨다. 중양절(重陽節)인걸.'

아케미는 기지개를 켜면서 후지산이 보일 듯하다고 생각하며 맑게 갠 서북쪽 하늘을 쳐다보았다. 아케미의 머릿속에는 판위썽(汜于生)의 모습이 언뜻 지나갔다.

'판 상은 지금 어떻게 지내고 있을까.'

아케미는 헤어진 지 햇수로 사오 년 되는 판위썽을 잊은 적이 없다.

판이 귀국할 때 역까지 배웅 나갔던 아케미에게,

"아가씨, 나는 당신을 믿습니다. 사랑한다기보다도 믿는다고 말하고 싶습니다. 나는 이제 조국으로 돌아갑니다. 당신의 조국과 적이 된 조국으로 돌아가는 것입니다. 나는 괴롭습니다. 당신과 헤어지는 것도 괴롭지만, 그보다도 적이 되어서는 안 될 지나(支那)와 일본이 적이 되어 싸우고 있는 것이 괴로운 것입니다. 하지만 내겐 국민으로서의 의무가 있고, 그래서 돌아가는 것입니다. 그러나 나는 믿습니다. 가케이 선생님께서 말씀하셨듯이 아시아는 하나입니다. 어떤 곡절이 있어도 그것은 일시적인 것이고 결국 아시아는 하나가 될 것이다. 그것이 아시아 여러 민족의 운명이라는 말씀을 나는 믿습니다. 그러나 당분간은 당신과 헤어지지 않으면 안 됩니다. 나는 조국으로 돌아갑니다. 그러나 아케미 상…… 실례입니다만, 아케미 상이라고 부르게 해주세요. 아케미 상, 나는 당신을 믿습니다. 일본 여성을 믿으므로 아케미 상을 믿는 것입니다. 아니, 차라리 아케미 상을 믿으니 일본 여성을 믿는다는 쪽이 나의 진짜 마음이겠지요. 나는 이 전쟁에서 살아남는다면 반드시 도쿄에 돌아오겠습니다. 아케미 상에게 돌아오겠습니다. 괜찮겠지요, 당신은 나를 믿어주시겠지요?"
하고 말한 것을 그녀는 잊을 수가 없다. 판은 아케미에게 이런 허물없는 말, 더구나 애정 고백 비슷한 말을 한 것은 처음이어서 아케미는 오히려 당혹하여 허둥댔던 것이지만, 당시 판의 진지함을 거스를 수도 없었고 또 그러고 싶지도 않았다. 그래서 아케미는,

"네, 믿어요. 반드시 당신이 돌아오기를 기다리겠어요. 평화로운 날이 오면 우리들의 날도, 반드시 오겠지요."

하고 약속한 것이었다.

그 후로 오 년이다.

아케미는 이층 부친의 서재를 청소할 때면 언제나 꼭 판을 생각한다. 그것은 이 서제에서 위성(于生)을 비롯한 지나의 유학생들이 매주 한 번은 반드시 모였기 때문이다. 사실 지나인 학생들을 가케이 박사에게 데려온 것은 판이었고, 판은 그들 가운데 지도자 격이었다.

아케미의 부친 가케이 가즈오(筧和夫)는 원래 상하이(上海) 동아동문서원(東亞同文書院)의 교수였는데, 지나사변의 불똥이 상하이에 미치자 당분간이라는 조건으로 와세다대학에 초빙되어 동양사를 강의하게 되었

던 것이다. 판위썽은 사실 가케이 교수의 가족이 상하이에 있을 때부터 아는 사이로, 판위썽이 도쿄에 온 것도 가케이 교수를 우러러 사모해서였다.

판의 부친인 흐어밍(鶴鳴)은 세인트존스대학의 지나사(支那史)와 지나문학 교수였다. 그는 아메리카에서 교육받은 사람이었지만, 오랜 가문의 출신이고 그의 부친이 캉유웨이(康有爲)의 문하생이기도 했던 때문인지 지나의 학문을 천명하는 것을 자신의 임무로 삼고 있었고, 쑨원(孫文)의 숭배자인 것은 말할 것도 없었다. 이런 까닭에 아메리카에서 교육받은 사람이면서도 동양적인 정조(情調)와 풍격(風格)을 적잖이 가지고 있었다. 판 교수는 가케이 교수의 저서 『주례(周禮)와 지나의 국민성』이라는 책에 심취하여 가케이 교수를 찾았던 것이다.

"참된 지나의 마음을 아는 사람은 가케이 박사다."
라고까지 판 교수는 지나의 어떤 잡지에서 격찬했다. 가케이 교수와 사귐으로써 판 교수는 일본인의 마음이라는 것을 접하게 되어,

"지나에서는 사멸한 예(禮)가 일본에는 살아 번영하고 있다."
와 같은 주장을 잡지에 쓴 탓에 배척받아 하마터면 세인트존스대학을 그만둘 뻔했는데, 비트 교수가,

"판 교수는 양심적인 학자다. 학자가 자신의 신념을 솔직하게 발표했다는 이유로 교수직을 빼앗긴다면 우리 대학의 수치이고 학문에 대한 모욕이다."
하고 변호하여 가까스로 파면을 면했다.

그러나 진리에 충실한 판 교수는 동료와 동포들에게 손가락질당하는 것도 개의치 않고 한층 더 가케이 박사와 친교를 맺고, 일본의 역사와 문학 등을 연구할 결심을 세웠다. 또 가케이 박사를 통해 일본의 국가적 이

상과 동아(東亞)에 대한 불변의 국책(國策) 등에 대해 듣고, 일본의 학자나 명사들과 교유하는 데 힘쓴 것이었다.

이리하여 가케이, 판 두 교수의 개인적 친교는 양가의 가족적 친교로 이어져, 아케미가 처음 지나인의 가정에 발을 들여놓은 것은 정안사로 (靜安寺路)에 있는 판 교수의 집이었다.

판위썽과 그의 누이인 판샤오썽(氾少姓)이 가케이 박사의 가정에서 일본 가정의 아름다움을 본 것과 마찬가지로, 아케미도 판의 가정에서 지나의 아름다움을 보게 되었다. 사실 아케미는 판의 가정을 보기 전까지는 지나는 더러운 곳, 지나인은 더러운 인종이라는 식의 경멸하는 감정밖에 가지고 있지 않았던 것이다. 그런데 판의 가정을 보게 되어 비로소 지나의 오랜 전통, 세련된 문화에 접할 수 있었다. 그것은 얄팍한 유물적인 서양의 장려(壯麗)함이 아니라, 모란의 향과 같은, 또 그 색깔과 같은, 다함없는 맛이 있고 심오한 깊이가 있는 것이었다.

아케미는 지나인 여학생들이 다니는 학교에서 공부해보고 싶다고 생각했다. 지나에 깊은 흥미를 가지고 일본과 지나 두 민족의 상호 이해와 애정이야말로 동아의 영원한 평화의 기초라고 믿고 있는 가케이 박사는 기꺼이 아케미의 청을 받아들였고, 아케미는 판의 누이가 가르치고 있는 세인트메리대학에 입학했던 것이다. 아케미는 이 학교에 입학한 최초의 일본인으로, 학생들은 좀처럼 아케미에게 마음을 열어주지 않았다. 더욱이 당시는 일본과 지나의 관계가 일촉즉발의 험악한 상태에 있던 때였기 때문에 일본 여성이 이 학교에 입학한 것은 스파이 노릇이 목적이라는 말조차 떠돌았던 것이다.

저 루거우차오사건(蘆溝橋事件)이 일어난 후로는 상하이에서 일본인이 지나인에게 폭행을 당한 일도 일어났다. 아케미가 홍커우(虹口)의 집에서 상하이의 서쪽 변두리에 있는 학교까지 왕복하는 것은 확실히 모험이었지만, 아케미는 그것을 두려워하여 학교를 쉬지는 않았다. 일본과 지나의 관계가 험악해지면 험악해질수록 한 사람이라도 많은 지나인에게 일본을 알게 하지 않으면 안 된다. 일본이 전쟁에서 지나에게 이기더라도 마음으로 지나를 잃어서는 아무런 소용이 없다. 참된 일본을 이해하는 지나인 한 사람을 얻는 것은 성(城) 하나를 점령하는 것 이상의 승리다. 아케미는 부친인 박사의 말투를 따라 이렇게 생각하고 있었다. 그러나 정치적 사정이 이렇게 절박해지자 아케미의 진심 어린 호의도 좀처럼 지나인 동창에게는 통하지 않았다. 지나인은 여학생들까지도 정치적 관심이 깊었고, 특히 일본에 대해서는 격렬한 적개심을 품고 있는 것이었다. 그녀들이 외국인 교수들은 부모처럼 따르고 또 신뢰하면서, 동종동문(同種同文)에게는 적의(敵意)와 시의(猜疑)의 눈초리를 보내는 것을 보자 아케미는 한심하기도 하고 화가 나기도 했다.

'하지만 나는 화를 내서는 안 된다. 포기해서도 안 된다. 내가 진심을 쏟아 그녀들에게 보이는 말 한마디 행동 하나는 반드시 씨앗이 되어 그녀들의 마음밭에 떨어질 것이다. 그것이 언젠가는 싹을 틔울 것이 틀림없다.'

겨우 열여덟 살의 계집아이인 아케미는 씩씩하게도 이렇게 생각했다. 적 한가운데 있는 까닭에 조국의 안위가 절실하게 이 소녀의 마음에 느껴졌던 것이다.

그러는 사이에 전쟁의 불똥이 상하이에 미쳐 오는 것은 피할 수 없는 사정이 되었다. 동문서원은 당국의 명에 따라 폐쇄되었고, 가케이 교수 일가는 도쿄로 돌아오게 되었던 것이다. 드디어 출발 전날 밤, 야음을 틈타 판 교수는 아들 위씽을 데리고 가케이 교수의 집을 찾았다.

"어찌 된 일입니까, 판 상? 위험하지 않습니까."

가케이 박사는 판 교수의 손을 꽉 잡으면서 걱정하는 표정을 지었다.

"위험하지요. 하지만 이것도 전쟁입니다. 가케이 선생, 나는 머지않아 지나에 동아(東亞)의 대세에 눈뜬 큰 인물이 나타나 양국 간에 평화로운 날이 올 것을 믿습니다. 그러나 그것은 절굿공이가 떠내려갈 만큼의 피가 흐른 뒤이겠지요. 정말이지 불행한 일입니다. 나는 이 나라 국민의 한 사람으로서, 누가 나쁘다, 누구에게 책임이 있다고는 말하지 않겠습니다. 결국은 나 자신이 나쁜 것입니다. 나는 당신에게 사죄 말씀을 드립니다."

하고 판 교수는, 몹시 흥분은 했지만 학자적 침착함을 전혀 잃지 않은 태도로 말했다.

판 교수의 진지한 태도와 말에 아케미는 눈두덩이 뜨거워지는 것을 느꼈다. 판 교수가 말을 마치자 가케이 박사는 정중하게 머리를 숙였다.

"선생의 심정은 잘 이해합니다. 우리는 학자입니다. 학자는 영원한 진리에 삽니다. 일시적인 현실에 구속되어서는 안 되겠지요. 학자가 진리를 잃는 것은 전쟁보다도 불행한 일입니다. 나는, 아시아는 하나임을 굳게 믿습니다. 당신도 위대한 쑨종산(孫中山) 선생과 마찬가지로 이 점에서 내게 공명하고 계십니다. 우리는 이 아시아의 마음, 아시아의 혼을 질식시키지 않도록 최신의 노력을 나합시다. 나는 일본인 속에, 당신은 중화인 속에 이 마음을 확실히 심도록 합시다."

하고 말을 마치고, 가케이 박사는 의자에서 일어나 손을 내밀었다.

판 교수는 일어나면서 양손으로 가케이 박사의 손을 힘껏 잡고 흐느껴 울었다. 가케이 박사의 눈에서도 눈물이 흘렀다. 아케미는 두 사람의 모습을 보자 감격으로 가슴이 터질 듯했다. 아케미는, 지나인은 천성이 지극히 냉정하다고만 생각하고 있었다. 특히 판 박사는 결코 평소에 열정을 드러내는 법이 없었다. 그는 지극히 은근한 사람이었는데, 그 얼굴은 무표정에 가까울 정도였다. 지나인은 열정을 질식시키고 말았다고 누군가 이야기한 것이 정말처럼 생각되었다. 때로 열정을 폭발시키는 부친에게 익숙한 아케미에게는 판 교수의 냉정함이 정 떨어질 정도였다. 그런데 흐느낀 것이다. 이 흐느낌이 생각을 뒤바꿀 정도로 아케미를 감격시킨 것이었다.

두 학자는 손을 잡고는 흔들고, 다시 잡고는 흔들면서 서로 상대의 눈물에 젖은 눈을 응시했다. 이 광경을 장제스(蔣介石) 일파에게 보여주고 싶었다고, 나중에 아케미는 판위썽에게 이야기한 일이 있다.

"가케이 선생, 부디 제 자식을 맡아주십시오. 자식에게 참된 일본, 일본의 진짜 모습을 보여주고 싶습니다. 그리고 배우게 하고 싶은 것입니다. 우리 중화인이 일본을 올바르게 인식하는 데에 아시아가 모든 불행에서 빠져나올 길이 있다고 믿습니다. 지극히 미련한 녀석입니다만, 당장은 내 뜻을 잇게 할 사람은 이 녀석밖에 없습니다. 이 아이도 선생을 우러르고 있으니, 부디 도쿄에 데려가주십시오. 적국(敵國) 사람이어서 안 됩니까?"

판 교수의 얼굴은 침통했다.

"아니요, 당치도 않습니다. 일본은 당신 나라의 국민을 적으로 생각하지 않습니다. 일본에 살고 있는 당신 나라의 사람들은 앞으로도 지금까지와 마찬가지로 일본의 보호 아래 편안히 머무르고 즐겁게 일할 것입니다. 지금도 그렇습니다. 좋습니다. 자제분은 확실히 제가 맡겠습니다. 미흡하나마 전쟁이 끝날 때까지 제가 돌보도록 하지요."

이런 사정으로 판위썽이 도쿄에 온 것이었다.

도쿄에 온 판위썽은 가케이 교수의 집에 머물게 되었다. 혼기에 찬 딸이 있는 가케이 박사로서는 외국인 청년을 집에 묵게 하는 것이 어떨까 싶었지만, 그러나 판 교수의 저 성실한 부탁을 생각하니 그의 아들을 차가운 하숙집으로 보낼 수는 없었다. 가케이 부인도 잘 이해해주었고 아케미도 싫은 얼굴은 보이지 않았다. 그리고 판 교수의 희망을 존중하여 위썽으로 하여금 도쿄제대 당국의 특별 허가를 얻어 청강생으로서 국문학과 국사 강의를 듣게 한 것이었다.

처음에 위썽은 즐거워하는 듯했지만, 점점 우울해지는 것이 가케이 집안사람들의 눈에 띄었다. 이전과 달리 학교에서 돌아오는 시간이 늦어지는 일도 있었고, 식탁에서도 침묵에 빠지는 일이 많았다. 자기 방에 들어가면 무엇을 하는지 얼굴을 내밀지 않았다.

"판 상, 어떻게 된 일일까요?"

가케이 부인과 아케미도 걱정했다.

"우울하지 않을 수 없겠지."

가케이 박사는 당연한 일이라는 듯이 입으로는 말했지만, 속마음은 평온치 않았다. 난징(南京)이 함락되어 전승 축하회가 있던 날에는 위썽은 몸이 좋지 않다면서 방에 틀어박혀 저녁밥도 먹지 않았고, 복도 같은 곳에서 가케이 집안사람들과 만나도 단지 가볍게 인사할 뿐 일절 입을 열지 않았다 유후(蕪湖)와 주장(九江)이 잇달아 함락되고 루산(廬山)의 격전(激戰)이 전해졌으며, 가을도 깊은 시월 이십구일에는 한커우(漢口)도 함락되어 장제스 정권은 충칭(重慶)의 산속으로 달아나고 말았다. 일본에서도 장제스에 대한 적개심이 더욱 심해져, 도쿄에 남아 있던 지나인 학생들은 무리지어 귀국하는 형편이다. 이런 지경이니 판위썽이 우울해지는 것도 가케이 박사의 말처럼 무리가 아니었다.

그런 중에도 위썽을 위해 마음 아파하고 있는 것은 아케미였다. 젊은이의 마음은 같은 젊은이에게 한층 더 통한다. 나이로 말하면 위썽이 스물셋이고 아케미가 열아홉이었으나, 여자의 조숙함 탓에 스물셋의 위썽이 동생이라도 되는 듯이 아케미에게는 생각되었다.

'어떻게든 위로해주고 싶다.'

아케미는 부모에게도 털어놓지 못하고 혼자 고민했다.

그러나 아케미는 여자이고 판위썽은 외국인 남자이다. 동정한다 해도 자연히 한계가 있게 마련이다. 위썽의 책상 위에 꽃을 한 묶음 장식해둔다든가 옷을 깔끔히 개어둔다든가, 이런 일 이외에는 엄두를 내지 못했다.

위썽 쪽에서는, 지나의 전통으로서 남녀유별이라는 예의에 집착하고 있을 것이다. 또 자기가 존경하는 스승의 집이고 보면 자연히 조심스러워질 것이었다. 아케미에게는 물론이고 가케이 부인에게조차 결코 스스럼없이 대하지는 못했다. 게다가 일본인이라면 누구나 가지고 있을 듯한 붙임성도 없었다. 위썽은 실로 틀에 박힌 듯한, 뭔가 심하게 구애된 듯한 얼굴 표정과 말투 탓에 아무래도 갑갑함을 느끼게 하는 것이었다. 그의 눈에는 항상 불안한 경계의 기색이 있었다.

'판상은 무척 신경 쓰고 있어.'

그런 생각이 들어 아케미는 그가 불쌍해질 정도였다.

"자네, 좀 더 마음을 터놓을 수 없나?"

어느 날, 모두 차를 마시며 밤 한때를 즐기고 있는 가운데 가케이 박사가 위썽에게 이렇게 말한 일이 있다.

"자네, 그렇게 어려워하지 않아도 좋아. 자네 집에 있을 때처럼 자연스럽게 지내게. 집에서는 자네를 가족과 마찬가지로 생각하고 있으니까. 좀 더 편안히 하게. 편안히 하라구."

"예, 아무래도 아직 일본의 예의에 익숙하지 않아서요."

위썽은 수줍어했다.

"정말이지 판 상, 그렇게 조심하지 않아도 괜찮아요."

하고 가케이 부인도 말했다.

"당신이 학업을 마치고 당신의 나라로 돌아가게 되었을 때, 내 평생 저 가케이의 집에서는 갑갑했다, 고 생각하게 된다면 우리들이 미안하지 않겠어요? 가케이의 집에서는 정말 유쾌했다고, 아드님이나 손자들에게 진심으로 이야기하게 되지 않으면 안 돼요, 판 상."

가케이 부인은 위썽의 찻잔에 차를 따라주면서 미소지었다.

"아닙니다, 당치도 않습니다."

위썽은 허둥댔다.

"그, 그런 일은 없습니다, 사모님. 저는, 저는 이미 감사의 마음으로 가득합니다. 다만 그 감사의 마음을 표현하지 못하는 것뿐입니다."

위썽은 자기가 표현이 서투른 것이 자못 안타까워서 견딜 수 없다는 듯이 무릎 위에서 두 손을 쥐어뜯었다.

아케미에게는 위썽의 마음이 이해되는 듯했다.

가케이 박사는 위썽을 지그시 바라보고 있던 눈을 깜빡거렸다. 이 청년의 조국에 대한 번민이 느껴지는 듯해서 마음이 무거워졌다.

"판 군."

가케이 박사는 장중한 어조로 불렀다.

"예."

위썽은 두 손을 단정하게 무릎 위에 놓았다.

"자네는 일본의 예의가 아직 이해되지 않는다고 했지?"

"예."

"일본 예절의, 대체 어디를 이해하지 못한다는 겐가?"

"도무지 아직 무엇 하나 자신이 생기지 않습니다."

"일본의 예의와 자네 나라의 예의와 다르다고 생각하는가?"

"예, 비슷한 점도 있고 다른 점도 있다고 생각합니다."

"과연 자네 말대로이네. 그런데 자네는 예의의 근본은 무엇이라고 생각하나?"

"사양지심(辭讓之心)이 예의 근본이라고 맹자께서 말씀하셨습니다."

"그렇지. 사양지심이네."

"예."

"사양지심이란 어떤 마음일까?"

"상대를 존경하는 마음입니다."

"그 말대로이네. 그러니까 상대를 존경하고 상대에게 감사하는 마음으로 말하고 행동하면 예에 맞을 테지. 예의삼백 위의삼천(禮儀三百 威儀三千)이라고 하네만, 요컨대 마음이네. 마음이 없는 예의, 즉 마음에 없는 예의는 무의미한 게 아닐까. 자네는 어떻게 생각하나?"

"예, 말씀대로라고 생각합니다."

"그러니까 마음에 있는 대로 성심껏 솔직하게 행동하면 되는 것이네. 일본의 예의와 자네 나라의 예의가 다른 것은 그 표현 형식만 다를 뿐이지. 예컨대 인사하는 방식 말일세. 일본에서는 양손을 포개어 몸을 숙이고, 자네 나라에서는 양손을 맞잡고 흔드는 식이지. 하지만 그 마음은 하나야. 상대를 존경하고 상대에게 감사한다는 근본 마음은 하나이지. 요컨대 그것이 성(誠)인지 거짓인지에 달린 것이라네. 어떤가 판 군, 오늘날 자네 나라의 예의에는 성심이 있는가, 아니면 거짓이 많은가. 솔직하게 말해보게."

판은 고개를 떨구었다. 성심이 있다고 하면 자기가 속이는 게 되고, 거짓이 많다고 하면 조국을 비난하게 되는 것이다. 한편으로는 판의 양심이 꾸짖었고, 다른 한편으로는 판의 애국심이 용납하지 않았다. 그런데 가케이는 스승이다. 스승을 속이는 것도 양심은 용납하지 않는다. 판은 몹시 난처해지고 말았다. 판은 자신의 조국이 일본에 비해 너무 초라한 상태에 놓인 까닭에 조국에 대한 애국심을 고집하게 된 것이었다. 자신의 조국이 거짓으로 꽉 차 있는 것을 아주 잘 알고 있는 까닭에, 거짓이 있다는 지적이 한층 더 괴롭고 화내고 싶어지는 것이다. 판은 누구보다도 자기 나라 사람들의 거짓과 이기주의, 사대주의, 권모술수를 미워하고 있다. 또 일본의 정직함을 부러워하고도 있다. 그러나 자기 입으로 그것을 말하고 싶지는 않았다. 따라서 가케이 교수에게 그런 질문을 받자 모욕을 받는 듯한 기분이 되었던 것이다. 물론 판은 가케이 박사의 성실함을 알고 있다. 가케이 박사가 지나인에게 깊은 이해와 동정을 가지고 있는 것도 잘 알고 있다. 따라서 지금과 같은 경우, 가케이 박사가 이런 질문을 하는 것은 자기를 가르치기 위해서이지 자기나 자기의 조국을 모욕하기 위한 것은 아니라는 것도 잘 알고 있다. 그러나 그런 사정을 잘 아는 것과 자기의 괴로움은 전혀 별개의 문제였다.

  판이 아래로 머리를 떨구고 깊이 생각하는 것을 보며 가케이 박사는 판의 마음을 헤아렸다.

  "판 군, 자네의 마음은 잘 알고 있네. 다만 내가 자네에게 말하려는 것은 말이지, 일본인도 자네들 중국인도, 아니 아시아의 모든 민족이 그 동종성, 그 형제성에 눈떠야 한다는 점이네. 특히 그 공동 운명성이라고나 할까, 순치보거(脣齒輔車)라는 말도 적절하지 않아. 그 이상이기 때문이지. 일본이 없이는 지나가 없고, 아시아가 영국과 미국의 것이 되면 일본도 없는 것이네. 아시아의 모든 민족이 한 덩어리가 되지 않고서는 영미(英米)의 독이빨에서 자기를 해방하여 빛나는 아시아인의 아시아를 명백히 드러낼 수 없는 것이지. 장제스가 일본을 타도함으로써 지나를 완성시키려 하는 것은 착각이야. 얼마나 불행한 착각인가. 판 군, 일본과 자네 조국은 화합하면 일어서고 싸우면 거꾸러지는 상관성이 있는 관계라네. 이를 가령 공동 운명성이라고 이름 붙여보세. 운명 공동체라고 하는 게 좀 더 적절할지도 모르지. 일본이 자네 조국의 영토를 빼앗고 자네의 조국을 거꾸러뜨려 일본만 일어서겠다는 야심이 없다는 것은 고노에 성명(近衛聲明)에 의해 분명해졌을 것이네. 자네는 고노에 성명을 알고 있겠지?"

"예, 알고 있습니다."

"자네는 고노에 성명을 문자 그대로 믿어주겠지?"

"믿고 싶습니다만. 종래 열강의 성명이라는 것이 얼마나 믿을 수 없는지 보아온 우리들로서는 갑자기 신뢰하기는 어렵습니다."

판은 눈을 번뜩이며 단언했다.

"과연, 자네는 용케도 솔직하게 말해주었네. 하지만 거기에 자네들의 근본적인 중대 착각이 있는 것이지. 자네는 알아채지 못했는가 보군."

"무엇을 말입니까?"

판은 조금 전의 쭈뼛쭈뼛한 내향성과 수줍음을 모조리 버리고 차라리 도전이라도 하려는 듯한 눈으로 가케이 박사를 정면으로 응시하는 것이었다. 아케미는 깜짝 놀랐다. 지금까지 보지 못한 늠름한 판의 일면을 보았기 때문이었다.

"일본과 영미를 혼동하는 것이 근본적인 착오인 게지. 그들과 일본은 근본 이념에서 차이가 있네. 일본에도 여러 가지 결점은 있겠지. 하지만 일본이라는 나라의 특성은 거짓이 있을 수 없는 것이라네. 한 사람 한 사람의 일본인은 거짓말을 할 수도 있겠지. 그렇지만 말이지, 일본은 천황께서 다스리시는 나라이므로 국가로서는 안으로 국민에 대해서도, 밖으로 여러 나라에 대해서도 거짓말을 한다는 것은 있을 수 없는 일이야. 따라서 일본 국민은 절대로 국가를 믿는 것이고. 만일 국가가 거짓말을 하는 일이 한 번이라도 있다면 국민은 국가를 믿지 않을 테지. 그런데 일본은 건국 이래 만세일계(萬世一系)의 천황에 의해 다스려지고 있기 때문에 일찍이 한 번도 국가가 국민에게 거짓말을 한 적이 없다네. 그것이 일본의 국체(國體)가 만방에서 으뜸인 점이고, 일본 국민의 애국심이 강한 이유이기도 하지. 따라서 일본 국민은 고노에 삼원칙을 그대로 믿고 있는 것이네. 더욱이 고노에 성명은 어전회의를 통과한 것이니까 더더욱 절대적인 것이라네. 어떤가, 알아들었겠지?"

가케이 박사는 판을 응시했다.

"예."

판은 가케이의 이론이 가진 논리보다도 그 표정의 성실함에 감동받은 것이었다. 그의 눈에서는 도전적인 빛이 사라졌지만, 그래도 기분이 나아진 것은 아니었다. 일본의 좋은 점이 부러웠고, 조국의 칠칠치 못함이 슬펐다. 판의 마음은 지나가 일본보다도 더욱 훌륭한 나라이기를 바랐던 것이다.

아케미는 휴우 하는 심정으로 판의 옆얼굴을 이따금 훔쳐보았다. 판은 최근 눈에 띄게 홀쭉하게 야위었다. 원래 창백한 얼굴이지만, 그 창백함에 누렇게 뜬 기색조차 더해진 듯했다. 아케미는 오빠와 동생의 느긋한, 젊은이다운 무관심을 비교해보고 마음이 무거웠다. 조국의 고마움, 조국의 소중함을 아케미는 절실하게 느꼈다.

"그래서 말이지."

가케이 박사는 손으로 탁자 가장자리를 내리쳤다. 찻잔이 탁자 위에서 달그락 소리를 냈다.

"예."

판은 얼굴을 들었다. 그 표정은 아까보다도 훨씬 부드러웠다. 이제 무엇이든 받아들이겠습니다, 라고 말하는 듯했다.

"아시아 운명 공동체의 여러 민족이 참된 예(禮)의 마음으로 돌아가는 것이 필요하네. 그것이 매우 긴요하고 또 유일한 길이지."

가케이 박사는 입술을 앙다물고 판의 얼굴을 응시했다.

"예(禮)의 마음으로 돌아간다고요?"

판은 의외라는 표정으로 눈을 크게 떴다. 흰자위가 약간 많은 검은 눈이다. 아케미는 판의 눈에서 일본인과는 다른 특색을 발견했다. 뭔가 가늠하기 어려운 듯한 눈이라고 생각했다.

"그렇지. 아시아인은 예로 돌아가는 것이지. 아시아인은 원래 예를 숭상하는 민족이었네. 법을 무시한다는 의미가 아니라, 법의 근본이 예에 놓여 있는 것이 아시아 본연의 자세였던 거야. 자네는 자네 나라의 『주례(周禮)』를 알고 있겠지. 공자께서도 법으로 이끌고 형벌로 다스리면 백성은 면하려고 할 뿐 부끄러움을 모른다고 말씀하셨네. 이는 차선(次善)을 말씀하신 게지. 그다음은 덕으로 이끌고 예로써 다스리면 부끄러움을 알고 나아가 잘못을 바로잡는다고 말씀하셨던 것이네. 즉 공자께서는 정(政)과 형(刑)의 정치를 하위에 두고 덕(德)과 예(禮)의 정치를 이상(理想)으로 삼으신 것이지. 그런데 슬프게도 공자님의 이상은 자네 나라에서는 행해지지 않고 겨우 상앙(商鞅)이나 관중(管仲) 식의 정치를 이상으로 삼은 데 지나지 않았지. 그것은 자네 부친도 그렇게 말씀하고 계시네. 거기에 영미의 교지(巧智)와 이욕(利慾)의 사상이 침투하여 자네들 지식층을 풍미했던 것이지. 그래서 예는 자네들의 조국에서 땅에 떨어졌던 것이고. 교지와 이욕, 그게 영미 사상의 진면목이야. 영미는 교지와 이욕으로써 감쪽같이 자네 선배들을 낚았던 게야. 낚았던 거지, 물고기를 낚듯 낚았던 거라구. 장제스 일파는 아직도 예리한 낚싯바늘을 품은, 영미가 던진 미끼를 달려들어 무는 것이 자기를 구하는 길이라고 생각하고 있는 것이네.

그런데 일본은 그런 교지를 모르네. 그런 이욕을 멀리하지. 일본인은 삼천 년 동안 예의 생활을 주입받아왔네. 일본의 정치에는 민중을 조종하는 교지라는 게 없어. 오직 바른 것은 바른 것이고, 부정(不正)한 것은 부정한 것이지. 국가는 거짓말을 하지 않아. 국민은 순순히 국가를 믿고. 이렇게 단련된 일본인이어서 국제 관계에서도 정직 일변도이지. 그래서 일본은 속임을 잘 당해. 속임을 잘 당하지만, 일본이 다른 나라를 속이는 일은 없어. 이른바 일본인의 도의성(道義性)이지. 영미 녀석들은 이 때문에 일본이 다루기 쉽다고 생각하고 있어. 그런데 말이지, 일본인은 결코 부정을 용납하지 않네. 일본인은 부정불의(不正不義)라고 생각하면 칼을 빼어 들고 일어서는 것이지. 이욕으로 일어서는 영미와는 근본적으로 다르다네. 자네 나라는 일본의 이런 근본 성격을 파악하는 데 실패한 것이지. 그래서 참된 친구, 정직한 형세를 적으로 놀리고, 교활한 교지 그 자체인 영미의 미끼에 걸려 지나사변이라는 대불행을 일으킨 것이고. 원수에게 꾀여 형제와 맞서고 있는 게야.

자네들은 예(禮)로 돌아가지 않으면 안 되네. 예의 눈으로 일본을 다시 보라는 말이네. 그렇게 함으로써만 자네의 조국도 아시아도 구원되는 것이지. 자네들은 일본의 예, 즉 일본의 도의성을 확실히 인식하고 일본이 하는 말을 그대로 받아들이면 되는 걸세. 그리고 과거의 역사에 대한 오만함을 버리고 현재 일본의 우월성과 지도력을 그대로 겸손하게 받아들여야 하네. 자네의 조국이 지녔던 과거의 영광은 자네들의 영광은 아니지. 그것은 자네들의 선조의 영광일 뿐. 자네들은 이제부터 자네들 자신의 영광을 자기 힘으로 쌓아 올리지 않으면 안 돼. 그것은 결코 회고적 자부심이나 현실에 눈을 감는 오기에서 오는 것이 아니야. 자부심도 오기도 결국 거짓이고 어리석음이기 때문이지. 있는 그대로의 현실을 직시하는 것이야말로 참된 용기라네. 그것이 예인 것이지. 알아듣겠는가, 판 군. 극기복례(克己復禮)라고 했네. 아시아의 여러 민족은 조만간 극기복례의 자기 수련을 바로 시작하지 않으면 안 된다네. 그랬을 때만 아시아의 운명 공동체는 번영할 것이네. 지금 일본이 절규하고 있는 대동아공영권이란 이것 외에 다른 것이 아닐세. 즉 이욕 세계를 타파하고 예의 세계를 세우자는 것이지. 일본은 진지하다네. 피로써 이 대업을 완수할 각오인 게지. 영미가 여전히 동양 제패(制覇)라는 그릇된 야망을 버리지 못하는 한 일본은 반드시 영미를 분쇄하기 위해 일어날 걸세."

"일본이 영미와 싸운다구요?"

판은 믿기지 않는 듯한 얼굴이었다. 판이 보기에 일본은 지나와 싸워서는 이겨도 영미에 대해서는 손대지 못할 것이라고 생각하는 것이었다.

"물론!"

가케이 박사의 목소리에는 격분이 담겨 있었다.

"일본은, 생각한 것을 완수하지 않는 일은 없다네. 그것은 의(義)를 위해서이고 욕심을 위해서가 아니기 때문이지. 욕심을 위해서라면, 욕심을 버리면 싸우지 않아도 그만이지. 하지만 의는 버릴 수 있는 게 아니야. 자네는 일본의 할복(割腹)이라든가 정사(情死)에 대해 알고 있겠지.

일본인은 의와 인정을 위해서는 목숨도 아끼지 않는 것이지. 자네도 일본을 알려거든 이 점을 확실히 파악하지 않으면 안 되네."

가케이 교수는 마치 꾸짖는 어조로 말했다. 왜 지나인이 이런 일본의 진의를 이해하지 못하는 것일까, 생각하면 피가 거꾸로 흐르는 것이었다.

"선생님, 고맙습니다. 잘 알겠습니다. 오늘밤 선생님께서 하신 말씀을 듣고 일본의 모습이 분명해진 듯합니다. 그런데 슬프게도 많은 지나인은 그것을 모르고 있는 것입니다. 슬픈 운명이라고 생각합니다."

판은 이렇게 말했다.

가케이 교수는, 판이 오늘밤 자기가 한 말을 모두 이해하리라고는 기대하지 않았다. 판은 아직 어리고, 또 지나에 공통적인 일본에 대한 외고집이 있다는 것을 잘 알고 있었기 때문이다.

어느 날 판은 저녁 식사를 마치고 차가 나왔을 때 돌연,

"선생님, 저는 지나로 돌아가겠습니다."

하고 말을 꺼냈다.

"무엇 때문에 돌아가겠다는 겐가?"

가케이 교수는, 그러나 놀라지 않았다.

"무엇 때문인지는 모르겠습니다. 다만 편안히 지낼 수는 없습니다. 조국이 자꾸 부르는 소리가 제 귀에 들리는걸요. 그래서 저는 돌아가겠습니다."

판은 침통한 얼굴이었다.

"그래도 자네 부친은 전쟁이 끝날 때까지 자네를 내게 맡겼네."

"선생님, 저는 일본 정신을 배웠습니다. 그것에 의하면 부모보다 조국이 소중합니다. 그래서 저는 돌아가는 것입니다."

"돌아가서 어쩌자는 겐가. 군인이 되어 일본과 싸우기라도 할 텐가?"

"그것은 뭐라고 말씀드릴 수 없습니다. 다만 한 가지 말씀드릴 수 있는 것은, 저는 선생님께 배운 것을 몸으로, 목숨을 걸고 실행하고 싶은 것입니다."

가케이 박사는 잠시 눈을 감고 판의 말이 지닌 참뜻을 생각해보았지만 생각할 필요가 없다는 생각이 들어서,

"그런가. 그렇다면 말리지 않겠네. 단, 예(禮)를 잊지 말게."

하고 부드럽게 말했을 뿐이었다.

"예, 제가 일본의 진의를 사실로써 알게 되는 날이 오면 다시 선생님의 문하에 들겠습니다. 선생님은 총리대신도 정치가도 아니시니까요."

판의 말은 수수께끼 같았지만, 당당한 국사(國土)의 태도였다. 아케미는 판이 평범한 사람이 아니라고 생각했다.

"좋아, 좋아. 조만간 자네도 사실을 통해 일본은 거짓말을 하지 않는다는 것을 알게 되겠지. 그때는 남자답게 행동해주게."

"예, 일본이라는 나라가 정말 선생님께서 말씀하신 그런 나라임을 알게 되는 순간 저는 목숨을 던져 선생님께서 말씀하신 것을 제 동포에게 전하겠습니다. 선생님, 이것만은 믿어주십시오."

"좋아, 자네를 믿어보지. 아니, 자네를 믿네."

이런 사정으로 판은 도쿄를 떠나 지나로 돌아간 것이었다.

판은 가케이 박사를 믿었다. 아케미를 믿었다. 사실 아케미는 판의 마음에 숨겨둔 애인이었다. 그는 아케미에게 한 번도 자기의 마음을 털어놓은 적이 없다. 그러나 판은 아케미를 자기 생애의 애인으로 정해두었다. 판은 일본인이 정말 가케이 박사의 말처럼 아시아의 여러 민족을 형제와 같이 생각하고 이들을 구하기 위해 싸우는 것이라면, 자기의 사랑 고백은 아케미에게 받아들여질 것이라고 믿고 있었던 것이다.

아케미도 판에게는 호의를 갖고 있었다. 다만 좋아하는 젊은 남성이어서가 아니고, 판은 뭔가 지나의 역사와 민족을 대표하는 청년의 모습이어서 무한한 흥미를 느끼는 것이었다. 만약 자기가 판의 아내가 됨으로써 대동아공영권의 건설에 조금이라도 도움이 된다면, 자기의 몸도 마음도 판에게 바쳐도 좋다고 생각했다.

판이 나가사키(長崎)에서,

> 드디어 일본을 떠납니다. 꼭 다시 선생님의 슬하로 돌아갈 날이 있기를 희망하고 또 믿습니다. 아케미 상, 부디 저를 믿어주세요.

라고 쓴 엽서가 한 장 온 후로 판에게서는 묘연히 소식이 없었다.

왕자오밍(汪兆銘)의 난징(南京) 정부가 출범해도 판에게는 아무 소식도 오지 않았다. 아마도 충칭에 있는 모양이라고 아케미는 한숨을 내쉬었다. 대동아전쟁이 시작되어 일본은 말레이시아와 남서태평양에서 큰 전과를 거두었고, 올해 들어서는 지나에서 치외법권이 철폐되고 상하이가 반환되고 버마가 독립했으며, 바로 며칠 전 시월 십사일에는 필리핀이 독립했다. 일본은 가케이 박사가 판에게 말한 것을 그대로 사실로써 증명한 것이었다.

이케미는 판이, '일본의 신의가 사실로 증명되는 날이 오면 다시 선생님의 문하로 돌아오겠습니다.'라고 했던 말을 떠올렸다.

'판 상이 살아만 있다면 반드시 일본에 올 거야.'

아케미는 판을 믿고 있는 것이었다.

그러나 국화 향기 가득한 메이지절(明治節)이 가까워져도 판에게는 아무런 소식도 없었다.

최근 오 년간 아케미 집안의 변화도 컸다. 오빠는 작년에 소집되어 남방 전선에서 싸우고 있고, 동생도 해군 항공병이 되어 바로 삼 일 전에 전선을 향해 떠났다. 가케이 박사의 정원 화단 자리에는 대피호가 떡하니 입을 벌리고 있다. 아케미는 어머니와 둘이서 쓸쓸해진 집을 지키며 아침저녁으로 오빠와 동생의 사진 앞에 꽃과 음식을 준비하고 있다. 가케이 박사도 부쩍 백발이 늘었고, 두 아들을 전쟁에 보낸 어머니는 점점 신앙가가 되어 진언종(眞言宗)의 근행(勤行)과 참배에 힘쓰고 있는 것이다.

'일본은 이렇게까지 하고 있는데도 지나 사람들에게 통하지 않는 걸까.'

아케미는 국화 향기를 머금은 바람을 맞으면서 서북쪽 하늘을 바라보며 지나 사억 민중과 아시아의 여러 민족을 눈앞에 그리고 있었다.

"아케미야, 전보 왔다."

아래층에서 모친의 목소리가 들렸다.

"네."

아케미는 유리로 된 덧문을 닫고 아래로 뛰어 내려갔다.

"어디서?"

라고 말하며 아케미는 모친에게서 전보를 받아 봉투를 뜯었다.

"내일 오후 한 시 도착. 판위썽."이라고 적혀 있었다.

"어머, 어머니. 판 상에게서 왔어요. 내일 오후 한 시에 도착한다고. 나가사키우체국이에요."

아케미는 가슴을 두근거리면서 전문(電文)을 몇 번이고 다시 읽었다.

"어머, 판 상이."

가케이 부인도 눈이 동그래졌다.

아케미는 몹시 기뻤다. 일본의 성실함은 결국 판위썽이라는 한 청년의 마음을 얻은 것이다. 그것은 머지않아 십억 아시아의 마음을 얻는 첫걸음이 될 것이다.

아케미는 판이 머물던 방을 치우고 꾸미면서 부친이 돌아오기를 기다렸다.

— 가야마 미쓰로(香山光郞), 「대동아(大東亞)」, 「록기(綠旗)」, 1943. 12.

사십 년

1

엽전 우려낸 물

 조부가 돌아가신 것은 내가 열아홉 되던 해로 메이지(明治) 43년이었다. 조부는 당시 칠십구 세이셨기 때문에 지금까지 살아계신다면 백십이 세가 되는 셈이다.
 내가 태어난 것은 일청전쟁이 일어나기 이태 전으로, 조부가 예순이었으니 내게는 노인으로서의 조부의 인상밖에 없다. 게다가 조부는 나의 부모와 같은 집에 살지 않고 명옥(明玉)이라는, 한때 명기(名妓)였다는 첩과 줄곧 떨어져 살았기 때문에 자연히 내가 조부의 얼굴을 볼 기회도 적었다. 기억을 짚어보면, 조부에 대한 내 최초의 인상은 일곱 살 이전으로는 거슬러 올라가지 않는다. 그 인상이란 둥근 얼굴에 수염이 새하얗고 노란빛을 띤 눈에 광채가 있으며, 그리고 화가 났을 때는 무척 목소리가 컸던 것 등이다. 조부는 풍채가 좋고 글씨를 잘 썼다고 훨씬 훗날까지도 사람들 입에 올랐는데, 내 기억으로도 조부는 걱정이라고는 모르고 좋은 것도 싫은 것도 그때뿐으로 곧 잊어버리는 그런 성질이었다. 그는 화가 나면 큰 소리로 꾸짖지만, 곧 또 하하 하고 큰 소리를 내며 웃는다. 내가 일여덟 살 때의 일이라고 생각되는 몇 가지 삽화를 골라내 보자.

어느 날 내가 조부 댁에 갔더니 조부 혼자서 여느 때의 자리에 앉아 있었다. 당시는 이미 우리 집안의 가산이 기운 때로, 조부의 집이라는 것도 지극히 엉성한 일반 농가의 초가집으로 두 칸밖에 안 되었다. 그 이상 작을 수 없을 듯한 집이었지만 조부는 이와 반대되는 호방한 취향으로, 실내는 백지로 바르고 자신의 서책 등도 놓아두었고, 세간만큼은 읍내에서 호사스런 풍류 생활을 했던 자취로, 책장이며 연상(硯床, 벼룻집으로 받침대가 붙어 있는 것)이며 병풍이며 그 밖의 문방구 등을 가지고 있었다. 또 술을 좋아하여 술병, 술잔, 쟁반 등도 공들여 모았다. 놋쇠로 만든 대야, 타구, 재떨이 등도 제대로 갖춘 것이고, 여행용, 마상용(馬上用) 물품도 아직 손때 묻히지 않은 채 이 좁은 방에 빼곡히 놓아두었다. 나는 그런 물건들을 보는 것이 좋았다.

이런 세간들 속에서 조부는 지나(支那) 비단으로 덮인 긴 보료를 깔고 언제까지고 언제까지고 반가부좌에 가까운 앉음새로 앉아 있는 것이다.

나는 조부가 좋다기보다도 대단히 훌륭한 사람이며, 이 군내(郡內)에서는 첫째가는 훌륭한 사람이라고 믿었다. 게다가 조부가 얼굴을 들고 눈을 번쩍 빛내면 위엄이 있었고, 또 조부는 말이 없는 편으로, 나를 귀여워하는 기색은 말로도 얼굴에도 나타내지 않았던 터라, 나는 어느 쪽인가 하면, 조부를 두려워하는 편이었다. 그래도 종종 조부의 얼굴이 보고 싶어지면 혼자 쫄래쫄래 찾아가서는 오래도록 놀다가 뭔가 단것이라도 받아 오는 것이 보통이었는데, 나는 그 단것이 탐나서 조부 댁에 갔다고는 생각하지 않는다. 다만 조부의 그 풍모가 보고 싶은 것이었다. 조부의 풍격은 확실히 내게는 경이(驚異)여서, '조부님은 정말 훌륭해.' 하고 우러러 떠받들었던 것이다.

이날도 조부는 언제나처럼 가만히 앉아 있었다. 내가 성큼성큼 곁으로

가서 관례대로 절을 하자 조부는,

"네게 줄 것이 있다."

고 하면서, 몸을 휙 돌려 아랫목의 가장 따뜻한 곳에 무슨 천이 덮여 있는 작은 놋쇠 그릇을 꺼내더니,

"이것을 마시거라. 즙만 마시는 게다."

하는 것이었다.

뚜껑을 열어보니 멥쌀과 물, 그리고 멥쌀 위에 엽전이 두세 냥 부드럽게 빛나고 있다.

내가 그것을 내려다보고 있자 조부는,

"마시렴, 마셔. 그것을 마시면 몸이 튼튼해진다고 책에 씌어 있지."

하고 재촉하는 것이어서, 나는 분부대로 그 맑은 윗물을 꿀꺽 들이켰다. 정말 맛이 없었다.

"매일 이맘때 오너라."

조부는 말했는데, 내가 이 묘한 약을 언제까지 마셨는지는 기억이 없다. 조부는 내가 약한 것이 마음에 걸려 그런 것을 마시게 할 생각을 했던 것이리라. 오래 그것을 마시노라면 그 엽전이 부드러워지고, 그 부드러워진 엽전까지 마셔버리면 건강한 몸이 되는 것이라고 말씀하셨던 듯하다. 그러나 그 부드러워진 엽전을 마신 기억은 물론 없다. 다만 이후 사십오 년이 지난 오늘, 조부의 안타까운 애정을 절실히 느끼며 눈물을 머금을 뿐이다. 나 같은 병약한 것이 오십을 넘어 살고 있는 것도 어쩌면 조부의 원력(願力)에 의한 것일지도 모른다.

지나인(支那人) 향 장수

하나 더, 당시의 일화.

어느 날 내가 조부 댁에 갔더니, 조부의 방 옆방에 시커먼 공단(貢緞) 옷을 몸에 두른 젊은 남자가 있었다. 나는 이때까지 지나인을 본 적이 없었던 터라 깜짝 놀라고 말았다.

조부는 여느 때처럼 앉아 있다. 나는 쭈뼛쭈뼛 그 지나인 앞을 지나서 조부 앞에 절을 하고, 절을 끝내자 곧 그 시커먼 이상한 사람을 쳐다보았다. 조부가 곁에 있어서 두렵지는 않았다.

지나인은 머리 앞쪽을 푸른빛이 돌 정도로 밀고, 머리를 기다랗게 변발(辮髮)하여 늘어뜨리고 있다. 나도 머리를 땋아 늘어뜨렸지만, 저런 어른이 상투를 틀지 않고 변발한 것이 우스웠다. 하긴 대나무 빗을 파는 전라도 노총각은 본 적이 있다. 그들은 모두 궁상스럽고 더러운 얼굴을 하고 있었는데, 이 지나인은 실로 살갗이 희고 고상한 얼굴을 하고 있다. 특히 손이 새하얗고 손가락은 가늘고 긴 데다 손톱도 길었는데, 내 짧은 손톱보다도 아름다웠다.

"손자입니까?"

그 지나인은 실로 능숙한 조선어를 구사했다.

"그렇다네. 손자야. 손자는 이 아이 히니뿐이지."

조부는 뜻밖에도 그 두꺼운 손으로 내 머리를 쓰다듬어주었다.

"중국 손님이다. 향(香)을 만드는 사람이지. 한어(漢語)라도 배우렴."

조부는 이런 말도 했다.

그날 이후 나는 이 왕(王)이라는 지나인과 사이좋은 친구가 되었는데, 그는 내게 여러 가지를 주었다. 둥근 상자에 담긴 성냥도 얻고 어머니께 드리는 선물이라고 하여 붉은 문자가 박힌 무척 맛있는 과자도 얻었는데, 그것은 월병(月餠)이거나 귤병(橘餠)이었던 듯하다. 그리고 차장(車掌)이 가지고 다니는 것 같은 휴대용 석유등도 보여주었는데, 그것은 주지 않았다. 그것들 가운데 오랫동안 내 보물이 되고 약이 된 것은 향이었다. 그것은 금박이 돋을새김되어 있는 직사각형의 담홍색 덩어리였는데, 실로 좋은 향기가 났다. 그 향은 미려(美麗)한 호박색 비단 주머니에 들어 있어 술을 단 나비매듭의 자줏빛 끈으로 저고리 고름에 차도록 되어 있었다.

나는 이 향을 무척 사랑했지만, 향을 차고 다닐 수는 없었다. 향을 차는 것은 여자들뿐이다. 여자도 새색시에 국한되어 있었다. 옛날에는 시부모 앞에 나아갈 때 향을 찼다고 하는데, 내가 어렸을 때는 은장도나 은통(그 안에는 귀이개, 이쑤시개, 바늘 등을 넣는다), 반달 모양의 옥구슬 등과 함께 향주머니도 혼인 적령기의 여자나 새색시의 장식으로 가슴에 찼던 것이다. 그래서 내가 가진 이 향도 어머니와 그 밖의 어른들이 내가 자라서 색시를 맞을 때 쓸 거라고 해서 부끄러워 차지 않으려고 했던 것이다. 이 향이 나중에 어떻게 되었는지는 모르지만, 내가 색시를 맞기 전에 부모님이 돌아가셔서 집이 망하고 말았으니 아마도 누군가의 손에 들어갔을 것이다.

왕 씨에게는 향 주문이 꽤 있었던 듯하다. 내가 놀러 가면 그는 무슨 덩어리를 줄로 갈아서 분가루로 만들거나 작은 절구에 송진이나 모래 같은 것을 갈아 으깨고 있었는데, 그것이 모두 향이 뛰어난 향료였다. 주문을 받은 향을 만드는 것이다.

유향, 몰약, 침향, 사향과 같은 것을 나는 이때 처음 보았고, 그런 말도 처음 배웠다. 용연향(龍延香)이란 말도 배웠고, 내 향리에서 나는 향나무는 백단(白檀)과 자단(紫檀)이라는 것도 알게 되었다.

향나무는 여러 대를 이어온 집안에서는 으레 한두 그루 심었던 것이다. 사당(祠堂, 조상의 신주를 모신 건물)이 있는 집은 그 섬돌 아래, 따로 사당 건물이 없는 집에서는 뒷마당 등 청정한 구역에 심는 것이다. 백 년 이상이나 지난 늙은 향나무는 대를 이어온 집안의 자랑이기도 하다. 내가 살던 집에도 멋진 향나무 노목이 있어서 나는 이웃 아이들과 그 그늘에서 놀며 집 자랑을 했던 것인데, 부친의 재산 관리가 나빠지고 또 이도재(李道宰)라는 관찰사(지금의 도지사에 검사정, 판사, 연대장을 겸한 직권을 가진 관리) 때 조부에게 애매한 죄를 뒤집어씌워 돈을 빼앗으려 했던 사건 등으로 내가 가장 좋아했던 그 집을 울며불며 남의 손에 넘겨버린 것이었다. 그래서 그 자랑거리였던 늙은 향나무도 지금은 남의 것이 되어버린 것이다.

향나무는 초봄, 향이 가장 뛰어날 때 가지 하나를 꺾는다. 그것을 네다섯 치 정도로 잘라 그늘에서 말린다. 그것을 사당의 향합(香盒)에 넣어두었다가 선조의 제사 때 꺼내 성냥개비 크기 정도로 깎아 향로에 불을 붙인다. 그렇게 하면 연기가 난다. 그 연기가 하늘하늘 피어오르는 광경은 밀랍으로 만든 초에 켠 촛불과 더불어 가장 경건하고 신비한 감정을 부추기는 것이었다. 나도 향안(香案) 앞에 꿇어앉아 작은 손으로 백자 향로에 자단향을 피웠던 것을 기억한다.

자기 집에 향나무가 없는 사람은 남의 집에서 양해를 구하여 나누어 얻지 않으면 안 된다. 그것은 굴욕이다. 우리가 당시 살았던 집은 뒷마당이고 뭐고 없는 끔찍한 곳으로, 나는 향나무를 심을 곳이 없는 것을 더할 나위 없이 유감으로 여겼더랬다. 내가 지금까지도 향을 좋아하는 것은 어린 시절의, 이 잃어버린 향나무에 대한 애석한 마음 때문인지도 모른다.

조부에게서 들었는지 아니면 부친에게 들었는지 모르지만, 향은 귀신을 물리치는 힘이 있다고 한다. 나쁜 기운을 없앤다는 것이다. 그 나쁜 기운이란 게 무엇인지 내게는 분명하지 않았지만, 아마도 나쁜 요물(妖物)들일 것이라고 생각했다. 혼인 적령기의 처녀나 새색시들이 향을 차는 것도 나쁜 기운을 없애기 위해서이고, 이런 아름다운 것에는 자칫하면 나쁜 기운이 들러붙기 쉽다고 생각되었던 것이리라.

향이 가진 또 하나의 힘에 대해 나는 이런 얘기도 들었다. 향을 태우면 선신(善神)이 강림하신다는 것이다. 그러나 나의 외조모와 무당이 집신과 산신들을 제사 지낼 때는 향을 태우지 않았던 터라, 이것은 분명히 나쁜 신을 제사 지내는 것이로구나, 하고 나는 생각했었다.

왕 씨는 무척 오랫동안 조부 댁에 있었던 듯하다. 마을과 이웃 마을의 유서 깊은 집안이며 벼락부자들이며 시집갈 때가 된 처녀를 둔 집안에서는 좋은 기회로 여겨 너도나도 향을 주문했다. 말할 것도 없이 향에는 서너 등급이 있어 최고급은 백 냥이라고 들었던 것으로 기억한다. 내가 받은 것은 최고급이었다고 하는데, 아마도 왕 씨가 조부 댁에 머문 데 대한 답례였을 것이라고 생각된다.

도대체 이 왕 씨라는 지나인이 언제 조부와 알게 되었는지는 모른다. 왕 씨는 조부를 아버님이라고 불렀고, 내게도 숙부 행세를 했다. 그러나 나는 한 번도 그를 숙부라고 부른 적은 없었다. 왕 씨는 작은 활자로 쓰인 책도 갖고 있었고, 먹도 좋은 것을 갖고 있어 그것도 한 개 받았던 듯하다. 편지지와 시전지(詩箋紙) 등도 노란색이며 진홍색이며, 매화와 대나무 같은 그림이 그려진 것 등을 갖고 있어 글씨와 글에도 소양이 있는 듯했다. 나는 어린 마음에도 그가 보통 장사꾼은 아니라고 생각했다.

그런데 그 지나인 왕 씨가 언제 어떻게 조부 댁을 떠났는지는 기억이 없다. 그때로부터 오십 년 가까이나 지난 오늘날까지도 조부를 추억할 때면 왕 씨가 예의 석유등 불빛에 향을 반죽하여 빚고 있는 모습이 눈에 떠오른다. 이상한 인연이다. 그렇다. 왕 씨가 지금 살아 있다고 하면 팔십에 가까운 노인일 것이다. 그도 지나의 어디에선가 나를 생각하고 있을지도 모른다.

뱃사공

왕 씨 일이 있고 얼마 지나지 않아 조부는 삼십 리 남짓 서쪽의 용암(龍岩)이라는 곳으로 이사했다. 용암이란 노가바우라고 부르는 나루터로, 쑥섬〔艾島〕이라는 섬을 오가는 나룻배가 드나드는 곳이다. 남으로는 아득한 황해이고, 서쪽으로 쑥섬을 비롯하여 지리, 메추리, 감삭이 등의 섬들이 떠 있다. 뒤로는 산이고 바닷가에는 집 한 채와 당집 한 채가 있을 뿐, 인가가 있는 곳으로 가려면 십수 정(町) 고개를 넘지 않으면 안 된다. 실로 적적한 곳이다.

조부는 이 집을 사서 이사했던 것이다. 나룻배도 이 집에 딸려 있었다. 조부는 왜 이런 곳에 왔을까. 나는 일여덟 살 때의 일이라 그 사정은 모른다. 아마도 돈벌이가 없으면 안 된다는 절박한 경제적 사정이 주된 이유였겠지만, 나는 그것이 전부는 아니었던 듯한 느낌이 든다. 조부가 용암으로 이사 오고 나서의 태도를 보면 더더욱 경제적인 이유만은 아니었던 것이 분명하다.

조부는 예의 결벽이 발동하여 우선 집을 수리했다. 실내는 종이를 바른다. 뜰을 손본다. 우물을 친다. 집 주위를 깨끗하게 한다는 것이었는데, 정말 몰라볼 정도로 훌륭한 저택이 되었다.

뒤쪽의 동산에 기대어 안채가 있고, 뜰 하나를 두고 객실이 있었다. 객실이란 나룻배의 승객이 머무는 기다란 온돌방으로, 더러운 헛간의 표본 같았다. 그러나 조부는 이 헛간도 종이를 발라 거적 깔개도 새것으로 바꿨다.

조부의 방도 이전 초가집보다는 높고 넓었고, 볕도 잘 들고 바람도 잘 통했으며, 창을 열면 황해의 파도조차 바라다보이는 멋진 곳이었다.

'복거차장 육육춘(卜居此庄 六六春)'이라고 벽에 붙어 있던 구절을 나는 기억하는데, 이것으로 조부가 예순여섯 때 이곳으로 이사 온 것을 알 수 있다. 내가 일곱 살 때였다.

조부는 서조모(庶祖母) 명옥의 조카인, 얽은 얼굴에 키가 껑충 큰 미륵이(彌勒伊) 내외와 조카딸 귀녀(貴女) 내외를 읍내에서 불러들였다. 귀녀의 남편은 제석이(帝釋伊)라는 시커먼 소 같은 남자였다. 미륵이와 제석이는 배를, 아내들은 부엌일을 맡았던 것이다.

조부는 이번에는 부두를 쌓아 승객들이 발이 젖지 않고 배에 오르내릴 수 있도록 했고, 그때까지는 노로 배를 젓기만 하던 것을 새롭게 돛을 만들고 돛대를 세웠다. 돛은 붉은 흙으로 물들여 눈에 띄게 아름다웠고, 순풍에 부푼 돛을 달고 달리는 나룻배의 자태는 씩씩하여 절찬(絶讚)의 대상이 되었다. 미륵이는 아무래도 물이 서툴렀지만, 제석이는 곧 어엿한 한 사람 몫의 선원이 되었다. 미륵이는 바다를 두려워하는 듯했다. 제석이도 읍내에서 자라서 바다에 익숙하지 않은 점에서는 미륵이와 다르지 않았지만, 그는 지시받은 것에 충실한 기질인 듯 무엇을 시켜도 정말 열심히 했다. 그런데 여기에 비극의 씨앗이 잉태되어 있었던 것이다.

조부의 눈에는 일을 잘해주는 쪽이 예쁜 것이 당연하고, 자연히 미륵이는 하루걸러 조부에게 야단을 맞았다.

"너는 아무것도 할 줄 모르느냐?"

하고 그 커다란 목소리로 야단을 맞으면 미륵이는 뾰로통해져 자기 방에 들어가 드러누웠는데, 이 일은 내 서조모 명옥의 신경을 몹시 자극했다. 명옥은 조부가 죽은 뒤 자기의 소중한 조카를 이 나루터의 후계로 삼을 심산이었던 것이 틀림없다. 실제로 그것은 가능했을 것이다. 왜냐하면 나의 부친은 그렇게 궁핍한 밑바닥에 떨어져서도 돈이란 것은 알지 못하는 위인이었고 작은아버지는 부친보다 더해서 욕심이라곤 없는 사람이었으니, 미륵이만 일을 잘해서 조부의 마음에 들게 되면 명옥은 그 익숙한 솜씨로 관대한 조부를 마음대로 움직였을 것이기 때문이다.

미륵이가 이 일을 몰랐을 리도 없고 명옥이 간곡히 이야기하지 않았을 리도 없을 텐데, 미륵이라는 남자가 또 물욕이 없는 위인으로 방탕한 기질이 다분한 데다 그 아내라는 이가 제석이의 사촌 누이로 얼굴도 마음도 제석이를 꼭 닮은 탓에 미륵이의 마음에 들 리가 없었다. 미륵이의 아내는 제석이에게 여자 옷을 입힌 듯한 시커먼 소 같은 여자였는데, 실로 바지런히 일한다. 그러나 미륵이는 예쁜 여자를 원했다. 읍내에는 자기 마음에 드는 희시런 여자가 얼마든 있다, 이렇게 생각했던 것이리라.

이에 반해 제석이 내외의 경우에는 아내인 귀녀가 제석이를 싫어했다. 귀녀는 명옥의 조카딸인 만큼 아름다웠고, 아이인 내 눈에도 소 같은 제석이의 아내로는 아까운 생각이 들었다. 가냘프고 눈이 기시 명옥처럼 살갗과 이가 희었다. 그녀는 화장도 능숙했다. 옷맵시 또한 세련되었다. 그런데 몸이 약하다고 해서 곧잘 드러누웠는데, 내가 본 바로는 딱히 병이랄 정도는 아니고, 일하기 싫고 밤에는 남편과 함께 자는 것을 피하기 위해 꾀병을 부리는 것 같았다. 그 증거로는 그녀가 낮 동안은 괜찮은데 저녁부터는 머리가 아프다든가 허리가 결린다는 말을 꺼냈고, 종종 내가 자는 방에 밤에 몰래 들어와서는 내 몸이 으스러질 정도로 꽉 껴안아주거나 뺨을 부비기도 했던 것이다. 그녀는 그때 열일여덟이었다고 생각하는데, 나이보다 젊고 아직 낭창낭창했다.

이 귀녀가 제석이를 싫어하는 것도 한몫하여 명옥은 제석이를 싫어했다.

"저 시커먼 소 같은 바보 녀석을 보면 가슴이 메슥거린다니까."

명옥이 조부 앞에서 제석이의 험담을 하는 것을 나는 몇 번이나 들었다. 그럴 때면 조부는 잠깐 불쾌한 얼굴을 하지만, 아무 말 않고 하늘을 쳐다보는 것이었다.

나로서는 제석이 쪽이 좋았다. 제석이도 내게는 붙임성 있고 종종 한가한 틈을 타서 나를 배에 태워 노를 저어 휘돌아주곤 했는데, 그것이 내게는 커다란 즐거움이었다. 그는 말이 없기도 하고 또 말주변도 없었지만, 그래도 배를 조용한 후미진 곳에 대고는 재미있고 우스운 이야기를 해서 자기도 웃고 나도 웃겼다. 실제로 그는 묵묵히 일하는 그런 유형으로, 일 년 내내 수다를 늘어놓는 일은 없었다. 그의 유일한 낙은 아름다운 아내를 가진 것이었지만, 그 아내가 도무지 자기 것이 되어주지 않았던 것이다.

바다가 거칠어지거나 큰비가 내리거나 하면 나룻배는 쉬게 되어 숙소에는 열 명이고 스무 명이고 손님이 머무는 일이 있었다. 그 손님이란, 이 지방 사람은 극소수이고 대개는 떠돌이 생활을 하고 있는 선원이라든가 물고기 행상, 쑥섬에 모여드는 어부와 선원들을 상대하는 장사꾼 등으로, 때로는 분을 덕지덕지 바른 여자 손님도 있었다. 나는 저녁밥을 먹고 나서 가끔 객실로 가보았다. 그것은 재미있는 풍경이었다.

눈 내리는 겨울밤 같은 때는 특히 재미있다. 젖은 짚신은 바깥에 두면 얼기 때문에 방구석에 죽 늘어놓는다. 눈길이어서 진흙은 묻어 있지 않은 것이다. 그리고 철화로에는 숯불이 발갛게 타오르고 있고, 그 위에는 싸리나무 같은 것으로 만든 원반을 천장에 매달아 발감개라는, 발까지 휘감는 감발을 널어놓는다. 젖은 것을 말리는 것이지만, 그것은 발 냄새도 섞인 이상한 냄새를 풍겼다. 그러나 겨울 숙소에서는 어디나 같은 풍경이어서 이 감발 말리는 냄새는 차라리 여행의 정서를 부추기는 것이다.

그리고 손님들은 한가로이 다리를 뻗고 이야기에 빠진다. 평생을 여행하며 지낸 그들에게는 이야깃거리가 많다. 실제 자기의 체험도 있는가 하면 숙소에서 들은 것도 있고 때로는 자신이 개작하거나 각색하거나 창작한 것도 있는데, 이야기할 때는 대개 자기의 경험이 되어버린다. 대부분은 여자 이야기로, 차마 들을 수 없는 것도 있지만, 반드시 그런 외설담만 오가는 것은 아니다. 아름다운 인정담도 있는가 하면 무용담도 있다. 거짓말투성이라고 다 알면서도 모두 재미있게 귀를 기울여 듣는다. 그리고 내심 부러워하거나 질투하고, 분개하거나 훼살을 놓으며 즐거워한다. 그들은 모두 뛰어난 시인이고 소설가이다. 문인(文人) 사회와 마찬가지로 그들 가운데도 재능 없는 작가가 있어, 재미있지도 않은 이야기를 장황하게 늘어놓는다. 그러면 한 사람 한 사람씩 외면하고 잠들어버린다.

이들 행상인은 대개는 정해진 거처도 처자식도 없이 사십 년, 오십 년 내지 육십 년 이상 조선 팔도를 돌아다닌 패거리로, 이른바 보부상이라고 한다. 등에 짐을 지고 걷는 상인이라는 의미로 등짐장수라고 부르는

데, 아마도 조선의 역사보다도 오랜 계급일 것이다. 이들은 교통과 교역 기관이 발달하지 않았던 때의 상인 무리로 사회에서 일종의 세력을 이루고 있었고, 그 유명한 대원군 같은 이는 보부상의 우두머리였다.

이 계급에는 특수한 의기와 예의범절과 단결이 발달해 있는데, 우두머리, 부하, 형, 아우로 이루어진 의형제라는 조직은 매우 엄격하여, 어려움은 서로 구제하고, 있는 것과 없는 것은 서로 융통했다. 의협심이 많고 돈에 무심한 것을 자랑으로 여기는 탓에 평생 재산을 모으지 못했다.

"발에 종기만 나지 않으면."
"조선 팔도를 된장 밟듯이 밟는다."
"오늘은 동쪽, 내일은 서쪽."
"부르는 곳은 없어도 갈 곳은 많다."
"되는 대로 돌아다니다가 밭두둑을 베개 삼아 죽는다."

이것은 모두 그들의 의기를 나타내는 격언이다.

내가 조부의 집에서 본 것은 대개 이런 유의 사람이었다. 농촌에서 자란 내게는 이런 사람들을 보는 것이 재미있었다.

"제가 노자가 떨어져 숙박비를 지불할 수 없는뎁쇼."

떠나기 직전 조부 앞에 와서 이렇게 말하는 사람도 있었다.

"그런가. 됐네, 됐어. 이다음에 올 때 꼭 갚게."

조부는 그 남자를 지그시 쳐다보고 껄껄 웃으며 이렇게 말하는 것이었다.

"예에, 고맙습니다. 이다음, 이다음에야말로 꼭 갚습지요."

그는 지게를 어깨에 메더니 자못 발걸음도 가볍게 가버리는 것이었다.

"여보, 그러면 어떻게 해요."

나중에 서조모는 조부에게 푸념을 한다.

"그럼, 없는 걸 어떻게 하나."

조부는 호통친다.

"저런 빌어먹을 건달 녀석, 이 세상에서 또 만날 수 있답니까. 지게라도 뺏어두면 좋을 것을."

서조모는 화를 낸다.

"이 세상에서 만날 수 없으면 저세상에서 만날 수 있겠지."

조부는 시끄럽다는 듯이 하늘을 쳐다보는 것이었다.

실제로 조부 같은 태도로는 외상만 늘고 돈이 모일 리가 없었다.

나는 조부 댁에 와도 열흘 이상 머무른 적은 없었다. 한 달에 한 번, 혹은 두 달에 한 번 용암에 가는 것이었다. 나의 부친 집에서 용암까지는 삼십 리나 떨어져 있고, 게다가 마갈고개라는 위아래 십 리나 되는 험한 고개를 넘지 않으면 안 되었다. 여덟아홉 살인 내게는 결코 혼자서 하기 쉬운 여행은 아니었다. 평지로 가는 길도 있지만, 그것은 십 리 반이나 멀리 돌아가지 않으면 안 된다. 사십 리 반의 길은 더더욱 내게는 힘겨웠다. 부친과 숙부는 정월이라든가 조부의 생일 등을 합쳐서 일 년에 두세 번 정도밖에 조부를 찾지 않았다. 조부가 본가인 부친의 집에 오지 않게 된 것은 십 년이나 전부터라고 한다. 내 조모가 살아 계실 때도 조부는 선조의 제삿날에 잠깐 본가에 올 정도였고 곧 읍내 첩의 집으로 돌아갔다고 한다. 그것은 모두 명옥의 부추김이라고, 조모는 본 적도 없는 명옥을 무척 미워했다고 한다.

조부의 회갑 축하만큼은 역시 본가에서 했다고 한다. 그러나 그 후는 '효자모 노불장사 효손모 감소고우(孝子某 老不將祀 孝孫某 敢召告于)'라고 축문(祝文)에 쓰게 되어 조부는 선조의 제사 때에도 집에 오지 않게 되었던 것이다. 우리 집은 오대(五代) 종가로 매월 선조의 제사가 있었지만, 집이 가난해짐에 따라 친척도 참례하지 않게 되어 칠월 이십이일 나의 돌아가신 고조부, 즉 조부 편에서 말하면 돌아가신 조부의 기일(忌日)을 빼고는 부친과 나 둘이서 제사를 지냈던 것이다. 어찌 된 일인지 숙부가 우리 집에 온 것을 본 기억은 없다. 이따금 조부 댁에서 부친과 숙부가 서로 만나는 일이 있는데, 두 사람 사이가 나빴다고는 생각되지 않는다. 숙부는 기인(奇人)이 아니었을까 나는 생각하고 있다.

말이 나온 김에 쓰는데, 숙부는 내게 수수께끼 같은 인물이었다. 그는 부친보다 체구가 작고 연약했지만 그 대신 부친보다도 우아하고 귀족적인 풍모였고, 부친이 열정적인 데 비해 그는 무엇에든 쉽게 동요하지 않는 냉정한 위인이었다. 그는 아내가 죽자 재혼하려고도 하지 않고 살림을 걷어치우고는 유랑 생활을 하는 것 같았는데, 그렇다고 먼 지방으로 여행을 하는 것도 아니고 사방 사오십 리 내의 친구 집 사랑(객실)을 순회하는 모양이었다. 그러나 우리 집에는 들르지 않았다. 대개 일가친척 연고자의 집에는 신세 지지 않는다는 심산이었던 듯하다. 언제나 말쑥한 선비(문사, 학자) 차림을 하고 있어 도무지 가난한 방랑자라고는 생각되지 않았다. 특히 그의 얼굴에는 항상 명랑하고 냉정한, 세상에 초연한 귀족적인 면이 있었다. 숙부의 이런 생활 태도는 지금도 이해할 수 없다. 그렇다고 해서 그는 학자도 시인도 아니었고, 또 독서가 같지도 않았다. 숙부는 확실히 불가사의한 성격의 소유자였다.

그것은 분명 만춘초하(晩春初夏) 무렵이었다고 생각하는데, 내가 아홉인가 열 살 때, 즉 메이지(明治) 34, 35년경이었을 것이다. 나는 오랜만에, 아마도 정월 이후로 처음일 것이다, 용암으로 조부를 찾아갔는데 조부는 몹시 여위어 있었다. 벌써 칠십에 가까운 노구(老軀)인 탓도 있지만, 나중에 생각하니 경제적으로 어려웠던 듯하다. 조부의 방만한 경영에다

반자리라는 곳에 다른 녀석이 새로운 나루터를 만든 것이 가장 큰 원인이다. 반자리란, 용암에서 십 리 반 남짓 북쪽, 내륙에서 가장 가까운 곳으로, 쑥섬으로 가는 데는 그만큼 육로가 단축되는 것이다. 물길의 거리는 용암에서보다 십 리 이상이나 멀지만, 무거운 짐을 등에 짊어지고 십 리 반이나 쓸데없이 걸어서까지 용암의 나루터로 오는 사람도 없었다. 그래서 조부의 모처럼의 경영도 반자리의 승객을 흡수할 수는 없었던 것이다.

과연 객실은 언제나 텅 비었고, 나룻배도 몽땅 빈 것은 아니지만 만원(滿員)도 성황(盛況)도 이제 바랄 수 없는 꿈이 되었으며, 외상을 진 녀석은 더더욱 두 번 다시 용암을 지나려고 하지 않았다. 그래서 용암은 쇠퇴하기만 했다. 나는 반자리의 나루터를 만든 녀석에게 크게 분개했지만 아무것도 할 수 없었다. 쇠퇴하는 용암에는 가망이 없다고 여겼으리라. 미륵이는 결국 달아나고 말았다. 이를 한탄해서인지, 명옥은 허리가 굽고 원기를 잃게 되었다.

그러나 미륵이에게 버림받은 아내 순녀(順女)는 아무렇지도 않게 부지런히 일했는데, 숙박객이 적어서 일하려고 해도 일거리가 없었다. 그래서 그녀는 바구니를 끼고 뒷산에 올라서는 산나물을 캐 오거나 집 주위의 공터를 가래질하여 야채를 키우거나 했다. 오직 귀녀만은 변함없이 아프다, 아프다 하고는 놀 뿐이었다. 제석이는 손님이 적어도 물때마다 배를 내지 않으면 안 되므로 변함없이 바빴다. 그도 배에 오른 지 벌써 삼사 년이나 되어 뱃노래도 몇 가지 배워서 나를 배에 태우고는 좋아하는 노래를 부르면서 어기여차 노를 저었다.

"어야디야, 어히요리, 어기야디야."

이렇게 힘껏 노래했다. 그는 아름다운 아내를 곁에 두고 홀아비 생활을 하고 있었다. 내가 용암에 가 있는 동안에도 자주 두 사람의 침실에서 밤중에 다투는 소리가 들려왔다. 귀녀는 그때마다 잠옷 차림으로 흐느껴 울면서 내 방으로 뛰어들어서는 내 이불 속으로 숨어드는 것이었다. 나는 아이이지만 그 의미를 알 것 같아서 제석이도 귀녀도 두 사람 모두 불쌍해졌다.

그 후 얼마 지나지 않아 가마 한 채가 귀녀를 데리러 왔다. 아마도 제석이가 아침 물때에 쑥섬에 간 틈을 엿본 모양이었다. 가마꾼은 한 통의 편지를 조부에게 건넸고, 조부는 그 봉투가 언문으로 씌어 있는 것을 보자 서조모에게 건넸다.

그것은 서조모의 형님에게서 온 편지로, 아비가 병이 났으니 귀녀를 그 가마 편에 보내달라는 것이었다.

"오라버니가 병이 났다고 하네요."

서조모는 자못 맥이 풀린 얼굴로 편지 내용을 조부에게 알렸다.

"흥."

조부는 조롱하듯 콧소리를 냈다.

"오라버니가 병이 났다는데 뭐가 흥이에요?"

서조모의 눈이 뾰족해졌다.

"귀녀를 데려가려는 핑계지."

조부는 하늘을 쳐다봤다. 명옥도 수긍이 가는 듯했다.

"귀녀야, 귀녀야."

명옥이 불렀다.

"네."

귀녀는 벌써 단단히 몸치장을 하고 왔다.

"아버지가 병이 나셨단다. 너를 데리러 왔는데, 갈 테냐?"

"가야죠."

"그래도 지금 가면 안 되지. 제석이가 돌아온 후가 아니면."

"싫어요. 저 소가 돌아오면 놓아준답니까? 나는 지금 곧 갈 거예요."

명옥도 기가 막히고 말았다.

"너, 미리 서로 짠 게로구나. 제석이를 배신하고 다른 곳으로 가자는 것이겠지. 사람 같지 않은 녀석."

조부는 귀녀를 험악하게 흘겨보았다.

"내가 그 녀석과 함께 살 바에야 바다에 뛰어들어 죽어버릴 거예요."

귀녀는 비단을 찢듯 소리를 질렀다. 그녀는 새파래져서 눈물을 뚝뚝 떨구었다.

"썩 가거라. 앞으로 뼈저리게 느낄 때가 올 게다. 네 부친도 부친이지. 역시 종자가 달라."

조부의 눈은 불을 토했다. 나는 조부의 그런 무서운 눈을 본 적이 없다. 정말 번쩍하고 불꽃이 튀었다.

"종자가 다르다? 네, 종자가 다르지요. 우리들은 상것이고 당신은 양반이지요. 흥, 양반. 양반이라도 당신 댁처럼 영락(零落)해버리면 상것보다도 못한걸. 귀녀야, 나도 함께 가자. 나도 이 양반 집에 있을 신분이 아니란다. 아아, 나는 젊고 아름다울 때 이 집에 와서 이런 허리 굽은 노파가 되어 쫓겨나는구나."

나는 명옥이 한 말을 모두 기억할 수는 없지만, 설사 기억하고 있다 해도 차마 쓸 수 없다. 그녀도 오랫동안 조부의 배우자로서 애써준 서조모이기 때문이다.

명옥이 흥분하면 조부는 하늘을 쳐다보는 것이 보통이다. 이날도 같은 전법(戰法)이었다.

결국 귀녀는 데리러 온 가마를 타고 가버리고, 서조모는 술을 마시며 엉엉 울었다.

해 질 무렵 제석이는 섬에서 돌아왔다. 그는 눈으로 귀녀를 찾는 모양이었는데, 불쌍해서 나는 그를 앞뜰로 불러내어 귀녀가 가마를 타고 가 버렸다고 알려주었다.

제석이는 맥이 풀려서 고개를 떨구고 말았다. 나는 조부들이 말한 것까지는 말하지 않았지만, 그는 더 이상 들으려 하지도 않았다.

귀녀는 물론 두 번 다시 용암에 돌아오지 않았다. 귀녀가 다른 남자에게 시집간 것도 곧 알려졌다. 이 소식은 역시 제석이를 분격시켰지만, 건강한 사람의 상처와 같이 하루하루 아물어갔다.

어느 날 제석이는 나를 배에 태우고 사돌섬이라는 바위섬까지 돛을 달고 데려가주었다. 이 바위섬에는 그 주변 일대의 갈매기가 머문다.

"갈매기 알을 주워 줄게. 구워 먹으면 맛있지."

제석이는 벌써 식욕이 동한 듯한 얼굴이었다. 우리 배가 바위섬의 모래톱에 닿자 갈매기들은 침입자에게 놀라 까악까악 울면서 우왕좌왕했다. 정말이지 몇백 마리인지 몇천 마리인지 알 수 없을 정도로 수가 많았다. 어떤 녀석은 그 예리한 날개로 우리를 공격이나 하려는 듯이 머리 위를 아슬아슬하게 날아다녔고, 그 냄새가 내 코를 찌르는 것 같아서 지독했다.

우리는 썰물을 타고 이곳까지 온 것이어서 밀물로 돌아가야 했는데, 그때까지는 여유가 있어서 갈매기 알을 줍거나 조개를 줍거나 하며 놀았다. 제석이는 서른이나 된 어른이었지만, 아이가 되어 나와 잘 놀아주었다.

"그 계집년, 지금 어디 가 있을까나."

하고 중얼거리거나, 주운 조개를 바위에 부딪쳐서는,

"이년, 뒈져버려라."
하고 저주했다.
"제석이 아재, 이제 그런 여자 따윈 잊어버려요. 이제 좀 더 좋은 아내가 올 거예요."
나는 어린 주제에 이렇게 말하며 위로해주었다.
"응, 이제 잊었어. 그런 꽹이 같은, 아이도 낳지 못하는 계집년 따위, 무슨 쓸모가 있다고."
제석이는 체념한 듯이 웃었다.
"제석이 아재, 그 여자 좋아?"
내가 이렇게 물어본다.
"응, 좋아했지. 예쁜 여자였으니까."
제석이는 이런 모순된 말을 했다.
하늘은 맑게 개어 있고 햇볕은 벗은 몸을 바늘 끝으로 가볍게 찌르는 듯히 강렬했다. 활 모양의 수평선은 아지랑이와 파도로 이글이글 불길이 타오르는 듯했다. 메추리섬이 어렴풋이 쪽빛으로 빛나고 있다. 시커먼 돛을 단 수조선(水槽船, 지나 범선)이 미끄러지듯 지나갔다.
"벌써 밀물이로군."
제석이는 이마에 손을 받치고 앞바다 쪽을 바라보았다. 물빛 상태로 물결의 방향을 가늠하는 모양이었다. 꽃게며 그 밖의 생물들이 바쁘게, 무엇에 놀란 듯이, 검은 진흙 위를 돌아다니거나 구멍으로 숨어들었다.
이제 곧 돌아갈 채비를 하지 않으면 안 된다.
"자, 굴도 좀 더 먹어요. 바위굴은 몸에 좋아."
제석이는 바위에 달라붙어 있는 굴을 돌로 깨서는 나를 불렀다. 나는 손가락 끝으로 아직 바르르 떨고 있는 굴을 꺼내 먹었다.

이제 노는 것에도 물려 나는 배에 올랐다. 벌써 물결은 엷은 치맛자락처럼 우리 배가 있는 곳까지 가만히 다가왔다.

갈매기들은 먹이를 잡으러 갔다. 그들도 적이 돌아갈 채비를 하고 있는 것을 아는 듯 이제 까악까악 시끄럽게 굴지도 않았다.

드디어 우리 배는 물 위에 떴다. 흔들흔들 흔들리는 것이 무척 유쾌하여 나도 이제 바다가 무섭지 않게 된 것이라고 득의만만해졌다. 이곳에서 육지까지는 십 리나 될 것이다. 그래도 이 바위섬은 만(灣)의 입구와 떨어진 곳에 있어서 더욱 절해고도(絶海孤島) 같은 느낌을 준다. 게다가 배를 타지 않고는 올 수 없는 곳이어서 나 같은 어린애에게 이 섬은 왠지 신비경(神秘境)처럼 여겨졌던 것인데, 오늘은 그것을 본 것이다.

우리 배는 사돌섬을 떠나 돛을 올렸지만, 바람이 없어서 돛은 심드렁했다. 나루터에는 손님이 기다리고 있을 것이다. 돌아가는 길을 서두르지 않으면 안 되었다. 제석이는 저 늠름한 팔에 힘을 주어 좌현(左舷)의 노를 젓기 시작했다. 삐걱삐걱 하는 소리와 아울러 배는 오른쪽으로 왼쪽으로 머리를 흔들면서 나아갔다. 나는 제석이에게 배운 대로 키를 잡았는데, 그게 무척 기뻤다. 키를 약간 돌리면 커다란 배의 방향이 바뀌는 것이 정말 재미있었다.

"그렇게 함부로 키를 움직이면 배가 나아가지 않지요."

제석이는 웃었다.

우리 배가 중간쯤 나아갔을 때, 나는 이상한 배가 북쪽을 향해 나아가고 있는 것을 보았다. 그것은 새하얀 돛을 달고 있고, 그 돛의 모양이 삼각형이었다. 조선 배라면 돛이 붉을 것이고 지나의 수조선이라면 검을 것이다. 그런데 그것은 어쩐 일인지 희고 삼각형이 아닌가.

"제석이, 저기. 저기, 저것 봐."

나는 무심결에 얼빠진 소리를 냈다.

"응, 어디?"

제석이는 노 젓던 손을 쉬고 내가 가리키는 쪽을 쳐다보았는데, 그도 놀란 듯이,

"과연, 이상한 배로군. 저런 배는 본 적이 없는데."

하고 이상하게 여겼다.

그 이상한 배는 정말 빨랐다. 흰 갈매기가 날아오듯이 쏙쏙 우리 배 가까이 왔다.

우리는 기분이 나빴지만, 속력이 느려서 달아나려야 달아날 수가 없었다.

순식간에 그 배는 우리 배를 따라잡아,

"어-이."

하고 부르며 우리 배를 가로막듯이 회전하면서 돛을 내렸다. 그 배에는 검은 옷을 입은 사람이 세 명 타고 있었다.

우리가 어안이 벙벙해져 있자니, 세 사람 가운데 가장 젊고 얼굴이 흰 사람이 손을 들어 싱글싱글 웃으며,

"여기가 용암이오?"

하고 알아듣기 어려운 묘한 발음의 조선어로 묻는 것이어서, 우리는 그 물음에 적의가 없는 것을 깨닫고 안심했다.

"그래요. 용암이 저기예요."

내가 대답하자 그 얼굴 흰 사람은 고개를 끄덕이고는 뭔가 흰 꾸러미를 내게 던져주었다. 열어보니 그것은 둥근 떡이었다.

"드시오. 맛있소."

라고 하기에 나는 한 개 먹어보았다. 과연 맛있다. 속에는 단 조청이 들

어 있었다. 처음 보는 떡이었다.

얼굴 흰 사람은 제석이에게는 '히로'라고 씌어 있는 권련을 건넸다. 제석이도 나도 권련을 본 것은 이것이 처음이었다. 제석이는 맛있게 권련을 피웠다.

두 척의 배는 한 줄로 나란히 물가 쪽으로 나아갔다. 그 배는 우리에게 물길 안내를 부탁했던 것이다.

나는 무심코,

'저것은 일본인이로구나.'

하고 생각했는데, 나중에 그 생각이 맞았다는 걸 알았다.

그 배에는 '구환(鷗丸)'이라고 씌어 있었다. 나는 그 정도 한자는 읽었던 것이다.

부두(내 조부의 대사업장인)에는 십수 명의 승객이 배를 기다리고 있었는데, 우리가 이상한 배를 데려오는 것을 보고 모두 커다랗게 눈을 떴다.

나는 벌써 그 얼굴 흰 사람과 친해져 앞장서서 그를 조부 댁으로 안내했다. 조부에게 소개하면 그 배의 수수께끼가 풀릴 것 같았다.

양복 입은 사람을 본 적이 없는 조부도 이 사람을 보더니 눈이 둥그레졌지만, 과연 조부는 담력이 있어 놀라는 것 같지는 않았다.

그 사람은 조부 앞에 앉자 공손히 명함을 내밀었다. '이노우에 추이치(井上忠一)'라는 이름과 그 옆에 작은 글자로 '대일본제국 히로시마(大日本帝國廣島)'라고 적혀 있다. 명함을 내밀고 그가 정중하게 절을 하자 조부는 당황하며 손을 들어,

"절을 할 것까진 없는데."

하고 말렸다. 이것은 노인의 예의로, 답례에 상당하는 것이다.

절을 마치자 이노우에는 뭔가 지껄였지만, 자기의 조선어가 이 노인에

게 통하지 않는 것을 알고는 연필과 수첩을 꺼냈다. 조부는 이노우에의 의도를 헤아려 벼루 상자와 두루마리 종이를 이노우에 앞에 내밀었다.

이노우에는 머리를 약간 숙이고 직접 벼루 상자의 뚜껑을 열었는데, 내가 먹을 갈아주었다.

이노우에는 종이를 손으로 쥐더니 달필로 두세 줄 썼다. 나는 그 문구까지는 기억하고 있지 않지만, 자기는 장사차 인천에서 사허쯔(沙河子)까지 가는 사람인데, 도중에 식량과 물이 떨어져 이곳에 들렀으니 잘 부탁한다는 의미였다.

조부는 그것을 보더니, 우선 머리를 끄덕여 알아들었다는 뜻을 표하고 이어서 붓을 들어,

"원로무양 심희심희(遠路無恙 甚喜甚喜)"

라고 써 보였다. 조부는 서예가여서 노필(老筆)이긴 하지만 실로 멋진 글씨였던 터라 이노우에는 무척 감탄하는 듯했다.

이노우에는 동행한 억세 뵈는 한 남자에게 뭔가 지시했는데, 곧 상자 꾸러미와 술병 하나를 가져왔다. 술을 좋아하는 조부는 일본 술을 받자 아이처럼 기뻐했다.

조부는 즉시 술잔과 쟁반을 가져오라 하여 이노우에와 대작하여 마셨다. 나는 또 과자를 받았다.

조부는 서둘러 쌀 힌 말, 콩 한 뇌, 닭 세 마리, 계란 열 개를 배까지 실어다 주었다. 나는 우물 있는 곳을 알려주었다. 산 위에 있는 당집 우물이라는, 무척 차고 맛있는 샘을 일러주었다.

이노우에의 배는 그날 밤 용암에 정박했다. 조부는 집에 와서 머물도록 권했지만, 이노우에들은 배에서 묵었다. 밤중에 몰래 닻을 올려 부근의 수심(水深)을 측량했을 것이다.

이튿날 아침 이노우에는 또 선물을 가지고 조부 댁에 와서 아침 인사를 하고 식량값을 냈지만, 조부는 고개를 저으며 받지 않았다. 이노우에는 배까지 따라간 내게 다른 선물과 함께 한 권의 책을 주었다. '유바 주에이 저 일어독학(弓場重榮著 日語獨學)'이라고 표지에 씌어 있었다.

이노우에의 배는 낮물에 용암을 떠나 먼바다 쪽으로 나가는가 싶더니, 만 안쪽 깊이 북쪽으로 나아갔다.

얼마 지나지 않아 이상한 일이 발견되었다. 용암의 꼭대기가 새하얗게 칠해져 있는 것이다.

"글쎄, 이상하군. 누구 짓일까."

이것은 커다란 수수께끼였다. 배로 만 안쪽을 항해하는 사람은 용암이 하룻밤 사이에 하얗게 된 것을 신의 조화처럼 이상하게 여겼고, 이것이 길한 조짐인지 흉한 조짐인지 고개를 갸우뚱했다.

"사나가암도 하얘졌다."

는 소문이 났다. 사나가암이란 사나가 포구라는 선착장 뒷산의 이마쯤에 있는 바위로, 사나가 포구는 읍내에서 가장 가까운 항구였다.

민심은 더욱더 흉흉해졌다.

"이제 전쟁이 일어날 게다. 일본과 러시아가 싸우는 것이지."

과연 조부는 정확한 단안을 내렸다. 용암을 하얗게 칠한 것도 사나가 암을 하얗게 칠한 것도 이노우에의 짓이라고 조부는 단정했다. 그로부터 이 년 후, 일러전쟁이 일어나 일본의 군대가 사나가 포구에 상륙한 것이었다.

2

섬 생활

조부가 언제 용암을 떠나 쑥섬으로 옮겼는지 나는 모른다. 부모님에게도 알리지 않았던 것이리라.

쑥섬이란 주위 오륙 킬로미터나 되는 서해의 작은 섬으로, 육지에서 오륙 킬로미터 떨어져 있어 봄부터 가을에 걸쳐서는 조개, 조기, 넙치, 새우 등의 어장으로 매우 활기찬 곳이다. 주민은 백수십 호나 되었을 것이다. 직종은 어업과 음식업이 주였고, 어수선한 세상을 피해 숨어 있는 사람도 몇 있었다.

섬은 직각삼각형을 이루고 있어 그 저변이 육지 쪽으로, 다른 두 변이 황해로 향해 있다. 잇단 산이 황해에서 부는 바람을 막아주어, 활로 치면 현에 해당하는 동쪽 해안은 선착장으로 안성맞춤이다. 게다가 해안의 바로 앞을 달내 물길이 지나고 있어 조수 간만의 차이가 적다. 동남단의 사돌곶이 중심 어장이지만, 동북단의 사발 물가 쪽이 좀 더 활기차서 이른바 환락가 같은 마을이 형성되어 있다. 그곳에는 선술집이며 선박업소, 수상쩍은 색시집, 잡화점, 무당집이 있었다. 조부의 섬집은 이 가운데 한 채의 작은 초가십이었다. 남향집으로 입구가 동쪽을 향해 있고, 바깥으로 나오면 조개껍질 가루뿐 흙은 거의 보이지 않았다. 그리고 해안을 따라 도로가 나 있어 그 도로 건너편은 모래사장이 있고, 바다가 이어졌다. 조부의 집에서는 잠자리에 들어서도 파도 소리가 들렸다. 바다가 거친 저녁에는 베갯머리까지 파도가 덮쳐 올 듯했다.

제석이도, 그의 누이 순녀도 이제 없고, 조부와 서조모 명옥 두 사람만 살았다. 그 정도로 경제적으로 어려웠던 것이리라. 그래도 조부는 변함없이 느긋했다. 예의 방석에 반가부좌를 틀고는 선승(禪僧)처럼 언제까지고 앉아 있었다. 이따금 긴 담뱃대로 연초를 피우거나 하루에 한 번 정도 요란하게 코를 골며 낮잠을 잤다.

"코 고는 소리가 커서 귀가 따갑잖아요."

명옥은 미간을 찌푸렸다. 그녀는 허리가 더욱더 굽고 쇠약해졌다.

조부는 유자(儒者)의 관(冠)을 벗어버리고, 메지라는 이속(吏屬) 계급의 모자를 썼다. 그는 '섬사람'이 되어버린 셈치고 있었으리라.

조부의 적적한 섬 생활에도 이따금 내객이 있었다. 섬에 놀러 왔다가 잠깐 들렀다는 사람 외에 은의(恩誼)와 우정을 잊지 않고 일부러 찾아오는 사람도 있었다. 그런 사람들은 술이며 고기며 과일이며, 혹은 약재 등 뭔가 선물을 가지고 와서는 조부를 기쁘게 했다.

이 말세에도 변함없는 인정을 조부는 진실로 기뻐하는 모양이었다.

이런 손님이 오면 서조모도 기뻐했다.

"이런 곳까지 일부러 와주셔서."

하고 눈물을 흘릴 정도로 감사하는 것이었다.

조부는 이들 유복한 내객에게 결코 자신의 궁핍을 호소하는 듯한 기개 없는 짓은 하지 않았다. 그는 어떤 경우에도 비굴하지 않았다. 천진하지만 의기양양한 태도를 잃지 않았다.

만약 조부가 특별히 부탁하면 이 생활의 궁상을 타개할 길도 있었겠지만, 조부는 그렇게 하지 않았다.

"도대체 당신은 어떻게 하실 작정이우? 이미 저축도 앞으로 얼마 남지 않았어요."

명옥이 이렇게 말하면 조부는,

"먹을 것이 없어지면 먹는 걸 관두면 그만이지."
하며 개의치 않았다.

그러나 다른 선택의 여지가 없었을 것이다. 아니면 명옥의 의견에 조부가 묵묵히 따른 것이었을지도 모른다. 조부는 술집을 시작했다. 커다란 항아리를 세 개나 옆방에 들이고 술을 빚었던 것이다. 그리고 헛간에 걸상을 두고 술집을 삼았다. 여하튼 요령이 좋고 꼼꼼한 기질의 조부인지라 조부 집의 술은 명성이 높았다. 나도 줄곧 보아서 잘 알고 있다. 조부는 품질 좋은 누룩을 사들였다. 고량(高粱)과 멥쌀도 모두 상품(上品)을 쓰고 증류 때도 양을 탐내지 않고 한층 순도를 높였다.

"우리 집 술은 천하제일이네. 천하제일이 아니면 돈을 받지 않지."
이런 말로 조부는 손님에게 자랑했다.

명옥은 힘이 넘쳐 안주를 만들거나 손님을 접대했다.

그러나 조부가 술집 영감이 된 것은 나뿐만 아니라 많은 사람을 슬프게 했다. 술집은 비천한 장사로, 대장부가 할 만한 일은 아니었던 것이다.

술집을 시작한 뒤 조부의 집은 무척 활기가 돌았다. 아침 일찍부터 밤늦게까지 어부와 뱃손님들이 들어 시끌벅적했다. 그들 뱃손님 중의 한 사람, 나이 오십이나 되었을까, 키도 크고 수염을 기른 사내가 있었다. 해풍으로 얼굴은 검지만 눈빛이며 말하는 태도며 어딘가 고상한 데가 있었다. 그는 종종 조부의 집으로 술을 마시러 왔는데, 그때마다 조부의 방에 와서 정중하게 인사하고 돌아가는 것이었다.

"저이는 은사(隱士)다."
조부는 그를 이렇게 평했다.

나는 그때 『중용(中庸)』을 떠듬떠듬 읽고 있었다. 예의 사내는 조부에게 인사를 하더니 옆방으로 와서 내 책을 내려다보았다.

"치중화 천지위언 만물육언(致中和 天地位焉 萬物育焉)."이라는 구절을 가리키며 그는 내게,

"이게 무슨 뜻인지 알고 있니?"

하고 묻는 것이었다.

또 "부성자 천지도야 성지자 인지도야(夫誠者 天地道也 誠之者 人之道也)."는 무슨 뜻인지 등을 물었다.

나는 어떻게 대답했는지 잊었는데, 그는 내 등을 쓰다듬으며, "성재성재 성자기희야(誠哉誠哉 誠者幾希也)."라고 종이쪽지에 써주었다.

내가 나중에 그것을 조부에게 보였더니 조부는 눈을 크게 뜨고,

"그래, 은사로군. 도시에 숨어 있는 자가 있고, 배에 숨어 있는 자가 있지."

하고 중얼거리며 고개를 숙이는 것이었다.

"세상이 어지러우면 현인(賢人)은 모두 숨는 게다. 독선기신(獨善其身)이라고 하지. 너는……."

하고 말을 꺼내다 말고 조부는 그대로 입을 닫아버렸다.

그 이후 나는 조부도 은사일까, 라고 생각하게 되었다.

조부가 '너는……'이라고 말을 꺼내나 만 말은 무엇이었을까. 그것이 알고 싶었지만, 나는 조부에게 물을 용기는 없었다.

나는 어떤 이유에서였는지, 조부의 섬집에는 비교적 오래 머물렀다. 이곳에서 서당(글방)에도 다녔다. 이 서당에서 나는 열한 살로 어린 축이었지만, 학력으로는 두 번째였던 터라 선생의 옆자리는 M이라는 이미 스무 살이나 된 접장(接長, 급장)이 차지하고, 그다음이 나였다. M은 이미 결혼하여 정자관(程子冠)이라는 삼각산 모양의 관을 썼다. 무척 침착하고 온순한 사람으로 이 섬 사람이라고는 생각되지 않았는데, 나중에

그 역시 은사의 아들이라는 것을 알게 되었다. 그의 집에 초대되어 그 은사라는 사람과도 만나고 대접도 받았다.

"세상은 말세다. 언제 태평한 세상을 볼는지. 오직 성인(聖人)의 도를 지키고 성명(性命)을 온전히 할 일이다."

그 M이라는 은사는 아들과 나를 앞에 두고 그런 말을 했다. 그는 실로 수수한 베옷을 걸쳤고, 서재에는 고풍스런 문방구와 서적, 칠현금(七絃琴) 등을 갖추고 있었다. 그는 이곳에서 아침저녁 서해의 거친 파도를 바라보며 명상에 잠기는 듯했다. 섬사람들은 그의 사람됨을 알 리도 없고, 다만 상당한 재산가의 한가로운 은거 정도로 여기고 있는 듯했다.

나는 이 세상이 난세인 것을 잘 알고 있었다. 무지한 나의 모친조차,

"이제 말세다. 이제 세상이 뒤집힌다."

하고 입버릇처럼 말했다.

"이제 이씨 오백 년의 운세가 다했다."

"이제 큰 전쟁이 일어난다. 그리고 십 리에 한 사람쯤 살아남는다."

백성들이 밭을 갈면서도 이런 말을 했고, 술주정꾼들도,

"앞으로 얼마 남지 않은 세상, 마시지 않고 어쩌랴."

이렇게 말하고는 야단법석의 핑계를 삼는 것이었다.

"흙비 삼 년, 잿비 삼 년, 기름비 삼 년."

이런 동요가 있었다. 초봄 같은 때 눈시 섞인 대륙풍이 불어오면,

"봐라, 흙비다."

하고 정말로 모친은 두려워했던 것이다. 종말이라는 것이 어떤 종말인지 알지 못하지만, 농부도 어부도 이 세상에 종말이 기까이 왔다고 생각했다.

인민이 이렇게 생각하는 것도 무리는 아니었다.

원님이란 군수(郡守)를 가리키고 감사란 도장관(道長官)인데, 이들이 하는 유일한 일은 지방의 재산가를 잡아다가 고문을 하고 돈을 빼앗는 것이고, 살인범이라도 중앙 요인이나 지방관에게 뇌물만 쓰면 무죄가 되는 것이었다. 나는 이 사건을 목격했다. 그것은 앞에서도 언급했던 백일재(白一齋) 선생의 서당에서 일어났던 것이다. 임(林)이라는 학생이 이(李)라는 학생을 때려죽였다. 살해된 시체는 가해자의 집으로 옮겨져 마을 사람들이 밤낮 번갈아 지켰다. 군수가 검사(檢事) 자격으로 검시(檢視)하러 와서 『무원록(無寃錄)』(옛날의 법의학서)에 있는 대로 검사(檢查)했다. 그 결과 한 점의 의혹도 없었던 것이다. 그럼에도 불구하고 임은 무죄가 되어 당당히 우리 서당에 와서 접장이 되었고, 그래서 우리는 동맹휴학을 하며 그를 배척했던 것이다.

"자기가 십만 냥이나 내고 군수가 되었으니 이십만 냥은 벌지 않으면……."

사람들은 원님의 탐욕을 이런 식으로 설명하는 것이었다.

"말세야, 말세."

하는 것이 민중의 입버릇이 된 것도 무리는 아니었다.

게다가 저 용암의 사나가암이 하얀 칠로 뒤덮였다. 드디어 말세가 가까웠다고 생각하는 것이었다. 도시에 숨거나 섬에 숨거나 술에 숨는 자가 있는 것도 그 때문이었을 것이다.

내게도 종말이란 것이 일종의 음울한 압력을 가지고 바짝바짝 닥쳐오는 것을 느꼈다.

"이런 걸 읽어서 뭐해."

서당에서 아이들이 훈장(선생)이 없으면 이런 말을 나눴다. 열심히 공부해도 출세할 희망이 없다는 것이다.

사월도 중순쯤 되어 조깃배가 섬으로 돌아왔다. 조기잡이 배는 다리배라고 하여 가장 큰 배였다. 선주(船主), 사공(沙工, 선장) 외에 원장〔회계(會計)〕, 화장〔식사계(食事係)〕 등 사십 명이나 되는 동모〔선원(船員)〕가 올라탔다. 이런 큰 배는 이 섬에도 많아야 세 척 이상 들어오는 일이 없었다. 올해는 물고기가 많이 잡혔다고 해서 배는 파란색이며 붉은색이며 오색 깃발로 장식하고 맹렬히 큰 북을 울리며 들어온다. 그것은 실로 위세 당당한 것이어서, 이 광경을 본 사람은, 나도 내년에는 다리배를 사서 선주가 되어야지, 하는 마음이 되는 것이다.

배가 물가에 닿자 선주는 새로 맞춘 옷을 차려입고 뱃전에 서서 모두의 축하를 받는다. 이날의 선주야말로 왕자다. 누구나 선망의 눈으로 그를 우러러 받드는 것이다.

선주의 다음은 사공이다. 그는 바다에서 단련된 용자(勇者)이자 지자(智者)로, 하늘에 나타나는 구름 하나하나의 의미를 읽고 산들바람의 마음도 알고 있는 것이다. 바다라면 자기 집 같고, 어디어디에는 조기가 다니고, 어디어디에는 암초가 있으며, 어디어디 외딴섬에는 샘이 솟는다는 것을 알고 있다. 그뿐만 아니다. 그는 사오십 명의 몹시 거친 선원들을 거친 파도를 거느리듯이 거느리지 않으면 안 된다. 오직 그에게는 돈이 없을 뿐이다. 그는 사내대장부여서 하룻밤 묵힌 돈은 갖지 않는다. 대개는 처지 식도 집도 갖지 않는다. 돈을 벌어서는 먹고, 돈을 벌어서는 여자를 사고, 그렇게 오십대까지 살아온 것이다.

나의 조부 집에 오는 저 은사도 이런 사공의 한 사람이었다. 그러나 사공이 모두 은사인 것은 아니고, 우연히 이 은사가 사공이 되었을 따름인 것이다.

이 은사 사공이 올라탄 배가 물가에 닿았을 때는 조부도 맞으러 나갔다. 선주는 관을 쓰고 예복을 입었지만, 우리 은사 사공은 머리띠 매듭을 옆으로 맨 여느 뱃사람 같은 얼굴이었다.

　그는 조부 앞에 나서더니 급히 머리띠를 풀고 천인(賤人)이 귀인(貴人) 앞에 선 듯이 허리를 굽혔다. 그날 저녁 은사 사공은 조부에게 초대되어 저녁밥과 술을 대접받았다. 조부는 줄곧 술을 권하며 그를 친구처럼 대우했다. 그도 유쾌하게 마시고 또 이야기하는 것이었다. 그는 바다 위에서 썼다는 시 몇 수를 조부에게 보였는데, 조부는 그 가운데 한두 수를 직접 읊조리고 무릎을 치며 칭찬했다. 그래도 은사 사공은 신분을 밝히지 않았다. 조부도 그것을 물으려고도 하지 않았으나, '해은(海隱)'이라는 호(號)를 지어주었더니 그는 기쁘게 받겠다고 했다. 그 호와 함께 조부가 취안몽롱(醉眼朦朧)하여 시 한 구절을 써서 건넸더니, 그는 옷깃을 바로 하고 그것을 읊조리는 것이었다. 상당히 듣기 좋은 목소리였다.

　은사 사공은 사공으로서도 이름이 높았다. 가을이 되어 내년 다리배 준비 시기가 되자 이름난 사공은 선주들의 인기를 끌게 되었는데, 그는 그중에서도 가장 인기를 끄는 편이었다. 애초에 선주라는 것이 대개 일 년 기한의 것으로, 열 중 아홉은 실패하여 내던지고, 성공한 사람은 돈을 벌었으니 그만둔다는 식이었다. 따라서 사공으로서는 매년 새로운 선주에게 고용되지 않으면 안 되었는데, 그 선주라는 이가 대지주의 방탕한 자식이거나 그렇지 않으면 사기꾼이어서, 실패하면 사공들은 헛수고로 끝나는 경우도 없지 않았다.

　은사 사공은 급료에는 움직이지 않았다. 선주를 만나보고 의기투합하면 승낙한다는 식이었는데, 그는 어떤 기회에 조부에게 이렇게 말했다.

　"선주를 섬기는 것은 군주를 섬기는 것과 마찬가지입니다. 덕이 없는 선주를 섬기면 반드시 불행이 옵니다. 하늘은 덕 있는 이의 편이니까요.

그것이 얼굴에 분명히 나타나 있습니다. 그런데 세상이 쇠하면 덕 있는 이가 좀처럼 눈에 띄지 않지요."

그는 한숨을 쉬는 것이었다.

"한 척의 배를 다스리는 것이 또한 한 나라를 다스리는 것과 같구먼."

조부가 이렇게 말하자 은사 사공은,

"바로 그 말씀대로입니다."

하고 쓴웃음을 지으며 긍정했다.

나는 이들의 대화가 잊히지 않았다.

'나는 장차 어떻게 할까.' 하는 번민이 점점 심각해져가는 것이었다.

어느 날 나는 예의 은사 M의 집에 조부와 함께 초대되어 갔다. 맑은 오월의 이른 아침이었다(조선에서는 아침식사에 손님을 부르는 것이 관례였다). 조부는 기다란 지팡이를 짚고 느긋하게 걸었다. 좀처럼 외출하는 일이 없는 조부는 푸른 하늘에 떠 있는 흰 구름과 푸른 풀을 마음껏 즐기고 있는 듯했다.

내가 조부와 함께 길을 걷는 것은 이번이 처음인 터라 왠지 신기하고 또 반가운 기분으로 조부가 걷는 모습을 보며 걸었다. 조부의 체구는 실로 위대한 느낌을 주었다. 묵직하여 천 근이나 되는 듯했다. 팔자걸음으로 걷는 그 걸음은 한 발 한 발 쿵쿵 지축을 울리는 듯했다. 나는 이런 멋진 풍모를 지닌 조부의 손자라는 사실이 기뻤다. 이 세상에서 누구도 조부같이 멋진 사람은 없는 듯했다. 느긋하고 게다가 의젓이 점잖은 데가 있었다. 방 안에서의 조부보다도 몇 배 위대한 느낌을 내게 주었다.

'그런데 왜 조부는 이런 섬 안에서 숨집 따위를 하지 않으면 안 되는 걸까.'

하고 생각하자 나는 비참해졌다.

'그렇다. 조부님은 숨어 계신 것이다. 섬에 숨고 술에 숨어 계신 것이다. 영웅이 때를 만나지 못한 것이다.'

나는 이렇게 고쳐 생각하고 만족했다.

조부는 언덕의 정상에 오르자,

"휴우."

하고 긴 숨을 내뱉고 흔들흔들 부채를 흔들면서 서해의 멀리 아득한 정경을 바라보았다. 산꼭대기에 서서 대해(大海)를 바라보는 조부의 모습은 실로 조부에게 어울린다고 생각했다. 지금 생각해도 조부에게는 확실히 세상일에 마음을 두지 않고 세속에 물들지 않으며 무엇에도 매이지 않는 풍채와 태도가 있었다고 생각한다.

산꼭대기에서는 M 은사의 집이 보였다. 산과 해안 사이가 서로 가까워서 M가의 사랑(서재)은 금방이라도 격랑에 삼켜질 듯 깎아지른 듯한 바위 절벽 위에 처마를 내밀고 있다. 그러나 집의 남쪽으로는 상당한 평지가 있어 채마밭에 이어서 보리가 누렇게 익어가고 있고, 불과 얼마 안 되나마 논도 있었다.

주인은 조부가 오는 것을 알아차렸던 것이리라. 기슭까지 맞으러 나왔다. 하긴 우리는 M의 아들에게 안내되어 온 참이었다.

주인은 유자(儒者)답게 의관을 갖추고 유자다운 읍례(揖禮)로 맞았다. 조부는 연장자인 터라 지팡이로 몸을 지탱한 채 입으로만 답례하는 것이었다.

안내받은 사랑은 천장이 낮고 두 칸이 잇닿은 방으로, 장지로 칸막이가 쳐져 있고 아랫목이 주인 자리이자 상석이어서 낮은 산수화 병풍을 둘렀는데, 주인은 조부에게 상석을 권했다. 이는 스승이나 연장자에 대한 최고의 예우이다. 조부는 한편으로 사양하면서도 순순히 상석에 앉았다.

주인은 연장자에 대한 연소자 또는 문하생의 예로써 조부를 대우했다. 단정히 꿇어앉아 담뱃대에 연초를 채워 넣고, 놋쇠 화로의 불로 불을 붙여 한 번 직접 빨고는 흡입구를 소매로 닦아 두 손으로 조부에게 내밀었다. 그러자 조부는 느긋하게 그것을 받아서,

"아, 이건 좋은 연초로군."

하고 인사를 했다.

조부는 난간에 기대어 바다 경치를 바라보거나 병풍의 그림이며 벽이며 장지에 붙여진 글을 읽으면서 그때그때 적절한 비평을 했다. 주인은 조부의 평을 듣고는 기쁜 표정이었다.

"어르신, 김추사(金秋史)의 병풍이 있습니다. 나중에 보여드리겠습니다."

주인은 적이 뽐내는 기색이었다.

"아, 추사의 글을 소장하고 계셨는가. 그것을 배견(拜見)하게 되다니 무엇보다 큰 대접인걸."

조부는 담뱃대를 내려놓았다. 이것은 추사에게 경의를 표하는 의미이다.

얼마 안 있어 아침상이 나왔다.

"자네는 안방에 가서 나와 겸상하세."

젊은 주인은 이렇게 말했다.

젊은 주인은 이 방에 모시고 서서 술을 따르거나 시중을 들면서 식사가 끝나기를 기다리지 않으면 안 된다. 나는 배가 고팠던 터라 난처했다. 오직 의지할 건 조부의 적절한 조치이다.

"너희는 물러가라."

하고 조부는 말했다.

젊은 주인이 한 잔 두 잔 술을 따르고 있는 사이, 나는 가만히 방을 빠져나와 뜰을 걸으며 바다를 바라보거나 나뭇가지가 휘도록 무르익은 은행나무를 쳐다보거나 했다. 커다란 늙은 오동나무가 보랏빛 꽃을 피워 향기를 내뿜고 있는 것이 무척 마음에 들었다.

부친 집의 뜰에도 오동나무가 한 그루 있었는데, 아직 어린 탓인지 꽃은 피지 않았다. 부친은 '봉황 비오동불서 비죽실불식(鳳凰 非梧桐不棲 非竹實不食)'이라거나, 좋은 거문고는 석상송(石上松)이나 오동나무 복판(腹板)이 아니면 안 된다고 말해주었던 터라, 나는 오동나무에 대해서는 일종의 애착을 갖고 있었다.

방 안에서는 담소를 나누는 소리가 들려왔다. 조부의 커다란, 거리낌 없는 웃음소리가 이따금 터져 나왔다.

내가 오동꽃에 마음을 빼앗기고 있자니, 젊은 주인이 어느샌가 다가와서 뒤에서 두 손으로 내 눈을 가렸다.

"알아요, 알아."

하고 내가 말하자 그는 내 눈에서 손을 떼고,

"찾았네. 자네는 오동을 좋아하나?"

하고 웃었다.

"응, 좋아해요."

"나도 좋아해. 오동은 좋아. 자, 가자. 아침 먹자."

그는 내 손을 끌었다.

커다란 판자문을 들어서니 가운데뜰인데, 개며 닭이며 고양이가 가득했다. 개는 나를 보고 으르렁거리기 시작했다. 한두 번 짖으며 위협하더니, 젊은 주인이,

"이놈."

하고 으르자 곧 잠자코 나를 쳐다보았다.

들어간 곳은 안채 가운데서도 젊은 주인 부부의 방이다. 방구들에 가까운 쪽이 부친의 방이고 그 옆방이 아이와 부부의 방으로, 이 지방에서는 으레 그렇다. 장롱의 붉은 칠도 아직 새것이고 놋쇠 대야와 요강 등도 번쩍번쩍 빛이 나며, 벽에는 분홍빛이며 연둣빛 젊은 색시의 옷이 걸려 있다. 자못 새색시의 방다운 청초한 느낌이었다. 우리 집에는 젊은 부부가 없어서 이런 느낌을 맛볼 일은 없었던 것이다.

젊은 주인이 나를 그 방에 안내해두고 나간 까닭에 내가 할 일이 없어 심심하여 이것저것 둘러보고 있자니, 젊은 주인이 중년의 부인과 함께 들어왔다.

부인이 자리에 앉기를 기다려 젊은 주인은,

"이 군, 내 어머님일세. 자네를 만나고 싶어 하시네."

하고 소개해서 나는 두 손을 방바닥에 짚고 인사를 했다.

부인은 내 머리와 등을 어루만지고, 또 나이는 몇이냐든가 얼굴이 잘생겼다든가, 눈이 어떠니 손이 어떠니 하며 사랑의 손길을 내밀어주었다. 나는 기뻤다. 나는 집이 궁핍해진 후로는 친척 집에 그다지 가지 않게 되었고, 또 이따금 가게 되어도 망한 집안의 더러운 옷차림을 한 아이를 마음으로부터 환영해주는 사람은 없었던 것이다. 남자 어른들은 그다지 심히지 않았지만, 부인들은 특히 내게 냉담했다. 그래서 M 부인이 건넨 이 뜻밖의 손길이 몸에 사무치게 고마웠던 것이다.

밥상을 날라 온 것은 한눈에도 젊은 주인의 아내였다. 이런 시골에서는 드물게 엷은 화장까지 했다. 두무지 농촌에서 지리지 않은 듯한 세련되고 예쁜 여자였다.

우리는 밥을 먹기 시작했다. 밥그릇도 은인가 싶을 정도로 문질러 닦은 놋쇠 열두 첩이고, 젓가락과 숟가락은 진짜 은이었다. 검푸른 붉은 칠의 팔각반상에 크고 작은 열네 개의 그릇이 주욱 늘어선 모습은 실로 볼만했다. 열두 개일 테지만, 젊은 주인과 내가 겸상인 터라 밥그릇과 국그릇이 두 개 여분이 더해져 열네 개가 된 것이다.

M 부인은 직접 그릇 뚜껑을 열기도 하고, 내게 이것 먹어봐요, 저건 어떨지, 하고 권해주었다. 음식도 맛있었다. 궁핍한 집 아들인 나로서는 황송할 정도였다.

거의 식사가 끝나려는데 열대여섯 되는 한 처녀가 숭늉(더운물)을 가져왔다. 얼굴 생김새로 보아 젊은 주인의 누이라는 것을 알았다. 그녀는 숭늉 그릇을, 하나는 내 옆에, 하나는 젊은 주인의 옆에 내려놓고는 부끄러운 듯이 고개를 숙인 채 나갔다. 살갗은 바닷바람을 쐰 탓인지 하얀 편은 아니었지만 눈과 코가 내 눈을 끌었다. 아름다운 처녀라고 생각했다. 내가 본 모든 처녀 가운데 가장 아름답다고 생각되었다. 내 작은누이가 자라면 저 처녀같이 아름다운 처녀가 될까, 그런 생각을 했다. 나는 큰누이보다도 아직 세 살 난 작은누이를 귀여워했다.

나는 도취된 듯한 기분이 되었다. M가는 얼마나 행복한 가정인가, 하는 생각이 들자 우리 집의 삭막함과 황량함이 한층 두드러져 비침해졌다. 지금 부친의 집에는 남루한 옷을 걸친 모친이 어린 두 딸을 데리고 아침밥도 먹지 못하고 난처해하고 있을지도 몰랐고, 집도 짓다가 중도에 그만둔 형편으로 있어야 할 것이 반이나 갖추어져 있지 않았다. 조부의 집에서는 허리 굽은 서조모가 뱃손님을 상대로 술을 팔고 있을 것이다. 이렇게 생각하고 있자니, 나는 견딜 수 없어졌다. 나는 자기가 거지와 마찬가지 신세임을 똑똑히 드러내 보이게 된 것이라고 생각했다. 실제로 내 옷은 말 못 할 정도로 누추한 것이었다. 치수는 맞지 않는다. 구멍이나 있다. 더럽다. 특히 내 버선은 진흙투성이일 뿐 아니라 바닥이 헤져 발바닥이 보였다.

게다가 한층 나를 견딜 수 없게 한 일이 일어났다. 젊은 주인의 아내가 상을 물리더니 다시 들어와 자못 허물없이,

"아가, 미안한데 잠깐 일어나렴."

이렇게 말한 까닭에 나는 할 수 없이 시키는 대로 했는데, 그것이 내 옷의 치수를 가늠하는 것이라는 것을 알고는,

"나는 갈래."

하고 말을 꺼냈다. 나는 그 이상 그곳에 있을 수가 없었던 것이다. 내 얼굴은 빨개졌고 가슴은 두근거렸다.

"무슨 말이야. 조부님께서 아직 계시잖아. 그런 말 말고 낚시라도 가자. 오늘은 서당 선생님도 병이 나셔서 쉬신다. 자, 가자."

젊은 주인은 나를 끌고 바닷가로 나갔다. 바닷가라고는 해도 바로 뜰과 이어져 있다. 젊은 주인의 손에는 낚싯대와 미끼가 들려 있다.

우리는 큰 바위 위에 앉았다. 바람은 없었지만 외해(外海)에 접하고 있어 넘실거리는 큰 파도가 암벽에 부딪혀서는 부서졌다.

바다를 보니 나는 기분이 좋아졌다. 이미 조금 전의 뒤죽박죽이던 기분은 가벼워졌다.

"바다는 좋아. 자네는 바다 좋아하나?"

M의 젊은 주인은 낚싯대를 드리우려고도 하지 않았다.

"응. 좋아해."

나는 제석이와 사돌섬에 갔던 일이며 돌아오는 길에 흰 놎을 단 배를 만난 일이며, 이노우에에 대한 것 등을 이야기했다.

"그랬었군."

M의 젊은 주인이 내 이야기에 귀를 기울여주어서 나는 기뻤다.

"그렇지, 그래."

M은 혼자서 고개를 끄덕이더니,

"그러니 말이지, 이제 보게. 조만간 세상이 바뀔 게야.『논어』나『맹자』같은 걸 읽는 건 쓸모없어. 이미 그런 건 소용이 없지. 소용이 없을 리는 없겠지만 그런 것만으로는 안 돼, 뭔가 훌륭한 학문을 하지 않으면."

이런 이야기를 했다. 그가 말하는 것은 나도 이해했다. 이해했다기보다는 그가 말하는 것이 정확히 내가 말하고 싶은 것이었다.

"훌륭한 학문이란 어떤 학문일까."

나는 조숙한 말을 했다.

"나도 모르지. 모르지만 경성에라도 나가면 알 수 있을 것 같아. 자네, 나와 함께 경성에 가지 않겠나?"

M의 젊은 주인은 갑자기 이런 말을 했다. 열한 살인 나는 일찍이 팔백팔십 리(里, 조선의 거리 단위) 떨어진 경성에 가겠다는 등의 엄청난 생각을 해본 일은 없었다.

나는 가겠다고도, 가지 않겠다고도 대답하지 않았다. 모친이 계시니 그런 먼 곳에는 가지 못할 것 같았던 것이다. 부친이 안 계시면 내가 살 수 없듯이, 내가 없으면 모친은 살 수 없을 것 같았다. 그런 무뚝뚝한 모친인데도 나는 그렇게 믿었던 것이다.

M은 잠시 깊은 생각에 잠기더니,

"자네, 나 좋아하나?"

하며 나를 응시했다. 그의 눈은 자못 열정으로 타오르는 듯했다.

나는 멋쩍어서 다만 고개를 끄덕여 보였다. 나는 정말 그가 좋았다. 단 하루라도 좋으니, 나도 M과 같은 행복 속에서 살아보고 싶다고 생각했을 정도였으니까.

"고맙네. 우리 형제가 되지."

M은 나를 꽉 껴안았다.

나는 행복했지만, 아무 말도 하지 않았다.

"자네, 내 누이 보았지?"

"응."

"어떤가. 그 아이 좋아하나?"

나는 이 의외의 물음에 당황해서 얼굴을 붉혔다.

"싫은가."

M은 다그쳤다.

"으응."

나는 M의 누이가 싫기는커녕 무척 좋았기 때문에 절대로 싫다, 그런 말은 할 수 없었다.

"그럼, 좋아하는 게로군?"

나는 잠자코 있었다. 잠시 지나서 나는,

"자네 집 사람은 누구나 다 좋아. 집도, 오동나무도 좋아."

이렇게 잘라 말했다.

그날은 그래서 조부도 좋은 기분으로 술에 취하고, 나도 가슴을 설레며 놀아왔다.

나는 매일 서당에서 M의 젊은 주인과 만났지만 평소대로 별로 달라진 것도 없었다.

그런데 사오일 지나서 서당 선생님께서 갑자기 돌아가시고 난 사선이 일어났다. 그래서 서당이 쉬게 되어 젊은 M은 부친 M의 간청으로 매일 아침 일찍 조부 댁에 와서 조부에게 『시경(詩經)』과 글을 배우게 되었다. 덕분에 나도 『중용』에서 일약 『시경』을 읽게 되었다.

'관관저구 재하지주 요조숙녀 군자호구(關關雎鳩 在河之洲 窈窕淑女 君子好逑)'와 같은 구절이 정말 좋아서 소리 높이 읊었던 것이다. 재미가 나서 내가 하루에 백 행, 어떤 날은 이백 행이나 암송하니 조부도 놀랐다.

"이 녀석, 『시경』을 하루에 이백 행이나 암송하는구나."

조부는 득의만만하여 나를 자랑스러워했다.

젊은 M과 나는 조부에게 글귀의 뜻을 배우고 나면 M의 집으로 갔다. 거기서 하루 종일 복습을 하거나 바닷가에서 놀다가 저녁 무렵 나는 혼자 조부의 집으로 돌아오는 것이었다. M가에서는 나를 귀여워해주었고 무척 좋아하는 M의 누이와 만날 수 있었으니, 나는 행복의 절정에 있는 것 같았다.

나는 열한 살, M의 누이는 열다섯 살이었지만 나는 사랑 비슷한 감정을 품었다. 저 처녀와 언제나 함께 있을 수 있다면 얼마나 행복할까, 라고 몽상하는 것이었다. 그러나 부친이 김 의관(議官)에게,

"자네 딸을 내 아들의 색시로 주게."

하고 말했다가 김 의관에게서,

"자네는 내 딸을 굶겨 죽일 생각인가?"

하고 거만하게 딱 잘라 거절했던 것을 기억하고 있는 나다. M의 누이와 결혼하는 일 같은 것은 생각할 수도 없는 일이었다. M이 몸뚱이뿐인 내게 소중한 딸을 보내줄 리가 없었다.

어느 날 뜻밖의 일이 일어났다. 부친 M이 젊은 M과 둘이서 조부의 집에 왔다. 젊은 M과 내가 전날 배운 부분을 조부 앞에서 암송하거나 뜻을 아뢰는 것을 부친 M은 만족한 얼굴로 곁에서 바라보았다. 우리는 오늘 몫을 일단 읽고 조부에게 두세 가지 주의를 듣고는 옆방으로 물러났다.

이제 우리는 언제나처럼 M의 집으로 가면 되는 것이다.

"자, 가자."

하고 내가 커다란 『시경』 책을 작은 겨드랑이에 끼고 재촉하자, 젊은 M은 손으로 더듬어 내게 앉으라고 한다. 나는 별생각 없이 앉았다. 이미 유월인데도 섬의 아침 공기는 서늘했다.

"오늘 아침 찾아뵌 것은 선생께 부탁이 있어서."

M 은사(隱士)는 말을 꺼냈다.

젊은 M은 내 큰 넓적다리를 꼬집으며 눈짓을 했다. 나는 이유를 몰라 어리둥절했다.

"내게?"

조부의 큰 목소리가 들린다.

"네. 다른 게 아니라, 댁의 도련님과 제 딸의 혼약을 허락하시면 어떻겠습니까. 문벌로 보거나 인물로 말해도 하늘과 땅 차이라 실로 주제넘은 일입니다만, 부디, 아무쪼록……."

나는 얼굴이 타오르고 가슴이 두근거렸다. 이 광경을 부모님께 한번 보여드리고 싶다고 생각했다. 모친은 내게 색시를 구해주는 것을 목숨보다 중요한 일로 여기고 있고, 부친은 김 의관에게 그토록 모욕당했던 것이다.

"저런 코흘리개를, 결혼은 낭지도 않지."

조부가 자못 내켜하지 않는 대답을 해서 나는 마음을 졸였다. 어째서 좋다고 말해주지 않는 것일까.

"아무래도 세상이 언제 어떻게 될지 내일 일을 알 수 없고, 또 요즘 시대에 열한 살과 열다섯 살은 마치 좋은 나이라고 생각합니다. 스무 살에 가정을 꾸릴 것을 성인(聖人)은 말씀하셨지만, 요즘 세상에서는 그렇게

사십 년

느긋하게 따를 수 없습니다. 저도 딸마저 시집보내버리면 언제 어떤 일이 있어도 미련이 남을 일은 없고, 주제넘은 말씀 같지만 선생께서도 이미 고령이시고 하니……."

"호의는 정말 고맙네."

잠시 침묵이 이어졌다. 조부는 생각에 잠긴 듯하다. 이윽고 조부는,

"호의는 고맙지만, 받아들일 수는 없네."

하고 단호히 거절하는 것이었다. 나는 안절부절못했다. 도대체 조부는 어째서 이런 고마운 제안을 거절하는 것일까.

"아, 그렇습니까."

M 은사는 낙담한 듯한 목소리였다. 한참 있다가 M은 단념할 수 없다는 듯이,

"정말 실례입니다만, 거절하시는 이유를 한번 여쭙고 싶습니다만."

하고 다소 대드는 어조였다.

그런데도 조부는 잠자코 있었다. 아마도 하늘을 쳐다보고 있을 것이라고 생각했다.

"어울리지 않는다는 말씀입니까?"

M 은사는 참을 수 없는 듯했다.

"말하자면, 그렇지."

조부는 툭 내던지듯 말했다.

"제 문벌이 낮아서 댁과의 혼인은 안 된다는 말씀입니까?"

M 은사의 말은 점차 노여운 기색을 띠어갔다. 젊은 M과 나는 조마조마하여 손에 땀을 쥐었다. 나는 조부가 예의 벼락을 내릴까 두려웠다.

"당치도 않네. 자네는 뛰어난 학자이고 나는 주막집 늙은이인걸. 문벌이 낮은 것은 이 사람이지. 내 머리를 보게. 관을 쓰지 않은 지 이미 오랠

세. 나는 일개 주막집 늙은이라네."

조부의 말은 자조적이었지만 비통한 것이었다. 나는 한숨을 쉬었다.

"천만의 말씀이십니다."

M 은사의 목소리는 노여운 기색이 수그러들고 오히려 당황하는 듯했다. 나는 정말 안심이 되었다. 이미 M의 누이와의 혼인 같은 것은 하지 않아도 좋으니, 이 자리가 무사히 수습되면 좋겠다고 생각했다.

"첫째."

하고 조부는 크게 헛기침을 하여 가래를 뱉고는 말했다.

"지금 내 상태로는 자네 딸을 손주며느리로 맞아도 먹일 것이 없다네. 궁핍한 집 딸이라면 몰라도, 여하튼 자네 딸은 견딜 수 없을 걸세. 견딜 수 없다면 서로 불행이지. 내가 어울리지 않는다고 한 것은 이런 뜻이네."

분위기는 눅눅하지만 부드러워졌다.

"그런 말씀이셨습니까?"

M 은사는 자기가 노여워한 것이 부끄러운 듯했다.

"사실 저는."

하고 M 은사는 매우 은근한 어조가 되었다.

"저는 그 점도 고려했습니다. 어르신의 손자를 제 딸의 배필로 허락하시면 손자의 학비 일체는 제가 떠맡겠습니다. 만약 선생만 좋으시다면 선생의 만년 생활은 제가 어떻게든 책임지겠습니다. 혼인으로 두 집안은 한집이 되는 것이니, 그것은 당연하다고 생각합니다. 괜찮으시다면 손자는 오늘부터라도 제가 떠맡아도 좋습니다. 혼례 전에는 좋지 않다면, 이번 달 안에 혼례를 치러도 좋습니다."

잠시 침묵이 이어졌다.

"그럴 수는 없지."

조부는 평소와 다름없이 결론부터 먼저 말했다.

"어째서입니까. 조금도 사양하실 필요는 없습니다."

"아니, 사양하는 게 아니오."

"그러면?"

"니는 아직 걸식할 정도로 영락한 것은 아닐세. 친지들에게 의지할 정도라면 일흔이나 먹은 사내가 주막집을 하지는 않겠지. 굳이 따님을 주시겠거든 받아들이겠네. 하지만 입은 옷 그대로 몸뚱이만 주시는 게야. 한 푼이라도 지참금을 딸려 보내서는 안 되네. 배고픔도 겪고 추위도 겪겠지. 그래도 좋다면 받아들이겠네. 그게 아니라면 두 번 다시 그런 말씀을 하지 마시게. 이 사람도 괴롭네."

조부의 이 말에 나는 기뻐 견딜 수 없었다. 역시 조부는 훌륭하다고 생각했다. M 은사 따위는 도저히 조부와는 상대가 되지 않는다고 생각하니 무척 유쾌했다. 나는 득의만만하여 젊은 M을 쳐다보았다. 젊은 M은 아무러면 어떠냐는 표정이었다.

M 은사는 조부에게서 술을 대접받고 돌아갔다.

그 무렵 이상한 사내가 한 사람 이 섬에 나타났다. 그는 평양진위대(平壤鎭衛隊)의 상등병이라고 자칭하는 자였는데, 과연 군복과 군모 차림이었고, 무엇보다도 가죽 벨트를 맸다. 상등병 사내의 말에 의하면, 이 가죽 허리띠로는 사람을 때려죽여도 죄가 되지 않는다고 한다. 그 당시의 군인이어서 상투 위에 군모를 쓰고, 발에는 흰 목면의 조선 버선에 조선 짚신을 신었다. 그런데 이 사내는 총검을 차고 있지 않아서 아무래도 탈주병인 듯했다. 나는 이미 평양 군대의 병사를 한 사람 본 일이 있어서 알 수 있다.

이 사내는 무슨 인연인지 자주 조부 댁에 찾아왔다. 조부를 보러 오는 것이 아니라 나를 만나러 오는 것이었다. 이 사내는 글을 몰라서 내게 편지 대필 등을 부탁했다. 나는 뽐내는 기분이 되어 부탁에 응했다.

어느 날 이 상등병이라는 자가 커다란 백지를 한 장 가지고 와서 평양 진위대 대대장 육군참령단 모(某)의 명의로 쑥섬에 고기 잡으러 와 있는 지나인들에게 돈 천 냥을 바치라는 명령서를 써달라고 부탁했다. 그래서 내가 그대로 써주었더니, 수수를 잘라 붉은 칠을 하고 도장을 찍은 것처럼 위조해서 돌아갔다.

내가 그 일은 잊고 소리 높여 『시경』을 읽고 있자니, 정오도 지날 무렵 예의 상등병이 찾아와서 산에 놀러 가자고 꾀었다. 나는 이 사내가 까닭 없이 싫었지만 무섭고 저항하기 어려운 점이 있고, 또 평양 이야기며 기선(汽船) 이야기며 군대 이야기 등을 들려줄 것을 생각해서 따라갔다.

상등병은 가면서 열 명쯤 부하를 급히 모았다. 모두 스무 살 내외의 불량아로 나는 대부분의 얼굴을 알고 있었는데, 어쩐지 기분 나쁜 패거리였다. 그들은 글을 알지 못하는 것은 말할 것도 없고, 뭇매질, 위협, 절도 등을 상습적으로 일삼는 것이었다. 그들은 돌 던지기와 수영이 능숙하고, 지붕 오르기는 특기였다. 언제 봐도 얼굴과 발에는 한두 개 새 상처가 나 있었다.

나는 이런 패거리와 함께 걷는 것은 처음이었던 터라 벌벌 떨었다. 이 악당들이 산에 가서 나를 어떻게 하지나 않을까, 도망칠까도 생각했지만 어떻게도 할 수 없었다. 다만 한 가지 안심인 것은 그들의 우두머리인 듯한 예의 상등병이 내게 허물없이 대해준 것이었다.

독자는 기억하고 있으리라고 생각한다. 이 섬은 대강 역삼각형을 이루고 있어 남쪽과 서북쪽 두 가장자리가 산이고 동쪽이 활의 현에 해당하는 바닷가인 것을. 서북쪽의 산을 넘으면 내가 좋아하는 M의 누이의 집이지만, 우리가 지금 오르는 곳은 남쪽 산인 동시에 이 섬의 가장 높은 곳이다.

꼭대기는 풀밖에 없고 정말 조망이 좋았다. 바로 발밑에는 은색으로 빛나는 모래톱이 있어 자갈 해협을 사이에 두고 자갈섬의 험준하고 언제나 김푸른 산이 보이고, 오른쪽으로는 일망무제(一望無際)한 황해의 술렁거리는 파도가 유월의 햇빛에 빛나고 있으며, 왼쪽으로는 이 또한 아득한 해면에 나바섬이 엷은 쪽빛으로 꿈처럼 떠 있다. 나바섬에 번개가 번뜩이면 비가 온다는 그 섬이다. 내가 시원한 바람을 쐬며 웅대한 풍경에 홀려 있자니,

"이봐, 이리 오지 못해?"

하고 아플 정도로 내 팔을 채서 끌어당기는 자가 있었다.

일동은 빙 둘러앉아 있다.

나는 깜짝 놀랐다. 이 악당들은 지나인(支那人) 어부를 덮쳐 금품을 강탈하려는 것이었다. 아까 예의 상등병이 내게 쓰도록 시킨 평양진위대 대대장의 명령은 이 목적을 위해 사용될 모양이었다. 나는 부들부들 떨었다.

"이봐, 그만둬. 그만두라고. 그건 강도짓이잖아."

내가 참을 수 없어 한마디 했더니, 철썩 내 뺨을 치는 자가 있었다.

"이 자식, 강도짓이라고? 한 번 더 지껄여대봐. 밥이 목구멍으로 넘어가지 못하게 해줄 테다."

하고 말하는가 싶더니, 한 번 더 주먹이 눈앞에 번쩍해서 나는 두 눈에서 불꽃이 튀는 것을 깨달았다. 나는 코피를 흘려서 윗옷 앞자락이 새빨갛게 물들었다.

"바보 같은 자식!"

또 맞는 걸까 하고 눈을 뜨니, 이번에는 예의 상등병이 일어나서 나를 때린 녀석을 때려눕혔다. 그들은,

"잘못했다, 몰랐다."

하고 상등병에게 잘못을 빌었다.

상등병은 내 코피를 닦아주면서,

"자네가 틀렸어. 대대장의 명령이 아닌가."

이런 말을 했다.

나는 상등병에게,

"나는 돌아갈래. 조부님이 걱정해서."

하고 부탁했지만, 들어주지 않았다.

그들은 내게 신경 쓰지 않고 의논을 진행했다. 상등병에게 맞은 녀석들은 빨개진 뺨을 이따금 문지르고는 때린 녀석을 흘겨보는 게 아니라 나를 흘겨보았다.

내 눈은 저 모래톱에 있는 지나 어부의 천막 부락으로 달린다. 거적으로 집 모양의 천막을 친 것이 열 개쯤 있고, 물가에는 배가 대여섯 척 들어와 있다. 지금은 물이 빠질 때이지만 아직 배는 물에 떠 있는 듯이 흔들흔들 움직이고 있는 것이 보였다. 바닷물이 빠져버려 배가 움직이지 못하게 되면 넢지겠다는 것이다.

나는 모래톱의 천막촌 중에서 내가 좋아하는 왕 씨의 천막을 눈으로 찾아 알아냈다. 이 악당들은 돈을 요구하여 거기에 응하지 않으면 반드시 폭행을 휘두를 것이다. 그렇다면 저 사람 좋은 왕 씨도 예의 가죽 허리띠로 맞을지도 모른다. 어떻게든 왕 씨만이라도 도와주고 싶어졌다. 그래, 저 상등병에게 부탁해보자, 고 나는 여러 가지로 머리를 굴렸다.

상등병은 보자기에 싼 것을 풀어 군복을 꺼내 갈아입고, 그리고 배꽃 징장(徵章)이 붙은 군모를 썼다. 그것보다 나를 기겁케 한 것은 그 녀석이 내 검을 꺼내 허리에 찬 것이었다.
　내 검이란 나의 돌아가신 고조부의 것으로, 고조부가 관직에 나아갈 때 허리에 차던 것이었다. 고조부는 문관(文官)이었지만, 삼품관(三品官) 이상은 군직을 겸하는 것이 조선의 제도였던 터라 검이 있었던 것이다. 이 검은 내가 가장 소중히 여기던 두 가지 보물 가운데 하나이다. 나머지 하나는 나무로 만든 사각의 제등(提燈)이었는데, 이것도 돌아가신 고조부의 유물이다. 이 상등병인지 뭔지 하는 사내에게 내가 이 검을 빼서 자랑했더니, "이것 좋군, 보검이야. 내가 기름으로 잘 들도록 갈아주지." 하고 가져간 것이었다. 검은 이 척쯤 되는 짧은 것이었지만, 칼집은 검은 옻칠에 상아로 된 별을 박아 넣은 것으로 사슴가죽 끈이 달려 있었다.
　나는 이 검을 좋아하여 네다섯 살 무렵부터 그것을 만지작거리다가 몇 번이나 손가락을 베었다. 그래서 한번은 부친이 그 검을 빼앗아 숨겨버렸는데, 내가 떼를 쓰는 바람에 하는 수 없이 그 칼을 무디게 하여 내게 주었던 것이다. 나는 어딜 가나 이것을 가지고 다녔다. 자루 주머니에 넣어 등에 비스듬히 메고 걸었던 것이다. 잠잘 때도 베갯머리에 이 검을 두지 않으면 잠들지 못할 정도였지만, 이즈음은 그 정도는 아니게 되었다. 하지만 이것을 곁에 두고 있으면 왠지 몹시 의지가 되는 듯했던 것이다.
　물가가 빛나는 상태를 보고 바닷물이 빠진 것을 알게 된 우리는 산을 내려 당당히 지나인 부락을 덮쳤다. 지나인들은 여름에만 고기를 잡으러 가는 까닭에 여자는 없다. 시커멓게 해풍에 그을린 몸통을 드러낸 무리가 변발로 머리를 동여매고 배에서 천막 쪽으로 열심히 잡은 고기를 운반하고 있다. 지나인은 상체는 벗지만 하체는 드러내지 않는다. 그러나 이런 어부만 있는 것은 아니다. 상의와 하의 모두 말쑥이 차려입은, 이른바 상류층에 드는 상인도 있다. 그는 자본주로, 조선의 다리배로 말하면 선주라는 것이다. 내가 좋아하는 왕 씨는 이 물가에서 가장 우두머리 선주이다. 그는 아직 삼십대의 젊은 사내인데, 이곳에 와 있는 지나인은 그를 왕 라오이에, 즉 왕 노야(老爺)라 부른다. 조부의 말에 의하면, 그는 본래 산둥성(山東省) 취푸현(曲阜縣) 사람으로 글을 읽을 줄 아는 사람인데, 연고가 있어 사허쯔(沙河子)에 이주하여 어업에 몸을 숨기고 있는 사람이라고 한다. 왕 씨는 자주 조부 댁에 와서는 필담을 나누며 즐거워하는 것이었다. 나는 반년 전의 지나인 향 장수를 기억하고 있는 까닭에 이 왕 씨에게도 일종의 애정과 호기심을 갖고 있었던 것이다.

불행 중 다행으로 예의 상등병은 왕 씨가 이 어업진(漁業陣)의 총우두머리인 것을 모르는 듯했다. 그들은 배에서 내려오는 사람을 붙잡아서는 예의 명령을 들이대며 세게 고함지르거나 후려쳤다. 배에 있던 지나인들은 배에서 달아나서는 모래를 파서 뭔가를 결사적으로 숨겼다. 돈일 것이라고 생각했다.

가죽 허리띠로 두들겨 맞은 지나인의 나체에서는 피가 흘렀지만, 그들은 일 전짜리 동화(銅貨)와 십 전짜리 은화(銀貨)를 하나하나 두 손에 받들고,

"라오이에, 라오이에(나리, 나리)."

하며 악당들에게 절했다. 그리고 한 대 더 몹시 맞더니 또 두세 개 화폐를 내밀었다. 이런 일로 시간이 지체되었던 까닭에 다른 배에 탄 지나인들은 뿔뿔이 달아났다.

나는 악당들이 돈을 빼앗는 데 정신이 팔려 있는 틈을 타서 왕 씨의 천막을 향해 걸었다. 달리면 눈에 띌 것이라고 생각해서 놀고 있는 것

처럼 지그재그로 걸었던 것이다. 잠시 걷자니 왕 씨가 저쪽에서 걸어오고 있어서 나는 모래 위에 글자를 써서 경계하라는 의미를 알렸다. 그는 급히 천막 쪽으로 돌아갔다. 나는 이제 안심하고 악당들 있는 곳으로 돌아왔다.

그들은 얼마나 강탈했을까. 건어물까지도 빼앗고는 이번에는 천막으로 나서려는 것이었다. 두목 녀석이 내 보검을 빼서 번쩍이고 있다. 과연 잘 갈려 있는 듯 햇빛 아래 푸른빛을 내뿜고 있다. 이 녀석이 그 검으로 칼부림 사태만은 일으키지 않아야 할 텐데, 하고 나는 조마조마하면서 그 녀석의 곁을 떠나지 않았다. 만일의 경우에는 내가 검을 든 그 녀석의 팔에 매달릴 각오였다.

두세 개의 천막으로 갔지만 아무도 없거나 쇠약한 늙은이가 눈곱 낀 눈을 슴벅슴벅 깜빡이고 있었다. 그래서 악당들은 어수선하게 날뛸 뿐 이렇다 할 노획물도 없었고, 이윽고 왕 씨의 천막을 덮쳤다.

왕 씨는 태연히 악당들을 맞아 우선 의자를 권하며, "관인청좌(官人請坐)."라고 종이에 써서 내밀었다. 그래서 내가 일동에게 앉으라는 뜻이라고 설명해주었더니, 상등병은 검을 칼집에 넣고 거적 깔개 덮인 마루 가장자리에 앉았다. 다른 자들도 앉았다. 왕 씨는 상등병에게서 명령서를 받더니 읍하여 경의를 표하고 그것을 정중히 접어서 품속에 넣고, 그 다음은 지나 소주와 기름에 튀긴 생선을 내놓았다. 음식에 주린 악당들에게 이런 음식이 얻어걸린 것은 난생 처음이었으리라. 실로 맛있는 듯이 게걸스레 먹었다.

왕 씨는 검은 병에 담긴 백건아주(白健兒酒)가 떨어질 무렵을 가늠하여 일 원짜리 은화 삼십 개를 새 수건에 담아 두목 앞에 내놓았다.

일동의 눈은 이 삼십 개의 은화 빛에 눈이 부신 듯했지만 과연 두목은,

"삼백 냥은 안 돼. 천 냥이야, 천 냥."

하고 고함쳤다.

왕 씨는 내 통역을 듣더니,

"관명(官命)이 지엄하니 어찌 감히 어기랴. 내일 정오까지 천 냥을 모아 드릴 것이오. 대체 나리가 머무르는 숙소는 어디요? 이 삼백 냥은 적으나마 여러 나리의 술값일 따름."

하고 묵흔(墨痕)이 흥건하게 써서 내주는 것이었다.

나는 이 말을 모두에게 통역하여 들려주었는데, 폭음한 백건아주의 술기운이 돈 탓인지 일동은 기분이 좋아져서,

"좋아, 좋아. 그럼, 기한을 어기지 않도록."

하고 그들은 일단 젠체하며 돌아갔다. 왕 씨의 기지로 천막의 약탈을 면했던 것이다.

그들은 돌아가서도 아까 올랐던 산에 모여 노략질한 물건을 분배했다. 내게도 작은 은화를 두 개 주었다.

"검을 돌려줘요."

하고 내가 말하자, 상등병은 무슨 생각이었는지 곧 돌려주었다.

나는 검을 받았으니 한시라도 빨리 돌아가려고 하자 악당 한 사람이 느닷없이 어깨를 움켜쥐며,

"이 심부름꾼 녀석, 죽여버리자구. 이 녀석이 우리 얼굴을 알고 있으니 존위(尊位, 섬의 관리)에게 무슨 말을 지껄일지 몰라."

하고 모두에게 동의를 구하는 것이었다. 그들은 아까보다도 술기운이 돌아 무슨 짓을 저지를지 알 수 없었다.

"게다가 이 녀석, 아까 그 지나인과 아는 사이인 듯했다구."

또 한 녀석이 말했다. 이 녀석은 아까 나를 때려 상등병에게 박살났던

녀석이다.

나는 이거 큰일 났다고 깜짝 놀라 믿고 의지하던 상등병에게 눈길을 주었지만, 그 녀석도 이제는 나를 감싸려 하지 않을 뿐만 아니라 적의에 찬 눈으로 나를 되쏘아보았다. 역시 나를 죽여버리는 편이 뒤탈이 없을 듯하다고 생각하는 모양이었다.

나는 마침내 마음을 정했다.

"좋아, 여차하면 이 검으로 베어버릴 테다."

나는 이렇게 검의 칼집에 손을 대어 느닷없이 검을 빼서 한 걸음 뒤로 물러섰다. 그리고 누구든 덤벼들라며 검을 머리 위로 높이 치켜들었다.

"좋아, 날 죽이려거든 죽여봐."

나는 험악하게 녀석들을 노려보았다.

내 어깨를 움켜쥐었던 녀석은 분명히 겁을 내고 있었다.

"농담이지. 자네, 농담이지. 베다니 무슨 말씀. 베면 곤란해. 돈을 줄 테니 검을 거두게."

상등병이 이렇게 말하고는 성큼성큼 내 곁으로 다가왔다.

"가까이 오지 마. 누구든 가까이 오는 녀석은 벨 테야. 앞장서 산에서 내려가."

나는 명령했다.

일동은 난처하다는 얼굴로 한 걸음 걷고는 돌아보고, 두 걸음 걷고는 돌아보다가 이제 안전하다 싶은 곳까지 가자 쏜살같이 달아나버렸다. 한 녀석은 나를 노리고 돌을 던졌지만 낮은 곳에서 던지는 돌이어서 조금도 무섭지 않았다.

우리가 산 위에서 이런 일을 벌이고 있는 동안 지나인들은 관리에게 호소했을 것이다. 내가 해 질 무렵 조부의 집에 돌아갔더니, 지나인 부락을 약탈한 일당은 일망타진되었다고 했다. 그 탈주병 녀석은 바닷물만 차오르면 섬을 떠날 예정이던 반자리행 나룻배에 잠복해 있는 것을 격투 끝에 꽁꽁 묶었다고 한다.

내가 악당들을 위해 거짓 명령서를 쓰고 또 함께 행동했다는 이유로, 조부는 내가 돌아오자 불같이 화를 내며,

"회초리 세 대 꺾어 오너라."

하고 내게 명했다.

나는 울면서 달려가서 물푸레라는 나무의 작은 가지 세 개를 꺾어 와 조부 앞에 놓고, 바지를 걷어 올려 장딴지를 내놓고 조부 앞에 섰다.

조부는 작은 나뭇가지를 한 대 손에 쥐고 두세 번 구부렸다 폈다 하더니,

"네 죄를 아느냐?"

하고 큰 소리로 고함질렀다.

"네, 잘못했습니다."

"너는 강도와 한 패거리가 되었겠다."

"네, 여기 은화를 두 개 받았습니다."

라고 말하며 나는 허리춤의 작은 주머니에서 은화 두 개를 꺼내 조부 앞에 놓았다. 조부는 설마라고 생각했던 듯, 그 장물(贓物)의 역력한 증거를 보이자 더 이상 견딜 수 없었던 듯하다. 손에 든 회초리로 내 장딴지를 다섯 때쯤 세게 내리쳤다. 나는 아파서 똑바로 선 자세를 유지하지 못하고 쭈그려 앉고 말았다. 그러자,

"기개 없는 놈. 그 정도 아픔을 견디지 못하는 게냐? 똑바로 서거라."

하고 내 머리와 어깨를 마구 내리쳤다. 나는 겨우 바로 선 자세로 돌아갔다. 그랬더니 조부는 또 네다섯 대를 때렸다. 회초리가 기분 나쁜 소리를

내며 둘로 꺾여 날아갔다. 나는 끈적끈적한 것이 장딴지 살갗 위를 흐르는 것을 느꼈다. 피가 나오는 모양이라고 생각했다. 나는 이를 악물고 아픔을 참았다. 나는 비명을 지르지 않았다. 회초리가 내 살갗에 부딪는 소리가 철썩철썩 방 안에 울리는 것이었다.

　서조모가 부엌에서 들어와 나를 감싸준 덕분에 나는 그 이상은 맞지 않고 살아났다.

3

고아

　나는 그해— 라고 하면 분명하지는 않지만 내가 열한 살 되던 해 팔월 부친과 모친이 돌아가셔서 나와 여섯 살, 세 살짜리 누이 세 사람은 유산 없이 고아가 되고 말았다. 내가 누이들을 데리고 섬의 조부 댁으로 갈 작정으로 나룻배에 올라타고 섬에 갔더니, 조부는 이미 고마지라는 곳으로 이사했다. 나는 꼭 M가에 들르려고도 생각했지만 그만두고, 때마침 배편이 있어 예의 흰 칠로 뒤덮인 사나가암까지 가서 그곳에서 삼십 리 남짓한 길을 (이하 삭제)

　　　— 가야마 미쓰로(香山光郞), 「사십 년(四十年)」, 『국민문학(國民文學)』, 1944. 1.~3.(미완)

원술(元述)의 출정

때는 신라 문무왕(文武王) 십오 년. 백제와 고구려를 치고 신라가 삼국 통일을 달성한 대업(大業)의 원훈(元勳) 김유신(金庾信) 장군의 둘째 아들 원술(元述)이 태백산 견성암(見性庵)에 숨은 지 이미 삼 년이 된다.

원술이 장군 효천(曉天)의 비장(裨將)으로 당병(唐兵)과 석문(石門)에서 싸운 것은 열아홉 되던 해 팔월의 일이었다. 당(唐) 고종(高宗)은 신라가 당병을 내쫓고 고구려의 옛 영토를 차지한 데 노하여 장수 고봉률(高奉率), 이근행(李謹行)으로 하여금 병사 사만을 이끌고 평양을 포위케 했다. 신라 문무왕은 장군 의복(義福), 춘장(春長) 등으로 하여금 이를 격파케 했는데, 장군 효천과 의문(義文)의 부대는 용감히 당병에게 반격을 가하여 수천 급의 머리를 베고, 후퇴하는 당의 군사를 석문까지 추격했다. 그런데 신라군 가운데 효천 부대의 공을 질시하는 자가 있어, 군령(軍令) 통일이 없고 우군(友軍)에게 배반당해 고립무원의 처지가 되어 패퇴하지 않을 수 없게 되었다. 그러나 효천과 의문은 '임전무퇴(臨戰無退)'라는 신라 무사의 계율을 지켜 용감히 적진으로 뛰어들어 산화(散花)했던 것이다. 뒤에 남은 원술은 비장으로서 군사를 이끌 책임이 있었으나, 목숨을 보존하는 것을 달갑게 여기지 않고 효천 등의 뒤를 따르기 위해 말에 올랐다. 그 순간 부좌(副佐) 담릉(淡凌)은 원술의 말고삐를 놓지 않고,

"남아가 죽는 것이 어려운 게 아니라 죽을 자리에 처하는 것이 어려운

법. 죽어서 성과를 얻지 못할 바에는 살아서 후일을 도모함만 못하다."
하고 군사를 거두어 물러설 것을 간언했다. 원술은,
"남아는 구차하게 살지 않는 법. 무슨 면목으로 내가 부친을 뵙겠는가."
하고 말에 채찍을 가하였으나 담릉이 도무지 고삐를 놓지 않아서 원술은 결국 죽을 때를 놓치고 말았다.

원술이 도읍으로 돌아오자 부친 유신은 노하여 내 아들이 아니라며 대면을 거부하고 왕에게 원술의 목을 칠 것을 청하였으나 왕은,
"비장에게만 유독 중형을 내릴 수 없다."
고 하여 원술을 사면했다. 원술의 모친은 태종(太宗)의 셋째 딸이므로 문무왕과는 종형제 사이다.

원술은 집에도 가지 못하고 시골에 숨어 오로지 깊이 부끄러운 세월을 보내다가 이듬해 부친 유신이 일흔아홉의 고령으로 숨을 거두어 집에 돌아갔으나 모친 지소(智炤) 부인은,
"첩은 경(卿)을 만날 수 없습니다. 부인에게는 삼종지의(三從之義)가 있다고 합니다. 저는 이제 이미 과부이므로 아들을 따라야 합니다. 그러나 원술은 이미 선친의 아들 자격을 잃었으니, 저는 그 어미가 될 수 없습니다."
하고 대면을 허락하지 않았다. 원술은 다만 부친의 영전에 곡하고 모친을 한번 뵐 것을 통곡하고 몸부림치면서 청했으나 결국 받아들여지지 않았다. 원술은,
"아아, 나는 담릉 탓에 이리 되는구나."
하고 탄식하고, 마침내 태백산으로 숨어들었던 것이다.

태백산 견성암, 절이라고는 하나 겨우 비바람을 견딜 정도의 허술한

건물이다. 예전에는 원효대사(元曉大師)가 세상을 피하여 머물던 거처이기도 했던 곳으로, 지금은 희견(喜見)이라는 노승이 염불삼매의 나날을 보내고 있는 곳이다. 원효라면 원술 모친의 언니 요석공주(瑤石公主)의 남편이다. 원술은 신분을 숨기고 희견을 위해 땔나무를 줍고 물을 길으며, 제자라고도 불목하니라고도 할 수 없는 일을 하고 있다.

정월 어느 날, 원술은 아침 일찍 견성암에서 절로 통하는 길가의 눈을 치우고 있었다. 노송(老松) 가지에 쌓인 눈이 이따금 허리를 굽히고 눈을 쓸고 있는 원술의 등에 떨어져 희미하게 소리를 낸다. 동박새가 운다. 원술은 손으로 만든 눈갈퀴로 오른쪽으로 왼쪽으로 대여섯 차나 쌓인 눈을 밀어낸다.

그때 누군가가,

"잠깐, 여쭙겠습니다."

하고 불러서 원술은 허리를 폈다. 그의 소년같이 아름다운 얼굴은 달아오르는 듯 붉었다. 원술은 일순 움찔했다. 몇 걸음 앞에 서 있는 것은 틀림없이 늙은 충복(忠僕) 수타원(須陀洹)이었다. 그러나 원술은 모르는 척하고,

"무슨 일이십니까?"

하고 수타원을 똑바로 쳐다보았다.

'정말 이상한 일이군. 이 목소리는 귀에 익은 원술 님의 음성인데.' 수타원은 커다랗게 눈을 떴으나 완전히 변해버린 그 모습은 원술인 듯도 하고 아닌 듯도 했다. 푸른 천 조각으로 눈이 덮이도록 머리를 감싸고, 몸에는 무척 더럽고 남루한 옷을 걸치고 있다. 아무리 세상을 등신 처시라고 해도 태대각간(太大角干) 님의 아들 원술 님의 모습이라고는 도무지 생각할 수 없었다.

수타원은 두세 걸음 원술에게 가까이 다가가서,

"견성암으로 가는 길이 이 길입니까?"

하고 물으며 원술의 얼굴을 살핀다.

"그렇습니다. 저기 보이는 게 견성암입니다."

원술은 수타원의 눈을 피하는 듯 허리를 굽혀 눈을 쓸어냈다.

"견성암에는 법사(法師)가 몇 분 계십니까?"

수타원은 계속해서 원술에게 말을 건다.

원술은 한결같이 눈을 치우면서,

"견성암에는 희견 스님이 한 분 계시고, 이렇게 말씀드리는 저는 땔나무를 줍고 물을 긷고 눈이 내리면 눈을 치우는 사람입니다."

하고 쌀쌀맞은 대답을 한다.

"실례지만 한 말씀 더 묻겠습니다. 견성암에는 도읍에서 오신 원술 님이라는 분이 계실 텐데, 그 원술 님도 계십니까?"

"원술 님이라. 글쎄, 원술 님이라, 들어본 듯한 이름입니다만."

원술은 눈을 쓸며 한 걸음 한 걸음 수타원에게서 멀어진다. 수타원은 더욱더 의심스럽게 원술의 모습을 응시한다.

"들어는 봤지만 모른다는 겁니까? 천하에 당나라, 천축(天竺)까지 모르는 사람이라곤 없는 태대각간 님의 둘째 아들 원술 님을 모른다고 할 수는 없을 텐데."

원술은 눈갈퀴를 지팡이 삼아 일어서며,

"아아, 그 원술 말입니까? 석문 전투에서 죽지 않고 뻔뻔스럽게 살아 돌아온 그 원술 말입니까? 그 이름을 입에 올리는 것조차 더러운 그 원술 말입니까? 임전무퇴의 계율을 깨뜨리고 군명(君命)을 배신하고 집안의 이름을 더럽혀 부모에게도 버림받은 그 원술이라면, 그 이름을 떠올리기조차 싫은 원술이라면, 신과 인간이 모두 잊었을 터. 당신은 어째서 그 원술을 찾는 것입니까. 부끄러움을 모르는 그놈에게 부끄러움을 알게 하기라도 하려는 것인가?"

원술은 흥분했다.

"아니요, 당치 않은 말씀. 설령 원술 님이 신과 인간에게 버림받았다 해도 내버릴 수 없는 사람이 두 사람 있습니다."

"두 사람이라. 내버릴 수 없다고?"

"그렇습니다. 원술 님을 내버릴 수 없는 사람이 두 사람 있습니다."

"그 두 사람이란 누구지? 세상에 별난 것을 좋아하는 자도 다 있군."

"그 두 사람이 누구냐고 물으셨습니까? 그 두 사람은 제가 말씀드리지 않아도 잘 알고 계실 터. 원술 도련님께서 출가하신 뒤 삼 년 동안 비가 오나 눈이 오나 원술 님의 뒤를 그리워하여 발자취를 찾아 온 신라를 헤매 다녔고, 만약 이 세상에서 만나지 못하면 저승까지라도 원술 님의 뒤를 좇고야 말 그 두 사람을, 설마 원술 님께서 모른다고 말씀하시지는 않겠지요."

수타원의 목소리는 떨렸고 눈에서는 눈물이 흘렀다.

"그 두 사람."

원술은 혼잣말처럼 중얼거렸다.

"그렇습니다. 그 두 사람입니다. 도련님, 그 두 사람입니다."

수타원은 마침내 원술 앞으로 다가가 꿇어앉았다. 그는 청포(靑布) 두 간을 메고 같은 청포 옷을 입고 있었다.

원술은 감개무량한 듯이,

"그 두 사람. 한 사람은 너로되, 또 한 사람은 누구냐?"

"아좌(阿佐) 아씨입니다."

"아좌 아씨라. 들은 적이 있는 이름인 듯하지만, 그 아좌 아씨인가 하는 사람이 어쨌다는 게냐?"

"도련님, 무슨 말씀이십니까. 백년해로를, 아니 삼생(三生)의 인연을 맺으신 아좌 아씨를 아무리, 여하튼 잊으셨을 리 없을 텐데. 도련님. 아아, 도련님."

수다원은 비통하기 그지없다는 듯이 두 손을 가슴에 대고 문질렀다.

"그 아좌 아씨인가 하는 사람이."

"네, 그 아좌 아씨가 지금 이 산에 오고 계십니다. 부부는 한 몸, 아내는 남편을 따른다. 괴로우나 즐거우나 영예로우나 욕되나 아내는 남편을 따르는 것입니다. 땅 끝, 삼도천(三途川) 끝까지라도 남편의 발자취를 따르신다며 삼 년 동안 신라의 마을이란 마을, 산이란 산을 모두 돌아다니다 바로 어제 저녁 저 무시무시한 눈보라를 맞으며 부석사(浮石寺)에 이르셨습니다. 절에서, 이 견성암에 세상에 흔치 않은 눈빛을 가진 젊은 분이 계시다고 말씀드리자 아좌 아씨는 그분이 틀림없다, 관세음 님의 이끄심이라고, 오늘 아침 날이 밝기 전부터 참으로 곁에서 보기에도 애처로울 정도여서, 그럼 소인이 한달음에 모습을 뵙고 오겠다고 말씀드리고 이렇게 달려온 참입니다. 얼마나 변하셨는지. 가슴이 움찔하면서도 잘못 보았달 정도로 변하신 모습. 그렇다고 해도 도련님, 아직 어린 때부터 가까이 모셨던 소인, 이 늙은이의 눈이 멀쩡한 한, 아이구, 저기 오십니다. 도련님, 아이구, 저기 비틀거리면서……. 아좌 아씨이십니다. 뒤를 따르는 것이 아랑(阿郞), 아랑이 받든 것이 원술 도련님의 의복 한 벌. 아좌 아씨께서 손수 짜고 바느질하신 도련님의 의복. 얼마나 아름다운지, 가슴 아픈지…….."

원술의 눈도 이제 막 낭떠러지 길을 비스듬히 북쪽으로 올라오는 두 사람의 여인 쪽으로 내달았다. 그러나 원술은 곧 아무 일도 없었다는 듯이 눈을 쓸기 시작했다. 수타원이 대신하겠다고 해도 원술은 허락하지 않았다.

원술은 태백산에 숨은 이래 스스로 천지에 용납되지 못할 죄인으로서 이 세상의 모든 희망과 함께 즐거움도 버린 것이었다. 회신멸지(灰身滅智), 원술은 오로지 세상을 버린 사람의 삶에 철저하고자 한 것이었다. 그런데 생각지도 않게 수타원이 나타났고, 또 아내란 이름뿐인 아좌가 찾아온 것이다. 아좌와의 혼례 날을 며칠 앞두고 원술은 출정의 명을 받은 것이었다. 아좌와는 궁궐과 그 밖의 곳에서 두세 번 얼굴을 대한 일은 있으나 친밀하게 말을 나눈 일조차 없다. 그렇다 해도 장군 의춘(義春)의 딸 아좌라고 하면 온 신라에서 모르는 사람이 없는 아름다운 아가씨이고, 설령 잠깐 동안의 맞선이라고는 해도 원술의 영혼에 깊이 각인된 모습이긴 하다. 과연 원술은 가슴이 두근거림을 억누르지 못했다.

수타원은 아좌 쪽으로 달려갔다.

"견성암에는 누군가 계시던가요?"

아좌는 숨차하면서 수타원에게 물었다. 아좌는 몹시 지치고 야위어 있었다.

"네, 저분입니다. 서기 남루한 옷을 걸치고 청두건을 두른 저분입니다."

"저분?"

하고 아좌는 지금까지는 눈에 띄지 않던, 허리를 굽히고 눈을 치우고 있는 원술 쪽으로 눈길을 주면서,

"수타원, 저분이 어쨌다는 것이죠? 원술 님의 거처를 안다는 말씀이라도 하셨나요?"

하고 울음 섞인 목소리가 되었다.

"아니요, 아니요, 아가씨, 저분이야말로 바로 원술 도련님입니다. 도련님을 안아드렸던 소인의 눈조차도 처음에는 잘못 보았달 정도로 변하신 모습, 정말이지 정말 안타깝기 그지없습니다. 그러나 저 청두건 아래 빛나는 저 봉황의 눈과 같은 눈빛, 약간 상기된 듯이 보이는 저 아름다운 뺨, 지 힘찬 목소리 등은 삼 년 전과 달라지지 않았습니다. 아아, 태대각간 님의 다섯 도련님 가운데서도 가장 아름답고, 용감하고, 정이 깊은 원술 님. 하지만 앞날도 있습니다. 이제 반드시 큰 공을 세우서서 아버님 못지않은 이름을 빛낼 날도……."

"원술 님은 이 아좌에 대해 물어보시던가요?"

아좌는 수타원의 이야기는 귀에 들어오지도 않는지, 수타원의 말을 가로막고는 눈물을 흘리며 묻는 것이었다.

"네, 아니, 도련님께서는 아무것도, 도읍의 일도, 댁의 일도 묻지 않으셨습니다. 오직 깊은 생각에 잠기신 모습이었습니다."

"설마, 이 아좌를 잊으신 건 아니겠지."

하며 아좌는 잠시 원술 쪽을 바라보았으나,

"자, 가요. 한시라도 빨리 그리운 원술 님의 곁으로 가요."

하고 말하고는 치맛자락을 한 손으로 걸어 올리고 총총 걷기 시작하는가 싶더니, 뭔가에 놀란 듯이 멈춰 섰다.

"기다려요, 기다려. 수타원."

"예."

"아좌의 마음은 원술 님의 곁으로 곁으로 달리지만, 그러나 만약 아좌 때문에, 아좌가 원술 님의 곁에 나타난 까닭에 마음을 어지럽히는 일이 있어서는 죄송한 일. 원술 님께서 이 세상을 덧없이 여기고 불도(佛道)에 정진이라도 하시는 것이라면, 불도에서 여성은 요물이라던가. 아좌가 사랑스러운 남편의 성도(成道)를 방해한다고 하면……. 수타원, 도련님께 한 번 더 달려가서 아좌가 여기서 명을 기다린다고, 만나 뵙지 못할 사정이라도 있다면 삼가겠다고 원술 님의 허락을 얻어줘요. 아, 기다려요, 기다려. 수타원, 이 옷 한 벌. 이것은 아좌가 손수 짜고 바느질한 것. 아좌는 곁에 갈 수 없더라도 적어도 이 옷 한 벌은 입으셨으면. 이 산중에서는 필시 춥기도 하시겠지. 음식 역시 이런 산중에, 더욱이 이 인적 드문 산속에서는. 아좌가 곁에 머문다면 같은 산의 푸성귀, 풀뿌리라도 어렵지 않게 조리해드릴 것을. 수타원, 무심결에 푸념을 했네. 이런 얘기는 원술 님의 귀에 들어가게 하고 싶지 않아요. 철석같은 대장부의 마음을 여자의 푸념 따위로 어지럽혀서야. 아니, 수타원. 그저 뵐 수 있을지, 그것만 대답을 듣자꾸나. 그리고 이 옷하고. 그럼, 어서."

이렇게 말하고 수타원을 보내고는 아좌는 노목(老木) 그늘에 몸을 숨기고 소매로 눈물을 닦았다.

수타원이 아좌의 뜻을 전하자 원술은 잠시 생각에 잠겼으나,

"만나지. 모처럼의 뜻, 감사하네. 그렇기는 해도 아직 혼례도 치르지 않은 사이이니 길가에서 만나는 것은 예의에 어그러지는 법. 먼저 돌아가 손님과 주인의 예로써 맞기로 하지. 그런 수타원, 저기 견성암까지 아좌 아씨를 안내해드리게."

하고 암자 쪽으로 걷기 시작했다.

"고맙습니다. 잘 알겠습니다."

수타원은 자기 일처럼 기뻐하면서 아좌에게 돌아갔다.

아좌는 수타원이 옷 보퉁이를 겨드랑이에 낀 채 돌아오는 것을 보고, 틀림없이 모두 거절당했다고 생각하여,

"아아."

하며 쓰러지려는 것을 아랑이 붙들었다.

"어머나, 아씨."

아랑의 부르짖는 소리가 조용한 산에 희미하게 메아리쳐 온다. 수타원은 이 모습을 보고 몹시 놀란다.

"아씨, 원술 님께서는 감사하다고 말씀하시고 아씨를 길가에서 만나는 것은 예에 어그러지므로 저기 견성암까지 오시도록 하셨습니다. 아씨. 아아, 그렇게 다부지게 말씀하셔도 역시 연약한 여자. 아씨, 아씨."

수타원이 아무리 불러도 아좌는 잠든 아기처럼 고개를 늘어뜨리고 정신을 차리지 못한다.

"이 수타원이 아씨를 안아드리지요. 아랑 님은 이 옷을 들고."

수타원은 잠든 아이를 안아 올리듯 아좌를 두 팔로 쳐들고 걷기 시작했다.

'수타원도 늙었군.' 수타원은 한 걸음 한 걸음 넘어지지 않도록, 자빠지지 않도록, 발로 눈을 헤치고 발 디딜 곳을 찾으며 견성암으로 걸어간다. 예전에는 날뛰는 말을 손으로 제압할 정도였던 수타원도 아좌를 안고 가는 비탈길에 숨이 찼다. 그러나 충의(忠義) 일변도의 수타원은 이것도 주군(主君)을 위한 봉공(奉公)이라고 생각하자 쓸모 있는 노구(老軀)의 영광과 고마움으로 쓰러져 죽어도 좋다고 생각했다.

견성암에 옮겨져 원술의 극진한 간호를 받은 아좌가 얼마 후 크게 눈을 떴을 때는, 자기 곁에 원술이 있는 것을 발견하고는 깜짝 놀란 듯한 표정과 더불어 끝없이 눈물이 흘러 베개를 적셨다. 아좌는 벌떡 일어나 원술 앞에 엎드려 절하고자 했지만, 마비된 것처럼 몸이 말을 듣지 않았다.

아좌는 일어나기를 단념하고,

"원술 님."

하고 불렀다. 그 목소리는 떨렸다.

"아좌 소저."

원술도 정이 담긴 목소리로 화답해 불렀다.

"아좌는 기쁩니다."

"원술도 몹시 그렇습니다."

"황송합니다."

아좌는 감개무량한 듯이 눈을 감고 입술을 깨문다.

원술도 눈을 감고 고개를 떨군다.

무거운 침묵이다. 오직 희견 노사(老師)의 염불 소리와 큰북 소리가 들릴 뿐. 그것이 오히려 정적을 더하는 듯하다.

거의 반 시간이나 지났을까, 아좌는 눈을 뜨고,

"원술 님."

하고 불렀다.

"네."

"당신은 이후로 불문(佛門)에 귀의하여 세상을 버리실 생각입니까. 두 번 다시 세상일에는…… 두 번 다시 집에는 돌아가시지 않으렵니까."

아좌의 말은 애원하듯 간절했다. 원술도 아좌가 하는 말의 의미를 모를 리 없다. 그것은 '이 아좌를 어떻게 하시겠습니까.' 하고 따져 묻는 것과 다름이 없었다. 원술은 마음이 쓰라렸다.

"불문에 귀의하기 전에 이 원술은 꼭 하지 않으면 안 되는 일이 하나 있습니다. 그것을 끝내기 전에는 불문에 귀의할지 집에 돌아갈지 아무것도 말씀드릴 수 없습니다. 집이라고 해도 아버님은 돌아가셨고 어머님도 출가하여 비구니가 되신 지금, 저는 돌아갈 집이 없습니다."

"그, 반드시 하시지 않으면 안 되는 한 가지 일이라면. 그것은 이 아좌에게 말씀하시면 안 되는 것이라도……."

"아니오. 그런 것은 아닙니다. 아좌 소저께도 동의를 구하지 않으면 안 되는 일입니다."

"농의를 구해야 하는 일이라고 하시면."

"그것은 다른 게 아닙니다. 원술은 석문 전투에서 죽었어야 할, 죽음이 유예된 자, 언젠가는 싸움에 나가 죽지 않으면 안 될 사람입니다. 무운(武運)이 없는 원술에게는 좀처럼 그 기회도 돌아오지 않습니다. 어지간히 불운한 사람입니다. 백제와 고구려는 이미 멸망했고, 당도 우리 신라에게 산산이 박살나 이제는 우리를 침범할 기력도 다한 듯합니다. 천하태평, 정말 기쁘기 그지없습니다. 그런데 이 원술은 오명(汚名)을 씻지 못한 채 저세상으로 가는가 생각하면 석문에서 담릉에게 저지당한 저의 기개 없음이 아무리 생각해도 분합니다. 그러니까 이제 이 몸은 내 몸이되 내 몸이 아닌 몸, 삼생의 인연을 맺은 아좌 소저와 만나면서도 지아비라 불리지도 못하고…… 어머님이 살아 계셔도 아들이라고 불리지도 못하며, 천지에 용납되지 못하고 신과 인간에게서 버림받은 몸입니다."

"황송합니다. 원술 님, 황송합니다. 아좌는 이 자리에서 죽어도 여한이 없습니다. 그토록까지 당신께서 생각해주시니……. 아아, 아좌는 행운아입니다. 나무관세음보살. 부처님의 은혜 감사하기도 해라."

아좌는 고개를 들어 합장한다. 합장이 끝나자 아좌는 억지로 상반신을 일으켜 고쳐 앉는다. 갑자기 기력이 난 듯하다.

"원술 님, 싸움에 나가시려고요? 그러시다면. 아좌가 삽량(挿良)의 성 밑 마을을 지나갈 때 많은 사람들이 관아 앞에 모여 있기에 무슨 일인가 물었더니, 지금 당의 군사가 매소천성(買蘇川城)에서 멀지 않은 곳까지 쳐들어온 까닭에 병사를 모집한다는 방문(榜文)을 보고 있다고……."

"당의 병사?"

"네, 당의 병사가 매소천성으로."

"그래, 그 장수는 누구인지, 소문은 없었습니까?"

"네, 그 장수는 이근행이라고 들은 듯합니다."

"이근행, 분명히 이근행입니까?"

"네, 분명히 이근행이에요."

"아아, 석문 전투의 적장(敵將) 이근행? 이럴 수가. 이는 하늘이 마련한 운명. 원술은 반드시 숙적(宿敵) 이근행의 머리를 베어 효천과 의문 두 장군의 원수를 갚고, 석문 전투에서 살아남은 수치를 씻겠다. 아좌 소저, 당신은 원술의 좋은 아내입니다. 이런 소식을 참으로 잘 가져와주셨습니다. 이 산속에서 잠들려 하는 원술의 마음을 참으로 잘 깨워주셨습니다. 아아, 하늘이 나를 버리지 않으셨구나. 그런데 아좌 소저, 적이 매소천성에 쳐들어왔다면 원술은 한시도 지체할 수 없습니다. 그럼."

하고 원술은 일어선다.

"원술 님, 적어도 오늘밤 히 룻밤만이라도 이야기를 나누고 아좌가 지어드리는 진지 한 그릇이라도 드시고."

아좌는 손을 뻗어 원술에게 매달린다.

"이건 또 무슨 한심한 말씀입니까. 신라 무사의 아내답지 않습니다. 아좌 소저의 진심을 담아 만드신 옷 한 벌, 그것만은 죽으러 가는 실의 옷차림으로 삼겠습니다. 그럼."

원술은 신발 끈을 묶는다.

"원술 님, 부디 용서하세요. 아좌의 어리석음을. 그저 용서하세요. 아좌는 여기 견성암에 남아 당신의 무운장구(武運長久)를 빌겠습니다. 훌륭하게 화랑의 아내답게 살고 원술 님의 아내답게 죽겠습니다. 원술 님, 그럼 안녕히, 안녕히. 수타원, 아랑, 도련님께서 출정을."

말도 맺지 못하고 아좌는 마루 위에 쓰러진다. 그때 원술은 이미 비탈을 내려가고 있었다.

주)『삼국사기』에 의하면, 원술은 마침내 이근행의 군대를 격파하고 큰 공을 세웠으나 석문의 죄를 깊이 부끄러이 여겨 끝내 관직에 나아가지 않고 전원(田園)에서 일생을 마쳤다. 그의 아내에 대해서는 아무런 기록도 전하지 않는다.

— 가야마 미쓰로(香山光郞), 「원술의 출정(元述の出征)」, 『신시대(新時代)』, 1944. 6.

소녀의 고백

선생님.

갑자기 편지를 올려 건방지다고 생각하시겠지요. 하지만 아직 열아홉 살밖에 안 된 계집애를 봐서 용서하시고, 부디 저의 무례함을 허락해주세요.

선생님의 저서 『○○』를 어떻게 하면 읽을 수 있을까요. 그것을 여쭙기 위해 이런 염치없는 편지를 올리는 것입니다.

저는 태어나기는 조선에서 태어났습니다만, 갓난아이 때 부모를 따라 교토(京都)에 와서 이곳에서 자란 사람입니다. 단지 소학교를 나왔을 뿐 여학교에도 가본 적 없는 무지한 여자아이입니다만, 어쩐 일인지 어릴 적부터 문학이 좋아서 닥치는 대로 여러 작가의 작품을 읽었습니다. 작년부터입니다만, 우연한 일로 저는 고향이 그리워져서 최소한 조선 작가의 문학작품을 통해서라도 고향의 생활과 전통을 알고 싶다고 생각하게 되었습니다. 그러나 조선어를 읽지 못하는 저는 조선의 책을 읽을 수 없었고, 조선에는 어떤 작가가 있고 어떤 작품이 있는지조차 알 수 없었습니다.

그런데 작년 가을, 선생님께서 교토에 오셔서 교토대학 강당에서 조선 학생들에게 강연을 하신다는 소식이 신문에 실렸기에 아버지께 그 사실을 말씀드렸더니, 아버지는 선생님이 조선의 작가라는 것을 말해주셨습니다.

잘 아시다시피, 이곳에 와 있는 조선 동포는 모두 교양도 재산도 없는 사람들뿐이어서 고향인 조선은 저렇게 문화가 낮은 곳일까, 한심하게 생각하고 있었습니다. 교토제국대학에는 이학박사나 공학박사 학위를 가진 조선 출신의 교수와 조교수가 계시다는 것이 그나마 자랑이었습니다만, 사상이나 문학 방면에도 고향에 위대한 분이 있으면 좋겠다고 생각하고 있던 터라, 저는 여자가 갈 곳이 아니라고 아버지가 말리는데도 불구하고 선생님의 강연회장에 갔던 것입니다.

그날 밤 청중석 뒤쪽의, 입구 가까운 구석 쪽에 웅크리고 있던 어느 계집아이를 선생님께서는 보지 못하셨습니까.

선생님께서 단상에 모습을 드러낸 그 순간, 저는 전기에 감전된 듯했습니다. 왜일까요. 단지 저의 고향에서 온 훌륭한 분이라고 들었던 그분을 눈앞에서 보았기 때문입니다.

선생님은 일본의 국체(國體)와 대동아전쟁(大東亞戰爭)의 정의성(正義性)에 대해 잘 알아듣게끔 설명하시고, 제국에서 조선 민중이 차지하는 지위와 그 나아가야 할 길을 말씀하셨습니다. 그리고 조선인 선조의 문화와 품격 높은 충의(忠義)와 무용(武勇) 등에 대해 이것저것 말씀하시고는 현재 조선 동포의 비굴함, 칠칠치 못함을 한탄하실 때 선생님의 두 눈에서는 뜨거운 눈물이 흘렀습니다. 저는 입술을 깨물었습니다만, 결국 흐느끼고 말았습니다. 제 옆의 남학생도 훌쩍이며 우는 소리가 들렸습니다. 선생님도 목이 메어 잠시 서 계셨습니다. 그때 선생님의 모습은 고향 그 자체인 듯 소중하고 고맙게 생각되었습니다.

회장(會場)에서 나와 저는 전찻길을 따라 때마침 뜬 보름달을 감상하고 계신 선생님의 뒷모습을 하염없이 좇았습니다.

이튿날 아침 저는 신문 기사에 의지하여 대담하게도 선생님의 숙소를 찾았습니다만, 이미 선생님께서는 도쿄(東京)로 떠나셨다는 이야기를 듣고 저는 울고 싶어졌습니다. 왜 좀 더 일찍 찾아오지 않았을까, 하고 분하게 여겼습니다.

저는 선생님의 저서 가운데 『○○』라는 작품이 있다는 사실을 어떤 잡지에서 읽었습니다. 그것은 아키(秋) 선생의 비평이었습니다만, 그 작품은 아시아가 낳은 최고의 사상을 담은 것이라고 격찬하고 있었습니다. 저는 이 글을 읽고 제가 칭찬받은 듯이 기뻤습니다. 그러나 잡지나 신문에 나는 수많은 이름 가운데 제 고향 분의 이름은 눈에 띄지 않는걸요. 그것이 얼마나 저를 허전하게, 그리고 울적하게 만들었는지요.

그래서 당장 교토 내의 책방이란 책방은 다 찾아다녔지만, 선생님의 책은 눈에 띄지 않았습니다. 아니, 선생님의 책만이 아니었습니다. 조선 작가의 책이 한 권도 눈에 띄지 않았을 때 제가 느낀 허전함이라니. 저의 고향이란 곳은 이토록 빈약하고 문화가 낮은 것일까요. 선생님께서도 말씀하셨듯이, 선조의 옛 문화는 왜 조선에서 쇠퇴해버린 것일까요. 선생님, 그것은 누구의 책임일까요. 우리들의 부모들이 나태하고 칠칠치 못했던 탓일까요.

선생님, 확실히 그렇습니다. 저희 집도 아버지 말씀으로는 옛날에는 훌륭한 집안이었다고 자랑하면서도, 지금의 상태는 부끄러울 만큼 문화가 낮은 가정입니다. 아버지는 최근 푼돈을 모아 경제적으로는 꽤 편안해졌습니다. 하지만 가정에 문화적 윤택함을 지니게 하려는 생각은 없는 듯합니다. 저희 가정에는 불단(佛壇)이나 가미다나(神棚)도 없습니다. 신사참배(神社參拜)도 절 참배도 하지 않습니다. 도코노마에는 제가 나름대로 꽃을 꽂기도 합니다만, 아버지도 어머니도 쳐다보지도 않습니다. 이런, 종교도 예술도 없는 가정은 참으로 적막한 것입니다. 아버지는 돈

벌이에 전념하고 있습니다. 인색하다고 할 정도는 아닙니다만, 돈을 가장 높이 평가하고 있어서인지 저희에게도 돈을 소중히 여길 것을 가장 엄하게 가르치십니다. 오랫동안 가난한 가운데 고생해온 아버지와 어머니로서는 돈을 소중히 여기는 것도 무리가 아니라고, 저도 때로는 반감이 사라지고 눈물이 절로 날 때가 있습니다.

선생님, 이것은 저희 집만이 아닙니다. 이곳에 와 있는 고향 사람들은 모두 엇비슷해서 참으로 한심하게 느껴집니다. 선생님, 조선 동포가 모두 그런 것은 아니겠지요. 조선에도 높은 신앙의 엄숙함이라든가 풍부한 예술의 향기가 있는 생활이 있겠지요. 이곳에 와 있는 사람들은 모두 고향에서 일자리를 얻지 못해 직업과 밥을 구해 떠나온 사람들이니 그렇게 천박하고 풍류가 없는 것이겠지요. 저는 그렇다고 저 혼자 믿어버렸습니다.

저는 고향의 높은 분, 훌륭한 분을 만나고 싶고, 고향의 문학과 예술을 보고 싶은 것입니다. 그래서 문화가 높은 고향의 부락에 대해 여러 가지로 상상하고 있습니다. 어머니는 고향은 좋은 곳이라고 입버릇처럼 말씀하고 계시는 터라, 부디 그래주었으면 하고 염원하고 있습니다.

아버지는 작년부터 제게 결혼을 권하고 있습니다. 명령하고 있다고 하는 게 적절하겠지요. 부모님은 수십만의 돈을 모은 지금의 생활에 아주 만족하고 있는 듯하고, 오빠도 최근 부잣집 도련님 티를 내고 있습니다. 그러나 오빠나 제가 학교에 다니던 때는 소학교나마 겨우 다닐 수 있는 형편이어서, 오빠도 저도 중등학교에는 발도 들여놓지 못했습니다. 그러나 돈이 생기자 부모님은 오빠에게는 좋은 결혼 상대를 바라고, 저를 위해서는 신분에 맞지 않는 신랑감을 찾고 있습니다.

저를 위해서 아버지가 두 사람쯤 후보자를 골라서 제게 동의를 구했습니다만, 저는 두 사람 모두 거절했습니다. 그래서 아버지는 몹시 노한 표정으로 심하게 꾸지람하셨습니다.

"아버지, 저는 아직 시집 같은 건 가고 싶지 않아요. 아직 어린애인걸요."

하고 바로 요전 날도 훌쩍훌쩍 울었습니다.

부모님은 제가 혼담에 귀 기울이지 않는 것을 무척 걱정하시고, 최근에는 금족령이 내려져 한 주에 한 번 외출하는 것조차 허락되지 않고 있습니다. 여자아이에게 이렇게 엄하게 하는 것이 고향의 전통임을 알게 되니 그것조차 그리운 마음이 생깁니다. 어머니는 열두 살 무렵부터 문 밖에 나가는 것이 금지되었다고 자랑하듯 제게 말씀하십니다. 저는 처음에는 반발도 하고 분하게도 생각했습니다만, 종교도 예술도 역사도 잊은 부모님의 유일한 문화 전통이라고 생각하여 지금은 온순히 따르고 있습니다. 그 옛날 어머니나 할머니들이 안방이라던가 하는 안쪽 거실에 갇혀 지내던 시절을 그리워하며 저도 그 시대로 돌아간 것이라고 생각하니, 재류(在留) 동포들의 한심한 현실을 대하느니보다 오히려 마음이 편하기도 합니다.

이렇게 방 안에만 갇혀 있자니 더한층 독서와 공상에만 빠집니다. 어릴 때부터 익숙해진 부엌일이나 걸레질도 최근 이삼 년간은 어머니가 시키지 않습니다. 오로지 너희들을 고생시키고 싶지 않아서 애비가 오십이 된 지금까지 먹지 않고 마시지 않으며 일했던 것이라고, 아버지는 우리들 오누이를 편안케 해줄 것만 생각하고 계십니다. 이것은 분명히 잘못된 부모의 사랑이라고 생각합니다만, 아버지는 결코 당신의 의견을 굽히지 않습니다. 저는 부모님의 사랑에 웁니다. 그러면서도 부모님의 칠칠치 못함이 슬픕니다. 왜 좀 더 도움이 되는 인간들이 되지 못했던 것일까요. 왜 좀 더 우리들이 자랑스럽게 남들 앞에 소개할 수 있는 부모들이 되지 못했던 것일까요. 왜 좀 더 멋진 고향을 만들어 여행자들에게 경건한 마음을 일으키는 조선이 되도록 할 수 없었던 것일까요. 우리들이 남들 앞에서 어깨가 움츠러듦을 느낄 때마다 저는 부모님을 원망스럽게 생각하지 않을 수 없습니다.

선생님, 제가 이렇게까지 고향과 부모님(차라리 선조들이라고 써야 할까요)을 원망스럽게 생각하게 된 것은 저 개인의 특수한 사정 때문인 줄도 압니다. 이야기가 길어져서 죄송합니다만, 부디 한 계집아이의 신상 이야기를 허락해주세요.

제가 다니던 소학교에는 그 동네답게 상류층 자제들이 많았습니다. 저희 반에서 단 한 명의 조선인 아이인 저를 어디까지나 친구로 대해주신 것은 가와무라 다에코(川村妙子)라는 분이셨습니다. 다에코 상은 가인(歌人)으로 이름난 저 가와무라 자작(子爵)의 손녀로, 화족(華族)의 딸이면서도 조금도 그것을 내세우지 않고 저와 사이좋게 지내주셨습니다. 제가 소학교를 나오자, 상급 학교는 끝내 가지 못했습니다만, 다에코 상은 여학교에 입학하게 되었습니다. 그래도 다에코 상은 가끔 저를 불러주신 터라 저는 가와무라 자작 댁에 쭈욱 계속하여 드나들었습니다.

가와무라 자작 댁은 부자는 아닙니다만, 유서 있는 가문, 명문가의 체면을 유지할 만큼의 자산은 있는 듯 검소하면서도 매우 품위 있는 생활을 하고, 장서와 미술품도 많이 소장하고 있습니다. 때로 시 모임이나 차 모임도 열리는데, 저도 명문가의 아가씨들이나 도련님들과의 교제를 허락받았습니다. 그리고 다에코 상의 학교 친구라는 명분으로 거문고나 꽃꽂이 상대도 시켜주셔서, 저는 이른바 신분에 맞지 않은 수준 높은 교양에 익숙해질 수 있었던 것입니다.

저도 나이가 열일여덟이 되고 철이 들어감에 따라 일본 문화의 맛을 조금은 알아가는 듯한 생각이 들었습니다. 또 다에코 상과의 인연으로 다른 명문가에 초대되는 일이 있어서 과거 사오 년 동안 상류 가정생활의 여러 면을 볼 수 있었습니다. 무척 우아하고 세련되며 단아하고 아름다웠습니다. 이런 문물을 접하면서 저는 언제인지 모르게 조선을 생각하게 되었습니다. 내 고향인 조선에도 이런 수준의 문물이 있을까, 하고. 그럴 때마다 저는 아버지를 찾아오는 고향 사람들의 예의범절 없고 천박한 모습과 비교하며 얼마나 한탄했던지요.

가와무라 댁의 친척으로 다니무라(谷村)라는 분이 계신데, 이분은 벌써 칠십에 가까운 노인이십니다만 은행가이면서 대단한 학자로, 특히 일본과 조선 관계의 고대 역사에 대해서는 대학 교수도 혀를 내두를 정도의 권위자라고 합니다. 그분의 서재를 배견(拜見)하게 되었는데, 조선 책도 많이 있어서 제가 조선 아가씨라고 들으시고는,

"아, 그렇습니까."

하고 매우 기뻐하시고, 아드님인 가즈마로(克麿) 상과 손자 아사지(淺茅) 상, 다에코 상, 그리고 저와 같은 젊은이들을 앞에 두고 여러 가지로 조선의 옛일과 일본과의 관계를 이야기해주셨습니다.

"일본과 조선은 원래 동조동근(同祖同根)이다. 게다가 신앙도 문화도 하나지. 서로 서먹서먹해진 지 천 년 이상이 된다. 그러나 그동안에도 피와 문화는 끊임없이 교류하고 있었어. 나라(奈良)나 교토의 옛날은 신라나 백제의 옛 도시와 똑같은 문화였던 게지. 고구려도 마찬가지고."

하고 다니무라 노인은 고구려의 고분벽화 사진이라든가 후지와라(藤原) 시대의 복식(服飾) 그림을 보여주시면서,

"어떠냐. 똑같지?"

하고 그런 말씀을 해주셨습니다.

그리고 쇼토쿠태자(聖德太子)의 스승님이 고구려의 승려 혜자법사(惠慈法師)였다는 것과, 야마토(大和) 호류지(法隆寺)의 설계자가 백제의 승려 혜총(惠聰)이고, 유명한 저 벽화가 고구려 승려 담징(曇徵)의 작품이라는 사실, 그 밖에 저로서는 처음 듣는 이야기를 많이 들려주셨습니다. 또 기온(祇園)의 야사카신사(八坂神社)는 이자나기노미코토(伊奘諾尊)를 모시고 있는데 이것도 본래 고구려인 이주민이 세운 신사라든가, 마찬가지로 교토의 히라노신사(平野神社)는 간무천황(桓武天皇) 님 모후(母后)의 선조님께서 백제에서 옮겨 오신 것이라든가, 그 밖에 불교나 음악, 공예 등에 대해서도 일일이 책과 사진을 꺼내어 설명해주셨습니다. 그리고 마지막으로,

"그러니까 일본과 조선은 원래 하나지. 신도 하나, 피도 하나, 문화도 하나다. 단지 천 년 동안 조선은 지나치게 지나(支那) 문화에 탐닉하여 자기를 잃었던 게지. 조선인의 옛 문화가 열이라면 조선에 남아 있는 것은 셋 정도일까. 나머지 일곱은 일본에 착실하게 남아 있다."

이렇게 말씀하셨습니다.

다니무라 님의 이야기를 듣고 있자니, 저는 왠지 정신이 아찔해지는 듯했습니다. 무척 감동했기 때문이겠지요. 저는 길고 긴 잠에서 깬 듯도 하고, 또 깜빡깜빡 꿈을 꾸고 있는 듯도 했습니다.

저는 교토를 이향(異鄕)이라고 생각하고 있던 것을 진심으로, 그리고 스스로 미안하게 여겼습니다. 내지인(內地人)들을 저와는 인연이 옅은 존재라고 곡해하고 있던 일도 뉘우쳤습니다. 저는 제 선조의 고향에 있는 혈연의 고장에 놀러 와 있는 듯한 편안함을 느꼈습니다. 다에코 상이나 아사지 상, 가츠마로 상도 갑자기 더 친밀하게 느껴졌습니다.

저는 너무 기쁜 나머지 흥분하여 집에 돌아왔습니다. 아버지와 어머니, 오빠 앞에서 다니무라 상에게서 들은 이야기를 자세히 말했습니다. 저는, 가족들도 이 옛 영광을 듣게 되면 저와 마찬가지로 깊이 감동할 것이라고 생각했습니다만, 저의 기대는 완전히 빗나갔습니다. 아버지는 내뱉듯이,

"그런 이야기를 듣는 게 무슨 소용이냐. 조선인은 돈이 없으면 소용없다. 돈 이외에는 우리 조선인이 믿을 곳도, 희망도 없는 게야."

이렇게 말하고는 불쾌한 얼굴로 휙 나가버리셨고, 오빠는 오빠대로,

"너는 그렇게 한가하냐? 여자답게 집에 들어앉아서 바느질이라도 해."

하고 역시 성난 얼굴을 하는 것이었습니다.

저는 울고 싶어졌고, 부모님에게 격렬한 반감이 일어나는 것을 어찌할 수 없었습니다. 어째서 부모님은 기뻐해야 할 일을 기뻐하지 않고 감사해야 할 일을 감사하지도 않으며, 단지 돈, 돈 하고 돈만 떠받들게 된 것일까요.

무일푼으로 내지에 건너온 아버지는 무척 고생하셨겠지요. 천한 장사를 하여 내지 분들에게 멸시받아왔고 따뜻한 인정에 접할 기회가 적었기 때문일까요. 아니면 제가 아직 물정 모르는 계집아이로 세상을 자기 편의대로만 보고 있는 것일까요.

저는 아버지의 동향인들의 피 속에는 혜자나 담징, 이퇴계 선생의 혈관을 흐르던 혈액에 머물고 있던 정신이 남아 있을 것이라고 믿고 싶습니다. 그리고 이 존귀하고 높은 정신이 다시 한번 깨어나 옛날보다 더한층 커다란 힘과 빛을 발할 수 있다고 믿고 싶습니다.

제가 선생님의 작품을 읽고 싶어 하는 것도 이 때문입니다. 혹시 선생

님의 작품 중에 제게 전격적인 충동을 주는 위대한 것이 있지 않을까, 생각하기 때문입니다. 선생님의 혈액 속에는 이미 광영(光榮)이 있던 선조들의 정신이 깨어나 힘과 빛을 발하고 있는 것이 아닐까, 그것을 알고 싶기 때문입니다. 그러니 부디 하루라도 빨리 선생님의『○○』를 읽을 수 있는 길을 가르쳐주세요.

 선생님. 이것으로 붓을 놓을 작정이었습니다만, 이 기회에 저에 관한 일과 제 마음을 좀 더 말씀드리고 싶습니다. 부디 저를 버릇없고 경솔한 계집아이라고 꾸짖지 마시고 불쌍한 딸의 호소라고 생각하시고 허락해주세요.

 저는 어느 사이엔가 다니무라 님의 막내아드님인 가츠마로 님을 사모하게 되었습니다. 가츠마로 님도 처음에는 저를 한낱 조선 계집애로 동정하고 계셨지만, 마침내 저에게 사랑의 약속을 주셨습니다. 가츠마로 님은 저보다 두 살 위인 스물한 살로 지금 대학의 문과 이학년인데, 올해가 징병 적령이라 십이월에는 입영하시는 것으로 알고 있습니다. 가문으로 보거나 학력으로 보거나 저는 처음부터 어울리지 않는다고 몹시 주저했습니다. 가츠마로 님과 저의 관계가 진전된 양상은 자세히 말씀드리자면 여러 가지 곡절도 있었습니다만, 길어지니 말씀드리지 않겠습니다. 다만 한 가지, 저희들의 관계를 굳힌 하나의 삽화만은 말씀드리고 싶습니다.

 작년 가을이었습니다. 가와무라 댁 선조님의 법요(法要)가 있다고 해서 다에코 님의 권유로 저도 호류지에 참배했습니다. 그때 가와무라 댁 친척 분들이 십수 명 참례하셨는데, 그 가운데는 다니무라 댁에서도 다니무라 옹과 아사지 님, 가츠마로 님도 계셨습니다. 마침 메이지절(明治節)과 일요일, 휴일이 이틀 계속되었기 때문이기도 했겠지만, 법요가 끝나자 참배객 일부는 나라(奈良)에서 하룻밤을 묵게 되었습니다.

저는 다니무라 님에게 야마토의 사적(史蹟)과 나라조(奈良朝) 시대의 여러 가지 일들에 관해 이야기를 들었습니다. 쇼무천황(聖武天皇)과 고묘황후(光明皇后) 님의 이야기는 특히 저희들을 천 몇백 년 전의 옛날로 불러들이는 듯했습니다. 게다가 그것이 쇼소인(正倉院)을 둘러본 후였던 터라 한층 감동 깊고, 지난날 나라라는 도시가 눈앞에 떠오르는 듯했습니다. 다니무라 님은 무엇을 이야기하든 신라와 백제, 고구려와의 관계를 빠뜨리고 말하는 법이 없었습니다.

이튿날 저는 다에코 상과 가츠마로 상, 아사지 상과 함께 미카사야마(三笠山)에 오르기도 하고, 도쇼다이지(唐招堤寺)와 홋케지(法華寺)도 보았는데, 모두가 제게는 꿈과 같아 그야말로 청춘의 낙과 회고의 즐거움에 빠져 있었던 것입니다. 가츠마로 상은 아버지와 마찬가지로 역사에 정통하여 저를 위해 여러 가지로 조선 문화의 아름다움을 설명해주셨습니다. 마치 제가 주빈이라도 된 듯이 참으로 정중하게 대접해주셨습니다.

저희가 도쇼다이지에 닿은 것은 저녁이었는데, 가츠마로 님은 성관음상(聖觀音像) 앞에서,

"나는 이 성관음 님이 제일 좋다. 어떠냐. 실로 부드럽고, 게다가 생생한 얼굴이지. 이것도 백세의 작품이지만, 호류지의 백제 관음하고는 느낌도 수법도 달라. 성관음 님에게는 무한한 젊음이 있다. 그게 좋단 말야."

하고 무척 열심히 칭찬하셨습니다.

성관음 님은 어둑어둑함 속에서 검은빛을 발하고 있었습니다. 저는 가츠마로 님의 기분을 이해하려고 열심히 성관음상을 쳐다보았습니다.

제가 넋을 잃고 보고 있자니 갑자기 가츠마로 님이,

"아라이(新井) 상, 이쪽으로 얼굴을 돌려보렴."

하고 큰 소리로 부른 터라 저는 무심코 가츠마로 님 쪽으로 얼굴을 돌렸습니다. 그러자 가츠마로 님은 유심히 저를 응시하는가 싶더니,

"어이, 아사지. 아라이 상의 얼굴이 성관음 님 꼭 닮았지? 저 둥그스름한 것하며 다부진 것하며. 그렇지요, 다에코 상?"

이렇게 말씀하셨습니다.

"어머, 무슨."

하고 저는 새빨개진 얼굴을 돌렸습니다.

"그렇다니까. 역시 그래. 백제 타입이야. 성관음 님도 노부코(信子) 상도."

가츠마로 님은 이렇게 혼자 즐거워하셨습니다.

아사지 님은,

"정말."

하고 형님의 말에 맞장구를 쳤습니다만, 어쩐 일인지 다에코 님은 어두운 쓴웃음을 짓는 것이었습니다.

그날 밤이었습니다, 제가 가츠마로 님께 사랑을 요구받았던 것은. 그리고 제가 가츠마로 님께 사랑을 바친 것은.

가츠마로라는 분은 귀공자[다니무라 집안은 화족(華族)의 분가(分家)입니다]답지 않게 매우 평민적인 분이었습니다만, 역시 상층계급의 피 때문일까요. 다소 방약무인(傍若無人)한 데가 있었습니다. 그러나 그것이 아니꼽지 않고 자못 대범하고 자연스러웠습니다. 하긴 가츠마로 님의 일이라면 두말없이 제게는 훌륭한 것으로 비쳤던 것입니다만. 가츠마로 님은 학문에 열심인 분은 아니고, 다만 좋아하는 것을 읽고 관심이 가는 것을 생각하는 그런 분이었습니다. 매우 남성적으로, 체격도 좋고 검도 실력도 상당하다는 것이었습니다. 부친이신 다니무라 님도 칠십의 고령이

면서도 저렇게 마음이 젊으신 것을 보면, 그 건강이나 쾌활한 기질은 혈통에서 온 것이겠지요. 아사지 님만은 어머니를 닮아 매우 나긋나긋한 여성스러운 분이었습니다.

가츠마로 님이 저를 사랑하는, 그 사랑의 방식은 실로 폭풍 같았습니다. 저는 장래에 대한 불안과 더불어 약간 두렵기도 했습니다만, 그래도 행복했습니다. 이 나라(奈良)의 옛 도읍에서 저는 일찍이 알지 못했던 광영에 눈뜨고, 그와 동시에 사랑에 불탈 수 있었던 것입니다. 열여덟 살짜리 계집아이로 당치 않은 짓을 저질렀다고 선생님께서도 꾸짖으시겠지만, 그러나 저는 그날의 일을 조금도 후회하지 않습니다. 아니요, 후회하기는커녕 그날의 일을 저는 언제까지나 저의 가장 축복받았던 날로 기억하겠지요.

선생님, 가츠마로 님과 저의 행복은, 그러나 오래 지속되지는 않았습니다. 결론부터 말씀드리자면, 가츠마로 님은 가와무라 다에코 님과 결혼하셨습니다. 물론 저는 그 혼례에 초대받지도 못했습니다.

저는 신 앞에 맹세합니다. 저는 결코 이전에는 가츠마로 님이 다에코 님과 서로 좋아하는 사이라는 것을 알지 못했습니다. 저는 다에코 님의 적잖은 호의를 배신하여 가츠마로 님을 제 남편으로 삼으려 했던 것은 아니었습니다만, 옆에서 보면 아무래도 그런 꼴이 되어버렸습니다. 저에게 그토록 호의를 베풀어주신 다에코 님과 가와무라 댁의 모든 분들께 '저 은혜를 모르는 조선 계집년'이라고 미움받을 것을 생각하면, 아무리 생각해도 유감입니다.

가츠마로 님은 혼례 전에 저에게 만나자고 하셨습니다만 저는 거절했습니다. "저는 당신의 사정을 잘 알고 있습니다. 저는 두 분의 행복을 빌겠습니다. 만나는 것은 삼가겠습니다." 하고 답장을 올렸습니다.

실제로 제 마음은 이 편지대로입니다. 저는 다에코 님에 대해서도, 가츠마로 님에 대해서도 아무런 불만이나 원망도 없습니다. 어떻게 이런 마음이 될 수 있는지 스스로도 이상하게 생각하고 있습니다. 저는 제가 이런 마음, 혼란스럽지 않은 마음이 될 수 있었던 것은 우리 선조들의 대담하고 낙천적인 피의 유전 덕분으로서 감사하고 있습니다. 혹시 선생님의 작품에 이런 마음에 대해 쓰여 있지는 않을까, 그런 생각도 했습니다. 다니무라 님께서 우리들 선조가 관대하고 느긋했다는 것을 가르쳐주셨는데, 제게도 그 정신이 전해져 있는 것일까, 생각하면 (선조들이) 그리워집니다.

그렇다고는 해도 선생님, 열아홉 살인 여자아이로서는 이 타격이 때로 견디기 어려운 고통이 되기도 합니다. 부모님은 집에 틀어박혀 있을 것을 명령했습니다. 그것도 저는 고맙게 생각하고 있습니다. 저는 가와무라, 다니무라 양가와의 관계를 사제 간의 깊은 인연으로 여기고 언제까지나 언제까지나 감사하면서, 저를 더 좋은 인간으로 완성시키기 위해 정진할 결심입니다. 그러나 부모님의 마음은 제 마음과 하나가 아닙니다. 부모님은 몹시 가츠마로 님을 원망하고 있고, 가와무라 댁에 대한 감사의 마음조차 잊은 듯한 말씀을 하십니다. 부모님은 제 사건도 묘하게 비뚤어진 감정으로 처리하고 있는 듯합니다. 다니무라 댁이 우리를 바보 취급했다고 하여 분개하고 있습니다. 제가 아무리 가츠마로 님의 사정을 자세히 말씀드려도, 그 말에는 귀도 기울이려 하지 않습니다.

"뒈져버렷."

아버지는 술에 취하면 이렇게까지 말씀하십니다. 유유상종이다, 네게 어울리는 남자에게 시집가라고 말씀하십니다. 이는 부모로서는 당연한 것으로, 저 같은 게 다니무라 댁에 시집가려 하다니 애초에 당치도 않은 일이었겠지요. 그러나 저는 가와무라, 다니무라 양가 덕분에 여러 가지 귀한 것을 배울 수 있었습니다.

선생님, 저는 이제 시집갈 생각 같은 것은 없습니다. 저는 어떻게든 우리 향리와 동포의 지위를 높이기 위해 생애를 바치고 싶습니다. 가와무라, 다니무라 양가에서 배운 것을 향리의 모든 분들께 전하고 싶습니다. 그리고 향리의 사람들이 모두 높은 문화를 가지고 높은 지성과 도덕성과 심미성을 갖게 되어 어딜 가나 사랑받고 신뢰받는 사람으로 만들고 싶다고 염원하고 있습니다.

선생님, 이것은 세상 물정 모르는 무지한 계집애의 어리석은 공상일까요? 아니면 사랑에 실패한 여자의 억지일까요? 저는 그렇게 생각하지 않습니다. 그렇게 생각하고 싶지는 않습니다. 부모님이 주장하고 계시는 것처럼, 제가 제게 어울리는 누군가와 결혼을 한다고 치지요. 결혼을 하면 아이가 태어나겠지요. 아이를 낳기 전에 우선 아이들이 행복하게 되고 존경받는 환경을 만들어야 하지 않겠습니까. 아이들이 즐거워할 만한 문화와 존경받을 만한 지위를 쌓지 않고 아이를 낳는 것은 잔인한 일이 아닐까요? 제가 종종 부모님의 무지를, 칠칠치 못함을, 문화의 낮음을 원망하는 일이 있는 것처럼 아이들도 반드시 저를 원망하겠지요. 저는 제 아이가 훌륭하게 다니무라 대과 결혼할 수 있게 되는 날이 오기 전에는 아이를 낳고 싶지 않습니다.

선생님, 저도 이제 조선 동포도 천황의 백성이 된 것을 알고 있습니다. 우리 남자 형제들은 내지의 형제들과 마찬가지로 육군에도 해군에도 들어갈 수 있게 된 사실도 알고 있습니다. 올해 일월에 입영한 조선인 학병들이 북방의 군대에도 있고, 매우 칭찬받고 있다는 소식도 듣고 있습니다. 이것은 말할 필요도 없이 무한한 황은(皇恩) 덕분이며, 오직 오직 감격할 따름입니다. 그러나 제가 일상에서 만나고 있는 향리 동포들의 모습은 조선인이 정말 도처에서 존경받는다는 모습과는 아직 거리가 있습니다. 아버지와 아버지의 친구들은 자신들의 불행의 책임을 남에게 전가하는 듯합니다만, 저는 그렇게 생각하지 않습니다. 어디까지나 저 자신의 책임이라고 생각하고, 제가 노력만 하면, 지금 당장 노력만 하면 반드시 만족하게 될 것이라고 생각합니다. 이 점에 대해서도 선생님의 판단을 부탁드리고 싶습니다.

선생님, 오늘 아침에도 저는 아버지께 심하게 질책을 받았습니다.

"시집가기 싫으면 중이나 되엇."

하고 말씀하시는 겁니다. 저는 차라리 중이 될까도 생각했습니다. 그러나 저는 현실 세계에서 힘차게 살아가고 싶은 충동을 억누를 수 없습니다. 저는 아마도 조만간 공장에 들어갈 것입니다. 모두가 전쟁을 위해 열심이신데 저같이 한가한 사람이 집 안에 틀어박혀 종잡을 수 없는 공상에 빠져 있을 때가 아니라고 생각합니다. 그뿐만 아니라, 격한 근로에 피곤해지면 이 하찮은 고민이 일어날 여유도 없겠지요.

부모님은 아마도 제가 공장에 들어가는 것도 동의하지 않으시겠지요. 아버지는 집안의 이름을 더럽히는 딸인 저를 어떻게든 빨리 시집보내고 싶은 마음으로 꽉 차 있는 듯합니다.

어떻든, 저의 장래는 평탄치 않을 것이라고 생각합니다. 집에서는 부모에게 꾸중 듣고, 사회에 나가더라도 두 번 다시 다에코 님들과 즐거웠던 날은 돌아오지 않을 것입니다. 저는 아무래도 많은 고통을 꿋꿋하게 견디며 살아갈 운명 아래 태어난 듯이 생각되지만, 하는 수 없습니다. 저는 좀처럼 현모양처로 세상을 살아갈 수는 없 듯합니다. 저는 거친 파도 위에 제 작은 배의 밧줄을 끊고 저어나갈 생각으로 가득 차 있습니다.

저는 어떤 괴로움과 비웃음에도, 역경에도 견디어 저를 단련하고 싶습니다. 신께서 저를 세상에 보내실 때 반드시 무언가 사명을 주셨을 것을 믿습니다. 저를 이 아버지의 자식으로 삼으신 것도, 가와무라 집안이나 다니무라 집안과의 인연을 맺어주신 것도 모두 신의 섭리라고 믿게 되었습니다. 그래서 저는 제게 주어지는 모든 운명을 달게 받으려고 합니다.

저는 지금 완전히 고독합니다. 유일한 친구와 유일한 남편, 그리고 유일한 친형제를 동시에 잃은 것이나 마찬가지로 생각됩니다. 마음속에 번민이 있다고 해서 이제 와서 다에코 님에게 호소할 수도 없습니다. 하물며 다니무라 댁을 찾아갈 수도 없습니다. 부모를 거스르는 자식은 부모에게 버림받습니다. 칠칠치 못한 누이는 오빠에게도 사랑받지 못합니다. 변치 않는 것은 어머니의 정입니다만, 어머니와 저도 서로 다른 세계에 살고 있는 까닭에, 저는 완전히 고독한 한 사람의 계집아이입니다. 선생님, 종교는 이런 경우에 생기는 것일까요? 염불은 저 같은 사람이 외는 것입니까?

선생님, 제가 선생님의 작품을 평계로 이 편지를 쓰는 것도 저의 이 고독하고 안타까운 심경 탓일지도 모릅니다. 한 번 단상에 계신 모습을 우러러보았을 뿐인 선생님의 모습을 마음에 그리며 이 편지를 쓰게 된 데에는 그런 사념(邪念)이 섞여 있지 않다고는 말씀드릴 수 없습니다. 아무튼 저는 명사 분께 편지를 보내 그 필적을 얻는 행운을 노리려는 문학소녀의 마음가짐이 아닌 것만은 단언할 수 있습니다. 그러나 이 편지가 다만 선생님의 그 작품에 관한 문의가 아닌 것만은 사실입니다. 뭐랄까, 선생님께 매달리고 싶은, 손에 이끌려 인도되고 싶은, 그런 애달픈 사모의 마음이 분명히 있음을 저는 정직하게 자백드립니다.

선생님, 이만 이것으로 붓을 놓습니다. 모쪼록 언제까지나 건강하시고 조선의 문화를 부쩍부쩍 높여주시기를 멀리서 기원합니다.

— 가야마 미쓰로(香山光郎), 「소녀의 고백(少女の告白)」, 『신타이요(新太陽)』, 1944. 10.

작품 해설

이광수의 일본어 소설

하타노 세쓰코

이광수에게 일본어란 무엇이었을까.

그것은 무엇보다도 우선 살아가기 위한 수단이었다. 일러전쟁이 시작되기 2년 전, 평안북도에 유행한 콜레라로 부모를 잃고 이광수는 고아가 되었다. 동학의 전령(傳令)이 된 그는 『일어독학(日語獨學)』이라는 책으로 일본어를 독학하고 상경하여 동학이 경영하는 학교에 들어가 일본 유학의 기회를 얻는다. 무일푼의 고아가 유학하는 일이란 당시로서는 기적과 같은 일이었다. 일본어는 고아가 세상으로 나가는 길을 열어주었던 것이다.

다음으로 일본어는 근대문학으로 나아가는 문이었다. 메이지학원 중학 시절에 그는 일본어를 통해 문학에 눈뜨고 이윽고 창작을 하게 된다. 일본에 병합된 조선에서는 일본어가 '국어'로서 군림했지만, 그 가운데서 이광수는 조선어를 갈고 닦아 장편 『무정』을 발표하여 한국 근대문학의 기초를 쌓았다.

마지막으로 일본어는 그의 '걸림돌'이기도 했다. 1937년 조선총독부가 안창호의 흥사단 계열인 동우회의 회원에 대한 검거에 나선 동우회사건이 일어나자 이광수는 총독부의 정책에 협력할 것을 표명하고 대일협력적 논설과 수필, 시와 소설을 썼다.

　지금도 이광수에게는 '친일 작가'라는 말이 따라다닌다. 그러나 실제로 이광수의 소설을 읽어보면 대일 협력의 그림자는 의외일 만큼 희박하다. 김윤식은 『이광수와 그의 시대』에서 "춘원의 친일문학은 정작 소설에서는 뚜렷하지 못하다."고 언급하면서 그 이유를 소설이라는 장르의 특성상 관념적인 조작을 허용하지 않는다는 데서 찾았다. "시국에 대한 짧은 감상문이나 수필, 그리고 자극적인 시가에서 그는 엄청난 큰소리와 가장 친일적인 발언을 일삼았으나, 정작 힘들여 지어야 할 소설에서의 친일 행위는 극히 미약하고 보잘것없다."고도 했는데, 음미할 만한 지적이다.

　이 책에는 이광수가 평생 동안 쓴 12편의 일본어 소설을 수록했다. 시기로 말하면 1909년에서 1944년까지로, 그 가운데 2편은 대일 협력을 시작하기 전의 작품이다. 독자의 이해를 돕기 위해 이 해설에서는 이들 작품이 씌어진 시기와 발표 매체, 그리고 당시 이광수가 놓여 있던 상황에 대해 언급하기로 한다.

　「사랑인가」는 1909년 12월 발행된 메이지학원(明治學院) 중학의 교지 『시로가네학보(白金學報)』에 게재되었다. 「사랑인가」를 탈고한 11월 18일 밤, 이광수는 일기에 "내가 작품을 완성시킨 것은 이것이 처음"이라고 써두었다.

　주인공 문길은 하급생인 미사오(操)를 좋아한다. 그는 미사오를 만나고 싶어 견딜 수 없어하는데, 미사오는 그를 피한다. 내일은 여름방학으로 귀향하는 날, 문길은 미사오와 만나려 그의 하숙을 찾지만 역시 만나지 못하고 결국 절망하여 철도 자살을 시도한다는 이야기이다. 동성끼리의 애정이라는 설정이 눈길을 끄는데, 이는 당시 일본 남학교에서는 그다지 드문 일은 아니었다. '미사오'의 모델은 야마사키 도시오(山崎俊夫)라는 이광수의 동급생이었다.

야마사키 도시오는 모리오카(盛岡)에서 태어나 중학 2학년 때 상경했다. 다이세이중학(大成中學)에서 홍명희와 친해졌고, 4학년 봄에 메이지학원으로 전학하여 이번에는 이광수의 친구가 되었다. 『그의 자서전』(1936)에는 M중학 시절 방과 후면 주인공과 운동장 구석에서 톨스토이 이야기에 열중했던 청교도적인 학생 야마사키가 등장한다. 아시아인에 대한 멸시가 극심했던 당시 조선인 학생과 친구가 되는 일본인은 드물었다. 그러나 야마사키는 이윽고 신앙에서 멀어지고, 안중근의 이토 히로부미 저격 사건 뒤 확산된 조선인에 대한 적대시 분위기 속에서 이광수와 거리를 두게 된다. 이광수가 이 소설을 일본어로 써서 교지에 투고한 것은 민족의 벽을 넘었다고 믿었던 친구를 잃은 슬픔을 전하기 위해서였을 것이다.

졸업 후 야마사키는 이광수를 실명으로 하여 모델로 삼은 단편 「성탄제 전야」를 써서 『데이코쿠문학(帝國文學)』에 발표했다. 조선인에 대한 차별 의식으로 가득한 단편이었다. 이광수는 이 작품을 읽고 충격을 받았을 것이다. 『학지광』에 「크리스미스 밤」을 써서 마음으로 야마사키에게 작별을 고했다. 이 두 사람은 1942년 도쿄에서 개최된 대동아문학자회의 때 재회했지만, 야마사키가 친구를 차별한 것을 후회한 것은 그로부터 훨씬 뒤의 일이었다. 1968년에 쓴 한 수필에서 그는 이광수, 홍명희와 보냈던 시간을 회상하며 일본인의 조선인 차별을 비판했다.

「만영감의 죽음」은 이광수가 1936년 일본 잡지 『가이조(改造)』 8월호에 발표한 작품이다. 당시 이광수가 일본어 소설을 쓴 것은 아들의 죽음을 계기로 한 새로운 생활환경의 전개와 관련이 있다.

1934년 이광수는 어린 자식을 돌연 패혈증으로 잃었다. 그 충격으로 그는 신문사를 퇴직하고 북한산 기슭에 집을 짓고 칩거했다. 한편 아내 허영숙은 산원(産院)을 개업한다는 새로운 인생 목표를 세우고 세 아이를 데리고 일본으로 건너가 도쿄의 닛세키병원(日赤病院)에서 연수 생활을 시작한다. 가족이 거주하는 '도쿄의 집'에서 이광수는 1936년 5월과 6월 두 달간 머무르면서 이전부터 알고 지냈던 가이조사(社)의 사장 야마모토 사네히코(山本實彦)도 만났다. 그때 집필을 의뢰받았을 것이다.

만영감은 지금껏 열 명 이상의 여자에게 바람맞은 말 없는 석공(石工)이다. 이번에도 동거했던 젊고 아름다운 여자가 달아나자 그는 미치고, 결국 친척들의 손에 묶여 죽고 만다. "사람을 만들 거면 왜 이런 불운한 물건을 만들었느냐"라는 염라대왕을 향한 형의 원한 맺힌 말은 만영감의 비극의 원인이 실은 성적인 결함에 있음을 시사한다.

이광수는 이해 『삼천리』 1월호에 발표한 「성조기(成造記)」에서 북한산 기슭의 자택 건축과 관련이 있는 인부들의 이야기를 썼는데, 거기에는 "소년과 같은 성기(性器)"를 가진 석공 박선달이라는 인물이 등장한다. 이 인물에게 흥미를 느끼고 있던 때에 『가이조』로부터 집필을 의뢰받고 「만영감의 죽음」을 썼을 것이다. 따라서 이 작품이 일본어로 씌어진 것은 우연의 결과이고 자유의사에 의한 것이었다. 그러나 이 소설이 게재된 바로 그달 제9대 조선 총독으로 부임해 온 미나미 지로(南次郎)는 곧 일본어 사용을 강제하는 조치를 잇달아 내놓는다. 일본어로 쓰는 것이 자유의사와는 무관하게 되는 시대가 다가오고 있었던 것이다.

「옥수수」는 1939년 11월 국민정신총동원조선연맹 기관지『총동원』 '식량문제 특집호'에 게재된 단편이다. 1937년 6월 돌연 동우회 회원들이 검거된 동우회사건으로 인해 이광수의 운명은 급변했다. 두 사람의 회원이 사망했고, 안창호도 이듬해 3월 병원에서 사망했다. 회원들의 운명을 떠맡게 된 이광수는 동년 11월 '전향 성명'을 재판소에 제출하고 총독부에 협력할 것을 선언한다. 「옥수수」는 그 후에 쓴 최초의 일본어 소설이지만, 특별히 대일 협력적인 색채는 발견되지 않는다.

'나'는 원산에서 오랜 친구인 '안 씨'와 만나 만찬에 초대된다. 거기에는 역시 오랜 친구인 '나 씨'가 아이들과 함께 초대되었다. 만찬의 메뉴는 수프에서 빵, 쿠키, 음료에 이르기까지 모두 옥수수를 재료로 하는 음식이었다. 안 씨는 재배하는 식량과 조리법을 개량하면 조선은 지금의 몇 배 되는 인구를 부양할 수 있다고 생각하여 여러 가능성을 시도하고 있고, 그 일단을 만찬에서 친구들에게 공개했던 것이다.

단편에 등장하는 '나 씨'는 나혜석의 오빠 나경석이다. 나경석의 따님인 나영석 여사는 이날의 일을 『일제시대, 우리 가족은』(2004)에서 회상하고 있다. 회상에 의하면 '안 씨'는 미국 유학을 다녀온 안창호의 흥사단 회원 안대백(安大伯)이라고 한다. 안 씨의 식단에 관한 이야기는 실화라고 생각되는데, 필자가 나 여사와 만날 기회가 있어서 메뉴에 대해 질문했더니, 유감스럽게도 기억나지 않는다는 답변이 돌아왔다.

이 작품은 이듬해 1940년 3월호에 '춘원 작'「옥수수」로 번역, 게재되었다. 역자의 이름은 없지만, 이 무렵 삼천리사에 있었던 최정희로 추정된다.

『마음이 서로 닿아서야말로』는 경성제국대학 관계자의 일본어 잡지

『록기(綠旗)』에 1940년 3월부터 7월까지 연재하다 중단된 장편소설이다.

이 시기에 이광수는 조선어와 일본어로 많은 논설을 발표했다. 그 논설들을 보면, 그가 미나미 총독의 내선일체 정책을 진심으로 지지하고 있었던 듯하다. 그는 이해 2월에 시작된 창씨개명도 그 일환으로 받아들이고 있다. 이광수에게 내선일체란 무엇보다도 '내지인'과 '반도인' 사이의 차별의 해소였고, 이에 저항하는 세력은 일본인으로서의 특권을 고집하는 재(在)조선 일본인이었다. 일본어 논설은 주로 그들을 향해 쓴 것이다.

이광수가 『록기』에 『마음이 서로 닿아서야말로』를 연재한 것은 경성제대의 일본인 학생에게 민족적 차별 해소를 호소하기 위해서였다. 『록기』에서는 이 시기 내선일체의 문제를 둘러싸고 활발한 논의가 오갔다. 어떤 교수는 '내선(內鮮) 우정'을 주장하고, 어떤 일본인 학생은 '마음이 서로 통하는' 것이 중요하다고 호소하고 있다. 일찍이 경성제대 선과(選科)에 적을 둔 적이 있는 이광수는 일본인 학생들을 위해 「마음이 서로 닿아서야말로」를 썼다. 그리고 조선인 학생들을 위해서는 조선어로 「그들의 사랑」(『신시대』, 1941. 1~3. 중단)을 썼다.

『마음이 서로 닿아서야말로』에서 그려진 것은 경성제대 학생인 히가시 다케오(東武雄)와 의학부의 외과의사 김충식, 그리고 그들의 누이 후미에(文江)와 석란 두 쌍의 오누이 사이에 싹트는 '내선 연애'이다. 전장(戰場)에서 실명(失明)한 다케오는 종군 간호부가 된 석란과 재회하여 그녀와 결혼식을 올리고, 선무공작에 나서기 위해 둘이서 적진으로 향한다〔이광수는 '선무공작'의 의미를 혼동하고 있다. 선무공작이란 적국의 영토를 점령한 군대가 점령지의 주민을 대상으로 벌이는 민심 안정을 위한 선전 활동이지

개인적인 적장(敵將)의 설득이 아니다].

앞서 소설이라는 장르는 관념적인 조작을 허용하지 않는다는 김윤식의 언급을 인용했는데, 이 소설은 그 뚜렷한 예이다. 다케오와 석란의 결혼이 내선일체를 의미하고 있다면, 그 결말은 비참하다. 전장에서 얼굴이 뭉개져버린 다케오에게 이미 옛 모습은 없다. 중국어도 할 수 없고 혼자서는 걷지도 못하는 눈먼 다케오가 석란을 반려자 삼아 무모하게 적지로 들어가고, 감옥에 갇혀 총살을 예감하며 석란과 손을 맞잡고 있는 장면은 '내선 연애'의 섬뜩한 말로를 암시하고 있다.

「산사(山寺) 사람들」은 1940년 5월 『경성일보』에 7회에 걸쳐 연재되었다. 이해 2월 '가야마 미쓰로(香山光郎)'로 창씨개명한 이광수는 3월부터 50여 일간 아들 영근을 데리고 동소문 밖 흥천사에 머무르며 집필에 전념했다. 이 소품은 거기서 본 사람들을 그린 것이다.

아내를 두고 월급을 받으며 술과 고기를 즐기는 승려들, 절의 허드렛일을 하는 이 서방과 박 서방의 근면하고 욕심 없는 생활 방식, 가난 탓에 소나무 뿌리까지 캐내는 잔혹한 노인과 마른 나뭇가지가 아니라 생가지를 꺾는 마을 사람들, 그리고 사바세계에서 빠져나와 그 이상은 바람이 없는 간편한 생활을 하고 있는 관음굴 노승의 모습이, 때로 유머러스하게, 때로 불교적인 윤리관과 더불어 담담하게 그려져 있다.

「가가와(加川) 교장」과 「파리(蠅)」는 『마음이 서로 닿아서야말로』의 중단 이후 3년 이상 일본어 소설을 쓰지 않았던 이광수가 1943년 10월에 발표한 단편들이다. 「가가와 교장」은 『국민문학』에, 「파리」는 국민정신총동원조선연맹의 후신인 국민총력조선연맹의 기관지 『국민총력』

에 게재되었다. 이후 1년 동안 이광수는 모두 7편의 일본어 소설을 발표한다.

「가가와 교장」과 「파리」 두 작품은 이광수가 이해 봄부터 초여름까지 생활한 평안남도 강서를 무대로 하고 있다. 1943년 봄 이광수는 생굴을 먹고 탈이 나서 중학 입학시험에 실패하고 경성의 중학 입학 시기를 놓치고 만 아들 영근을 강서의 신설 중학에 입학시키고, 방을 빌려 아들과 둘이서 지내기 시작했다. 「가가와 교장」에 나오는 K중학은 강서중학(江西中學)이고, 근교의 도시 H는 헤이조(平壤), 그리고 기무라(木村)의 병약한 부친의 모델은 이광수 자신이다. 그런데 얼마 안 있어 폐결핵이 재발하여 이광수는 경성에 입원하고 영근은 경성의 중학에 편입하게 된다. 결과적으로 해당 학구(學區)를 벗어난 중학 입학을 도와준 사람들과 강서중학 교원들의 기대를 저버리게 되었던 것이다. 이광수가 「가가와 교장」을 쓴 것은 그들에게 사죄하기 위해서였다고 생각된다. 가가와의 정의감 넘치는 행동과 이를 지지하는 교원들의 시원시원한 모습은 아들을 흔쾌히 보내준 관계자에 대한 오마주이고, "귀여운 아들을 자기 곁에 두고 싶"어서 아들에게 편입 시험을 치르게 하고 전학 서류를 받으러 간 미치코가 가가와의 훌륭한 태도에 감동하여 쓰러져 우는 모습은 아내의 실례를 사과하는 이광수의 기분을 대변하고 있다. 그러나 이러한 사정을 알지 못하는 독자에게 「가가와 교장」은 창작 의도를 알 수 없는 작품이 되어 있다.

문단의 중진이었던 이광수는 태평양전쟁이 한창이던 그 비상시에 경성을 벗어나기 위해 이런저런 의무를 다하지 못했을 것이다. 그런데 이번에는 강서 사람들에 대한 의리를 저버리고 또 경성으로 돌아오고 말았다. 그의 심정은 참담했을 것이다.

「파리」는 표면적으로는 총후(銃後)의 정신을 고취하는 '애국 소설'이고 파리의 박멸을 위한 '위생 소설'이지만, 그 저변에 겹쳐 놓여 있는 것은 이광수의 절망감이다. 그것이 화학반응이라도 일으킨 듯이 어떤 각오로 전화(轉化)되어 있다. 이 무렵 경성에는 지식인 학살 명부에 관한 소문이 나돌았다. 동포의 희생을 조금이라도 덜기 위해 '본격적인' 대일 협력을 결의했다고, 이광수는 해방 후 「나의 고백」에서 말하고 있다. 이것은 사후의 논리일지도 모른다. 그러나 당시는 정상적인 사고가 불가능한 상황이었던 것도 또한 분명하다. 나이든 탓에 근로봉사를 거절당한 「파리」의 주인공이 애국반 사람들의 집을 돌며 "버려진 사체 총계 칠천팔백구십오 마리의 파리 잡기"를 마치는 모습은 검은 파리 떼와 같이 밀어닥치는 시대의 광기에 응전하면서 자신도 광기에 빠졌던 작가 자신의 모습이기도 하다.

「군인이 될 수 있다」는 1943년 11월 『신타이요(新太陽)』의 '징병제 시행 기념 싸우는 조선 특집호'에 게재되었다. 마해송이 사장을 맡았던 『모던니폰(モダン日本)』은 잡지명이 서양풍이라는 이유로 『신타이요』로 개칭되었다.

병정놀이하던 차림새 그대로 곯아떨어져 있는 어린 두 아들의 모습을 본 '나'는 군인이 될 수 없는 그들의 장래를 생각하고 마음이 어두워진다. '나'는 이광수이고, 이 일화는 실화이다. 1932년 『동광』 3월호에 실린 「어린 두 병정」이라는 수필에서 이광수는 이 장면을 그리고, "이 아이들이 병정놀이를 하고 있는 것을 볼 때마다 괴로워진다."고 쓰고 있다. 국가는 군대를 가져야 한다고 여겼던 그는 '내선 평등'을 지향하게 되고부터는 징병제를 주장했다. 국가를 위해 피를 흘리지 않고는 평등을 주장할 수 없다고 생각했을 것이다.

조선의 징병제에 대한 내각회의의 결정을 기뻐해주는 가네코 빈〔金子敏, 가네코 데이이치(金子定一) 조선군 소장이 모델이다〕에게 '나'는 첫아들이 소학교 입학 전에 급사한 일, 마지막 순간까지 군인이 되고 싶어 한 일을 이야기한다. 그리고 집으로 돌아오는 길, 아무도 없는 길에서 만감이 교차하여 "군인이 될 수 있다!"고 외치는 모습이 그려져 있다.

이해 일본에서 학도 출진(出陣)이 시작되었다. 일본 정부는 당시 징병 대상이 아니었던 조선과 대만의 학생에 대해서 지원이라는 형식을 취했지만, 실제로는 '지원, 도망, 감옥' 가운데서의 선택만 가능했다. 「군인이 될 수 있다」가 실린 『신타이요』가 일본의 서점에 깔릴 무렵 이광수는 학병 권유 사절단의 일원으로 일본에 가서 유학생들에게 학병 지원을 권유했다.

「대동아(大東亞)」는 1943년 『록기(綠旗)』 12월호에 발표되었다. 당시 이 소설을 읽은 사람은 누구나 이제 막 도쿄에서 개최된 대동아회의를 떠올렸을 것이다. 1943년 11월 5일부터 이틀간 도조 히데키(東條英機)는 중국의 난징(南京) 정부, 태국, 만주, 필리핀, 버마 등 대동아공영권 각국 수뇌를 초대하여 국회의사당에서 대동아회의를 개최하고, '대동아가 협력하여 미국과 영국의 질곡에서 벗어나자.'는 내용의 대동아공동선언을 채택했다.

'국화 향기 그윽한 메이지절'인 11월 3일, 아케미(朱美)는 부친의 서재를 청소하면서 4년 전 중국으로 돌아간 애인 판위썽(汎于生)을 생각한다. 그때 판이 나가사키(長崎)에서 보낸 전보가 도착한다. 내일 도쿄에 도착한다는 문구는 그가 대동아회의에 참석하기 위해 일본을 방문한 왕

징웨이(汪兆銘)의 부하임을 암시한다. 「대동아」의 진짜 주인공은 실은 소설 속에서 한 번도 언급되지 않은 이 대동아회의인 것이다.

　이광수는 이해 8월 『록기』에 발표한 논설 「대동아전쟁의 교훈」에서 대동아공영권 건설의 이념은 도의세계(道義世界)의 건설이라고 논하고 있는데, 이 논리는 일본을 믿으려 하지 않는 판위쌩을 가케이 가즈오〔筧和夫, 광신적인 신도학자(神道學者)였던 동경대 교수 가케이 가즈히코(筧克彦)가 모델이다〕가 설득할 때의 접신적(接神的) 논리 그 자체이다. 「대동아」는 이 논설을 소설화한 것이라고 할 만하다. 아케미는 대동아공영권 건설을 위해서라면 몸도 마음도 판위쌩에게 바쳐도 좋다고 생각하며, 판의 전보를 받았을 때는 그의 귀환을 기뻐하기보다 일본의 성실함이 아시아 청년의 마음을 얻었다는 사실에 감격한다. 한편, 판은 아케미에게 사랑을 고백하면서 일본이 진정 아시아의 민족들을 위해 싸우고 있는 것이라면 아케미를 향한 자신의 구애도 받아들여질 것이라고 생각한다. 그들의 사랑은 어딘가 일그러져 있고 '대동아공영권'이라는 회로를 통해서만 발로되고 있는 것이다. 이는 바로 이광수가 눈앞의 세계를 정확히 묘사했기 때문에 생긴 일그러짐이다. 대일 협력에서조차 진지한 태도를 잃지 않았던 이광수가 강요된 대동아공영권의 논리를 진지하게 소설화했을 때 거기에 드러난 것은 마치 희화(戲畫)와 같은 일그러진 제국의 모습이었다. '시대의 회화(繪畫)'를 그리는 작가이고자 했던 이광수는 이 시대 일본의 모습을 있는 그대로 그려냈던 것이다.

　「사십 년」은 『국민문학』에 1944년 1월에 연재가 시작되어 3월에 중단되었는데, 3월에 수록된 3회분은 첫 페이지만 실리고 나머지는 삭제되었다. 자전적인 이 소설을 쓰기 시작했을 때 이광수는 몇 년 전 고바야시 히데오(小林秀雄)와 했던 약속을 염두에 두고 있었던 것이 아닐까 생각된다. 이광수는 1940년 문예총후운동의 일원으로 경성에 온 고바야시에게서『분가쿠카이(文學界)』에 자서전을 쓰라는 의뢰를 받고 승낙했으나 결국 "자서전을 대신하여" 전향자의 사상 갱생 시설인 야마토주쿠(大和塾)에서 일본인이 되기 위해 수행에 힘쓰는 날들을 보냈던 감상을 담은 수필「행자」를 보냈다. 이 무렵 그는 동우회 재판 2심에서 유죄판결을 받고 상고(上告) 중이었기 때문에 일본의 일류 잡지에 이런 글을 쓰는 것이 재판에 유리하다고 생각했을 것이다. 이때 깨뜨린 약속이「사십년」 집필의 한 원인이 되었던 것은 아닐까 생각된다.

『그의 자서전』(1936)이나『나』(1948)와 마찬가지로「사십 년」은 자전적이라고는 해도 어디까지나 창작이다. 그러나 실제의 경험이 기초가 되어 있는 것은 틀림없다. 삭제된 제3회가 주인공이 고아가 된 무렵에서 시작되고 있는 것으로 보아 그 이후는 일러전쟁, 동학과의 만남, 그리고 일본으로의 유학 등이 이야기되었을 것이다. 이광수의 경력에 분명치 않은 점이 많은 시대인 만큼 이 대목이 삭제된 것은 애석한 일이다.

「원술(元述)의 출정」은 1944년 6월『신시대』에 발표되었다. 이 잡지는 박문서관에서 1941년 1월부터 1945년 2월까지 간행된 일본어와 조선어 병행 종합지로, 당시 박문서관의 2대 사장 노성석과 각별한 사이였던 이광수는 이 잡지를 주된 발표의 장으로 삼았다.

김유신의 아들 원술은 이근행이 통솔하는 당군(唐軍)과의 싸움에서 부하에게 제지당하여 죽을 기회를 놓친 후 부친의 장례에도 참석하지 못하고 모친과의 면회도 거절당하고는 태백산 견성암에 칩거한다. 3년 후 충복 수타원과, 원술을 그리워하는 아좌가 견성암을 방문하여 원술과 재회한다. 아좌에게서 이근행의 군대가 근방까지 온 것을 알게 된 원술은 저녁 식사 한 끼도 마다하고 그대로 출정한다.

이 작품에서 원술, 수타원, 아좌의 가부키풍의 대사를 발췌하면 그대로 한 편의 시나리오가 된다. 제1막은 흰 눈 속의 수타원과의 재회의 장, 제2막은 견성암에서 아좌와의 재회와 이별의 장이다. 무운장구(武運長久)를 빌며 쓰러져 우는 아좌에게는 눈길도 주지 않고 원술이 언덕을 달려 내려가는 모습은 마치 객석을 가로질러 퇴장하는 가부키 배우와 같다. 조선의 고전이 일본의 전통 예능에 의해 상연될 날을 이광수는 몽상했던 것일지도 모른다.

「소녀의 고백」이 『신타이요(新太陽)』에 발표된 것은 1944년 10월, 태평양전쟁의 국면이 악화 일로를 걷고 있을 때였다. 이해 7월에는 사이판 섬이 함락되어 도조(東條) 내각이 총사직하고, 잇따른 공습에 도쿄의 거주자들은 소개(疏開)를 시작했다. 이런 상황은 잡지 편집에도 반영되어 이때 발행된 잡지는 겨우 38페이지 분량에 불과했다.

「소녀의 고백」은 어릴 적 교토(京都)에 온 까닭에 일본어밖에 모르는 소녀 노부코(信子)가 조선의 유명 작가에게 편지로 신상 이야기를 고백하고 있는 서간 소설이다. 노부코는 소꿉친구 다에코(妙子)의 약혼자인 가츠마로(克麿)의 사랑을 받아들였다가 버림받는다. 그러나 가츠마로의 부친을 통해 조선 고대(古代)의 영광에 눈뜨고 민족적 자각을 갖게 된 그녀는 그를 원망하지 않고 민족을 위해 살기로 결심한다.

그런데 조선인 노부코가 자작(子爵) 집안에 출입을 허락받고 "수준 높은 교양"에 친숙해지고, 호류지(法隆寺)에서 하룻밤 묵으며 법요(法要)에까지 참석한다는 설정은 당시 일본의 현실에 비추어보면 있을 수 없는 일이다. 물론 노부코는 귀족 가문 아가씨들의 놀이 친구로서 같은 옷을 입고 같은 교양을 지닐 것을 허락받은 조선의 '계집종'을 연상시킨다. 자신의 약혼자가 노부코를 유혹하는데도 "어두운 쓴웃음"을 지으며 못 본체하는 다에코의 태도도 이를 연상케 한다. 이광수는 책임을 타인에게 전가하지 않는 노부코의 갸륵한 모습을 그리는 한편, 일본인에게 바보취급을 당한다고 분개하는 가족의 현실감 넘치는 모습도 빠뜨리지 않는다. 딸을 향해 죽어버리라고 부르짖는 부친의 안타까운 분노는 이광수의 내심에 잠재한 분함을 투영한 듯하다.

1939년 아쿠타가와상(芥川賞) 후보작에 올랐던 김사량의 「빛 속으로」에 등장하는 소년처럼, 일본에서는 이미 조선어를 모르는 재일 조선인 2세가 생겨났다. 이는 또한 조선에서도 머지않아 일어날 일이었다. 민족적 정체성을 잃을 위기에 놓여 있던 젊은이들에게 민족의 긍지를 전하는 메시지로서 이광수는 「소녀의 고백」을 썼던 것이다.

이광수가 일본어로 「사랑인가」를 쓰고, 이어서 조선어로 단편 「무정」을 쓴 것은 일한병합 직전의 일이다. 임화는 「조선문학 연구의 일 과제」에서 조선어의 언문일치가 만들어지는 과정으로 메이지 문학의 문장이 조선에 이식되고 일본어 교육이 더불어 그 생성에 심대한 영향을 주었다고 지적하고 있는데, 그 가장 원초적인 형태가 여기에 있다. 한국의 근대적 문어(文語) 형성 과정에서 이광수의 일본어 소설은 중요한 위치를 점하고 있는 셈이다.

한편, 식민지 말기에 쓰어진 일본어 소설은 그의 자유의지에 의한 것은 아니지만, 어떤 작품에서든 이광수는 당대 사회의 리얼리티를 뛰어나게 묘사하고 있다. 단, 그것은 작가의 의도에 의한 것이기보다 소설이라는 장르의 성격에서 오는 것이다. 예컨대 「대동아」에 그려진 대동아공영권이라는 도의(道義)의 세계는 일본이 식민지와 점령지에 강요하면서도 자신은 결코 믿지 않았던 허위의 이상이다. 이광수는 그것에 공명하여 「대동아」를 쓴 것처럼 보이지만, 실제의 작품은 그 이상이 허망한 것임을 분명히 드러내고 있다. 김윤식이 언급한 것처럼 소설은 관념적인 조작을 허용하지 않으며, 이광수의 기량은 있는 그대로의 현실의 모습을 묘사했던 것이다. 바라건대, 이 책의 독자들이 여기에 수록된 이광수의 일본어 소설을 역사의 증언으로서 받아들였으면 한다.